魔女の冬

キャサリン・アーデン

JN090191

冬の王の力を借りてモスクワの街を火事から救ったワーシャだったが、彼女を目の敵にする司祭コンスタンチンに煽動された民衆に、火事を起こした魔女と糾弾され捕らえられてしまう。火あぶり寸前のワーシャの命を救ったのは、かつて故郷で縛ったはずの混沌の精霊、熊《メドベード》だった。だがワーシャは熊との共闘を拒み、彼女のために力を使い果たした冬の王が囚われている真夜中の国へ向かう。そこで彼女を待っていたのは、思いもよらない人物だった……。人間と精霊の架け橋となり故国ルーシを守ろうとする少女の数奇な運命を描く、感動の三部作完結。

登場人物

ワシリーサ（ワーシャ）・
ペトロヴナ……………………レスナーヤ・ゼムリャの領主の娘

アレクサンドル（サーシャ）……ワーシャの二番目の兄。修道士

オリガ（オーリャ）・
ウラジーミロワ………………ワーシャの姉。セルプホフ公妃

ウラジーミル・アンドレーエヴィチ……セルプホフ公。オリガの夫

マーリャ（マーシャ）…………ウラジーミルとオリガの娘

ダニール………………………ウラジーミルとオリガの息子

ワルワーラ……………………オリガの侍女

ドミトリー・イワノヴィチ……モスクワ大公

セルギイ………………………至聖三者修道院の創設者。院長

ロジオン………………………修道士。サーシャの友人

オレグ…………………………リャザン公国の公

ママイ…………………………キプチャク・ハン国の万人長《テムニク》

チェルベイ……………………ハン国の使者

コンスタンチン・ニコノヴィチ……もとレスナーヤ・ゼムリャの司祭

マロースカ……………………………霜の魔物、冬の王。死の神カラチュンとも呼ばれる
メドベード……………………………熊。マロースカの弟
ソロヴェイ……………………………ワーシャの馬。小夜鳴鳥《サヨナキドリ》
バーバ・ヤガー………………………森に住む老婆
パジャール……………………………金色の雌馬。火の鳥《ジャール・プチーツァ》
ドモヴォイ……………………………家を守る精霊《チョルト》
ドモヴァヤ……………………………家を守る女精霊
パルノーチニツァ……………………真夜中の精
バロートニク…………………………沼の精
ジェド・グリーブ……………………キノコの精
バギエーニク…………………………湖の精
ウプイリ………………………………生ける屍《しかばね》。吸血鬼
ヴォジャノイ…………………………川の王
ドヴォロヴォイ………………………庭の精
ポルードニツァ………………………真昼の精
チェルノモール………………………海の王

魔　女　の　冬

〈冬の王３〉

キャサリン・アーデン
金原瑞人・野沢佳織訳

創元推理文庫

THE WINTER OF THE WITCH

by

Katherine Arden

Copyright © 2019 by Katherine Arden
All rights reserved including the rights of reproduction
in whole or in part in any form,
This book is published in Japan
by TOKYO SOGENSHA Co., Ltd.
Japanese tanstlation rights arranged with
Janklow & Nesbit (UK) Ltd.
through Japan UNI Agency Inc., Tokyo

日本版翻訳権所有
東京創元社

目次

愛する兄弟、
スターリング、RJ、ギャレットへ

魔女の冬　〈冬の王3〉

嵐の影さす海の美しさよ
雲のたれこめる空の厳かさよ。
だが、どうだ。岩にたたずむ娘は
波よりも、空よりも、嵐よりも美しい。
——A・S・プーシキン

第一部

1　マーリャ・モレヴナ

冬も終わりのたそがれ時、火事の傷跡が残る宮殿の庭を、ふたりの男が歩いている。庭に雪はなく、地面はぬかるんで踏み荒らされ、ふたりはくるぶしまで泥につかっている。だが、額を寄せあって熱心に話しこみ、足が濡れるのを気にする様子もない。ふたりの後ろにそびえる宮殿は煙にすすけ、中には壊れた家具が散乱している。見事な細工が施された階段の手すりは粉々に打ち砕かれている。そして、ふたりの前に横たわる黒焦げの残骸は、かつての馬屋だ。

「チェルベイは、騒ぎのさなかに姿をくらました」男のひとりが苦々しげにいった。「われわれは自分の身を守るだけで精一杯だった」男の頰はすすで汚れ、あごひげには血がこびりついている。灰色の目の下には、親指の跡のような青い隈《くま》ができている。だが、若くて胸板の厚いこの男は、異様なまでの活力をみなぎらせている。疲れをものともせず動き続けた結果、眠気さえ感じなくなっているのだ。その姿を、庭にいる全員の目が追っている。この男こそがモスクワ大公、ドミトリー・イワノヴィチだ。

「身を守っただけ、とはなかなか手きびしい」もうひとりの男――修道士――が、やや皮肉めいた口調でいった。というのも、一時はどうなるかと思ったが、モスクワの街はほとんど無傷で、奪われもしなかったからだ。まえの晩、大公はすんでのところで退位に追いこまれ殺されるところだった。ただ、そのことを知る者はほとんどない。街もあやうく焼きつくされるところだったが、奇跡のように起こった吹雪に救われた。そのことはだれもが知っている。黒々とした焼け跡が街の中心を切り裂いている様は、まるで夜のあいだに神の手が振り下ろされ、その爪の先から火花がしたたったかのようだ。

「それだけでは十分とはいえない」大公がいった。「身は守れたかもしれないが、裏切り者にまだ制裁を与えていない」耐えがたい一日のあいだずっと、大公は目にとまった者ひとりひとりに声をかけて元気づけ、家来たちに冷静に命令し、生き残った馬を集めさせ、馬屋の焦げた梁《はり》を運び出させた。しかし、大公をよく知っている修道士には、その落ち着いた表情の下に極度の疲労と怒りが潜んでいるのがわかる。大公はいった。「明日は、出かけるつもりだ。割けるだけの兵を連れて。タタール人（ここではモンゴル系の遊牧民族のこと。特に、徴税によりルーシ全域を支配していたキプチャク・ハン国のモンゴル人をさす）どもをみつけ出して殺すのだ」

「いまモスクワを離れるのですか、ドミトリー・イワノヴィチ」修道士は不安そうにたずねた。

昨夜から一睡もしていないというのに、ドミトリーの短気は相変わらずだ。「反対するつもりか、アレクサンドル修道士」大公の声に、そばにいた従者たちは縮み上がった。

修道士がいう。「この街は、あなたなしにはどうにもなりません。これから、死者を弔わねばなりません。穀物の蓄えも失われました。家畜も、倉庫も。復讐心では子どもたちの腹は満たせないのです、ドミトリー・イワノヴィチ」一睡もしていないのは修道士も同じで、声のとげとげしさを隠しきれない。左腕には亜麻布《あまぬの》が巻かれている。上腕に受けた矢が筋肉にまで達し、それを引き抜いたのだ。

「タタール人どもは、わたしが宮殿にいるところを襲ったのだぞ。それも誠意をつくして歓迎したあとに」ドミトリーは怒りもあらわに言い返した。「大公位の強奪をもくろむ者と共謀し、わが街に火を放ったのだ。それでも復讐はしないというのか?」

じつのところ、街に火を放ったのはタタール人ではない。しかし、アレクサンドル修道士はそのことを黙っていた。そのこと――過ち――は蒸し返さないほうがいい。いまとなっては、やり直せないのだから。

大公は冷ややかな口調で続けた。「あの混乱の中、そなたのじつの妹は死産したのではないか。王族の子が死に、街の一部が灰になったというのに、なんのとがめもないのでは、人々は黙っていないぞ」

「どれほどの血が流されようと、妹の子はもどってきません」サーシャの口調が思いのほか辛《しん》辣《らつ》になった。あまりの悲しみに泣くことさえできない妹の姿が、目に焼きついている。泣いてくれたほうがどれだけましか。

ドミトリーの手が剣の柄にかけられる。「今度はわたしに説教をするつもりか」

その声に、サーシャはふたりのあいだに広がる溝を感じ取った。傷は癒《い》えきっていない。かさぶたができてはいても。「とんでもありません」サーシャは答えた。

ドミトリーは、剣の柄に巻きついた蛇の飾りからようやく手を離す。

「どうやって、チェルベイ率いるタタール人どもをさがすおつもりですか」サーシャは大公に理性をとりもどさせようとしてたずねた。「あのとき追ったではないですか。しかし、二週間、馬を駆り続けても、姿をみかけもしなかった。冬のさなかで、本来なら雪にはっきりと跡が残っているはずなのに」

「だが、そのあとやつらをみつけたではないか」ドミトリーはややけわしい目になって、続ける。「下の妹は無事だったのか？」

「はい」サーシャは言葉を選びながら答える。「オリガの話では、顔にやけどを負い、肋骨が一本折れているそうです。しかし、生きています」

今度はドミトリーの顔に戸惑いが浮かんだ。その向こうで、馬屋の残骸を片づけている家来のひとりが、折れた屋根梁の端を落として毒づいた。サーシャは大公のけわしい横顔に向かっていう。「わたしが間に合ったのは、下の妹が知らせにきたからです。妹の血があなたの公位を守ったのです」

「公位を守ったのは大勢の家来たちの血だ」ドミトリーはきびしい口調で即座に返した。「そなたの妹はうそつきだ。おまけに、だれより高潔なそなたにまでうそをつかせた」

サーシャは言い返さなかった。

「妹にきけ」ドミトリーは振り返っていった。「どうやって――タタール人どもをみつけたのか。目が利くだけではないはずだ。目が利く人間なぞ、わたしのまわりには何十人もいる。どうやってみつけたのか聞き出せ。そうすれば、見返りをやろう。モスクワにそなたの妹と結婚しようという男はいないだろうが、田舎の貴族《ボヤール》ならなんとかなるかもしれん。あるいはそれなりの金貨を差し出せば、修道院が受け入れてくれるだろう」ドミトリーは次第に早口になり、不安げな顔でまくしたてる。「あるいは、安全に家に送り返すか——姉といっしょにテレム（ルーシの高貴な女性の居住空間。屋敷の上階、塔、離れなどにあった）に住まわせるか。不自由なく暮らせるだけの金貨を持たせてやろう。どうやってタタール人どもをみつけたのか聞き出してくれれば、悪いようにはしない」

サーシャは口に出せない言葉を胸一杯に秘めたまま、大公を見つめた。昨日、妹はあなたの命を救い、邪悪な魔術師を殺し、モスクワに火を放ち、すべてを救った。ひと晩のうちに。その妹を持参金ごときで厄介払いできるとお思いか——どんな大金を積もうと、妹は納得しない。あなたは妹という人間をわかっていない。

そう、わかるわけがない。ドミトリーは、妹が変装していた少年、ワシーリー・ペトロヴィチしか知らないのだから。だが、ワーシャとワシーリーは同じひとりの人間だ。こうして息巻いているドミトリーも、心の奥底ではそのことを理解しているにちがいない。ただ、認めるのが不安なのだ。

そのとき、馬屋のほうから叫び声がきこえ、サーシャは返事をまぬがれた。ドミトリーもほっとしたようにそちらへ顔を向けると、「いくぞ」といって勢いよく歩きだした。大公のあとを、けわしい表情のサーシャが追う。焼け焦げた二本の屋根梁が交差したところに、人が集まってきている。「どけ——まるで、春の草に群がる羊ではないか。なんの騒ぎだ」大公の断固とした声に、人々は後ずさりした。「どうしたというのだ？」大公がうながす。

「あれをご覧ください、陛下《ガスダール》」声を取りもどした家来が指さした先には、二本の柱が倒れている。そのすきまにだれかが松明《たいまつ》を近づけた。下から光が照り返す。何か輝くものが、松明の光を反射しているのだ。大公もサーシャも目がくらみ、信じられないという顔でじっとみつめている。

「金か？」ドミトリーがいう。「こんなところに？」

「まさか」とサーシャ。「金があったとしても、溶けてしまっているはずです」

すでに三人が、かぶさった木材をどけている。四人目がそれを取り出し、大公に手渡した。

金——純金だ。おまけに溶けてもいない。ずっしりとした輪や棒状に加工された金が、妙な具合につなぎあわされている。つややかな光沢があって、松明の火明かりを受けて赤みがかった白い光を放ち、取り囲んでのぞきこむ人々の顔をゆらゆらと照らしている。サーシャは不安に駆られた。

ドミトリーはそれをさまざまな角度に掲げると、「おお」といって持ちかえ、項革《うなじかわ》にあたる部分をつかんで手綱を手首にかけた。これは馬勒《ばろく》だ。「どこかでみたことがあるな」ドミトリーは目を輝かせる。盗賊と火事のせいで懐《ふところ》が寂しくなった大公にとって、ひと抱え分の金は大いにありがたい。

「昨日、カシヤン・ルートヴィチの馬についていたものです」サーシャはいまいましげにいった。前日の記憶がよみがえり、先のとがったはみを渋い顔でじっとみる。「あの雌馬がカシヤンを振り落とさなかったのが不思議なくらいです」

「よし、これは戦利品だ」ドミトリーがいった。「あの見事な雌馬も残っていればよかったのだが――いまいましいタタールの馬盗人め！　さあ、みなのもの、あたたかい食事とワインを振る舞おう。よくやった」家来たちがしわがれた歓声をあげる。ドミトリーは馬勒を執事に手渡していった。「きれいにしておけ。妻にみせれば元気が出るだろう。それがすんだら、安全な場所にしまっておけ」

金の馬勒を腕にうやうやしく抱えた執事がその場を離れるのを待って、サーシャは用心深くいった。「妙ではありませんか？　焼け落ちた馬屋に馬勒が残っていて、しかも無傷だとは」

「いや」ドミトリーはサーシャの目をじっとみていった。「妙どころか、奇跡だ。奇跡に次ぐ奇跡。われわれを救った吹雪に次ぐ奇跡だ。だれであれ、同じことをたずねた者には、そのように答えるのだ。あの金の馬勒は神からの賜《たまわ》り物。神はわれわれの窮《きゅう》状《じょう》をご存じなのだ」不可思議な出来事が起こったのが善意からだろうと悪意からだろうと、うわさが生む悪影響にくらべればたいしたちがいはない。ドミトリーにはそれがわかっている。「金であることに変わりはない。ところで――」いいかけて、ドミトリーは黙りこんだ。サーシャもじっと立ったまま、顔を上向けている。

「あの音はいったい？」

外の街から、混乱したざわめきがきこえてくる。磯《いそ》に寄せる波のようなとどろきと、何かが折れるような音。ドミトリーは眉を寄せた。「まるで――」
その言葉は門衛の叫び声にさえぎられた。

クレムリン（都市の中心部をなす城塞）の丘を、大公の宮殿から少し下ったところにあるこぢんまりした静かな屋敷は、夕暮れの訪れが早く、すでに冷たく濃い影におおわれている。ここは火の手をまぬがれ、飛んできた火花で外壁が少し焦げた程度ですんでいた。

モスクワじゅうにうわさが飛び交っていた。すすり泣きやののしり、言い争い、そして疑問も。それでも、この屋敷ではかろうじて秩序が保たれている。ランプがともされ、焼け出された者たちを慰めようと、召使いは集められるだけのものをかき集めていた。馬たちは馬屋でまどろみ、パン焼き小屋や厨房《ちゅうぼう》、醸造所《じょうぞうじょ》、それに邸宅の煙突からも、煙が立ちのぼっている。

この秩序を生み出しているのは、たったひとりの女だ。自分の仕事部屋で背筋をのばし、非の打ちどころのない姿ですわっているが、顔はひどく青白い。まだ三十にもなっていないのに、口元に弧を描くようにしわが刻まれている。目の下には、大公ドミトリーに負けずとも劣らない青黒い隈ができている。まえの晩に風呂小屋にこもり、三番目の子を死産したのだ。ほぼ同じころに第一子がさらわれ、恐ろしい夜のあいだにあやうく失われるところだった。

それでも、オリガ・ウラジーミロワは休もうとしない。やらねばならないことが山積みだった。仕事部屋のペチカのそばの椅子にすわっていると、ひっきりなしにだれかしらがやってくる。執事に料理人、大工、パン焼き職人、洗濯女たち。オリガはそのひとりひとりに仕事を割りあて、感謝の言葉でねぎらった。

ようやく人の波がとだえると、オリガは椅子にぐったりと寄りかかり、両腕でお腹を抱えこんだ。ここに、生まれるまえのあの子がいたのだ。ほかの女たちは数時間まえに下がらせた。いまごろはテレムの上の階で眠り、前夜の衝撃を癒しているのだろう。しかし、ひとりだけ、どうしてもこの部屋を離れようとしない者がいる。

「オーリャ、もう休んだほうがいいわ。朝まで、残りの者でなんとかなるから」そういったのは若い娘で、ペチカの横の長椅子に背筋をぴんとのばしてすわり、用心深く目を光らせている。この娘と誇り高きセルプホフ公妃は、どちらも長い黒髪を手首ほどの太さの三つ編みにしていて、顔立ちもどことなく似ている。とはいえ、線の細い公妃にくらべると、娘のほうは背が高くて指が長く、やや荒削りな顔の中で大きな目が印象的だ。

「ほんとうに、お休みにならなくては」別の女がそういいながら、キャベツのスープとパンを持って後ろ向きに部屋に入ってきた。いまは大斎《おおものいみ》（復活祭まえにハリストスの受難にちなんで身を清め、食事の節制や告解を行う期間）で、脂身のある肉を食べることができない。この女も、ふたりに劣らず疲れ果てているようだ。三つ編みにした黄色い髪には白髪がまざり、淡い色の大きな目は賢そうだ。「夜のあいだはここも安全です。おふたりとも、これを召し上がって――」女はきびきびとスープをよそった。「それからお休みください」

オリガが疲れきったようにゆっくりという。「ここは安全だとしても、街はどうなの？ ドミトリー・イワノヴィチか、哀れで愚かな大公妃のどちらかでも、昨夜親を亡くした子どもたちのもとへ、パンを届けさせたかしら」

ペチカの横の長椅子にすわっている娘は青ざめ、下唇をかみしめた。「ドミトリー・イワノヴィチはきっと、タタール人に復讐を果たそうと作戦を練っているわ。焼け出された人たちは、ただ待つしかない。でも、だからといって――」

娘の言葉は上の階で上がった悲鳴にさえぎられ、続いてあわただしい足音がきこえてきた。三人はまったく同じ表情を浮かべ、ドアをにらみつける。今度はなんだっていうの？

乳母が部屋に飛びこんできた。がたがた震えている。その後ろでふたりの侍女が息を切らしている。「マーシャ様が」乳母はあえぎながらいった。「マーシャ様が――いらっしゃらないんです」

オリガはさっと立ち上がった。マーシャ――マーリヤ――はオリガのひとりきりの娘で、昨夜、ベッドからさらわれるという恐ろしい思いをしたばかりだ。「下男たちを呼んで」オリガはすかさず命じた。

しかし、長椅子にすわっている娘は首をかしげ、何かに耳を傾けているかのようだ。「いいえ」その言葉に、部屋にいた女たちがいっせいに振り返った。侍女たちと乳母が陰険に視線を交わす。「外にいったんだわ」

「それなら――」といいかけたオリガを、娘がさえぎった。「どこにいるかはわかってる。わたしにいかせて」

オリガは娘をじっとみつめ、娘もじっとみつめ返す。昨日のオリガだったら、気のふれた妹にわが子はまかせられないといっただろう。

「どこなの？」オリガがたずねた。

「馬屋よ」

「わかったわ。ただし、ワーシャ、ランプの火がともるまえに連れもどして。もし馬屋にいなかったら、すぐに知らせてちょうだい」

娘は悲しげな顔でうなずき、立ち上がった。歩きだすと、傍目にも体の片側をかばっているのがわかった。肋骨が折れているのだ。


ワシリーサ・ペトロヴナは、予想どおりの場所でマーリャをみつけた。鹿毛《かげ》の雄馬の仕切りの中で、藁《わら》に丸まって眠っていた。雄馬はつながれておらず、仕切りの戸は開いている。ワーシャは仕切りの中に入ったが、すぐにはマーリャをすぐに起こさず、大きな馬の肩にもたれて、その絹のような毛に頬ずりした。

鹿毛の馬はワーシャに首を巻きつけ、じれたようにポケットに鼻をつっこむ。ワーシャはほほえんだ。この長い一日で初めて心から笑い、袖口から固くなったパンのかけらを取り出すと、馬に食べさせた。

「オリガは休もうとしないの」ワーシャはいった。「あれでは、みんないたたまれないわ」

自分だって休んでないよね。馬はそう返し、あたたかい息をワーシャの顔に吹きかけた。

ワーシャはびくっとして、馬を押しのけた。熱い息がかかると、頭皮と頬に負ったやけどがずきずき痛むのだ。「わたしには休む資格なんてない。火事を起こしたんだもの。できるかぎりの埋め合わせをしなくては」

ちがう。ソロヴェイは足を踏み鳴らした。火事を起こしたのは火の鳥《ジャール・プチーツァ》だ。だけど、あれを放すまえに、ぼくの意見をきくべきだったね。あの馬はずっと囚われていたせいで、いらだってたんだ。

「あの雌馬はどこからきたの？」ワーシャはたずねた。「なぜ、よりによってカシヤンが、あの馬に馬勒をつけたの？」

ソロヴェイは不安そうに耳を前後に動かし、尾でわき腹を打った。わからない。思い出せるのはただ、だれかが叫んでて、だれかが泣いてたことだけ。それに翼と、青い海に浮かんだ血。そういうと、また足を踏み鳴らし、たてがみをゆすった。それしか思い出せない。

ソロヴェイがひどく取り乱しているので、ワーシャは首のつけ根をかいてやった。「気にしないで。カシヤンは死んで、あの馬もいなくなったんだから」そして話題を変えた。「マーシャはここにいるって、ドモヴォイが教えてくれたの」

ここに決まってる。馬は誇らしげに答えた。まだぼくと話すことはできないけど、この子にはわかってるんだ。自分を傷つけようとするやつは、だれだろうとぼくが蹴り飛ばすって。

体高が百七十センチもある馬の言葉は、口先だけの脅しではない。

「あの子がここにきたのもわかるわ」ワーシャがそういって、また首のつけ根をかいてやると、馬はうれしそうに耳をぴくぴくさせた。「わたしも小さいころ、何か困ったことが起こりそうになると、いつも馬屋に逃げこんでたから。でも、ここはレスナーヤ・ゼムリャじゃない。あの子がいなくなったと知って、オリガはおびえてた。連れて帰らないと」

藁の中で幼い少女が身じろぎし、すすり泣いた。ワーシャが痛む側をかばうようにそっと膝をつくと、マーリャは目を覚まして手足をばたつかせた。マーリャの頭が肋骨にあたり、ワーシャはかろうじて悲鳴をこらえたが、視界の縁が黒くぼやけた。

「しーっ、マーシャ」ようやく声が出せるようになると、ワーシャはいった。「静かに。わたしよ。もう大丈夫。心配いらないわ。ここは安全だから」

マーリャはおとなしくなったが、ワーシャの腕の中で身をこわばらせている。ソロヴェイが頭を下げ、マーリャの髪に鼻をすりつけた。マーリャは目を上げた。馬に優しく鼻をなめられると、小さな笑い声をあげ、それからワーシャの肩に顔をうめて泣きだした。

「ワーソチカ、ワーソチカ、何も思い出せないの」ときどきしゃくりあげながら、ささやく。

「ただ、ものすごく怖かった――」

ワーシャもあのときの恐怖を思い出した。昨夜の光景が、放たれた矢のように心をよぎる。火の馬が棹立《さおだ》ちになり、魔術師はしなびて床に崩れるように倒れて息絶えた。マーリャは魔法をかけられ、うつろな顔で言いなりになっていた。

そして、冬の王の声。わたしなりに、おまえを愛していた。

ワーシャは記憶を振り払うかのように首を振った。「思い出す必要はないの、いまはまだ」マーリャに優しく声をかける。「もう大丈夫。終わったのよ」

「終わった感じがしない」マーリャがささやいた。「思い出せない！　ほんとうに終わったのか、どうすればわかるの？」

ワーシャはいった。「わたしを信じて。わたしでだめなら、お母さんでもサーシャおじさんでもいい。もうこれ以上悪いことは起こらないわ。さあ、もどらないと。お母さんが心配してる」

そのとたん、マーリャは身を振りほどいた。ワーシャには止める力がほとんど残っていない。マーリャは両手両足でソロヴェイの前脚にしがみついた。「いや！」と叫び、馬の体に顔を押しつける。「絶対に帰らない！」

こんなことをされたら、普通の馬なら棹立ちになるか、飛びのくか、少なくともマーリャの顔を膝で蹴るくらいしても不思議ではない。しかし、ソロヴェイはただそこに立ったまま、どうしていいかわからないという顔をしている。恐る恐る頭を下げて、ここにいたいなら、いていいよ、といったが、マーリャには通じない。マーリャはまた泣きだした。我慢が尽き、か細い声ですすり泣いている。

ワーシャはマーリャをかわいそうに思うとともに、カシヤンへの激しい怒りに胸が悪くなりそうだった。家に帰りたくないというマーリャの気持ちはよくわかる。家からさらわれ、怖い思いをしたことを、ぼんやりとしか思い出せないのだ。大きくて自信にあふれたソロヴェイのそばにいると、安心できるにちがいない。

「夢をみてたの」マーリャは馬の前脚に顔を寄せたまま、ぼそっといった。「何も思い出せない――ただ夢をみてたってことしか。骸骨《がいこつ》がいて、わたしのことを笑ってた。わたしはケーキを食べ続けて――吐きそうになっても食べてた。もう夢なんてみたくない。家にも帰らない。ここでソロヴェイといっしょに暮らすの」マーリャはまた馬にしがみついた。

むりやり引きはがし、引きずってでもいかないかぎり――折れた肋骨には耐えられそうにないし、ソロヴェイも心底いやがるだろうが――この子はここを離れそうもない。

まあ、マーリャがここにいられない理由を怒りっぽい馬に説明するのは、ほかのだれかにまかせよう。それより――「いいわ」ワーシャは明るい声を出した。「いやならもどらなくていい。何かお話でもしてあげようか？」

ソロヴェイに必死にしがみついていたマーリャの手がゆるんだ。「どんなお話？」

「なんでも好きなお話をしてあげる。『イワヌシカとアリョーヌシカ』は？」ワーシャはそういいながら、ふと不安になった。――「姉さん、大好きなアリョーヌシカ姉さん」と子ヤギはいった。「泳いで、泳いでこっちへきて。あの人たちが火をおこして、鍋を火にかけて、ナイフを研いでる。ぼく、殺されちゃうよ」しかし、姉は弟を助けることができなかった。なぜなら、もうとうに溺れ死んでいたから。

「やっぱり、それじゃなくて――」ワーシャはあわててそういうと、考えた。「そうね、『イワンのばか』はどう？」

マーリャは考えこんだ。どのお話を選ぶかがとても重要で、うまく選べばあのむごい一日を書き換えられる、とでもいうように。もしそうならマーリャのためにどんなにいいか、とワーシャも思った。

「うーん。マーリャ・モレヴナのお話がききたい」

ワーシャはためらった。幼いころのワーシャは、『うるわしのワシリーサ』の話が大好きだった。自分と同じ名の人物が出てくるからだ。でも、マーリャ・モレヴナの話はこの子の心を深く――あまりに深く――傷つけるだろう。昨夜、あんな事件があったばかりなのだから。ところが、マーリャの望みにはまだ続きがあった。「イワン王子の話をして。ほら、あの、馬が出てくるところ」

それでワーシャもようやく納得した。にっこり笑うと、顔のやけどしたところがひきつったが、気にもとめなかった。

「いいわ。馬のところを話すから、ソロヴェイの脚を放してやって。柱じゃないんだから」

マーリャがしぶしぶ手を離すと、ソロヴェイは藁の中に横たわり、ふたりはそのあたたかいわき腹にもたれて体を丸めた。ワーシャはマーリャといっしょにマントにくるまり、マーリャの髪をなでながら話し始めた。

「イワン王子は三度、悪い魔術師のカスチェイのもとから、妻のマーリャ・モレヴナを助け出そうとした。ところが、一度もうまくいかなかった。カスチェイの馬は世界一足が速いばかりか、人間の言葉までわかるからだ。イワンの馬がどんなに速く走りだしても、カスチェイの馬に追いつかれてしまう」

ソロヴェイは満足げに鼻を鳴らし、藁のにおいのする息を吐いた。その馬だって、ぼくにはかなわないだろうな。

「とうとう、イワンは妻のマーリャに頼んだ。カスチェイがあのたぐいまれな馬をどうやって手に入れたのか、聞き出してくれと。

マーリャがたずねると、カスチェイは答えた。『ニワトリの脚のついた家がある。その家は海辺に建っている。そこに住むバーバ・ヤガーという魔女が、世界一すばらしい馬を育てているのだ。そこへいくには火の川を渡らねばならないが、わしには魔法のカーチフがあるから、炎を分かつことができる。その家に着いたら、バーバ・ヤガーに頼んで三日間仕えるんだ。仕事ぶりがよければ馬をくれる。だが、しくじれば食われてしまう』」

ソロヴェイは考えこむように片方の耳を傾けている。

「そこで、勇敢なマーリャは」――ここでワーシャが姪の黒い三つ編みを引っぱると、マーリャはくすくす笑った――「カスチェイの魔法のカーチフを盗み、こっそりイワンに渡した。そして、イワンは世界一の馬を手に入れようと、バーバ・ヤガーの家へ向かった。

火の川は大きくて恐ろしかったが、イワンはカスチェイのカーチフを振りながら、炎のあいだを全速力で駆け抜けた。火の川を渡り終えると、海辺に小さな家がみえた。そこにはバーバ・ヤガーと世界でも指折りの名馬たちが暮らして――」

ここでマーリャが話をさえぎった。「馬たちは話せるの？　ソロヴェイみたいに。ワーシャおばさんはほんとうにソロヴェイと話せるの？　ソロヴェイは人間と話ができるの？　バーバ・ヤガーの馬たちみたいに」

「ソロヴェイは話せるわ」ワーシャは手を上げて、次々とあふれ出る質問を押しとどめた。「こちらに馬の言葉がわかればね。さあ、静かにして、おしまいまで黙ってきいて」

しかし、マーリャはもう次の質問を口にしていた。「ワーシャおばさんは、どうして馬の言葉がわかるようになったの?」

「わたしは――馬屋で教わったの」ワーシャはいった。「馬屋の精のヴァジラから。子どものころにね」

「わたしにもわかるようになる? 馬屋にいるおじさんはあたしと話してくれないの」

「ここのヴァジラは力が強くないから」ワーシャはいった。「モスクワではみんなそう。でも――そのうちわかるようになるわ、きっと。あなたのおばあさん――わたしのお母さん――は魔法が少し使えたんですって。あなたのひいおばあさんは、暁《あかつき》のような色の葦毛《あしげ》のすばらしい馬に乗って、モスクワへやってきたそうよ。ひょっとしたら、わたしたちみたいに精霊《チョルト》がみえたのかもしれない。それに、ソロヴェイのような馬が、どこかよそにもいるのかもしれない。たぶん、わたしたちはみんな――」

ワーシャの言葉は、仕切りのあいだの通路を歩く堂々とした足音にさえぎられた。「たぶん、わたしたちはみんな」と侍女のワルワーラがそっけない口調でいった。「夕食が必要なんでしょう。オリガ様はあなたを信頼して、娘を連れもどしにいかせたというのに、おふたりして農家の男の子みたいに藁に寝ころがっていらっしゃるとは」

マーリャがさっと立ち上がる。続いてワーシャも、痛みをこらえ、けがした側をかばわないようにしながら立ち上がった。ソロヴェイも大儀そうに立ち上がり、ワルワーラのほうに耳を向けた。ワルワーラは妙な目つきで馬をみた。一瞬、その顔に遠い憧れのような表情が浮かんだ。遠い昔にほしくてたまらなかったものをみるような。だが、ふいに目をそらしていった。

「さあ、マーシャ様。お話の続きはあとにしましょう。スープが冷めてしまいますよ」


ワーシャとマーリャが話をしているあいだに、馬屋は暗くなっていた。ソロヴェイはじっと立ったまま耳をぴくぴく動かしている。「どうかした?」ワーシャは馬にたずねた。

あの音、きこえる?

「なんですって?」とたずねたワルワーラを、ワーシャはいぶかしげにみつめた。まさか、ワルワーラにもソロヴェイの言葉が……。

ふいに、マーリャがおびえた顔になった。「ソロヴェイには、だれかがやってくる音がきこえるの? 悪い人がくるの?」

ワーシャはマーリャの手を取った。「もう大丈夫っていったでしょ。ほんとうよ。少しでも危険があれば、ソロヴェイがわたしたちを乗せて全速力で逃げてくれる」

「わかった」マーリャは小さな声でいったが、ワーシャの手をきつく握っている。

三人は、青みがかった夕暮れの中に出ていった。ソロヴェイもついてきて、不安そうに荒く息をしながら、鼻先をワーシャの肩に向けている。血の色をした夕焼けは小さくなって、西の空にかすかな染みのように張りつき、奇妙な静けさが漂っている。馬屋の厚い壁の外にいると、さっきソロヴェイにきこえていた音がワーシャにもきこえてきた。大勢のあわただしい足音、押し殺したようなざわめき。

「あなたのいうとおり、何かがおかしい」ワーシャは低い声で馬にいった。「困ったことに、サーシャもいない」それから大きな声で続けた。「心配いらないわ、マーシャ。ここは門の中だから安全よ」

「さあ、早く」ワルワーラはそういうと、邸宅の外扉に向かった。扉の向こうには控えの間が、その先にはテレムに続く階段がある。

2　報い

庭は奇妙なほどしんとしていた。昼間の騒々しさから一転、重苦しく静まり返っている。ワルワーラはマーリャの手をしっかり握り、邸宅の外扉からそっと中に入った。ワーシャは階段の下で振り返ると、ソロヴェイのなめらかな首に額を押しつけた。庭はなぜあんなに静かなんだろう。オリガの屋敷の衛兵は、大公の宮殿の庭での戦いで多くが負傷し、命を落とした者もいた。だとしても、馬丁や奴隷たちはどこにいるのだろう。そのとき、門の外で叫び声があがった。「ここで待ってて」ワーシャは馬にいった。「姉さんのところへいくけど、すぐにもどってくるから」

急いで、ワーシャ。馬は体じゅうに不安をにじませていった。

ワーシャは階段をのぼり、オリガの仕事部屋へ向かう。一段のぼるたび、火の爪で引っかかれるような痛みが、折れた肋骨からわき腹へと走る。天井の低い大きな仕事部屋には、ペチカと換気用の細長い窓がある。部屋は人であふれかえっていた。外の騒ぎに、自室で休んでいたオリガの侍女たちも起きだしてきている。乳母はペチカのそばに腰かけて、オリガの息子のダニールを抱いている。ダニールはパンを食べていた。穏やかな気性の子だが、いまは不安のあまり興奮気味だ。女たちは話をきかれるのを恐れるかのように、ひそひそ声で話している。セルプホフ公の屋敷に、不穏な空気が広がっていた。ワーシャは気がつくと、火ぶくれのできた掌《てのひら》に汗をかいていた。

オリガは細長い窓の近くに立ち、庭の向こうをみつめている。マーリャが飛んでいくと、オリガは娘の肩を抱いた。

ワーシャが部屋に入り、空気が動くと、つるされたランプの影が不気味にゆれた。女たちの顔がいっせいに向けられたが、ワーシャは窓辺にじっと立っている姉しか目に入らない。

「オーリャ？」ワーシャは声をかけた。部屋の中の話し声が静まり、みんなが聞き耳を立てる。

「何が起こってるの？」

「男たちよ。松明《たいまつ》を持ってる」オリガは窓の外をみつめたまま答えた。

侍女たちがおびえたような視線を交わす。それでもまだ、ワーシャには状況がのみこめない。

「何をしているの？」

「自分でご覧なさい」オリガの声は穏やかだ。しかし、胸のあたりに幾重にもたれた頭飾りの金鎖がランプの光にきらめき、せわしない息づかいが見て取れる。

「衛兵を呼びたいけれど」オリガは続けた。「昨夜の火事とタタール人との戦いで、かなりの数を失ったの。生き残った衛兵は城門の守りについている。奴隷たちは救援のために街へ出ているし。割けるだけの男たちを送り出したのだけれど、まだもどってこない。もどれなくなった者もいるでしょうし、何かわたしたちの知らないことを耳にした者もいるのでしょう」

ダニールが、乳母にきつく抱きしめられて大声で抵抗した。マーリャは希望とゆるぎない信頼をこめた目でワーシャを――魔法の馬を持つおばをみている。ワーシャは足を引きずらないようにして窓辺に近づいた。数人の侍女が、そばを通るワーシャから目をそらして十字を切る。

セルプホフ公邸の門の前に、人々が群がっている。その多くが松明を掲げ、みな大声をあげている。鎧戸《よろいど》のおりていない窓に近寄って耳をそばだてると、人々からわき上がる声がようやくはっきりきこえてきた。

「魔女はどこだ！」人々は叫んでいる。「魔女を出せ！　あの娘が街に火をつけたんだ！」

ワルワーラがワーシャに「ねらいはあなたです」とこともなげにいった。するとマーリャがきいた。「ワーソチカ、ねえワーソチカ、魔女って――あなたのことなの？」オリガがこわばった腕で娘を抱き寄せた。

「そうよ、マーシャ。わたしのこと」ワーシャの口はからからに乾いている。群衆が、岩にせき止められた川の流れのように門の前に広がる。

「テレムの入口の扉をふさがなくては」オリガがいった。「門が破られるかもしれないから。ワルワーラ――」

「サーシャを呼びにやったの？」ワーシャが口をはさんだ。「大公の兵士は？」

「いったい、だれをやれっていうんです？」ワルワーラがいった。「この騒動が始まったとき、男たちはみな街に出ていたんです。まったく。一日じゅうテレムに閉じこめられて、こんなに疲れきってさえいなければ、わたしだって何かしら前触れに気づいたでしょうに」

「わたしがいってくる」ワーシャがいった。

「ばかなことを」ワルワーラがすかさずいう。「気づかれないとでもお思いですか。あの大きな鹿毛《かげ》の馬に乗っていったら、大人も子どもも、この街の人間ならひと目で気づきますよ。だれかがいくべきなら、わたしがいきます」

「だれもいけないわ」オリガが冷静にいった。「ほら、囲まれているもの」

ワーシャとワルワーラは窓のほうに視線をもどした。そのとおりだ。松明の海がさらに広がっている。

侍女たちのささやき声は、恐ろしさのあまりかん高くなっている。

人の群れがふくれ上がり、わき道からさらに人が流れこんでくる。群衆が門を激しくたたき始めた。ひとりひとりの顔ははっきりみえない。松明の光で目がくらんでいるせいだ。窓の下の庭は、冷たく静まり返っている。

「落ち着いて、ワーシャ」オリガがいった。その顔は頑ななまでに平静を保っている。「マーシャ、怖がらないで。火のそばへいって弟といっしょにすわっていなさい」それからワルワーラに向かっていう。「侍女たちを連れていって手伝わせて。その辺にあるものを手当たり次第、扉の内側に置くのよ。門が破られても、それで時間が稼げる。この塔はタタール人の攻撃にも耐えられるようにできているの。大丈夫。サーシャと大公様にも騒動の知らせが届いて、そのうち兵士たちがやってくるわ」

金鎖に映る光のゆらめきから、なおもオリガの不安が伝わってくる。

「わたしがねらいなら――」ワーシャは口を開いた。

オリガがその言葉をさえぎった。「自分を引き渡すというの？　それであの人たちが納得すると思う？」激しい身振りで、興奮した群衆を示す。ワルワーラはすでに長椅子から侍女たちを追い立てている。長椅子は丈夫な木でできている。あれで扉をふさげば、時間稼ぎにはなるだろう。でも、どれだけの時間を稼げる？

ちょうどそのとき、聞き慣れない声が「死だ」とささやいた。

ワーシャは振り向いた。声の主はオリガのドモヴォイで、ペチカの口から話している。火が消えたあとに落ちる灰ほどの、かすかな声だ。

ワーシャは総毛立った。ドモヴォイには、これから家族に起こることを見通す力がある。ワーシャは足を引きずりながら、二歩でペチカの前にいった。女たちがじっとみている。マーリャと目が合った。すっかりおびえている。マーリャにもドモヴォイの声がきこえたのだ。

「どうなっちゃうの？」マーリャは泣きだした。ダニールのパンをひったくり、弟が泣き叫ぶのもかまわず、ワーシャのわきの炉床に両膝をついた。

「まあ、マーシャ様――」いいかけた乳母をワーシャがさえぎる。「邪魔しないで！」あまりに激しい口調に、部屋じゅうが後ずさりした。オリガの歯のあいだからもれる息の音までがきこえる。

マーリャは消えかけているドモヴォイにパンを突きつけた。「なんてことというの。死だなんて。弟が怖がってるじゃない」

弟のほうはドモヴォイの声もきこえなければ、姿もみえないのだが、気位の高いマーリャが、怖がっているのは自分だと認めるはずがない。ワーシャはドモヴォイにたずねた。「この家を守れないっていうの？」

「そうだ」ドモヴォイはやっときこえるぐらいの弱々しい声でいった。その姿を残り火が映し出す。「魔術師は死に、老婆は闇をさまよっている。人間たちは新たな神々に目を向けるようになった。もう、だれもわしを生かし続けてはくれん。わしらはみな消える運命なんだ」

「わたしたちがいるじゃない」ワーシャは恐怖のあまりきつい口調になった。「わたしたちにはあなたがみえる。だから助けて」

「わたしたちにはみえるの」マーリャもささやき声で繰り返す。ワーシャはマーリャの手を取って握りしめた。昨夜負った無数の傷のひとつを、すでに開いてある。ワーシャは血のついた手をペチカの口の熱いれんがにこすりつけた。

ドモヴォイは身震いし、そのとたん、言葉を話す影というより生きものらしい姿になった。

「時間稼ぎならできる」息をついて続ける。「少しなら。だが、それが精一杯だ」

少し？　ワーシャはまだ姫の手を握っている。ふたりの後ろに侍女たちが集まり、恐怖や非難や、さまざまな表情を浮かべている。

「黒魔術です」侍女のひとりがいった。「オリガ・ウラジーミロワ、ご覧のとおり、これはまさに――」

「今夜の運勢に死が出ているの」ワーシャが姉にいう。ほかの女たちには見向きもしない。

オリガの顔にけわしいしわが刻まれた。「そうはさせないわ。ワーシャ、長椅子の端を持って。ワルワーラが扉をふさぐのを手伝って――」

ワーシャの頭の中でひとつの言葉が繰り返される――ねらいはわたし。庭でソロヴェイが甲高くいなないた。門がゆれる。ワルワーラが、部屋の扉にいちばん近いところに無言で立っている。その目は何かを伝えているようにみえる。ワーシャはそれが何かわかった気がした。

ワーシャはぎこちなく膝をつくと、姪の顔をのぞきこんでいった。「ドモヴォイの世話を忘れちゃだめよ。ここで――ううん、どこにいようと――ドモヴォイが弱らないように、できるかぎりのことをして。そうすれば、家を守ってもらえるから」

マーリヤは真剣な顔でうなずいた。「でも、ワーソチカはどうするの？　あたし、まだよくわからない――」

ワーシャはマーリヤにキスをして立ち上がった。「そのうちわかるようになるわ。大好きよ、マーシャ」ワーシャはオリガのほうに向き直る。「オーリャ、この子は――すぐに、この子をレスナーヤ・ゼムリャのアリョーシャのところへやらなければ。アリョーシャ兄さんならわかってくれる。いっしょに育ったから、わたしのことがわかってる。マーシャはこの塔にはいられない。ずっとはね」

「ワーシャ」オリガはいいかけた。マーリヤが戸惑ったようにワーシャの手にしがみつく。「こんなことになってしまって、ごめんなさい」ワーシャはマーリヤの手を放すと、ワルワーラが開けた扉をそっと出た。一瞬、ワルワーラとけわしい視線を交わす。すべてわかっている、というように。

ソロヴェイは邸宅の扉のそばでワーシャを待っていた。落ち着いているようにみえるが、白目をむいている。庭は真っ暗だ。叫び声はますます大きくなっている。何かが裂ける大きな音が門からきこえた。門の、ひびの入った木材のあいだから、松明の光がちらちらみえる。ワーシャの頭の中をさまざまな考えが駆けめぐる。何をしたらいい？　ソロヴェイに間違いなく危険が迫っている。いや、みんなに。自分にも、自分の馬にも、家族にも。

ソロヴェイといっしょに馬屋に隠れる？　扉にかんぬきをかけて。だめ——怒り狂った群衆が守りの薄いテレムの扉に突進し、中にいる子どもたちを襲ってしまう。

自分を差し出す？　群衆の前に出ていって、降伏する？　もしかしたら群衆はそれで満足するかもしれない。押し入ってこないかもしれない。

でも、ソロヴェイは——どうなる？　忠誠心の強い馬だから、わたしのそばを離れまいとするだろう。

「おいで」ワーシャはいった。「馬屋に隠れるの」

逃げたほうがいい、とソロヴェイがいった。門を開けて逃げるんだ。

「暴徒の目の前で、門を開けたりしない」ワーシャはきっぱりといい、それからなだめるように続けた。「できるだけ時間稼ぎをしないと。そのうちに兄さんが大公の兵士を連れてきてくれる。門もそれくらいは持ちこたえるはず。さあ、隠れるのよ」

馬は不安そうにワーシャのあとをついてくる。そのあいだにもあちこちから叫び声があがる。馬屋の大きな両開きの扉は、がっしりとした木でできている。ワーシャは扉を開けた。馬があとに続き、落ち着かない様子で薄暗がりに激しく息を吐く。

「ソロヴェイ」ワーシャは扉を少し開けたままいった。「大好きよ」

ソロヴェイは、今度はやけどに触れないように気をつけながら、ワーシャの髪に鼻を押しつけた。怖がらなくて大丈夫。あいつらが門を破ってここへ入ってきたら、走って逃げればいい。だれにもつかまるもんか。

「マーシャを頼むわね」ワーシャがいった。「たぶん、いつか、あの子はあなたと話ができるようになる」

ワーシャ。驚いたソロヴェイが頭を上げた。しかし、ワーシャはすでにその頭を押しのけ、扉のすきまからするりと外に出て、ソロヴェイをしっかりと馬屋に閉じこめていた。

背後から、激しいいななきがきこえた。それと、外の叫び声にかき消されてほとんどきこえないものの、硬い木を蹴破ろうとするひづめの音も。しかし、たとえソロヴェイでも、あのどっしりとした扉は突き破れないだろう。

ワーシャはぎこちない足取りで門へ向かう。寒さに震え、恐れおののきながら。

門にできた亀裂《きれつ》が広がる。ひとつの声が夜空に響き渡り、群衆をあおるように呼びかける。その声に応じるように、叫び声がひときわ大きくなった。

同じ声がふたたび呼びかけた。柔らかく、半ば歌うような澄んだ声が喧騒を貫く。ワーシャのわき腹に走る、鈍いが執拗な痛みが強くなる。頭上のテレムの明かりは消えている。

背後でソロヴェイがまたいなないた。

「魔女！」力強い声が三たび呼びかけた。それは召喚であり、脅しだ。刻一刻と門が壊されていく。

ようやく、ワーシャは声の主がだれかわかった。息が止まりそうになる。しかし、呼びかけにこたえるワーシャの声は震えなかった。「わたしはここよ。なんの用？」

その瞬間、ふたつのことが起こった。門が壊れ、破片が雨のように降り注いだ。同時にワーシャの背後でソロヴェイが馬屋の扉を蹴破り、猛スピードで駆けてきた。

3 小夜鳴鳥《サヨナキドリ》

群衆はワーシャの目の前まで迫っていたが、ソロヴェイの足の速さにかなうものはない。鹿《か》毛《げ》の雄馬は全速力でワーシャのもとに駆けてくる。これが最後のチャンスだとワーシャは思った。群衆をあおって自分のあとを追わせよう。姉のテレムから遠ざけるのだ。ワーシャは風のように駆けるソロヴェイとならんで走り、背中に飛び乗った。

痛みも疲れも、その危機一髪の瞬間に消えた。ソロヴェイは打ち壊された門に向かって突き進む。ワーシャは叫び、塔に向けられていた群衆の目を自分に引きつけた。ソロヴェイが獰猛《どうもう》な戦馬の本領を発揮して、群衆のあいだを駆け抜ける。つかみかかろうとする者たちは跳ね飛ばされ、振りきられた。

門に近づくと、ワーシャは逃げることに全神経を集中させた。ひらけた場所に出れば、この鹿毛の雄馬にかなうものはない。群衆を引きつけて時間を稼ぎ、サーシャやドミトリーの衛兵たちを連れてもどってこられるだろう。

ソロヴェイの足にかなうものはない。

何も。

何が自分たちに命中したのか、みえなかった。だれかが暖炉にくべるはずの、ただの薪だったのかもしれない。何かがシューッと音を立てて飛んできて、次の瞬間、ワーシャは衝撃を馬の体ごしに感じた。まともに食らったのだ。ソロヴェイは脚を横に滑らせ、壊れた門の一歩手前で倒れた。

群衆が甲高い声をあげる。バキッと鋭い音がして、ワーシャは自分の脚が折れたように感じた。本能的に転がって下敷きになるのをまぬがれ、馬の顔のそばにひざまずく。

「ソロヴェイ」ワーシャはささやきかけた。「ソロヴェイ、立って」

群衆が押し寄せる。だれかの手がワーシャの髪をつかんだ。ワーシャはぱっと振り向いて、その手に嚙みついた。手の主が毒づいて後ずさりする。馬は必死に蹴るが、片方の後ろ脚が恐ろしい角度に曲がったまま動かない。

「ソロヴェイ」ワーシャはささやいた。「ソロヴェイ、お願い」

藁《わら》のにおいのする柔らかい息が、ワーシャの顔にかかる。馬が身震いしたのか、たてがみが両手にたれかかると、羽根のようにちくちくした。ソロヴェイは、ワーシャがまだみたことのない本来の鳥の姿になり、ついに自由を勝ち取って飛び立とうとしているかのようだ。

そこに剣が振り下ろされた。

馬の首のつけ根に刃が食いこんだ。咆哮があがる。

ワーシャはまるで自分の喉を切り裂かれたかのように、剣が馬を貫くのを感じ、気がつくと金切り声をあげながら、わが子を守る狼のようにくるりと向きを変えて立ちはだかっていた。

「殺せ！」群衆のだれかが叫んだ。「あそこだ——邪悪な女め。あいつを殺すんだ」

ワーシャは群衆に飛びかかっていった。がむしゃらに、自らの命も気にかけずに。次の瞬間、男の拳《こぶし》が振り下ろされ、さらに別の拳が飛んできて、やがて何も感じなくなった。

ワーシャは星明かりの森の中で、ひざまずいていた。白と黒の世界がしんと静まり返っている。雪の中で茶色い鳥が一羽、手の届かないすれすれのところを羽ばたいている。髪が黒く肌のとても白い人影が、そのそばにひざまずき、少し丸めた掌《てのひら》をその生きもののほうに差し出した。

ワーシャはこの手を知っている。この場所も知っている。死神の目に古くから宿る、無関心さの奥の感情までみえるようだ。でも、確信はない。その目は自分ではなく鳥に向けられているからだ。死神はかつてないほどよそよそしく、遠く感じられる。そして、全神経を雪の中の小夜鳴鳥に注いでいる。

「いっしょに連れていって」ワーシャはささやいた。

死神はこちらを見向きもしない。

「わたしもいかせて」もう一度頼む。「わたしの馬を取り上げないで」遠くで自分の体がなぐられているのを感じる。

小夜鳴鳥が死神の手に飛び乗った。死神は片手でそっと鳥を包んで持ち上げると、もう一方の手で雪をひとすくいする。手の中で雪が溶け、しずくが鳥の上にたれたとたん、鳥は体をこわばらせて動かなくなった。

それからようやく、死神は目を上げてこちらをみた。「ワーシャ」よく知っている声で呼びかけてくる。「ワーシャ、きくんだ――」

しかし、ワーシャは答えることができない。

現実の世界で、ひとりの男のとどろくような声に群衆が後ずさりし、ワーシャはモスクワの悪夢に引きもどされていた。

もしかして、あれはただの想像？　しかし、血まみれの目を開けると、死神はまだすぐそばにいた。その黒い姿は真昼の影よりもおぼろげで、追い詰められたような弱々しい目をしている。一方の手で、小夜鳴鳥のこわばった体をそっと包みこんでいる。

次の瞬間、死神は姿を消した。あるいは、初めからそこにいなかったのかもしれない。ワーシャは馬の体に折り重なるように横たわり、その血にまみれていた。金色の髪の、真夏の空のような青い目をした男が、見下ろすように立っている。司祭服をまとい、冷たく勝ち誇ったような顔でワーシャをみつめている。

コンスタンチン・ニコノヴィチは、これまでの人生でさまざまな苦しみや悲しみを味わってきたが、ひとつだけゆるぎない才能があった。ひとたび口を開けば、群衆はその声の言いなりになるのだ。

その夜はずっと吹雪が吹き荒れていたが、コンスタンチンは死にゆく者に終油の秘蹟を授け、傷ついた者に慰めの言葉をかけていた。

そして、夜明けまえの真っ暗な時間に、モスクワの人々に語りかけた。

「もう黙ってはいられません」

最初のうち、その声は低く穏やかで、まずこちらの人、次にあちらの人という具合に話しかけていた。しかし、手のくぼみに水がたまるように人々が集まり始めると、コンスタンチンは声を張りあげた。「あなたがたは、きわめて不当な仕打ちを受けたのです」

「おれたちが?」すすにまみれ、おびえた人々がたずねた。「不当な仕打ちってなんだ?」

「この火事は、神が下した罰なのです。しかし、罪を犯したのはあなたがたではありません」

「罪だって?」人々は不安そうにわが子を抱きしめた。

「みなさんは、なぜこの街が焼かれたと思いますか?」コンスタンチンはたずねた。偽りのない悲しみに声がくぐもる。煙に息を詰まらせ、母の腕の中で死んだ子どもたち。その姿を思い浮かべれば、悲しむことはできる。まだそこまで落ちぶれたわけではない。激しい感情に声がしわがれる。「神は、魔女をかくまった罰として火事を起こされたのです」

「魔女だって?」人々はたずねた。「おれたちが魔女をかくまってるっていうのか?」

コンスタンチンの声がひときわ大きくなった。「みなさんも覚えておいででしょう? ワシーリー・ペトロヴィチと呼ばれていた少年が、じつは若い娘だったこと。だれもが聖人と認めるアレクサンドル・ペレスヴェートが、じつの妹にそそのかされて罪を犯したこと。その娘が大公様を欺いたことを。まさに、街が火事になった夜に」

コンスタンチンは語りながら、群衆の空気が変わっていくのを感じた。怒りと悲しみと恐怖が外に向かい始めている。注意深く巧みに、コンスタンチンはこの流れに勢いを加えた。鍛冶屋が剣の刃に鋭さを加えるように。

機が熟しさえすれば、あとは武器を手に取るだけだ。

「正義がなされなければなりません」コンスタンチンはいった。「ただ、わたしにはその方法がわかりません。おそらく神はご存じでしょう」

ワーシャは姉の屋敷の庭に横たわっていた。両手についた馬の血は乾き始めている。唇と頬は自分の血に染まり、目には涙があふれている。呼吸するたび、あまりの痛さに息をのむ。それでもまだ生きている。ワーシャはぎこちない動きで体を起こし、立ち上がった。

「神父様《バートウシカ》」言葉を発すると、唇の傷が開いて血が染み出した。「あの人たちを止めて」ひとこと発するたび、せわしく苦しそうに息をする。「下がらせて。あなたはわたしの馬を殺した。姉は――殺さないで。子どもたちも」

群衆が広がって、ふたりのそばを通り過ぎていく。流血への欲望が満たされぬまま、セルプホフ公の邸宅の扉をたたいている。扉はかろうじて持ちこたえている。コンスタンチンはためらった。

ワーシャが低い声で続ける。「わたしはあなたの命を二度救った」立っているのがやっとだ。

コンスタンチンは自分の力を自覚し、群衆の怒りに乗じていた。飼い慣らしきれていない馬を乗りこなすかのように。コンスタンチンはふいに手綱に手をかけた。「下がりなさい！」自分をあがめる者たちに向かって叫ぶ。「下がるのだ！　魔女はここだ。もう捕らえている。正義がなされなければならない。神は待ってはくださらぬ」

ワーシャはほっとして目を閉じた。あるいは衰弱したせいだったのかもしれない。だが、コンスタンチンの足元にひざまずきはしなかった。情けを示されたことに感謝もしない。コンスタンチンは悪意に満ちた声でいった。「さあ、いっしょにきて神の裁きを受けるのだ」

ワーシャは目を開けてコンスタンチンをじっとみるが、みえていないかのようだ。唇がただひとつの言葉を発しようとする。コンスタンチンの名ではなく、慈悲を乞う言葉でもなく、ただ「ソロヴェイ……」と。ふいに、ワーシャの体がふたつに折れた。痛みというより悲しみのせいで、矢に射られたようにがくりと腰を曲げた。

「馬は死んだ」コンスタンチンは、この言葉が拳のようにワーシャに衝撃を与える様をみつめた。「さあ、これでおまえも女らしいことに心を向けられるだろう。もっとも、残された時間はわずかだが」

ワーシャは何もいわない。目がうつろだ。

「おまえの運命は決まった」コンスタンチンは身をかがめ、顔を近づける。まるでその言葉でワーシャの心を貫くことができるかのように。「不当な仕打ちを受けた人々が、裁きを望んでいるのだ」

「どんな運命？」ワーシャが腫れ上がった唇のあいだからささやく。顔が雪のように白い。

「せいぜい祈ることだ」コンスタンチンはそっとささやいた。

ワーシャは手負いの獣《けもの》のように、コンスタンチンに体当たりした。コンスタンチンが思いがけない喜びに笑い声をあげかけたとき、別の男の拳が飛んできて、ワーシャはコンスタンチンの足元に倒れこんだ。

4　すべての魔女の運命

「あの音はなんだ?」ドミトリーがサーシャにたずねた。門衛たちの多くは前夜の戦いで傷を負ったが、ほんの数人、無傷でいまも守りについている者たちが、何やら叫んでいる。宮殿の塀の外からは、大勢の声や雪を踏む足音がまざりあった喧騒がきこえてくる。庭を照らしているのは松明《たいまつ》だけだ。街の騒ぎはますます大きくなり、何かを打ち砕くような音もきこえる。

「なんてことだ。騒ぎはもう十分ではないか」ドミトリーはそういうと、向きを変えてきびきびと命令し始めた。

次の瞬間、叫び声の飛び交う中、裏門が開いた。黄色い髪をした侍女が臆することなく、ずかずかと大公に近づいてくる。その後ろからドミトリーの家来たちが、困惑したようについてくる。

「何ごとだ?」ドミトリーは女のほうをじっとみた。

「妹の侍女です」サーシャがいった。「ワルワーラ、いったい――」

ワルワーラの傷だらけの頰と表情をみて、サーシャは凍りついた。

「群衆が」ワルワーラが急《せ》きこんでいう。「セルプホフ公邸の門を破り、ワシリーサ様の鹿毛《かげ》の愛馬を殺しました」――これをきいて、サーシャは顔から血が引いていくのを感じた――

「そして、ワシリーサ様を連れ去ったのです」

「どこへ？」サーシャの声は抑揚がなく、ひどくかすれている。

その横でドミトリーはすでに馬を用意し、重騎兵を集めるよう命じていた。「――そうだ、けがをしている兵も馬に乗せろ。一刻の猶予もない」

「川へ」ワルワーラがあえぎ声でいった。「川へ向かっています。ワシリーサ様を殺すつもりです」

ワーシャは群衆から飛んでくる拳《こぶし》をほとんど感じなかった。服は破れ、血に染まっている。半ば引きずられ、半ばかつがれるように運ばれて、まわりの世界は喧騒に満ちている。叫び声と、群衆を意のままに動かす冷たく美しい声、そしてとぎれることなくささやかれる、神父様《バートウシカ》という言葉。

群衆は丘をどんどん下っていく。溶けかけた雪が踏み固められた通りを、ワーシャはよろよろと歩いた。手という手――たくさんの手――がワーシャの体をまさぐる。外套とレトニク（ガウンのようなゆったりした長衣）は剝ぎとられ、長袖のシフト（まっすぐなラインの、裾の長い服。ここでは下着）があらわになり、頭に巻いたカーチフはどこかに消え、編んでいた髪はほどけて顔にたれかかっている。

しかし、ワーシャ自身はほとんど気づいていない。ただひとつの記憶に囚われている。こん棒でなぐられたか、剣で切りつけられたような衝撃。体を突き抜けた衝撃。ソロヴェイ。ああ、なんてこと、ソロヴェイ。群衆は怒りを募らせているが、ワーシャには馬しかみえない。雪の中に横たわった馬。愛と美と力のすべてが打ち砕かれ、泥にまみれ、動かなくなった……。
ますます多くの人が押し寄せ、ワーシャの服を引き裂こうとする。体をまさぐる手を振り払うと、魚くさい拳が顔に飛んできて、その拍子に唇を噛んだ。痛みが星のように炸裂する。シフトの襟が破けた。ここへきてようやく、コンスタンチンの穏やかな声が群衆をたしなめる。群衆は後ずさりし、わずかにおとなしくなった。

それでも人々はワーシャを引きずって丘を下っていく。いたるところで松明が燃え、火花が飛び交っている。「ようやく怖じ気づいたか?」コンスタンチンが小声でささやく。何かの競技で負かしでもしたように、目を輝かせている。

ほとばしる怒りに痛みが薄れ、ワーシャはもう一度、司祭に体当たりした。

これでは、自分を殺せと群衆をあおっているようなものだ。群衆は自分を殺しかけていて、コンスタンチンはそれを止めようともしない。目の前を灰色の霧がおおい始めているが、まだ死んではいない。ふとわれに返ると、群衆にかつがれて城壁の門を通り過ぎたのがわかった。そこはもう塀の外のモスクワ、城外居住区《パサート》（クレムリンの外の商業地区。交易の中心地）だ。人々は相変わらず急ぎ足で、川へおりていく。小さな礼拝堂がぼんやりとみえてきた。群衆はそこで足を止め、すぐに相談を始めた。コンスタンチンが話しているが、ワーシャには断片的にしかきこえない。

魔女。

聖なる神父様。

薪を持ってこい。

ワーシャはろくにきいていなかった。感覚が麻痺《まひ》している。姉は無事だ。そしてマーリャも。馬は死んでしまった。わたしがどうなろうとどうでもいい。何もかも、どうでもいい。

空気が変わったと思ったら、降り注ぐ拳と強烈な松明の世界から、蠟燭《ろうそく》に照らされた暗い礼拝堂の中に押しこまれた。聖画壁《イコノスタス》（聖職者が出入りし聖体礼儀を行う「至聖所」と信者が祈禱する場所である「聖所」とを仕切る、聖画像でおおわれた壁）からそう遠くない床に倒れこみ、傷だらけの口に痛みが走った。

床に横たわったまま、埃っぽい木のにおいを吸いこみ、ただ衝撃に身をまかせる。だが思い直す。せめて立ち上がり、わずかばかりの勇気をみせよう。わずかばかりの誇りを。ソロヴェイだったらそうしただろう。ソロヴェイ……。

ワーシャはよろよろと立ち上がった。

たったひとりで、コンスタンチン・ニコノヴィチと向かいあっていた。入口に背を向けた司祭とのあいだには、身廊の半分ほどの距離がある。司祭はワーシャをじっとみている。

「あなたはわたしの馬を殺した」ワーシャが低い声でいうと、司祭はかすかに笑った。

ワーシャの顔には鼻梁を横切る切り傷があり、片方の目は腫れてふさがっている。礼拝堂の薄明かりの中で、痣《あざ》だらけの顔はかつてないほど妖しい魅力をたたえ、弱々しくみえる。司祭は昔の欲望がふたたび燃え上がるのを感じ、同時に自己嫌悪に襲われた。

しかし——なぜ恥じなければならないのだ。神は男と女のことなど気にもかけない。重要なのはわたし自身がどうしたいかであり、この娘はいまわたしの手の中にある。そう思うとコンスタンチンの血は、外の群衆にあがめられたときと同じくらい熱くたぎった。その視線がまた娘の体をなめまわす。

「おまえは死刑を宣告された」司祭はワーシャに告げた。「罪をあがなうのだ。つかの間だが、祈る時間をやろう」

ワーシャは表情を変えない。おそらくきこえなかったのだろう。コンスタンチンはさらに大きな声でいった。「これは神の法による裁きであり、人々の意思なのだ。おまえから不当な仕打ちを受けた人々の！」

ワーシャの顔は塩のように真っ白で、鼻の薄いそばかすのひとつひとつが血の斑点のように浮き上がってみえる。「なら、殺せばいい」ワーシャはいった。「勇気を出して自分で手を下したらどう？　群衆に押しつけて、それを正義と呼ぶのではなく」

「では、火をつけたのは自分ではないと言い張るのか」コンスタンチンは軽やかに近づく。これで自由になれる、と自分に言い聞かせる。ようやくこの娘から解放されるのだ。

ワーシャの表情は変わらない。口もきかない。司祭にあごをつかまれ上を向かされても、身動きひとつしない。「否定はできまい」司祭はいった。「真実だからな」

口のまわりに花を咲かせたような痣に司祭の親指が食いこんだが、ワーシャはたじろぎもしない。司祭の姿がほとんど目に入っていないようだ。

じつに醜い娘だ。目も口も大きく、がりがりにやせている。しかし、コンスタンチンは目をそらすことができない。ワーシャが死んでその目が閉じられるまで、決して目をそらすことはできないだろう。ひょっとすると死んだあとも、とりつかれたままなのかもしれない。司祭はいう。「おまえはわたしから大事なものをすべて奪った。わたしに呪いをかけ、悪魔の姿がみえるようにして苦しめた。死んで当然だ」

ワーシャは答えない。涙が顔を流れ落ちるのを、ぬぐおうともしない。

司祭はふいに激情に駆られ、ワーシャの肩をつかむと、イコノスタスに押しつけた。衝撃で聖人たちがゆれる。ワーシャの息が止まり、顔から血の気が失せた。司祭は青白く弱々しい喉を手で締めつけながら、自分の呼吸が速まっているのに気づく。「こっちをみるんだ」

ゆっくりと、ワーシャの視線がコンスタンチンの顔に定まった。

「命乞いをするがいい。乞えば、生かしてやってもいい」

ワーシャはゆっくりと首を振った。ぼうっとして、視線をさまよわせている。

コンスタンチンは憎しみがわき上がるのを感じた。ワーシャの耳に唇を寄せ、自分でも自分のものとは思えない声でささやく。「おまえは火に焼かれて死ぬのだ、ワシリーサ・ペトロヴナ。そして、わたしの助けを求めて叫ぶ。死の間際まで」コンスタンチンはワーシャに一度だけ口づけした。荒々しく、万力のようにあごを締めつけ、裂けた唇からにじむ血を味わった。ワーシャが噛みつき、コンスタンチンの唇からも血が流れる。コンスタンチンは飛びのき、ふたりはにらみあった。それぞれの憎しみが互いの目に映る。

「神のご加護がありますように」ワーシャは激しい嘲《あざけ》りをこめてささやいた。

「地獄に堕ちろ」コンスタンチンはワーシャを残して出ていった。

コンスタンチンが出ていくと、埃っぽい礼拝堂は沈黙に包まれた。群衆は火あぶり用の薪を積み上げているのかもしれないし、もっと恐ろしいものを準備しているのかもしれない。あるいは、最後に兄がやってきて、この悪夢を終わらせてくれるかもしれない。ワーシャはもうどうでもよかった。死を目前にして、いったい何を恐れる必要がある？　たぶん、死の先にはお父さんがいるだろう。お母さんや、大好きな乳母のドゥーニャも。

ソロヴェイも。

しかし、そのとき火が頭に浮かんだ。鞭とナイフと拳も。自分はまだ死んでいない。ワーシャは恐怖に襲われた。もしかしたら――ここから離れ――生の向こうにある灰色の森に足を踏み入れて、消えてしまえるかもしれない。死神は見知らぬ存在ではない。

「マロースカ」ワーシャはささやいた。それからもっと古い、死神としての名を口にした。「カラチュン」

返事はない。冬は過ぎ去った。マロースカは人間の世界から姿を消してしまったのだ。ワーシャは身を震わせると、床にすわりこんでイコノスタスにもたれた。外では人々が叫び、笑い、毒づいている。しかし、この礼拝堂には静けさだけが満ち、イコノスタスから聖人たちがじっと見下ろしている。ワーシャは祈る気にはなれなかった。ずきずきする頭をのけぞらせて目を閉じると、人生の残り時間をはかるように心臓の鼓動に耳を傾けた。

そこで眠ることなどあり得なかった。だがどういうわけか、まわりの世界が消え去り、気がつくと、またもや星空の下の真っ暗な森の中を歩いていた。衝撃がもたらすかすかな安らぎは知っている。終わったのだ。神はワーシャの訴えを聞き届けてくださった。これこそ望んでいたことだ。ワーシャはよろめきながら前に進み、呼びかけた。

「お父さん。お母さん。ドゥーニャ。ソロヴェイ。ソロヴェイ！」きっとソロヴェイはここにいる。待っていてくれるはず。待てるものなら。

マロースカなら知っているだろう。でも、ここにはいない。ワーシャの叫びに応じるのは沈黙だけだ。ワーシャはもがき、這うように進むが、手足があまりに重く、肋骨の痛みは息をするたびひどくなっていく。

「ワーシャ」死神の最初の呼びかけは、ワーシャの耳に届かなかった。「ワーシャ！」

ワーシャは振り向こうとしてつまずき、雪の中に膝をついた。立ち上がる力はもうない。空には星々が川をなしているが、ワーシャは目を上げない。死神しかみえていない。それは光と闇がまざりあったものにすぎず、月にかかる雲のようにぼんやりしている。しかし、ワーシャはその目を知っている。死神が灰色の森でワーシャを待っている。ひとりぼっちではない。

あえぎながら、なんとか言葉を発する。「ソロヴェイはどこ？」

「もういない」死神はいった。死神に慰めを求めることはできない。ここにいたっては。ソロヴェイをほんとうに失ったのだと、死神の薄青い目をみてわかるだけだ。

自分の喉が、これほど激しい苦しみの声を出せるとは知らなかった。その声をどうにか抑えこみ、ワーシャはささやいた。「お願い。いっしょに連れていって。今夜、わたしは殺されるの。それに――」

「だめだ」死神はいった。ワーシャはマツの香りのするかすかな風に、痣だらけの顔をなでられたような気がした。死神は鎧《よろい》のように無関心をまとっているが、心はゆれ動いている。「ワーシャ、わたしは――」

「お願い」ワーシャはいった。「あの人たちはわたしの馬を殺したの。わたしにはもう、火しか残されていない」

死神がワーシャに手をのばし、ワーシャも手をのばした。どんな記憶も幻影も、ふたりを隔てる壁も貫いて。だが、それはひと筋の霧に触れるようなものだ。

「きいてくれ」死神は自分の気持ちを抑えていった。「ワーシャ、きくんだ」

ワーシャはやっとのことで頭を上げた。なぜ、きかなきゃいけないの？　ただいかせてくれればいいのに……。でも、肉体につなぎとめられていて、そこから自由になれない。イコン（正教会で信仰・崇拝の対象とされる聖画像）に描かれた聖人たちの顔がワーシャの視界に入りこみ、ふたりを隔てようとしている。死神はいった。「わたしにはもう十分な力がない。できることはやった。それで間に合うといいのだが。もうわたしに会うことはないだろう。だが、おまえは生き続ける。生きるのだ」

「何をいってるの？」ワーシャはささやいた。「どうして？　なぜ？　わたしはもう――」

しかし、イコンが目の前をふさいだ。それらはおぼろげな死神よりもずっと現実味がある。

「生きるのだ」死神は繰り返した。そしてふたたび姿を消した。目を覚ますと、ワーシャは教会の冷たく埃っぽい床にひとりで横たわっていた。恐ろしいことにまだ生きている。たったひとりで。いや、そこにはコンスタンチン・ニコノヴィチがいた。頭上からその声が響く。「起きろ。祈るチャンスを逃したようだな」

ワーシャは両手を荒っぽく後ろで縛られた。コンスタンチンの指示で数人の男が近づいてきて、まわりを四角く取り囲む。男たちはとても兵士にはみえない。農民か商人だろう。血色がよく、迷いのない顔をしている。斧を持った者や、大鎌を持った者もいる。

コンスタンチンの顔は真っ白でこわばっている。一度、ワーシャと目が合い、激しい火花が散ったが、コンスタンチンは目をそらし、信仰にもとづいて務めを果たす男らしい穏やかな表情で、唇を引き結んだ。

群衆が礼拝堂のまわりにひしめき、川へ下る曲がりくねった道沿いにも列をなしている。手には松明を持ち、煮炊きや木炭のにおい、古傷や汗のにおいを漂わせている。夜風がワーシャの肌をこする。靴も、懺悔《ざんげ》のためだといわれ、奪われた。雪の中で足が擦りむけ、ずきずきする。群衆は勝ち誇った顔で、司祭への崇拝とワーシャへの憎しみをあらわにし、ワーシャに唾を吐きかけた。

「魔女」という言葉が、何度も何度もきこえてくる。――街に火をつけたんだ。魔女め。

ワーシャはこれほどの恐怖を感じたことがない。兄さんはどこ？　暴徒にはばまれてたどり着けないでいる？　人々の狂気に怖じ気づいた？　あるいはドミトリーが、荒れ狂う街をしずめるためならワーシャの命などわずかな代償だと考えた？

ワーシャは急き立《せ》てられ、よろめいた。そのわきを歩くコンスタンチンは、信心深げに頭をたれている。松明の赤い火がおどり、ワーシャは目がくらむ。

「神父様《バートウシカ》」ワーシャがいう。

コンスタンチンが立ち止まった。「ようやく赦しを乞うのか？」司祭の低い声は、群衆のどよめきにかき消される。

ワーシャは何もいわない。正気を失いそうになるほどの恐怖と闘うので精一杯だ。しばらくして、ようやく言葉を発する。「これはいや。火は――やめて」

コンスタンチンは首を振り、かすかな笑みを浮かべた。すばやく、秘密でも打ち明けるようにささやく。「なぜだ？　おまえはモスクワを火あぶりにしようとしたではないか」

ワーシャは答えない。

「悪魔どもがそういっていたぞ。おまえの呪いも多少は役立ったというわけだ。悪魔は真実を語るからな。魔女の血を引く娘のことや、火の怪物のことも。わたしはうそをつくこともなく、おまえの犯した罪を人々に告げるだけですんだ。そうなることを考えておくべきだったな。わたしに呪いをかけて、悪魔の言葉をきかせるまえに」

司祭は意志の力でなんとかワーシャから目を離すと、また祈り始めた。麻布《あさぬの》のような顔色だが、足取りはしっかりしている。群衆の怒りに気圧《けお》され、自分が呼び起こしたものにのみこまれてしまったようにみえる。

ワーシャの目の前の光景はくっきりとした白黒になり、ぞっとするほど不気味だ。顔にあたる空気が冷たく、雪の中で凍え始めた足が焼けるように痛い。恐怖に駆られて息を吸いこむたび、モスクワのきなくさい空気が血管を駆けめぐる。

目の前のモスクワ川の氷上にも人が大勢つめかけて、みな一様に顔を上向けている。うなり声をあげる者、泣いている者、傍観しているだけの者もいる。川の上に丸太が積まれ、その四方を松明が照らしている。急ごしらえの積み薪のてっぺんに、罪人を入れる檻が何本もの綱で固定され、空にくっきりと浮かび上がっている。群衆は、立ち上がってうなる獣《けもの》のように、低い声をとぎれなくあげている。

「檻はいらない」ワーシャはコンスタンチンにいった。「どうせ、あそこまでたどり着くまえに八つ裂きにされる」

憐《あわ》れむようなコンスタンチンのまなざしをみて、ワーシャはふいに悟った。コンスタンチンがなぜ自分の横を歩いているのか、なぜ計算したような優美な物腰で祈っているのか。これはレスナーヤ・ゼムリャでの騒ぎを大がかりにしたものだ。悲しみと恐怖にとらわれた人々を集め、その黄金の声と髪で意のままにし、自分の武器に仕立て上げる。復讐の道具、プライドを満たすための甘い餌にする。コンスタンチンがそばにいるかぎり、人々は襲ってこない。コンスタンチンはワーシャが火あぶりになるのをみたいのだ。司祭は昨晩、その機会をみすみす奪われた。ワーシャはこれまでずっと、この司祭の力をみくびっていた。

「怪物」ワーシャがいうと、コンスタンチンはほとんど笑みに近い表情を浮かべた。

ふたりは氷上に足を踏み出した。瀕死のウサギ十羽分ほどの金切り声があがる。いまや人々はすぐそばまで押し寄せ、唾を吐いたりなぐったりしてくる。護衛の男たちにも、もう食い止めることはできない。石が風を切って飛んできて、ワーシャの頬にあたり、深い傷をつけた。ワーシャが顔に手をやると、指のあいだから血があふれ出す。

呆然として、ワーシャはもう一度振り返り、モスクワの街を見た。兄がくる気配はない。しかし、暗闇にもかかわらず、さまざまなチョルトの姿がみえた。屋根や塀の上にその輪郭《りんかく》が浮かび上がっている。家の精のドモヴォイ、庭の精のドヴォロヴォイ、風呂小屋の精のバンニクなど、モスクワの家々に住みついたチョルトたちのおぼろげな姿がみえる。チョルトたちはそこにいる。だが、見守る以外に何ができる？　昔からの信仰の対象――チョルトは、人間の生活の流れから生み出された。その流れに乗りはしても、干渉はしない。

ただふたりだけ、例外がいる。ひとりはワーシャの敵であり、もうひとりははるか遠くにいて、春とワーシャの手で力のほとんどを奪われてしまっている。何か期待できるとすれば、苦痛のない死ぐらいだ。その一縷《いちる》の望みに必死にしがみつくワーシャを、人々はせっつき、罵声《ばせい》を浴びせながら火あぶりの積み薪へと追い立てる。氷の張った川の上を、ワーシャは歩かされる。群衆のあいだにできた細い道をたどる。自分の無力さと自分に向けられた人々の憎しみに、思わず涙が流れる。

ひょっとしたら、これにもなんらかの正義があるのかもしれない。ワーシャは何度も何度も人々に目を向けた。足を引きずっている人々、やけどを負って腕や顔に包帯を巻いた人々。

――でも、火の鳥を解き放ったのはわざとじゃない。何が起こるかわからなかった。知らなかったのだ。

川の氷はまだ固く、男の背丈ほどの厚みがある。ところどころ輝いているのは、風や橇《そり》で雪が払いのけられ、氷がむきだしになっているからだ。川が氷の枷から解き放たれるのはまだしばらく先だ。生きてそれを目にすることができるだろうか、とワーシャは考えた。この肌にまた太陽の光を感じる日がくる？　そうは思えない、とても――

積み薪のまわりで、人の波が寄せたり引いたりする。コンスタンチンの金髪が松明に照らされて銀灰色に変わり、その顔に勝利と苦悩と欲望が渦巻く。声の威力と存在感は衰えていないが、いまやその力は、衝動を抑えるという宗教本来の力とはかけ離れてしまっている。ふいにワーシャは、兄とドミトリーに警告したくなった。サーシャ、コンスタンチンがマーリヤに何をしたか知ってるでしょ。この男を信じちゃだめ、絶対に。

サーシャ、どこにいるの？

しかし、兄の姿はなく、コンスタンチン・ニコノヴィチはこれが最後とばかりにワーシャの目を見据えた。この男の勝ちだ。

「あなたが蔑《さげす》んでいる神になんというつもり？　自分が暗闇に姿を消すときに。人はみんな死ぬのよ」ワーシャはささやいた。恐怖で呼吸が浅くせわしない。

コンスタンチンはほほえんだだけで、片手を上げて十字を切ると、深い声を張りあげて祈りを唱え始めた。群衆は静まり返って、祈りに耳を傾ける。それからコンスタンチンは身をかがめ、ワーシャの耳にささやいた。「神などいない」

やがて群衆がワーシャの体を引っぱり上げ始め、ワーシャは罠にかかった野生動物さながら、本能のままにもがいた。しかし、男の力は強く、ワーシャの腕は縛られている。もがく手首に縄が食いこみ、指先から血がしたたり落ちる。むりやり薪の山をのぼらされながら、ワーシャは思った。――なんてこと、ほんとうにやるつもりだ。

死ぬときには、これで終わる、旅が終わるという感覚が伴うはず。でも、いまのわたしは生から締め出されているにすぎない。汗と涙にまみれ、恐怖におびえ、望みと後悔を抱いたままで。

檻は小さく、かがまないと入れない。背中に刃物を突きつけられ、ワーシャは檻の中に追いこまれる。木の格子扉が乱暴に閉められ、しっかりくくられた。

恐怖でワーシャの視界が砕け、世界はばらばらな印象の集まりとなる。火明かりに黒々と浮かび上がる群衆、最後に見上げた空、子どものころの森での記憶、家族の記憶、ソロヴェイの記憶。

男たちが積み薪の上に松明を放り投げている。煙が上がり、最初の薪に火がついてパチパチと音を立てる。一瞬、ワーシャの目がコンスタンチン・ニコノヴィチの真っ白な顔をとらえた。コンスタンチンが片手を上げる。そのまなざしに宿る渇望、悲しみ、喜びは、ワーシャにだけ向けられたものだ。やがて、渦巻く煙でその姿がみえなくなった。

ワーシャは両手で格子をつかんだ。指にとげが刺さる。煙で顔がひりひりし、ワーシャは咳きこみ始めた。どこか遠くでぼんやりと、ひづめの音と新たな呼び声がきこえたような気がしたが、それは別の世界のことだ。ワーシャの世界は火でできている。

多くの者が「死んだほうがまし」だというが、実際にそのときがくると考えが変わる。かつてマロースカはそういった。そのとおりだ。すでに耐えられないほど熱い。でも、マロースカの姿はどこにもみえない。あの世の森にも、もはやわたしが逃げこめる場所はない。

息ができない。

祖母はモスクワにやってきて、二度と出ることができなかった。今度はわたしの番だ。わたしもこの檻から二度と出られない。灰となって風に運ばれ、家族にも二度と会えない……。

ふいに激しい怒りがわき上がった。おかげで目が覚め、われに返ったワーシャは、身をかがめて立ち上がった。二度と？　これまで生きてきた時間と記憶のすべてを、復讐の機会をうかがい手に入れた頭のおかしい司祭に奪われたまま？　いつの日か、わたしはみんなの語り草になるの？　あの娘は二度と出られなかった。あの娘の物語は氷の上で終わった、と？　それに、マーリャはどうなる？　勇敢だけど不運なマーリャは？　おそらく、コンスタンチンの敵意は、次にはマーリャに向けられるだろう。自分の犯した罪を、あの小さな魔女に知られているのだから。

でも、逃げ道はない。ワーシャは開かずの檻の床にうずくまった。まわりじゅうで炎が上がり、すでに火ぶくれのできた顔を焼こうとしている。死以外に逃げ道はない。檻は壊れそうにない。不可能だ。

不可能だ。

そうマロースカはいっていた。いやがるマロースカを、モスクワをなめつくそうとする炎の中へワーシャが引きずりこんだときに。

魔法というのは、世界を自分の思いどおりにすることなのだ。

やみくもな意志の力に突き動かされ、ワシリーサ・ペトロヴナは燃えるように熱い太い格子をつかんで引っぱった。

頑丈な格子が砕けた。

信じられない思いで、ワーシャは新たにできたすきまにしがみついた。視界が灰色にかすむ。檻がくすぶり、その向こうに炎のカーテンがゆれている。格子を壊したからといって、どうなるというの？　どうせ炎にのみこまれる。奇跡が起こってそうならなかったとしても、群衆に八つ裂きにされる。

しかし、それでもワーシャは檻から這い出し、両手を、それから顔を炎の中につっこんで、立ち上がった。一瞬、そこに立って体をぐらつかせながら、恐怖を忘れた。炎に焼かれることはなかった。炎に焼かれる可能性をすっかり忘れていた。

そしてワーシャは飛びおりた。

自分が焼かれるはずだった炎の中を落ちていき、雪にぶつかって転がった。汗とすすと血にまみれて。じっとみつめていたチョルトたちから、声なき叫びがあがる。火ぶくれはできたが、燃やされてはいない。

生きている。

ワーシャは立ち上がり、あたりを荒々しく見まわしたが、だれも声をあげない。コンスタンチンも、群衆も――まだ火をみている。ワーシャが飛びおりたのがみえなかったかのようだ。まるで幽霊になったみたい。わたしは死んだ？　別の世界に入りこんでしまった？　地面に触れることができず、その上か下でしか生きられない悪魔のように？　ぼんやりと、しだいに大きくなるひづめの音、自分の名を呼ぶ懐かしい声がきこえたような気がした。

しかし、注意をそらされた。別の声が、低く、おもしろがっているような調子で、耳元でこういった気がしたからだ。「ふん、もう何が起こっても驚くことなどないと思っていたが」

それから、その声は高笑いした。

ワーシャはさっと振り向いた拍子にバランスをくずし、溶けかけた雪の中に倒れこんだ。煙で息が詰まる。熱せられた空気が布のように波打ち、人々の輪がぼんやりした影をつくりだす。みんな、まだワーシャがみえていないようだ。もしかして、もう死んでしまった？　ほんとうに悪魔の世界に堕ちてしまったのかもしれない。傷の痛みが感じられず、感じるのはただ自分の弱さだけ。何もかもが現実離れしている。自分を見下ろしているこの人物も。

いや、人ではない。チョルトだ。

「まさか」ワーシャはつぶやいた。

火にこれだけ近いところに立っていれば、焼け焦げていてもおかしくないはずなのに、平然としている。ひとつしかない目が、青い傷のある顔の中で輝いている。

最後にみたとき、このチョルトはお父さんを殺していた。

「ワシリーサ・ペトロヴナ」メドベードという名のチョルトがいった。

ワーシャはよろけながら立ち上がった。メドベードと火にはさまれている。「うそよ。あなたはここにいないはず。ここにいるわけがない」

メドベードは言葉で答えずに、ワーシャのあごをつかみ、自分のほうに上向かせた。目がないほうのまぶたは縫い閉じられている。太い指は腐った肉と焼けた金属のにおいがし、現実味たっぷりだ。メドベードがワーシャをみてにやりと笑った。「いるわけがない?」

ワーシャは必死に身をよじった。切れた唇から流れた血がメドベードの指についている。メドベードはその血をなめとり、秘密でも打ち明けるように続けた。「ところで、おまえの新しい力の効き目はどれくらいもつんだろうな?」品定めするような視線を群衆に向ける。「あいつら、おまえを八つ裂きにするつもりだぞ」

「あなたは――縛られていたはず」悪夢に迷いこんだ少女のような声で、ワーシャはつぶやいた。これは悪い夢なのかもしれない。父親が死んでからというもの、いつもあの熊の夢に悩まされてきた。そしていま、煙と赤い光の嵐の中で、顔を突きあわせている。「ここにいるはずがない」

「縛られていた?」熊はいった。ひとつしかない灰色の目に怒りの記憶がよぎる。うなるようにしゃべるそいつの影は、人間のものではない。「ああ、そうだった」熊は皮肉をこめて続けた。「おまえと父親に縛られた。おれの双子の兄がこそこそと手を貸して」熊は歯をむいた。「おれが自由の身になっていて、運がよかったじゃないか? おかげで命を救ってもらえるんだからな」

ワーシャはじっとみつめた。火に熱せられた空気のように、現実がゆらめく。

「おまえが望んでいた救い主ではなかっただろう」熊がずる賢い口調で続ける。「だが、おれの気高い兄は自分ではこられないのさ。おまえがあの青い宝石を壊したとき、兄の力も打ち砕かれた。そして春がやってきた。いまのあいつは幽霊以下だ。だからおれを自由にし、ここへ寄こしたのさ。大変な苦労をして」熊はひとつしかない目でワーシャの肌をなぞり、唇をすぼめる。「タデ食う虫も好き好きだな」

「そう」ワーシャはそう答えるので精一杯だった。「あの人はこない」恐怖と衝撃と、煙に半ば隠れた群衆の歓くささに吐き気がする。

熊はぼろぼろの袖に手をつっこむと、いやそうな顔で、掌《てのひら》ほどの大きさの木彫りの鳥を出し、ワーシャの手に握らせた。「これをおまえに渡してほしいといわれた。おまえの命と引き換えに自分の自由を差し出すという、証しだ。さあ、そろそろいかないと」

言葉が頭の中でまざりあい、意味が理解できない。木彫りの鳥は、痛々しいほど小夜鳴鳥《サヨナキドリ》に似ている。以前、この熊の兄である冬の王が、雪の積もったトウヒの木の下で鳥を削り出しているのをみたことがある。ワーシャは木彫りの鳥を握りしめながら、いった。「うそよ。あなたに命を救ってもらってなどいない」水をひとくち飲みたい。夢ならいいのに。

「これから救う」熊はそういって、燃えている檻をちらりと見上げた。その顔から嘲りが消える。「だが、おれといっしょにこないのなら、この街からは逃げられない」熊は突然ワーシャの手をつかみ、しっかり握った。「おまえの命を救うという取引をした。おれは誓ったんだ、ワシリーサ・ペトロヴナ。さあ、いくぞ」

これは夢じゃない。夢なんかじゃない。こいつはお父さんを殺した。ワーシャは唇をなめて、むりやり声を発した。「あなたが自由の身だとしたら、わたしの命を救ったあとに何をするつもり？」

熊の傷だらけの口がゆがんだ。「いっしょにくればわかる」

「絶対にいや」

「いいだろう。では、約束どおりおまえを助けるが、あとのことはおまえには関係ない」

こいつは怪物だ。でも、うそをついているようには思えない。冬の王はなぜそんな約束をしたんだろう。わたしはこの怪物に命を救われるの？　そうしたら、この怪物はどうなる？　そしてわたしは？

死に囲まれ、ワーシャはためらっていた。突然、鋭い悲鳴が群衆からあがり、ひるんだが、それはワーシャに向けられたものではなかった。騎兵隊が群衆を蹴散らしながらやってくる。群衆の視線が火から騎兵隊に移る。メドベードも目を上げた。

ワーシャはさっと身をひるがえして群衆のほうへ走った。振り返らなかった。振り返れば足が止まり、絶望して、救ってやるという敵の約束か、背後でいまだ脈打っている死に屈することになる。走りながら、ワーシャは幽霊のように、チョルトのようになろうとした。魔法というのは、世界を自分の思いどおりにすることなのだ。どうやらうまくいったらしい。だれからも叫び声はあがらず、だれもワーシャのほうをみもしなかった。

「ばかめ」熊の声がワーシャの耳元できこえた。ふたりのあいだには大勢の人がひしめいているというのに。倦《う》んだ嘲りは怒りよりもたちが悪い。「おれは真実を語っている。だから、おまえは怖いんだ」それでもワーシャは群衆の中を、火のにおいのする幽霊のように走り続け、冷たい金属のような声をきかないようにした。「やつらにおまえを殺させるぞ」熊がいった。「いっしょに逃げるか、ここで果てるかだ」

そのとおりなのだろうと思った。それでも走った。群衆の中に身を深く沈め、恐怖と獣くささで吐きそうになり、いまこの瞬間にもみつかるのでは？　つかまるのでは？　と思いながら。汗ばんだ手で握っている木彫りの小夜鳴鳥が、冷たく固く感じられる。理解できない約束。

するとまた熊の声がした。ワーシャに向けられたものではない。「おい、みろ！――あれはなんだ？　幽霊――いや――魔女だ。火から逃げたぞ！　魔法だ！　黒魔術だ！　あそこだ！　あそこにいるぞ！」

群衆にその声がきこえたことを知り、ワーシャは恐怖を覚えた。ひとつ、またひとつと顔が向けられる。ワーシャの姿がみえているのだ。女が悲鳴をあげ、同時にだれかの手がワーシャの腕をつかんだ。ワーシャは振り切ろうともがいたが、手の力はますます強くなる。そのとき、ワーシャの肩にマントがかけられ、黒く焦げたシフトをおおい隠した。耳元で聞き覚えのある声がしたが、そのあいだにも群衆の中をぐんぐん引きずられていく。「こっちへ」声がいった。

救い主はワーシャの焦げた髪にフードをかぶせ、足以外のすべてを隠した。押し寄せる人波で、ふたりの姿はみえなくなった。ほとんどの人が踏みつぶされまいと必死になっている。あたりは真っ暗で、ワーシャの血まみれの足跡はみえない。いまや凶暴さをむきだしにした熊が、背後で声をあげている。「そこだ！　そこにいるぞ！」

しかし、さすがに熊もここまで混乱した群衆を動かすことはできなかった。サーシャとドミトリー、それに大公の騎兵隊がようやく到着し、叫び声をあげながら積み薪に向かって進んでいく。燃えている薪をかき分け、手を焦がしては悪態をつく。ひとりに火がつき、悲鳴をあげた。ワーシャのまわりに人々が打ち寄せ、逃げまどい、魔女の幽霊をみた、魔女が火から逃げるのをみたと口々に叫ぶ。マントをはおってよろよろ歩くやせた娘には、だれも気づかない。

騒動の中、ワーシャの兄の声が響き渡った。ドミトリー・イワノヴィチの大きながらがら声もきこえたような気がした。波が引くように、群衆は騎兵隊から後ずさる。兄さんのところへいかなくては、とワーシャは思った。しかし、どうしても振り向く気になれない。全神経を逃げることに集中する。背後のどこかに熊がいる……。

腕をつかまれたまま、ワーシャはどんどん引きずられていく。「さあ」聞き覚えのある声がいう。「急いで」

ワーシャは顔を上げ、わけがわからないといった表情で、ワルワーラのいかめしい傷だらけの顔をみつめた。

「どうしてわかったの?」ワーシャはささやいた。

「伝言をもらったので」ワルワーラは相変わらずワーシャを引きずりながら、ぶっきらぼうに答えた。

ワーシャには理解できない。「マーリャは」どうにか言葉を発する。「オリガとマーリャは──」

「ご無事です」ワルワーラが答え、ワーシャは感謝のあまり体じゅうの力が抜けた。「けがもしていません。さあ」ワルワーラはワーシャを半ば抱きかかえるようにして、引き上げていく群衆の中を進む。「街を出なくては」

「出る?」ワーシャはささやいた。「どうやって? わたしには──もう……」

ソロヴェイ。その言葉を口にできない。口にしたら、悲しさのあまり、最後に残った強さまで失われてしまうだろう。

「馬はいりません」ワルワーラはきびしい声でいった。「さあ」

ワーシャはもう何もいわなかった。意識を失うまいと必死だった。折れた肋骨の端がこすれあう。むきだしの足は氷で感覚が麻痺し、もう痛みを感じない。だがうまく動かないので、何度も何度もよろめき、ワルワーラの腕の支えなしにはいまにも倒れそうだ。

背後では群衆が激しく動きまわり、ドミトリーの重騎兵が振るう鞭の下、散り散りに逃げまどう。その娘は病気なのか、とだれかがワルワーラにたずねる声がして、ワーシャは新たな恐怖に震えた。

ワルワーラは冷静に、姪が血をみて気を失ったのだと説明し、そのあいだにもワーシャの腕にさらに痣をつくりながら、川の土手から、パサートのわきに茂る若木の森の中へ引きずっていく。ワーシャは何が起きているのか理解しようとした。

ワルワーラがふいに足を止めた。そばにオークの若木がある。冬の終わりで、木はまだ裸だ。

「パルノーチニツァ」ワルワーラが闇に向かって呼びかけた。

パルノーチニツァ、真夜中の精と呼ばれる女のチョルトなら、ワーシャも知っている。でも、姉の侍女がいったいなぜ――

暗がりから、熊がぬっと現れた。火明かりがその顔に筋をつけている。ワーシャは身をよじって後ずさりした。ワルワーラはワーシャの視線をたどるが、盲目の女のようにその視線は闇を突き抜ける。「こんなことでおまえを見失うとでも思ったか」熊は半ば怒り、半ばおもしろがるようにたずねた。「おまえは恐怖のにおいがする。どこまでだってたどれる」

ワルワーラには熊がみえていないが、ワーシャの腕をつかむ手にぐっと力が入った。きこえたのだ。「〈食らう者〉ね」ワルワーラは低くつぶやいた。「ここでいいの？　真夜中の精」散っていく群衆の声が、川のほうからきこえてくる。

熊はワルワーラにさぐるような視線を投げた。「もうひとりのほうだな？　あのばあさんが双子のひとりだってことを忘れてた。どうやってそんなに長生きしたんだ？」

ワーシャはこの言葉に何か手がかりがあるように思ったが、考えがまとまらない。熊はワーシャに向かって続けた。「その女はおまえを真夜中の国に送りこむつもりだぞ。おれだったら、ついていかないね。おまえはそこで死ぬ。火の中で死ぬのと同じくらい明らかだ」

森を通ってパサートへもどる群衆の声が近づいてきた。ワーシャとワルワーラはすぐにみつかってしまうだろう。そうなれば……。まばらに生えた木々のあいだから、松明の光がちらちらみえる。ひとりの男がワーシャたちをみつけていった。「そこに隠れて何をしてる？」

「女だ！」別の声がいった。「みろよ。女ふたりきりだ。女にありつけるとはありがたい。あれをみたあとだし……」

「あいつらの手にかかって死ぬか、いますぐおれといっしょにくるかだ」熊がワーシャにいう。「おれにとっては同じことだ。これが最後のチャンスだぞ」

ワーシャの片方の目は腫れ上がって閉じたままで、もう片方はかすんでいる。四人目が暗がりからじっとみつめているのに気づくのが遅れたのは、そのせいだろう。肌は黒に近い紫色で、淡い色の髪が風になびき、星のような目にかかっている。その目をまずワーシャとワルワーラに、それから熊に向けたが、ひとことも発しない。

真夜中の精だ。

「わからない」ワーシャはつぶやいた。隠しごとをしていたワルワーラと、下心を抱いて救いの手を差しのべる熊とのあいだで、立ちすくむ。

三人の向こうに、真夜中の精が無言で立っている。その後ろで、森が変化したようにみえた。木々がよりうっそうとして、闇が深まった。

ワーシャの耳元で、ワルワーラの低くけわしい声がいった。「何がみえるの？」

「熊よ」ワーシャは息をついた。「それに真夜中の精。それから——闇。真夜中の精の後ろに闇がみえる。深い闇が」ワーシャは頭のてっぺんから足の先までがたがた震えている。

「闇の中へ駆けこんで」ワルワーラがささやいた。「それが伝言よ。そのとおりにすれば大丈夫。そのオークの若木に触れて、闇に駆けこんで。そこは道で、ここから湖のそばのオークの木まで続いてる。真夜中の国を通る道は、毎晩、開くのだけど、特別な目を持つ人にしかみえない。湖のそばに隠れ家があるわ。心に思い浮かべて——水面が広がり、輝いている様を。弓なりに曲がった入り江の奥に、大きなオークの木が生えている。さあ、闇に駆けこんで。勇気を出すのよ」

どっちを信じたらいいんだろう？　男たちの声は次第に大きくなってくる。ザクザクという足音が小走りになる。火か闇か、さもなければそのあいだにいる魔物を選ぶしかない。

「いきなさい——早く！」ワルワーラはそう叫ぶと、ワーシャの血だらけの掌を樹皮に押しつけてから、背中を強く押した。気がつくと、ワーシャはよろめきながら進んでいた。闇が迫り、夜にのみこまれそうになった瞬間、腕をつかまれ、熊のほうを向かされた。感覚を失った足が頼りなく雪をこする。「闇に飛びこんでみろ」熊がささやいた。「死ぬぞ」

ワーシャにはもう、言葉も、勇気も、抵抗する力もない。何も答えず、それでも、熊から、喧騒から、火のにおいから逃れたい一心であらんかぎりの力を振り絞り、熊の手を振りほどいて、闇に飛びこんだ。

その瞬間、モスクワの光と喧騒が闇にのみこまれた。ワーシャはたったひとり、森の中の汚れのない空の下にいた。一歩、もう一歩と足を進める。そこでつまずいて膝をついた。もう、立ち上がる力を奮い起こせない。最後に耳にしたのは、どこか聞き覚えのある声だった。「あんな死に方をするとは。あの老婆は間違っていたのかもしら」

ワーシャは、背後のどこかで、熊がまた笑い声をあげているような気がした。

やがて、ワーシャは倒れたまま動かなくなり、意識を失った。

現実の世界では、熊が歯のあいだから息をシューッと吐き、相変わらず怒りを含んだ笑い声をあげながら、ワルワーラに向かっていった。「そうら、おまえはあの娘を殺しちまった。もっとも、おれは兄との約束を破らずにすんだ。その点は感謝する」

ワルワーラは無言だ。〈食らう者〉の最大の強みは、人間の欲と弱さを知っていることよ。母親はチョルトについて多くのことを教えてくれた。もっとも、ワルワーラはそうした知識を忘れようとしたこともあった。そんなこと、どうだっていい。自分にはチョルトがみえないのだから。姉は何かにつけて、それをワルワーラに思い知らせようとした。

しかし、いまや〈食らう者〉は解き放たれ、母も姉もいない。

ふたりの若者が、酔ってふらふらと近づいてきた。その目が飢えたように光っている。「ふん、不細工なばあさんか」ひとりがいった。「でもまあ、女にはちがいない」

ワルワーラは無言でひとり目の男の股間を蹴り、ふたり目に肩から体当たりした。ふたりは悲鳴をあげて雪の上に倒れた。ワルワーラの耳に、熊の満足げなため息がきこえた。〈食らう者〉は、軍隊や戦や暴力を何より好むのさ。母はそういっていた。

　ワルワーラはスカートを持ち上げて、街の明かりのほうへ、大混乱のパサートのほうへ走りだし、クレムリンの丘をのぼっていった。走っていても、耳の中で熊の声がする。あとを追ってくるそぶりはなかったのだが。「チョルトがみえないおまえさんに、もう一度礼をいわねばな。おかげであの小さな魔女は死に、おれは約束を破らずにすんだ」

「礼をいうのは早いわ」ワルワーラは苦々しい口調でつぶやいた。「まだね」

第二部

5　誘　惑

檻が火花をまき散らして崩れ落ちたそのとき、サーシャとドミトリーが人々の輪を破り、槍の柄で火を突き崩そうとした。柄がくすぶりだす。混乱は最高潮に達した。

その混乱に乗じて、コンスタンチン・ニコノヴィチは濃い金色の髪をフードでおおい、こっそり立ち去った。あたりは煙にかすみ、狂乱状態の群衆は、コンスタンチンが何者であるかも知らず、ぶつかってくる。兵士たちが火のついた薪をかき散らしたころには、コンスタンチンはだれにも気づかれずにパサートを通り抜け、足音をしのばせて修道院へ向かっていた。

あの娘は罪を否定すらしなかった――そう考えながら、凍りかけた雪の中を足早に進む。あの娘はモスクワに火をつけた。人々は義憤によってあの娘を葬った。聖職者である自分にどんな責任があるというのだ?

あの娘は死んだ。自分は存分に復讐を果たした。

あの娘は十七だった。

自分の部屋に入って扉を閉めたとたん、コンスタンチンは堰《せき》を切ったように泣き笑いを始めた。モスクワの人々がうなずき、あがめ、ののしる顔。自分の言葉のひとつひとつを福音のようにあがめていた姿を笑い、娘の顔、その目に浮かんだ恐怖を思い出して笑った。さらには壁に掛けられたイコン、その厳かな沈黙をも笑った。しばらくして気づくと、笑いが涙に変わっていた。思いがけず、苦悶の声が喉からもれ出し、ついには拳《こぶし》を口につっこんでその音を消した。娘は死んだ。あっけない最期。ひょっとすると、あの悪魔、あの魔女、あの女神は、自分の妄想にすぎなかったのか。

コンスタンチンはなんとか感情を抑えようとした。人々は手に握った粘土のようだった。モスクワの火に熱せられて柔らかくなった粘土。いつもあんなに簡単にことが進むとはかぎらない。暴徒を煽動《せんどう》したことがドミトリー・イワノヴィチに知れたなら、公位を脅かす存在とみられかねない。大公のいとこを殺した罪までは、問われないにしても。自分が新しくつかんだ威光に、大公の怒りを打ち消すだけの力があるのかはわからない。

コンスタンチンは泣いたり、歩きまわったり、考えたり、考えまいとしたりするのに忙しく、声がして初めて、壁に映った影に気づいた。

「小娘のような泣きっぷりだな」声はささやいた。「よりにもよってこの夜に。おまえは何をしているんだ、コンスタンチン・ニコノヴィチ」

コンスタンチンは悲鳴のような声をあげて飛びのいた。「その声は」暗闇におびえる子どものように息をはずませていう。それから「いや、まさか」とつぶやき、最後に「どこにいる?」とたずねた。

「ここだ」声が答えた。

コンスタンチンは体をひねって声のするほうを向いたが、みえるのはランプが投じる自分の影だけだ。

「いや、こっちだ」今度は聖母のイコンから声がするようだ。金色の覆いの下から、女が横目でコンスタンチンをみている。それは聖母マリアではなく、ワーシャの顔だった。赤みがかった黒髪を振り乱し、目はひとつしかなく、顔が焼けただれている。コンスタンチンはまた悲鳴をあげそうになるのをこらえた。

するとと、今度は寝台から笑い声がした。「ちがう、ここだ、愚か者め」

コンスタンチンが目をこらすと、姿がみえた……男だ。

男？　寝台の上の姿は男のようにみえる。だが、修道院ではみかけたことのない顔だ。男は寝台にゆったりとすわり、笑みを浮かべている。ぼさぼさの髪と、修道院にはそぐわないむきだしの足。しかし、その影には――かぎ爪があった。

「何者だ？」コンスタンチンはたずねた。呼吸がせわしない。

「おれの顔をみたことがないのか？」そのものはたずねた。「ああ、そうだった。冬至の日におまえがみたのは獣《けもの》と影で、人の姿ではなかったな」そのものはゆっくりと立ち上がった。背丈はコンスタンチンとほぼ変わらない。「まあ、よかろう。声は知っているのだから」そういって、少女のように目を伏せる。「おれの姿はお気に召したかな、神父どの」かすかにほほえむと、傷のない側の口がひきつった。

コンスタンチンは扉に追い詰められ、拳で口を押さえている。「思い出した。あの悪魔か」

その男――チョルト――は顔を上げた。ひとつしかない目がぎらりと光る。「悪魔だと？

人間はおれを熊、あるいはメドベードと呼ぶ。名前を呼ぶ必要があればだが。おまえは、天国も地獄も、自分が思っているより近くにあると考えたことはないのか」

「天国が？　近くに？」扉の木材が背中に食いこむ。「神はわたしをお見捨てになった。悪魔に引き渡したのだ。天国などない。あるのは粘土でできたこの世界だけだ」

「まさに」悪魔はそういって、両腕を大きく広げる。「思いどおりの形にできるってわけだ。で、この世界に何を望んでいるんだ、神父どの」

コンスタンチンの手足は大きく震えている。「なぜそんなことをきく？」

「おまえが必要だからだ。人間がな」

「なんのために？」

メドベードは肩をすくめた。「人間ってのは、悪魔のために仕事をするんだろう？　昔からそうだ」

「わたしはおまえのしもべではない」コンスタンチンの声が震える。

「あたりまえだ。しもべなど、だれがほしいか」熊がぐんぐん近づいてきて、声を落としていう。「敵だろうと、恋人だろうと、情熱的な奴隷だろうと、なんでもいい。だが、しもべは──だめだ」赤い舌が上唇をなめる。「いいか、おれはけちな取引はしない」

コンスタンチンは唾をのんだ。口がからからに乾いている。願望と絶望で呼吸が荒くなる。四方の壁がどんどん迫ってくるように感じる。「見返りはなんだ、その──忠誠を誓った場合だが」

「何がほしい?」悪魔は切り返した。耳打ちできるくらい近づいてきている。

司祭の心の中に、破れかぶれの嘆きが渦巻く。わたしは祈りました――生まれてからこのかたずっと、祈ってきました。なのに、主よ、あなたはなんの言葉もかけてはくださらなかった。わたしが悪魔と取引するとすれば、それはあなたがわたしをお見捨てになったからです……。

悪魔は密やかな喜びをのうのうと味わいながら、コンスタンチンの思考をたどっているようにみえる。

「人間らしい情熱に溺れたい」こんな思いを口にしたのは初めてだった。

「よし、それで決まりだ」

「大公や貴族たちのような慰めがほしい」コンスタンチンは続けた。悪魔のひとつきりの目に操られていた。「極上の肉に柔らかいベッド」そしてとどめのひとことを吐き出す。「女」

熊は笑い声をあげた。「それも約束しよう」

「俗世の権力も」コンスタンチンはいった。

「おまえの両の手と心、それに声が囲いこめるだけの権力を約束しよう」熊はいった。「世界がおまえにひざまずくぞ」

「それで、そっちは何を?」コンスタンチン・ニコノヴィチは小声でたずねた。

悪魔はかぎ爪のついた手を握りしめた。「おれがほしいのは自由だけだった。ろくでなしの兄は、冬の果ての何もないところにおれをつないだ。人間が何世代も入れ替わるあいだ、ずっと。だが、最後の最後に、おれを縛っておくよりも大事なことができたらしい。おれはようやく解き放たれ、星々を見上げ、煙のにおいをかぎ、人々の恐怖を味わった」

声を和らげて、悪魔は続けた。「気がつくと、チョルトたちはすっかり影が薄くなっていた。いまや人間たちは、あのいまいましい鐘の音に従って生きている。そこで、鐘という鐘を投げ捨ててやろうと思う。ついでに大公も引きずり下ろす。ルーシという小さな世界に火をつけ、その灰から何が生まれるかみてやろうじゃないか」

コンスタンチンは魅せられると同時に恐れを抱き、じっと悪魔をみつめた。

「どうだ、いい話だろう？　そうなれば、神もおまえに干渉しなくなる」熊はひと息つくと、今度はさりげなく続けた。「手始めに、今夜、命じられた場所へいき、やってほしいことがある」

「今夜？　街は混乱している。もう真夜中もすぎたことだし、わたしは――」

「真夜中すぎに、邪悪な者といっしょにいるところをみられるのではないかと心配しているのか？　そのことならまかせておけ」

「なぜだ？」コンスタンチンはたずねた。

「なぜだめなんだ？」悪魔が切り返す。

コンスタンチンは答えない。

耳に悪魔の息がかかる。「それとも、ここであの娘の死に様を思い浮かべていたいのか？　暗がりにすわって、あの死んだ娘への欲望に身を焦がしたいのか」

コンスタンチンの口の中に血の味が広がる。知らぬ間に頬の内側をかんでいた。「あれは魔女だ。当然の報いを受けたのだ」

「だからといって、おまえが楽しまなかったことにはならない」悪魔はつぶやいた。「おれがまっ先におまえのところにきたのはなぜだと思う?」

「あの娘は醜かった」コンスタンチンはいった。

「海のように奔放で、海のように謎に満ちていた」熊が返す。

「だが、死んだ」コンスタンチンはきっぱりといった。そう口にすることで、記憶を断ち切るかのように。

悪魔はほくそえんだ。「ああ、死んだ」

コンスタンチンの肺にどんよりした空気がたまる。まるで煙を吸いこんでいるように。

「ぐずぐずしている暇はない」熊がいった。「最初の一撃を食らわすのは、今夜でなければ」

コンスタンチンがいう。「おまえは以前、わたしをだましました」

「また、だますかもしれない。不安なのか?」

「いや。わたしは何も信じていないし、何も恐れていない」

熊は笑い声をあげた。「それでいい。そうすりゃ、なんでもできる。負けるのを恐れなけりゃな」

6　骨も肉もない

ドミトリーと家来たちは、川の上で燃えていた薪の山を突き崩した。その横でサーシャは薪を蹴散らしながら、身を切られるような絶望に打ちのめされていた。やがて、くすぶって赤く光る薪があたり一面に広げられ、氷のあちこちにできたくぼみから蒸気が上がった。檻は焦げた薪と見分けがつかず、どれが檻の残骸なのかもわからない。群衆はすでに逃げ去っていた。

夜が更けて、いちばん寒く暗い時間になっていたのだ。ドミトリーの一行は、凍てつく大地と春の星空にはさまれ、消えかけた火の原に立ちつくしていた。

これまでサーシャの四肢を奮い立たせてきた精力が、ふいに消えうせた。サーシャは煙のにおいのする雌馬の肩に寄りかかる。何もない。妹の体は何も残っていなかった。サーシャは体の震えを止めることができない。

ドミトリーは額にかかった髪をかき上げ、十字を切った。「安らかに眠りたまえ」と、低い声で唱えると、いとこの肩に手を置いた。「この街では何人《なにびと》も、わたしに無断で裁きを行う権限はない。そなたの復讐を許すぞ」

サーシャは何も答えない。しかし、大公はいとこの顔に浮かんでいる表情に驚いた。悲しみは当然のこと、それに怒り。だが、それだけではない――戸惑いだろうか？

「どうした?」ドミトリーは問いかけた。

「みてください」サーシャはささやいた。足でひとつひとつ薪をかき分け、檻の残骸を指す。

「どういうことだ?」ドミトリーは用心深くたずねた。

「骨がないのです」サーシャはぐっと唾をのみこんだ。「肉も」

「燃えつきたのだろう。火は熱かった」

サーシャは首を振った。「それほど長いあいだ燃えていたわけではありません」

「おい」いまや心配顔になったドミトリーがいった。「生きていてほしいという気持ちはわかるが、妹君はあの中にいたのだ。逃げられたわけがない」

「ええ」サーシャは深く息を吸った。「おっしゃるとおり、それは不可能です」そういいながらも、川の上に広がる赤と黒の地獄絵にもう一度目をやると、サーシャはふいに馬のほうへ向かった。「妹のところへいってきます」

ドミトリーは驚きに言葉を失った。だが、すぐにもうひとりの妹のことだと気づいた。「よかろう。セルプホフ公妃に伝えてくれ。その――悲しい結果になってしまい残念だ。妹君は――勇敢だった、と。神のご加護を」

ただの言葉だ。口ではなんとでもいえる。ドミトリーがワーシャの死を心から悲しめないことは、サーシャにもわかっていた。ドミトリーはワーシャの問題をどう扱っていいかわからずにいるのだ。しかし――火の中に骨はなかった。それにワーシャは――いつだって予測がつかない。サーシャは馬の向きを変えるとわき腹を蹴り、全速力でパサートの丘を駆け上がって、モスクワの城門を通り抜けた。

ドミトリーは難しい顔で振り返ると、きびきびと命令を出し、衛兵たちを整列させた。あまりに疲れきっていた。モスクワでふたつの火事が起こり、ある意味、ふたつ目の火事もひとつ目に劣らぬ破壊をもたらしたのだ。


サーシャがセルプホフ公邸に着くと、門は壊され、庭も踏み荒らされていた。しかし、ドミトリーが割けるだけの重騎兵を送りこんだため、すでにある程度の秩序ができあがり、納屋や馬屋は略奪から守られていた。庭は静まり返っている。

サーシャはねぎらいの言葉をかけながら、ドミトリーの家来たちのそばを通り抜けた。群衆が川へおりていったあとに、この屋敷の馬丁が二、三人、もどってきていた。サーシャは馬屋にいた馬丁のひとりを起こし、手綱を押しつけて、すぐに馬屋を出た。

庭の雪は血に汚れ、血しぶきに染まっていた。さらに、テレムへ通じる扉には長靴や剣の刃の跡が残されている。扉をたたくと、おびえた侍女が恐る恐る扉を開けた。サーシャは侍女を説き伏せて、なんとか中へ入れてもらった。

オリガは寝室で、熱くなったれんがのペチカのそばにすわっていた。まだ服を着たまま、起きている。蠟燭《ろうそく》の光に照らされた顔は、やつれて青白い。乳白色の美しい顔に疲労が影を落としている。マーリャは母親の膝に顔をうめて興奮したように泣きじゃくり、黒い髪が水のように広がっている。部屋にはオリガとマーリャのふたりしかいない。サーシャは入口で足を止めた。オリガは、汚れて火ぶくれができ、すすの筋がついたサーシャの顔をみると、青ざめた。

「知らせなら、あとでいいわ」オリガはそういって、子どもに目をやった。

サーシャはなんといったらいいのかほとんどわからずにいた。血が飛び散った庭や、マーリャの激しい悲しみを目の当たりにすると、自分のわずかなとんでもない希望が、ばかばかしく思われた。「マーシャは大丈夫か?」部屋の奥へ歩いていき、妹のそばにひざまずいた。

「いいえ」オリガはいった。

マーリャが顔を上げた。目は涙に濡れ、まぶたのあたりが痣《あざ》のように黒ずんでいる。「あの人たちが殺したの!」マーリャはすすり泣いた。「殺したのよ。ソロヴェイは悪者しか傷つけたりしないのに。お粥《かゆ》が大好きで……。殺すなんてひどい!」その目は怒りに燃えている。

「わたし、ワーシャおばさんがもどってくるまで待ってる。それからいっしょに、ソロヴェイを傷つけた人たちをひとり残らず殺しにいく」マーリャは部屋じゅうをにらみつけ、その目にまた涙があふれだした。怒りは始まったときと同じ速さで引いていき、マーリャは膝をついて小さく丸まると、母親の膝に顔をうめて泣きじゃくった。

オリガは娘の髪をなでた。オリガの手が震えていることに、サーシャは気づいた。

「暴徒が集まっていた」サーシャは低い声でいった。「ワーシャは――」

オリガは唇に指をあて、泣きじゃくっているわが子をちらっとみた。しかし、わずかなあいだ黒い目を閉じていった。「どうか神のご加護がありますように」

マーリャはまた顔を上げた。「サーシャおじさん、ワーシャおばさんはいっしょじゃないの？　わたしたち、ワーシャおばさんといっしょにいてあげないと。きっとすごく悲しんでいるから」

「マーシャ」オリガは優しくいった。「ワーシャのためにお祈りしなくてはね。ワーシャはもどってこなかったの」

「でも、ワーシャおばさんは――」

「マーシャ」オリガはいった。「しーっ。何が起こったのか、すっかりわかってはいないの。ちゃんとわかるまで待たなくてはね。朝は夜より賢いっていうでしょ。さあ、もう眠るのよ」

マーリャはきこうとせず、立ち上がって叫んだ。「もどってこなきゃだめ！　もどってこなかったら、ワーシャおばさんはどこにいくの？」

「たぶん、神様のところへいったのよ」オリガは気丈にいった。子どもにうそをついたりしないのだ。「もしそうなら、安らかに眠らせてあげましょう」

マーリャは母親とおじをかわるがわるみつめた。恐怖に口を開けている。それから別のほうを向いた。まるで、この部屋でほかのだれかが話しているかのように。サーシャはその視線をたどり、ペチカの近くの隅をみつめた。だれもいない。背筋に寒けが走った。

「ううん、そんなはずない！」マーリャは叫ぶと、母親の腕の中から這い出した。涙に濡れた目をこすっている。「神様のところにいったんじゃない。お母さんは間違ってる！　ワーシャおばさんは――どこなの？」床の少し上の空間に向かってたずねる。「でも、真夜中は場所じゃないでしょ」

サーシャとオリガは顔を見合わせた。「マーシャ――」オリガがいいかけた。

そのとき突然、入口で何かが動いた。全員が飛び上がった。サーシャは身をひるがえし、汚れた手を剣の柄にかけた。

「わたしです」ワルワーラがいった。金髪の三つ編みがほつれ、服にはすすと血がこびりついている。

オリガはワルワーラをじっとみた。「どこにいっていたの？」

ワルワーラは単刀直入にいった。「ワーシャ様は生きていらっしゃいます。少なくとも、別れたときには生きていらっしゃいました。群衆に火あぶりにされそうになったのです。でも、ワーシャ様は檻の格子を壊して、だれにもみつからずに薪山から飛びおり、わたしが街の外へ逃がしました」

サーシャは希望を捨てていなかった。しかし、どうやってワーシャが逃れたかについては、実のところ考えもつかなかった。「みつからずに？」それから、もっと大事なことを思い出した。「どこにいる？　けがは？　どこにいるんだ？　わたしが――」

「ええ、けがをなさってます。群衆になぐられて」ワルワーラは苦々しげにいった。「それに、魔法を使いすぎて正気を失いそうになりました。あまりにも急に力を得てしまったものですから。切羽詰まった状況で。でも、生きていらっしゃいますし、傷も命にかかわるものではありません。無事に逃れたのです」

「いま、どこにいるの？」オリガが鋭い口調できいた。

「真夜中の国を通る道をいかれました」ワルワーラはいった。驚嘆と憤懣《ふんまん》が奇妙にまざりあった表情をしている。「おそらく湖にもたどり着けるでしょう。できるだけのことはしました」

「ワーシャのところへいかなくては」サーシャがいった。「真夜中を通る道というのは、どこにあるのだ？」

「どこにもありません」ワルワーラはいった。「それでいて、どこにでもあるのです。ですが、道が現れるのは真夜中だけ。今日はもう、真夜中をすぎています。いずれにしても、あなた様にはみえませんし、真夜中の道をひとりで進む力もお持ちではありません。もう、あなた様の手の届かないところへいってしまわれたんです」

オリガは眉をひそめ、マーリャとワルワーラをかわるがわるみつめた。

サーシャは信じられないという面持ちでいった。「おまえの言葉を信じろというのか？　妹を見捨てろと？」

「見捨てる、見捨てないの問題ではありません。ワーシャ様の運命はもうあなた様の手を離れているのです」ワルワーラは侍女という立場を忘れたかのように、丸椅子にどさりとすわりこんだ。その物腰はわずかながら、以前とはどこかちがう。真剣で不安そうな目をしている。

「〈食らう者〉が解き放たれたのです。メドベードと呼ばれる生きもの――熊が」

火事になったモスクワが吹雪に救われてから数時間たった今朝、ワーシャの口から真実をきいたあとも、サーシャは妹の語った魔物たちの話を信じることができずにいた。とにかく、ワーシャの正確な居場所をもう一度ワルワーラに問いただささなくては、と思ったとき、オリガが口をはさんだ。「それはどういう意味？　熊が解き放たれたというのは。熊というのは何ものなの？　解き放たれて何をしようというの？」

「わかりません」ワルワーラはいった。「熊は、チョルトの中でも最強の存在で、大地の不浄な力を司《つかさど》っています」はるか昔に忘れ去った知識を思い出しながら話しているかのような、ゆっくりとした口調だ。「そのおもな力は、人間の考えを読んで意のままに動かせることです。破壊と混沌を何よりも愛し、できるだけその種をまこうとするのです」そういって首を振ると、ふいにまた賢い現実的な侍女のワルワーラにもどった。「明日の朝、また考えましょう。みんな疲れきっています。よろしいですか、あの奔放なワーシャ様は生きていらして、味方も敵も手の届かないところにいらっしゃいます。ですから、今夜はもうお休みください」

沈黙が漂った。しばらくして、サーシャがいかめしい顔でいった。「いや――妹のところへいけないのなら、せめて祈ろうと思う。妹のために、そして気のふれたこの街のために」

「この街は気がふれてなんかいない」マーリヤは言い張った。黒い目をぎらつかせながら、大人たちの会話をずっときいていたのだ。それから横を向いて、床の少し上の姿なき声に耳をそばだてた。「金髪の男の人よ――その人がみんなにやらせたの。みんなに話をして、怒らせたの」マーリヤは震えている。「昨日の夜、ここへきて、あたしを連れ出したのもその人。その人が話し始めると、みんなきかずにはいられないの。とってもきれいな声だから。その人はワーシャおばさんを嫌ってるのよ」

オリガは娘を腕の中に抱き寄せた。マーリヤはまた泣きだしていた。疲れ果て、ゆっくりとしゃくりあげている。「さあ、いい子だから泣かないで」オリガは娘にいった。サーシャは自分の顔がけわしくなっていくのを感じた。「金髪の司祭か。コンスタンチン・ニコノヴィチだ」

「お父さんがあの方を家に住まわせ、あなたがモスクワに連れてきた。そしてわたしが手を差しのべた」オリガはいった。持ち前の冷静さも、その目に浮かんだ表情を隠せない。

「わたしはこれから祈るつもりだ」サーシャはいった。「この街に悪魔が現れたのだとすれば、わたしには祈ることしかできない。だが、明日にはドミトリー・イワノヴィチを訪ねる。あの司祭が裁かれ、正義がなされるようにしなくては」

「サーシャおじさん、その剣であの人を殺さなくちゃ」マーリャはいった。「きっと、すごく悪い人だから」

サーシャはふたりにキスをし、無言で去った。

「妹の命を救ってくれてありがとう」サーシャがいなくなると、オリガはワルワーラにいった。

ワルワーラは何もいわなかったが、ふたりは手を固く握りあった。長年のつきあいなのだ。

「さあ、モスクワに現れた悪魔について、もっとくわしく教えてちょうだい」オリガは続けた。

「もし家族の安全にかかわるようなら、朝までは待てないわ」

7 怪物

モスクワの別の地区では、夜明けまえの暗く冷えこむ時間に、兄の家に身を寄せた農夫とその妻がペチカの上の寝床で、眠れないまま横たわっていた。昨夜の火事でふたりは、自分たちの家《イズバ》と家財道具、さらに第一子を失い、それからずっと眠れずにいた。

窓をそっとたたく音が、何度かきこえた。

コンコン、コンコン。

床に寝ている兄一家が、もぞもぞ動きだす。単調なリズムで繰り返されるノックの音は、初めに窓、次に戸口からきこえてきた。「いったいだれだろう」夫がつぶやいた。

「きっと焼け出された人だよ」そう答える妻の声は、その日流した涙のせいでしわがれている。

「出ておやりよ」

夫はしぶしぶペチカの上から滑りおりた。兄の家族の体をまたいで文句をいわれながら、よろよろと戸口まで歩いていく。内戸を開け、それから外側の戸のかんぬきを外した。

妻の耳に夫が嗚咽《おえつ》をもらすのがきこえ、そのあと、しんとなった。妻も急いで戸口に向かう。

戸口に小さな人影が立っている。肌は黒く焦げて皮がはがれ落ち、白い骨らしきものが服の裂け目からのぞいている。「母さん？」人影がささやいた。

死んだ子の母親は悲鳴をあげた。死人をも呼び覚ますような悲鳴――だが、この死人はすでに目を覚ましている。悲鳴は、火事の記憶を胸に不安な眠りについていた近所の人々を目覚めさせた。人々は鎧戸《よろいど》を上げ、扉を開けた。

子どもは家の中には入らず、向きを変えて、通りを歩きだした。酔ったようにふらふらと、左に右によろめいている。月明かりの下で、その目は戸惑いおびえながらも、同時に何かを一心にみつめている。「母さん?」子どもはまた呼びかけた。

通りの両側では、起き出した近所の人々が窓からじっとみて指さしている。「なんてこった」

「あれはだれ?」

「あれはなんだ?」

「子ども?」

「どこの子だ?」

「いや――神よ、われらを守りたまえ――あれは幼いアンドリューシャだ――けど、あの子は死んで……」

子どもの母親が声を張りあげた。「いいや! ちがう、ごめんよ、母さんはここだよ。ぼうや、母さんを置いてかないで」

母親は死んだ男の子を追いかけ、凍りかけた地面でつまずいた。夫が家からよろよろと出てきて、そのあとを追う。通りで恐れおののく人々の中に、司祭がいた。夫は司祭をつかまえ、引きずっていく。「神父様、なんとかしてください!」夫は叫んだ。「どうか、あの子をいかせてください！」

「吸血鬼《ウプイリ》だ！」

その言葉――伝説や悪夢、おとぎ話に出てくる恐ろしい言葉――が家から家へと伝わるにつれて、人々は何が起こっているか理解し始めた。ささやき声は、通りを行き来しながらだんだん大きくなり、やがてうめき声や悲鳴に変わった。

「死んだ男の子だ。歩いてる。死人が歩いてるぞ。呪われてる。呪いだ！」

一瞬ごとに、騒ぎは大きくなっていく。素焼きのランプに火がともされ、ぼんやりとした月明かりの下、松明《たいまつ》の光が金色の点々のようにみえる。叫び声が飛び交う。気絶する者、涙する者、神の助けを求める者。戸を開けて走り出て、何が起こったのか確かめる者もいれば、戸にしっかりとかんぬきをかけ、家族に祈らせる者もいる。

死んだ子どもは相変わらずおぼつかない足取りで、クレムリンの丘をのぼっていく。

「ぼうや！」母親が息を切らして、そばに駆け寄った。まだ触れる勇気はない。男の子のぎくしゃくした足の運びは、生きている者の動きではない。それでも、そのまなざしは――母親はそう確信しているが――どこか息子を思わせた。「ぼうや、なぜこんな恐ろしいことに。神様がお遣わしになったの？　何か悪いことでも伝えにきたのかい？」

死んだ子が振り返って「母さん？」とまたいった。柔らかく高い声で。

「ここだよ」女はささやき、手を差し出した。その手が子どもの顔に触れたとたん、皮膚がはがれ落ちた。夫が司祭を突き飛ばすように前に出す。「なんとかしてくれ、お願いだ」

司祭は唇を震わせながらよろよろと前に出て、震える手を上げた。「亡霊に命じる……」

子どもが顔を上げた。目がどんより曇っている。人々は後ずさりし、十字を切ってみつめる。子どもの視線が、集まった人々の顔から顔へとさまよう。

「母さん？」子どもは最後にもう一度小さい声でいった。そして飛びかかった。すばやい動きではなかった。けがと死で弱っていたし、成長しきっていない手足の動きはぎこちない。だが、母親は抵抗しない。そのしわの寄った喉に吸血鬼が顔をうめた。

母親は喉を鳴らし、痛みと愛の叫びをあげると、子を抱きしめ、激しい苦痛にあえぎつつ、あやすような声を出す。「母さんはここだよ」もう一度、ささやいた。

すると、その小さな生ける屍《しかばね》は母の血に染まりながら、赤ん坊が乳を飲むように首をがくがくさせた。

人々が悲鳴をあげて、逃げまどう。

そのとき、通りの先から声が響き、コンスタンチン神父が足早に近づいてきた。表情はけわしく威厳に満ち、金髪が月明かりに照らされて銀色に光っている。

「神の民よ」コンスタンチンはいった。「わたしはここだ。闇を恐れてはならない」その声は、夜明けに鳴り響く教会の鐘の音のようだ。裾の長い聖衣がはためき、後ろになびく。コンスタンチンは夫を肘で押しのけて前に出た。夫は崩れるように膝をつき、どうすることもできずに片手をのばす。

コンスタンチンは剣を抜くような動きで、きびきびと十字を切った。

子どものウプイリがシューッという音を立てる。その顔は血に濡れて赤黒い。

コンスタンチンの背後から、目がひとつしかないものの影が血みどろの俗っぽい出会いをうれしそうにながめているが、その姿はだれにもみえない。コンスタンチンはみてもいなかった。おそらくこの瞬間、死者に眠るよう命じたのが自分の声だけではないことを、コンスタンチンはすっかり忘れていたのだろう。

「悪魔よ、下がれ」コンスタンチンはいった。「もといた場所にもどるのだ。二度と、生きている者を苦しめてはならぬ」

小さな吸血鬼はシューッと音を立てた。浮き足だって逃げかけていた群衆が、足を止める。いちばん近くにいた者たちが魅せられたように立ちすくみ、みつめている。しばらくのあいだ、ウプイリと司祭はにらみあったまま、激しく意志を戦わせた。きこえるのは、死にかけた女の喉が立てるゴボゴボという音だけだ。

注意深い人間なら、ウプイリがみつめているのは司祭ではなく、その向こうにいる何かだと気づいただろう。コンスタンチンの向こうで、目がひとつしかないものの影が、犬でも追い払うような横柄なしぐさで親指を動かした。

吸血鬼はもう一度うなり声をあげたが、今度は弱々しい。生気と息と動きを与えていた力が消えかけているのだ。吸血鬼は母の胸に倒れこんだ。最後にきこえた音が、母の息だったのか子の息だったのか、だれにもわからない。

夫は妻と子の亡骸《なきがら》をみつめた。うつろな表情で、あまりの衝撃に身じろぎもしない。しかし、群衆がみつめているのは夫ではない。熊がコンスタンチンの耳にささやいた。「もどれ。おまえは聖人だと思われている。ぼんやりつっ立っている場合じゃないぞ。くしゃみでもしてみろ、せっかくの効果が台無しだ」

畏怖の念に打たれた顔に囲まれていても、コンスタンチン・ニコノヴィチはその点を十分心得ていた。もう一度、人々の頭上で十字を切る——祝禱だ。それから狭い通りをさっそうと歩き、闇の中をもどっていった。凍った轍《わだち》でつまずかないようにと願いながら。人々は後ずさりし、涙を流した。

コンスタンチンの血はいまや、力の記憶にわき立っている。何年ものあいだ祈り、熱心に追い求めてきたというのに、結局は神に見捨てられた。しかし、この悪魔のおかげで自分は人々の尊敬を勝ち取ることができた。それは間違いない。心のどこかで、悪魔はおまえの魂を奪うだろう、というささやきがきこえたとしても、コンスタンチンはきく耳を持たない。魂がこれまで何をしてくれたというのだ？　しかし、思わずつぶやいた。「おまえは自分の力をひけらかすためにあの母親を殺した」

悪魔は肩をすくめた。傷のある側の顔は暗いせいでみえない。音を立てないむきだしの足以外は、普通の人間と同じ姿をしている。悪魔はときおり星空を見上げながらいった。「死んじゃいない。死人なら、おれがそばにいるのに静かに横たわってはいない」コンスタンチンは身震いした。悪魔は続ける。「あの女は夜な夜な通りをうろつき、息子をさがしまわるだろう。だが、それならなお好都合だ。ますます人々の恐怖をあおるからな」悪魔は司祭を横目でみた。

「後悔しているのか？　良心がとがめようが、もう遅いぞ、神の人よ」

　コンスタンチンは無言だ。

　悪魔がつぶやいた。「この世にあるのは力だけだ。力を持つ者と持たざる者、どちらかしかない。おまえはどっちを選ぶんだ、コンスタンチン・ニコノヴィチ？」

「少なくとも、わたしは人間だ」コンスタンチンはうわずった声で言い返した。「だがおまえは、ただの怪物ではないか」

　メドベードがにやりと笑うと、獣《けもの》めいた白い歯が一瞬光る。「怪物なんてものはいない」

　コンスタンチンは鼻を鳴らした。

「うそじゃない」熊はいった。「この世に怪物なんてものはいないし、聖人もいない。ただ、無数の色合いの糸が一枚のタペストリーに織りこまれているだけだ。明るい色も暗い色もな。ある人間にとっては怪物でも、別の人間にとっては最愛の存在になり得る。賢者はそのことを知っている」

　ふたりはすでに修道院の門の近くまできていた。「では悪魔よ、おまえはわたしにとって怪物なのか？」コンスタンチンがたずねた。

　メドベードの口の端の影が濃くなった。「そうだ。同時に最愛の存在でもある。おまえはそのあいだに線引きするような人間ではない」悪魔はコンスタンチンの金髪の頭を両手でつかむと、引き寄せてキスをした。まともに口に。

　そして、笑い声をあげながら闇に消えていった。

8　街と悪魔のあいだに

アレクサンドル修道士が妹の屋敷を去ったのは、日の出まえの青みがかった灰色の時間だった。あちこちで、モスクワが不機嫌そうに目を覚まし始めている。街の怒りと荒々しさは、より深い不安へと変わっていた。ドミトリーは割けるだけの兵士を街に――城門、宮殿の門、そして貴族たちの屋敷の警護に――配していたが、ものものしい雰囲気はかえって恐怖をあおっているようにみえる。

それほど早い時間で、フードをかぶっているのに、何人かがサーシャに気づいた。以前なら祝福を求めただろうに、いまはけわしい目を向け、自分の子どもたちをわきに引き寄せる。

魔女の兄だぞ。

サーシャは唇を固く結び、足早に歩き続けた。もっと敬虔な修道士だったなら、崇高なものだけをみつめ、すべてを許し、忘れて、妹がひどく痛めつけられたことも、自身の評判が地に落ちたことも嘆いたりはしなかったろう。だが、そもそも、もっと敬虔な修道士だったなら、ラヴラ（ここでは至聖三者修道院をさす。原意は、正教会の修道形態のひとつ）にとどまっていたはずだ。

太陽が地平線を銅色に縁取り、ゆるんだ雪の下に水が流れ出したころ、大公の宮殿の前を通りかかったサーシャは、ドミトリーと三人の貴族が小声で話しこんでいるのをみかけた。「神のご加護を」サーシャが声をかけると、貴族たちは十字を切ったが、あごひげの下には一様に困ったような表情が見え隠れしている。むりもない。

「名家の者たちは気に入らないのだ」貴族たちが一礼して去り、従者たちも声の届かないところに退くと、ドミトリーはいった。「何もかもな。わたしが裏切り者に殺されかけたことも、昨晩、この街の人々を統制しきれなかったことも――」ドミトリーは言葉を切った。片手で剣の柄をもてあそんでいる。「モスクワに悪魔が現れた、といううわさもある」

サーシャはワルワーラの警告を思い出した。ドミトリーは一笑に付されるものと思っていたのだろうが、サーシャは慎重に問い返した。「どのような――悪魔ですか」

ドミトリーはサーシャをちらっとみた。「さあな。ただ、こんなに早い時間に、あの三人がああまで不安げにここへやってきたのはそのためだ。三人ともうわさを耳にし、この街になんらかの呪いがかけられているにちがいないと恐れている。いまや、人々の話すことといえば、悪魔と略奪のことばかりだという。昨晩、この街が悪魔の手に落ちなかったのは、ひとえにコンスタンチンという名の司祭が悪魔を追い払ったからだそうだ。三人の話では、その聖職者は、この街と悪魔のあいだに立ちはだかる唯一の存在らしい」

「でたらめを」サーシャはいった。「昨日、この街に暴動を引き起こし、妹を火あぶりにしたのは、そのコンスタンチンという司祭なのですよ」

ドミトリーは目をつり上げた。

「暴徒をあおり、もうひとりの妹の屋敷の門を壊したのもその司祭です」サーシャは続けた。

「それに——」サーシャは口をつぐんだ。姪をベッドからさらい、略奪者に引き渡した——ほんとうはそういいたい。しかし、だめよ、とオリガはいっていた。あの晩、あの子がテレムを離れたことを表沙汰にするつもりじゃないでしょうね。できることなら、ワーシャに正義をもたらしてほしい。でも、すべて話したら、マーリャが何をいわれると思う？

「証拠はあるのか」ドミトリーがたずねた。

かつてのサーシャならこう答えただろう。わたしの言葉では不十分ですか？ と。それに対してドミトリーは、いや、十分だ、と答え、それで話はすんだはずだ。しかし、ふたりのあいだにうそが入りこんだせいで、サーシャはこういうよりほかなかった。「証人が何人もいます——コンスタンチン神父がセルプホフ公の屋敷に押し寄せた群衆の中にいた、という証人が。それから、火刑の場にもいたという話です」

ドミトリーは持ってまわった言い方で返した。「今朝、そのうわさをきいたので、聖天使首修道院に使いをやって、当の司祭をここへ連れてくるよう命じた。しかし、司祭は修道院ではなく生神女就寝大聖堂にいた。そこには街の半数の人々が集まって、祈り、嘆き悲しんでいたそうだ。その司祭は天使のように詠唱するらしい。モスクワじゅうが、彼の美しさと敬虔さ、それに悪魔から街を救った話でもちきりだ。そうしたうわさだけでも、その司祭は危険な存在になり得る。そなたのいうような悪党ではないとしても」

「危険な存在だというなら、なぜ捕らえなかったのです？」

「話をきいていなかったのか？」ドミトリーがいう。「モスクワの半数の人々の面前で、大聖堂から聖職者を引きずり出せるわけがない。だが、内々に招じておいたから、司祭は今日、ここへやってくる。そのときに、どうするか決めるつもりだ」

「群衆をたきつけてセルプホフ公の屋敷の門を破らせたのですよ」サーシャはいった。「なすべきことは、ただひとつかと」

「裁きは下されるだろう、いとこどの」ドミトリーは答えた。その目に警告の色が現れる。

「だが、それを決めるのはわたしだ。そなたではない」

サーシャは無言だ。庭には槌を振るう音、男たちの叫び声、馬のひづめの音が飛び交っている。その向こうから、目覚めた街のざわめきがきこえてくる。「奉神礼（正教会における礼拝）を行うよう命じておいた」ドミトリーは続けたが、声に疲労の色がにじんでいる。「すべての主教に祈禱させている。ほかに何ができるのかわからない。くそ。わたしは聖職者ではない。呪いや悪魔のことをきかれても、答えようがないではないか。邪悪なうわさなどなくても、人々はすでに動揺しているというのに。街を再建せねばならないし、タタール人の盗賊もさがし出さねばならんのだ」


大聖堂から大公の宮殿に向かいながら、コンスタンチンはモスクワじゅうが自分の後ろをついてきているように感じていた。人々の声に引っぱられ、人々の悪臭に包まれていた。「では、また後ほど」そう人々に告げると、コンスタンチンは宮殿の門を通り抜けた。人々はイコンを手に、祈りを唱えながら門の外で待つ。百人の衛兵よりも強力だ。

それでも、庭を進むコンスタンチンは冷や汗をかいていた。重装備のドミトリーの衛兵たちが、油断なく目を光らせているからだ。悪魔は朝からコンスタンチンのそばを離れない。ほかの人には姿がみえないのをいいことに、平然と横にならんで歩き、もの珍しげに目をきょろきょろさせている。熊が楽しんでいることに気づき、コンスタンチンの心は沈んだ。

庭のそこここに、ペチカに住む精などのチョルトたちが群れをなしている。その光景に、コンスタンチンはぞっとした。「いったい何をほしがっているのだ?」

熊は集まっているチョルトたちをみてにやりとした。「おびえているんだ。年々、鐘の音に追い立てられてきたが、ペチカを壊されれば一巻の終わりだからな。あいつらはおれが何をするつもりかわかっているのさ」熊はチョルトたちに向かって皮肉たっぷりに頭を下げた。「やつらは破滅する運命にあるってわけだ」チョルトたちにきこえているか確かめるように、楽しげにいうと、すたすた先へ進んでいく。

「いい厄介払いだ」コンスタンチンはつぶやき、あとを追った。その背中に、ペチカの精たちの刺すような視線が注がれる。

謁見室では、ふたりの男が待っていた。アレクサンドル修道士とドミトリー・イワノヴィチだ。ドミトリー大公の後ろには従者たちがしゃちこばって控えている。部屋にはまだ煙のにおいが漂い、一方の壁は刀傷だらけで、塗料がはがれ落ちている。

ドミトリーは彫刻が施された玉座にすわり、アレクサンドル修道士はその横に立って目を光らせている。

「あの男は、できるものならおまえを殺すだろう」熊はあごをしゃくってサーシャを指した。サーシャの目がつり上がった。修道士の視線が横にいる悪魔に向けられたようにみえたのは、コンスタンチンの気のせいだったのか、それとも実際にそうだったのか。コンスタンチンは一瞬、あわてふためいた。

「落ち着け」熊はサーシャを見据えたまま続けた。「あの魔女と同じ血筋なんだ。みえないものを感じ取れるんだろう。だが、それだけのことだ」ひと呼吸置いて続ける。「まあ、せいぜい殺されないように気をつけるんだな、神父どの」

「コンスタンチン・ニコノヴィチ」大公に冷ややかな声で呼ばれ、コンスタンチンは息をのんだ。「昨日、ある娘が――わたしの親類だが――裁きもなく火あぶりにされた。そなたがモスクワの群衆にそうさせたときいている。この件についてどう申し開きをするつもりだ？」

「そのようなことは、いたしておりません」コンスタンチンは穏やかな口調でいった。「むしろ、人々がもっとひどい暴力を働くのを止めたのです。人々はセルプホフ公邸のテレムに押し入り、女性たちを殺しかねない勢いでしたから。それはなんとか押しとどめたのですが、あの娘を救うことはできませんでした」悲しい声音を装う必要はない。もつれあったさまざまな感情の中から、悲しみだけを浮き上がらせればいい。「わたしはあの娘の魂を救おうと祈りましたが、人々の怒りをしずめることはできませんでした。あの娘は認めたのです。大勢の死者を出したあの火事を起こしたのは、自分だと」

コンスタンチンは、後悔のにじむ告白を非の打ちどころなく演じてみせた。その横で熊が鼻を鳴らすので、コンスタンチンはあやうく振り返ってにらみつけるところだった。

台座にすわる大公の横で、サーシャは身じろぎもせずに立っている。

ふいに熊が口を開いた。「あの修道士は火事が起こったいきさつを知っている。問いただしてみるといい。大公にうそはつくまい」

「でたらめをいうな」ドミトリーがコンスタンチンに向かっていう。「火を放ったのはタタール人どもだ」

「アレクサンドル修道士におたずねください」コンスタンチンは部屋じゅうに声を響かせていった。「そこにいる聖なる修道士に、あの娘が火をつけたのかどうかおたずねください。神の名において、真実を話すよう求めます」

ドミトリーはサーシャに向き直った。修道士の目は怒りに燃えていたが、驚いたことに熊のいったとおりだった。修道士はうそをつこうとはしなかった。「事故だったのです」サーシャはふいに言葉を切った。この部屋にふたりきりでいるかのように、ドミトリーとにらみあう。

「ドミトリー・イワノヴィチ――」

ドミトリーは顔をこわばらせて、無言のままコンスタンチンのほうに向き直った。司祭はつかの間の喜びを感じ、熊がにやりと笑うのをみた。すべてわかっているという視線を熊と交わしながら、コンスタンチンは思った。おそらく、ずっと呪われていたせいで、わたしにはこの怪物の考えていることがわかるのだろう。

「娘はこの街を救いもした」熊はつぶやいた。「しかし、あの修道士はそのことを話せない。

話せば、妹を魔女だと暴くことになるからな。頭のいかれた娘というのは、混沌の精に劣らずたちが悪い」まるでほめているような口調だ。

コンスタンチンは口を引き結んだ。

ドミトリーはすぐに落ち着きを取りもどしていった。「昨晩、そなたは悪魔と闘い、追い払ったともきいているが」

「悪魔なのか、さまよえる哀れな魂なのか、わたしにはわかりません」コンスタンチンはいった。「ただ、それは怒りに燃え、生者を苦しめるためにやってきたのです。わたしは祈りました」――いまやコンスタンチンは声を自在に操っている――「それで、神もとりなしが必要だとお思いになったのでしょう。それだけのことです」

「そうでしょうか?」アレクサンドル修道士が低く抑制のきいた声でいった。「あなたの話を信じないといったら、どうなさいますか?」

「街から目撃者を十人ほど連れてきて証言させることもできます」コンスタンチンはさらに自信たっぷりに答えた。修道士にはもう打つ手がない。

ドミトリーは身を乗りだした。「では、まことなのだな? モスクワに悪魔がいたというのは」

コンスタンチンは十字を切ると、頭をたれていった。「ほんとうです。生ける屍《しかばね》です。この目でみました」

「なぜ、生ける屍がモスクワに現れたと思う、神父様《バートゥシカ》?」

コンスタンチンは大公が敬称で呼びかけたことに気づき、ひと呼吸置いていった。「魔女をかくまったことに対する、神の罰でしょう。ですが、魔女はもう死にました。おそらく神の怒りもしずまるでしょう」

「そうはいくまい」熊がいったが、それはコンスタンチンにしかきこえなかった。

弁の立つ司祭め、とサーシャは思った。それに、どこにいるのか知らないが、ワーシャも困ったものだ。ワーシャの善意と誠実さを主張できたとしても、良心に照らし合わせてまったく潔白かというと、そうとはいえない。実際、ワーシャが魔女でないとはいいきれない。マーリャがさらわれたこともおおっぴらにはできない。

そのせいで、この人殺しの前に立ち、半端な真実をきかされながら、まともに言い返せないでいる。そしてあろうことか、ドミトリーがこの司祭の話に耳を傾けている。サーシャは怒りに色を失った。

「生ける屍はまた現れるだろうか」ドミトリーがたずねた。

「それをご存じなのは神だけです」コンスタンチンは答えた。その視線がわずかに左に動いたが、そこには何もない。サーシャの首筋に鳥肌が立った。

「それなら――」ドミトリーはいいかけてやめた。階段のほうが急に騒がしくなり、みんなの注意がそがれ、次の瞬間、謁見室の扉が開いた。

部屋じゅうの視線が入口に向けられる。ドミトリーの執事があたふたと部屋に入ってきて、そのあとから男が姿を現した。上等な服は旅で汚れている。

ドミトリーが立ち上がった。従者がいっせいにお辞儀をする。現れた男は大公よりも背が高く、大公と同じ灰色の目をしている。だれであるかは一目瞭然だ。モスクワ大公国で大公に次ぐ地位を占め、臣下の誓いなく生まれながらに領地を持つただひとりの男。セルプホフ公、ウラジーミル・アンドレーエヴィチだ。

「よくきたな、いとこどの」ドミトリーはうれしそうにいった。ふたりは幼いころいっしょに遊んだ仲だ。

「街は焼け跡だらけだな」ウラジーミルが返した。「持ちこたえたようで何よりだ」しかし、その目は心配そうに曇っている。冬の旅のせいですっかりやせている。「何があった?」

「みてのとおり、火事だ。それに暴動も。あとで何もかも話す。ところで、そんなに急いでもどってきたのは、どういうわけだ?」

「万人長《テムニク》のママイが、行軍の準備をしている」

部屋が静まり返った。ウラジーミルは単刀直入に伝える。「セルプホフで知らせを受けた。ママイには南に敵対する国があって、それが日に日に勢力をのばしている。その脅威を食い止めるには、モスクワ大公国の忠誠と銀貨がどうしても必要なのだ。それを手に入れるため、自ら北に向かおうとしている。疑う余地はない。ドミトリー・イワノヴィチ、そなたが従わなければ、やつは秋にはモスクワ入りするぞ。銀貨を集めるか、軍を召集するかだ。先延ばしする猶予《ゆうよ》はもうない」

ドミトリーの顔に、怒りと高揚の奇妙に入り交じった表情が浮かんだ。「わかっていることを洗いざらい話してくれ。さあ、酒でも酌《く》み交わしながら――」ほっとした様子の大公を、サーシャは怒りに燃える目でみた。さしあたりは、悪魔と生ける屍の問題にも、暴動と火あぶりの責任の所在についても、目をつぶっていられると思ったのだろう。戦と政治のほうが急を要するうえに、不安に駆られることも少ない。

サーシャは怒りと失望でみぞおちが冷たく沈みこむのを感じながら、確信した。この部屋に笑っている者がいる、と。

「なんのとがめもなく司祭を帰してしまわれるのですか」あとからサーシャがたずねた。やっとのことで話ができた。ウラジーミル・アンドレーエヴィチが訪ねてきてから、大公とふたりきりになれる時間はほとんどなく、モスクワの焼け跡を視察にいくため馬にまたがろうとしていたドミトリーを、庭でようやくつかまえたのだ。「ウラジーミル・アンドレーエヴィチが納得するとお思いですか。ワーシャは義理の妹ですよ」

「暴動の首謀者たちは捕らえた」ドミトリーはいった。馬丁から手綱を受け取り、片手を馬の首にあてている。「セルプホフ公の屋敷を破壊し、その一族に手をかけようとしたかどで死刑に処すつもりだ。だが、あの司祭に手出しする気はない――断じて。いいか、あの司祭はぺてん師かもしれんが、ただのぺてん師ではない。外にいる群衆をみなかったのか？」

「みました」サーシャはしぶしぶ答えた。

「司祭を殺せば暴動が起こる」ドミトリーは続けた。「これ以上の暴動は手に負えん。司祭は群衆を意のままに動かすが、わたしは司祭を意のままに動かせる。あれは、金と栄光を求める類の男だ。いかにも敬虔そうに振る舞ってはいるがな。南からの知らせは、すべてを変える。そなたもそれはわかっているだろう。わたしにできるのは、貴族や諸公、ノヴゴロド（ルーシ北西部の公国。十三世紀にはルーシの中心的役割を担い、美術等の文化が栄えた）の街の哀れな有力者たちから銀貨を搾りとるか、ルーシの諸公――戦う意志のある者たち――を召集して軍備を整えるという、はるかに困難な道を選ぶかだ。わたしは民のために前者を試みるつもりだが、それにはモスクワの街を敵に回すわけにはいかない。あの男は役に立つかもしれん。もう決めたのだ、サーシャ。それはそうと、あの男の話はもっともらしくきこえるではないか。案外、真実を語っているのかもしれんな」

「では、うそをついているのはわたしだと？　妹はどうなのです？」

「あの娘は火事を起こした」ドミトリーの声が急に冷たくなった。「もしかすると、火あぶりは当然の報いだったのかもしれん。そなたが火事のいきさつについて黙っていたのはたしかだ。どうやら、われわれは振りだしにもどったようだな。うそをつき、真実を隠すという」

「あれは事故だったのです」

「だとしても」

　ふたりはじっとみつめあった。サーシャにはわかっている。ようやく取りもどした信頼が、もろくも崩れ去ってしまったのだ。沈黙が漂う。

　しばらくして――「そなたに頼みがある」大公はそういうと、手綱を放し、サーシャをわきへ連れていった。「われわれはいままでどおり親戚だな?」

「ドミトリーを説得できなかった」サーシャはぐったりとした様子でオリガにいった。「司祭は自由の身だ。それに、ドミトリーは銀貨を集めて、タタール人どもを懐柔するつもりだ」

妹は靴下を繕っていた。豪華な刺繡《ししゅう》入りの服に包まれた膝の上で、質素な針をすばやく動かしている。ときおり乱れる手の動きだけが、心情を物語る。「では、妹にも、娘にも、壊された門に対しても、正義はなされないというの?」オリガがたずねる。

サーシャはゆっくりと首を振った。「いまは。だが、おまえの夫がもどってきている。少なくとも当面は安全だ」

「そう」返事をするオリガの声は夏の砂埃のように乾いている。「ウラジーミルが帰ってきたのね。それなら、ここへもくるでしょう――今日か、明日か――大公に知らせを全部伝え終わって、作戦を練り、入浴と食事、それに酒盛りがすんだら。そしたら伝えられるかもしれない。あの人が望んでいたふたり目の息子はじつは娘で、死んでしまった、と。そのあいだにも悪魔は野放しになっている……。戦になるのかしら?」

サーシャはためらったが、オリガのこわばった表情が哀れでならず、しかたなく新しい話題に乗った。「ドミトリーが要求をのめば、戦にはならない。ママイは本心から戦を望んでいるわけではない。サライ(モンゴルのバトゥ・ハンが十三世紀半ばにヴォルガ川下流に築いたキプチャク・ハン国の首都)の南に強力な敵がいて、それに手を打つための資金がほしいだけだ」

「かなりの大金が必要なんでしょうね。わざわざ軍隊を召集してゆすり取ろうとするくらいですもの。モスクワ大公国では冬じゅう盗賊が暴れまわっていたし、モスクワの火事もつい最近のこと。ドミトリーはそのお金を用意できるのかしら」

「わからない」サーシャはその懸念を認め、ひと息ついていった。「オーリャ、わたしは大公の命令で遠くへいかねばならない」

これをきいて、オリガは落ち着きを失った。「いくって——どこへ？」

「ラヴラだ。セルギイ神父のところへ。人間同士のもめごとや軍隊のことなら、ドミトリーにもわかる。だが、邪悪なもの、腐敗、悪魔の話となると、セルギイ神父の助言が必要になる。それで、わたしを迎えに差し向けようというわけだ」サーシャは立ち上がって落ち着きなく歩きまわる。「ワーシャの件で、この街でわたしへの風あたりが強くなり——」火事についての告白の代償は大きかった。「ここにとどまらないほうが賢明だろうと大公は仰せだ。おまえのためにも、わたし自身のためにも」

オリガのけわしい目が、いったりきたりするサーシャを追う。「サーシャ、いってはだめよ。あんな邪悪なものが野放しになっているというのに。マーリャにはワーシャと同じ力があって、妹を殺そうとしたあの司祭はそのことを知っているのよ」

サーシャは足を止めた。「もうすぐ守りの兵士たちがここにくる。それについてはドミトリーやウラジーミルと話をつけてある。ウラジーミルはセルプホフから兵士を呼び寄せているところだ。マーリャはテレムにいれば安全だ」

「ワーシャと同じように安全だと？」

「ワーシャは自分から出ていった」

オルガは身じろぎもせず、黙っている。

サーシャはオリガに近づき、その傍らにひざまずいた。「オーリャ、いかなければならないんだ。セルギイ神父はルーシで最も神に近い方だ。もし悪魔が野放しになっているとすれば、どうしたらいいかわかっているのはあの方だ。わたしではない」

それでも妹は押し黙っている。

サーシャはさらに低い声でいった。「ドミトリーに頼まれたのだ。信頼を取りもどすためにも、いかなくては」

妹は針仕事をしている手を握りしめ、靴下をくしゃくしゃにした。「わたしたちはあなたの家族よ、誓いを立てていようといまいと。その家族があなたを必要としているの」

サーシャは唇をかんだ。「ルーシじゅうが危険にさらされているんだ、オーリャ」

「わたしの子より、見知らぬ子どもたちのほうが大事だというの？」ふたりとも、ここ数日の緊張がこたえ始めている。

「だから修道士になったんだ」サーシャは言い返した。「小さな場所に縛られず、世界じゅうに手を差しのべられるように。ルーシ全体のうちの小さな領土しか守れなければ、大勢のうちのひと握りの人間しか守れなければ、いままでやってきたことはどうなる？」

「兄さんもワーシャと同じね。馬が引き革を脱ぎ捨てるように、簡単に家族を切り捨てられると思っている。それでワーシャはどうなった？　ルーシのことは兄さんの責任じゃないわ。でも、甥と姪の安全を守ることはできる。いかないで」

「それはおまえの夫の仕事だ――」サーシャはついに口にした。

「あの人はここに一日か一週間かはいるだろうけど、そのあとはまた公の仕事で出かけてしまうわ。いつもそう」激しい怒りに、オリガは声を詰まらせた。「あの人にマーリャのことは話せない。あんなに苦しんでいる娘に、あの人が何をできると思う？　兄さん、お願い。寛大で先を見越した計らいとして、すぐにでもあの子を女子修道院に送る手はずを整えてちょうだい」

オリガは公邸をしっかり切り盛りしていたが、ここ数日で自分の限界をみせつけられていた。この屋敷の外で起こっていることに対しては、ほとんどなすすべがないのだ。いまや、助けを乞うしかない。公妃といっても、家族の安全を守る力さえないのだ。

「オーリャ」サーシャはいった。「おまえの夫が門を守る兵士を配してくれるはずだ。だから心配はいらない。わたしには――大公の命令を断ることはできない。できるだけ早く、セルギイ神父を連れてもどってくる。あの方ならどうすべきかわかるはずだ。悪魔についても――コンスタンチン・ニコノヴィチについても」

サーシャが話しているあいだに、オリガは怒りをしずめた。そして非の打ちどころのないセルプホフ公妃にもどり、苦々しい口調でいった。「それなら、いけばいいわ。兄さんなんて必要ない」

サーシャは扉へ向かうと、そこで足を止めた。「神のご加護がありますように」

オーリャは返事をしなかったが、早春の灰色の雨の中へ出ていくサーシャの耳に、妹が必死で涙をこらえようとするかのように息をのむ音がきこえた。

モスクワにまた夜がやってきた。春の湿った空気の中、動いているものといえば、体が冷えきらないよう歩きまわっている物乞いたちと、歩いたり、もぞもぞ動いたり、ささやいたりしている家の精たちのぼんやりした姿だけだ。というのも、空気にも、氷の下の水にも、湿った風にも変化があったからだ。街じゅうの人々と同じく、チョルトたちも小声でうわさしあっていた。

熊が冷たい雨に顔を濡らしながら静かに通りをいくと、力の弱いチョルトたちが後ずさりする。熊はチョルトたちを気にもとめず、音やにおい、空気の動き、自分の企みが実を結ぶ様を大いに楽しんでいた。タタール人の軍隊が向かってきているという知らせは、願ってもない追い風であり、これを最大限に利用しない手はない。

成功させなければ。絶対に。世界を変える――自分を変える――ほうがいい。冬の端の、ぞっとするような何もない場所にもどり、長い年月をぼんやり過ごすよりは。しかし、もうそんなことにはならないはずだ。兄ははるか遠くの奥深いところに閉じこめられている。そこから出てくることは二度とないだろう。

熊は無関心そうな星々に向かってほくそえんだ。春がきて夏になったら、この場所に終わりをもたらし、鐘の音を止めてやる。修道士たちに礼拝の時間を知らせる鐘が鳴り響くたび、弱干ひるむが、どの神を信じようと、人間はしょせん人間だ――現に自分は新しい神のしもべを誘惑し、仕えさせてきたではないか。

そのとき、前方の闇の中でひづめの音がし、黒い馬に乗った女が暗がりから現れた。

熊は挨拶がわりに顔をわずかに上げた。驚いた様子はない。「何か知らせでもあるのか、パルノーチニツァ?」乾いた皮肉を、声にかすかににじませていった。

「あの娘はわたしの国では死ななかった」真夜中の精は感情のこもらない声でいった。

熊の目が鋭くなる。「おまえが手を貸したのか?」

「いいえ」

「だが、あいつを見張っていたはずだ。なのになぜだ?」

真夜中の精は肩をすくめた。「みんなが注目しているわ。チョルトというチョルトが。あの娘はあなたたちふたりとも――マロースカもメドベードも――拒んで、あなたたちの熾烈な戦いのさなか、だれにも頼らずに自分の力を見出した。チョルトたちは、だれの味方につくべきか考え直しているところよ」

熊は笑い声をあげたが、その灰色の目は真剣だ。「おれよりあの娘を選ぶと? ただの子どもじゃないか」

「まえにあなたを負かしたわ」

「兄貴の助けと、あれの父親の犠牲があったからだ」

「三度も火事を生きのびた。それにもう子どもじゃないわ」

「なぜ、それを知らせにきた？」真夜中の精はまた肩をすくめた。「わたしもまだ、だれにつくか決めかねているからよ、メドベード」

熊は笑みをみせた。「その優柔不断さをいずれ後悔するぞ。終わりがくるまえに」

黒馬が後ずさりし、怒りに燃えた目を熊に向けた。真夜中の精は馬のたてがみをなで、「ひょっとしたらね」とだけ答えて続けた。「でも、わかっているかしら。これで、わたしはあなたにも手を貸したことになる。あなたは春じゅう好き放題できるわ。この機会を活かせなければ、半人前の娘の力になびいたチョルトが正しいってことになるわね」

「娘はどこにいる？」

「もちろん、夏よ。水辺にいるわ」真夜中の精は馬に乗ったまま、熊を見下ろした。「わたしたちが見張っている」

「なら、時間はあるな」熊はそういうと、また荒涼とした星空を見上げた。

第三部

9　真夜中を通る旅

目を覚ますと、あまりに深い闇に包まれていて、ワーシャは視力を失ったのかと思った。顔を上げても、何もみえない。体は冷えきり、こわばっている。少し動くだけでも、首や背中に痛みが走る。わたしはなぜ死んでないんだろう、なぜ雪ではなくシダの茂みに横たわっているんだろうと、ぼんやり考える。あたりは静かで、きこえるのは頭上で枝がこすれあうかすかな音だけ。ワーシャは震える手を恐る恐る目にやった。一方の目は腫れて開かない。もう一方は問題なさそうだが、目やにでまつげが固まっている。ワーシャはまつげを丁寧《ていねい》にはがして目をこじ開けた。

相変わらず真っ暗だが、今度はみえる。鎌の形のぼんやりした月が、見知らぬ森にゆらめく光を投げている。雪はそこここに残っているだけで、木々をおおう霧が月の光を受けて輝いている。ワーシャは冷たく湿った地面のにおいをかいだ。よろよろと立ち上がり、あたりを見まわす。どちらを向いても闇だ。ここ数時間の出来事を思い出そうとしてみたが、恐怖と逃亡のぼんやりした記憶しかない。わたしはいったい何をしたの？　ここはどこ？

「ふうん」声がきこえた。「やはり死ななかったのね」

声は上からした。ワーシャは本能的に後ずさった。声の主をさがそうと目をこらしただけで、ましなほうの目から涙が流れる。ようやく、頭上の枝に、星のように青白い髪と明るい目がみえた。暗闇に慣れてくると、真夜中の精の姿がぼんやりと浮かび上がった。オークの木の枝に腰かけ、幹に寄りかかっている。

その木の下の暗がりで、闇よりも黒い影がかすかに動いた。目をこらすと、見事な黒馬が、月明かりを浴びて草を食《は》んでいる。馬が首を上げて、こちらをみた。ワーシャの心臓が大きくひとつ打って耳に響き、記憶が一気によみがえる。両手にこびりついた血、コンスタンチン神父の顔、燃える火……。

ワーシャは身じろぎもせずに立っていた。少しでも動いたり、音を立てたりしたら、悲鳴をあげて逃げだしてしまいそうだ。恐ろしい記憶と、このあり得ない闇と、モスクワの街並がどこにもみえないせいで、頭がおかしくなりそうだ。いったい何が現実なの。これ？　自分の馬が死に、魔法で自分の命が救われたこと？　ワーシャは身震いし、崩れるように膝をつくと、冷たく湿った土に両手をついた。理解しようとしても、雨をつかむようなものだ。しばらくのあいだ、息をして、両手で地面を感じることしかできなかった。

それから、やっとのことで顔を上げる。言葉がゆっくり出てきた。「ここは、どこ？」

真夜中の精はかすかなため息をもらした。「それに頭もまともね」やや驚いたような声だ。

「ここはわたしの国よ。真夜中と呼ばれている」その口元は冷たい。「あなたを歓迎するわ」

ワーシャは息を整えようとした。「モスクワはどこ？」

「さあ――」パルノーチニツァは木の枝から体を滑らせ、ふわりと地面におりた。「近くはないわ。わたしの国は、日々や季節ではなく、無数の真夜中でできているの。行き先が真夜中であるかぎり、世界を一瞬で通り抜けることができる。もっとも、通り抜けようとして死んだり、気が変になる可能性のほうが高いけれど」

ワーシャは記憶をたどりながら、かすれ声でいった。「湖をみつけるようにっていわれたの。岸辺にオークの木が一本生えている湖を」

パルノーチニツァは淡い色の眉を上げた。「どの湖かしら？　わたしの国には、人が千回、生まれては死んでいくあいださがしても、さがしきれないくらい湖があるの」

さがす？　ワーシャは立っているだけで精一杯だ。「手伝ってくれる？」

黒馬が耳をぴくぴく動かした。

「手伝う？　もう手伝ったでしょう。わたしの国に自由に入らせてあげた。意識を失っていたあいだも、いさせてあげた。これ以上、まだ何かしてほしいというの？」パルノーチニツァの髪が黒い肌に、冷たい雨のように振りかかる。「このまえ会ったときは、あなた、ずいぶん失礼だったじゃない」

「お願いだから」ワーシャはいった。

真夜中の精はかすかな笑みを浮かべて、さらに近寄り、秘密をささやくかのように答えた。「いいえ。自分でみつけるのね。さもなければ、ここでいますぐ死ぬか。そしたら、あの老婆には知らせるわ。悲しんでくれるかもしれない。まあ、怪しいものだけど」

「老婆?」闇が押し寄せてくるようで恐ろしい。「お願い」ワーシャはもう一度いった。「侮辱は忘れないわ、ワシリーサ・ペトロヴナ」真夜中の精は背を向け、黒馬の首に手を置いた。それからひらりとまたがると、向きを変え、振り返りもせずに木立の中へ消えていった。

ワーシャは闇にひとり残された。

落ち葉の中に横たわって、夜明けを待つこともできる。だけど、無数の真夜中でできた国に夜明けはくるの? 脚ががくがくするけど、歩くことはできる。とはいえ、いったいどこへいくというの? 着ているものといえば、ワルワーラのマントと、血まみれでくさくてぼろぼろのシフトだけで、靴をはいていない足は傷だらけだ。息をするだけで痛みが走り、寒くて震えている。モスクワあたりの夜にくらべれば少しはましだけれど、それでも夜は寒い。

火から脱け出し、熊にさからい、魔法の力でモスクワから逃げだしたのは、ただ闇の中で死ぬため? 湖へいきなさい、とワルワーラはいっていた。そこなら安全だと。岸辺にオークの木が一本生えている湖がある、と。

みつけられるとワルワーラが思ったのなら、見込みはあるのかもしれない。あるいは、真夜中の精が助けてくれると、ワルワーラは考えたのかもしれない。わたしは行き方を知らないのだから。だけど、いまは少なくとも、安らげる場所をさがしながら自分の足の上で死ねる。ワーシャは最後の力を振り絞り、闇の中に入っていった。

どれくらい歩いただろう。すでに体力の限界を超えていたが、ワーシャはそれでもよろよろと歩き続けた。月の光はずっと変わらず、太陽はのぼらない。明るい世界にいきたくてたまらなくなってきた。歩いたあとには血まみれの足跡が残る。

パルノーチニツァのいっていたことはほんとうだった。この国は真夜中でできている。ワーシャはそこになんの法則も見出せずにいた。半月に照らされ、冷たい枯れ草の上を歩いていたかと思うと、次の瞬間には木の陰に入っていて、ぞっとすることに月は消えており、足元で泥がピチャピチャ音を立てている。季節はほぼずっと早春だが、場所は数歩進むたびに変わる。頭がおかしくなりそうな、つぎはぎの世界だ。

わたしはまだここにいる、とワーシャは何度も何度もひとりごとをいった。わたしはまだわたしのままで、生きてる。その考えに必死でしがみつき、歩き続けた。遠くで狼たちが吠え、ワーシャは顔を上げて耳をすます。すると、冷たい水のような風が顔を打つ。遠くの丘にみたことのない光――火明かり――がみえるが、急いで近づいていくと消えてしまう。そして次には、真っ赤な月の下、死人の指のような白いカバの木々の下を歩いている。

まるで悪夢の中を歩いているみたいだ。自分がどこにいるのかわからず、北と南の区別もつかない。それでも歯を食いしばり、よろよろと歩き続けるが、今度は地面が足に吸いつき、沼地にはまってしまったことに気づく。どこもかしこも泥だらけ。そこから逃れるだけの力も出ない。極度の疲労に涙がこぼれる。

いかせて。もうたくさん。いかせて。少なくともここなら、神のもとへいくわたしをあざ笑う群衆はいない。

足に吸いついてくる沼地の黒い泥も、そのとおり、というようにゴボゴボと音を立てる。水の中から、緑のランプのような邪悪な目がワーシャをみつめている。沼の精、バロートニクだ。沼ならではの臭気を吐き出している。抵抗しなければ、一瞬のうちに殺されてしまうだろう。冷たい闇に引きずりこまれ、もう傷だらけの足で歩かなくても、折れた肋骨をむりやり動かして呼吸しなくても、この二日間のことを思い出さなくてもよくなる。

だけどマーリャは――ワーシャはぼんやりと考えた――モスクワにいる。兄さんと姉さんも。熊から身を守るすべもないままに。

それで？　わたしに何ができる？　サーシャや大公なら……。

あのふたりに何ができる？　ふたりにはみえない。理解できないのだ。

兄はおまえの命と引き換えに自由を差し出した、と熊はいっていた。木彫りの小夜鳴鳥《サヨナキドリ》はシフトの袖の中だ。ワーシャは汚れた手で袖の中をさぐり、木彫りの鳥を握りしめた。冷えきった手足に、かすかなぬくもりが染みわたるような気がする。

冬の王、なぜこんなひどいことをするの？

理由はあるのだろう。マロースカは愚か者ではない。そのマロースカの取引がむだになるのを指をくわえてみているくらいなら、理由を見出すべきでは？　しかし、ワーシャは疲れきっていた。

ソロヴェイがいたら、いまのワーシャをばかだというだろう。ワーシャを背中に乗せ、行き先がどこだろうと、陽気に耳をぴくぴく動かし、しっかりとした足取りで進むはずだ。

目から熱い涙がこぼれ落ちた。怒りがわき起こり、ワーシャは泥から抜け出すと、よろよろと岸に這い上がった。破れかぶれになって手を水につっこみ、煙でかすれた声で「おじいさん」と、そこに潜んでいる沼の精に呼びかけた。「湖をさがしているんです。岸辺にオークの木が一本生えている湖を。どこにあるか、教えてくれませんか？」

その瞬間、水の中からバロートニクの目が飛び出し、ウロコの生えた手足が水中で激しく動いた。驚いている様子だ。「まだ生きておったのか？」バロートニクはつぶやいた。その声は沼が足に吸いつく音に似ていて、息は腐ったようなにおいがする。

「お願い」ワーシャはそういうと、かさぶたになった腕の傷のひとつを指で開き、沼の水に血をしたたらせた。

バロートニクが舌をちろりと出して血を味わうと、ふいにその目が生き生きと輝きだした。「ほほう、おまえさんは礼儀正しい娘のようだ」そういって舌なめずりする。「そら、みるがいい」

沼を照らすバロートニクの目の先を追うと、黒い木々のあいだに赤くゆらめく光がみえた。日の光ではない。火？　恐怖のあまりワーシャは飛び上がった。泥だらけのマントが重い。

しかし、それは火ではなかった。生きものだ。

背の高い雌馬が、光に縁取られ、沼に膝までつかって立っている。たてがみと尾から白い火花がホタルのようにこぼれ落ち、銀を帯びた金色の毛に映えて輝く。馬は頭を上げてワーシャをみつめている。じっと動かず、尾だけが光の弧を描いてわき腹を打っている。

ワーシャは知らず知らずのうちに、雌馬によろよろと近づいた。驚嘆とも怒りともつかない気持ちにとらわれている。「あなたのことを覚えてる。モスクワで逃がしてあげたでしょ」

馬は何もいわず、大きな金色の耳をぴくりと動かしただけだ。

「ただ飛び去ることだってできたはずよ」ワーシャの声がかすれた。喉がひりつく。「それなのに、あなたは木でできた街に火花を散らした。火花は――その火花は――」ワーシャは声を詰まらせた。

金色の馬は、挑むように前脚で水を跳ね上げていった。できることなら、皆殺しにしてやりたかった。世界じゅうの人間を。わたしをだまして、縛りつけたのだから。非の打ちどころのない金色の毛並みには鞍と拍車の跡が残り、顔には金の馬勒《ばろく》の跡が白い縞模様になっている。街じゅう皆殺しにしてやればよかった。

ワーシャは何も答えない。悲しみが口の中で氷の玉のように凍りついている。声にならない憎しみに、ただ馬をにらみつけることしかできない。

馬はくるりと向きを変え、走り去った。

「ばか者、あの馬を追うんだ」沼の精が怒ったようにささやいた。「それとも、ここに残りたけりゃ、そうしてもいいぞ。おれが食ってやる」

ワーシャはあの馬が憎らしかった。でも、死にたくない。血まみれの足でふらふらと歩きだし、木立の中を進んだ。金色の光の点を追って先へ先へと歩くうちに、とうとう、もう一歩も進めなくなった。

しかし、その必要はなかった。

木立はそこで終わり、大きな凍った湖へと下る野原に出たのだ。春が訪れかけていた。広々とした野に星の光が降り注ぎ、丈の高い草はほのかな銀の光沢をまとっている。湖を囲む大きな木々の黒い影が、銀色の空に浮かび上がっている。ところどころ、野原のくぼみなどに雪が残り、かすかな水音が、湖に張った氷の下からきこえてくる。

野原ではたくさんの馬が草を食んでいた。三頭――六頭――いや、十頭はいる。ほとんどの馬は、夜の闇に沈んで灰色にみえる。その中に、あの金色の雌馬が立っていた。流星のように輝き、挑むように頭をそびやかしている。

ワーシャは足を止めた。ひりつくような驚嘆で胸がいっぱいになる。自分の馬も仲間たちといっしょにここにいるはずだと、半ば信じたくなる。いまにも雪を跳ね飛ばしながら、全速力で走ってくるのでは？　そしたら、もうひとりぼっちではなくなる。「ソロヴェイ」ワーシャはささやいた。「ソロヴェイ」

黒い頭が上がり、次に灰色の頭が上がった。突然、馬たちは向きを変えて逃げだした。ワーシャの声から逃げるように四本の脚で駆けだし、まっすぐ湖に向かったが、ひづめは水に触れる直前に翼に変わった。馬たちは鳥の姿になって空に飛び上がり、星が照らす湖の上を舞った。

ワーシャは鳥たちが飛び去るのをみつめた。混じりけのない感嘆の涙が浮かぶ。翼を羽ばたかせて湖を越えていく鳥たちは、一羽一羽ちがう。フクロウ、ワシ、カモ、もっと小さな鳥たち。奇跡としかいいようのない不思議な光景だ。そして最後に飛び立ったのが、あの金色の雌馬だった。翼をゆったりと広げて煙をたなびかせ、羽毛の生えた尾は金、青紫、白などあらゆる色の炎に包まれている。仲間に呼びかけながら、あとを追って飛んでいく。鳥たちはあっという間に闇にのみこまれた。

ワーシャはさっきまで馬たちがいた場所をみつめた。まるで夢でもみたかのようだ。疲労で目の前がぐらぐらする。足も顔も感覚がなく、もはや震えを通り越し、冷たい衝撃にすっぽりとおおわれている。ソロヴェイ――ワーシャはぼんやりと考えた――なぜ、あなたも飛んでいかなかったの？

湖のほとりに、大きなオークの木が一本立っている。広くのびた枝が黒焦げの骨のように、月に照らされた白い氷を背にくっきりとみえる。そして右手には、木々に囲まれてずんぐりした黒い影がみえる。

家だ。

それとも廃墟というべきか。雪が積もらないように傾斜をきつくした屋根は、内側に崩れ落ちている。窓や扉の向こうに、火明かりの気配はない。しんとしていて、木々がこすれあうかすかな音と、薄くなった湖の氷にひびが入る音しかきこえない。それでいて、水際のこのひらけた場所は、だれもいないという感じがしない。じっとみつめられているように感じる。

家は、二本の木のあいだに渡された頑丈な板の上に建てられている。そのため、二本のたくましい脚で油断なく立っているようにみえる。黒い目のように見下ろしている窓。一瞬、家が生きていて、こちらをじっとみているようにワーシャは感じた。

しばらくすると、襲われるのではないかという恐怖は消えた。これは廃墟にすぎない。入り口の階段は朽ちて崩れている。家の中は枯葉とネズミだらけで、うんざりするような闇が広がっているのだろう。

それでも、まだ使えるペチカか、あわよくば最後の住人が残した穀物がひと握り分くらいあるかもしれない。少なくとも、風をしのぐことはできるはずだ。

何をしているのか半ば自覚もないまま、ワーシャは石につまずいたり雪で滑ったりしながら野原をつっきった。歯を食いしばり、階段を這い上がる。きこえるのは、風が枝をゆらす音と、自分のかすれた息づかいだけだ。

階段をのぼりきったところには二本の柱が立っていて、そこに彫られた模様が星明かりに幻想的に浮かび上がっている——熊、太陽、月。いくつかの小さい奇妙な顔は、チョルトかもしれない。ドアの上の横木には、棹立《さおだ》ちになった二頭の馬が彫られている。

扉は蝶番《ちょうつがい》で斜めにぶら下がり、下のほうは湿った朽ち葉にうもれている。ワーシャは立ち止まって耳をすました。

何もきこえない。もちろん、きこえるわけがない。ひょっとすると獣《けもの》が住みついているかもしれないが、そんなことはもうどうでもよくなっていた。錆びた蝶番がきしみ、いまにも外れそうな扉が開く。ワーシャはよろめきながら中に入った。

埃と古い落ち葉が積もり、何かが腐ったようなにおいとひんやりした湿気が漂っている。寒さは外と変わらないが、湖から吹きつける冷たい風はしのげる。家の大部分を占めているのは、崩れかけたれんが造りのペチカで、その開口部は暗闇に潜む獣の口のようだ。奥の隅には、普通なら飾ってあるはずのイコンはなく、大きな黒いものがひとつ、壁に押しつけるように置いてある。

恐る恐る手さぐりしながら進むと、それは木の大きな箱だった。鉄のベルトがたくさんついていて、しっかり鍵がかけられている。

ワーシャは震えながらペチカのほうに引き返した。ただ暗がりで床にうずくまり、意識が遠のくことを望んだ。そうすれば寒さも気にならないだろう。

それでも、歯を食いしばってペチカの横の長椅子に腰かけ、ざらざらしたれんがにそっと触れた。ここでだれかが息を引きとったのかもしれない。しかし、それをうかがわせるものは何もない。毛布も、もちろん骨も。どんな悲劇によって、この不思議な廃墟は打ち捨てられてしまったんだろう。外の夜が、無言の威嚇《いかく》で家を守っている。

床を手でさぐるうちに、ペチカのわきで埃まみれの枯れ枝を数本みつけた。火をおこすにはそれで十分だが、火はほしくない。ワーシャの記憶は炎と煙の息苦しいにおいであふれかえっている。火にあたれば、火ぶくれのできた顔がひりひりするだろう。

とはいえ、けがを負い、マントとシフトしか着ていない娘が凍え死ぬには十分な寒さだ。ワーシャは生きるつもりだった。

そこで、冷たい燃えさしのような意志だけを頼りに、ワーシャは火をおこし始めた。唇も指先もまるで感覚がない。みえないものにぶつかって両すねに痣《あざ》をつくりながら、着火に必要な小枝や松葉を手さぐりでさがす。

暗くてよくみえない中で必死に集めた小枝を、震える手でペチカの口に重ねた。火打ち石か火打ち金か、炭布（布を燃やして炭化させた着火剤）がないかと、家じゅう手でさぐってみたが、何もみつからない。

板切れひとつと根気、それに前腕に力が残ってさえいれば、火をおこせるのに。しかし、力も根気ももう限界にきていた。

それでも、やるしかない。さもないと凍え死んでしまう。ワーシャは両手で小枝をつかんだ。子どものころ、火おこしは秋の森での遊びのひとつだった。小枝、板切れ、すばやく力強い動き。この三つを上手に操れば、煙が火に変わる。ワーシャが初めてひとりで火をおこしたときに、三番目の兄のアリョーシャがみせたうれしそうな笑顔をいまでも覚えている。

ところが今度ばかりは、どんなにがんばっても、膝のあいだにはさんだ板からはひと筋の煙も上がらない。くぼみで燃えさしが赤く光ることもない。とうとうワーシャはあきらめて小枝を落とし、体を震わせた。むだだ。どのみち死ぬのだ。だれかが残した塵《ちり》だけを道連れに。すえたにおいのする静けさの中で、どれくらいすわっていただろう。泣きもせず、何も感じず、ただ意識を失う寸前のところをうろうろしながら。

いったい何に駆り立てられ、下唇をかみしめてもう一度顔を上げたのか、ワーシャにはさっぱりわからなかった。火をおこさなくてはならない。どうしても。頭の中、心の中にあるのは、恐ろしい火の姿。それは何よりも強烈な記憶で、あたかも自分の魂が炎であふれかえっているかのようだ。まったくばかげている。忌まわしい記憶の中で火はこんなに赤々と燃えさかっているのに、それが役立ちそうなこの場所にはほんのわずかな火さえない。

なぜ、頭の中にとどめておく必要がある？　ワーシャは目を閉じた。一瞬、記憶があまりに生々しくよみがえり、火がそこにはないことを忘れた。

まず煙のにおいがし、目を開けたとたん、小枝が炎に包まれた。

うまく火をおこせたことに驚き、恐怖さえ感じながら、ワーシャは急いで枝をくべた。部屋に光が満ち、闇が退く。

火明かりに照らされた小屋は、なおさら粗末にみえた。落ち葉が足首の高さまで積もり、全体に崩れかけ、カビが生え、埃に厚くおおわれている。しかし、さっきまではみえていなかったが、薪の小さな山がある。乾いた丸太も数本ある。それに少しあたたかくなった。火が夜と冷気を追い返したのだ。これで生きられる。ワーシャは震える手を火にかざした。

そのとき、ペチカから手がぬっと出てきて、ワーシャの手首をつかんだ。

10　ペチカの精

ワーシャは驚いてはっと息をのんだが、その手を振り払いはしなかった。子どもの手のように小さいが指は長く、火明かりで赤っぽい金色に縁取られている。ワーシャの手を放そうとしない。いつのまにか、ワーシャのほうが小さな人を部屋の中へ引っぱり出していた。

女で、背丈はワーシャの膝ほどしかなく、土色の目をしている。むさぼるように枝の先の残り火をなめていたが、それをやめてワーシャを見上げるといった。「あれまあ、寝過ごしちまったにちがいない。あんたはだれだい？」それから、チョルトは荒れ果てた家をみて、驚きの声をあげた。「ご主人様はどこ？　あんた、ここで何してるんだい？」

ワーシャは驚くと同時に疲れきって、ペチカの横の壊れかけた長椅子にすわりこんだ。ドモヴォイは廃墟には住まない。家族がいなくなったあともその家に住み続けることはない。ワーシャはいった。「ここにはだれもいない。わたしだけ。ここは――死んでる。あなたこそ、ここで何をしてるの？」

ドモヴォイ――いや、女だからドモヴァヤ――は目を見開いている。「わけがわからないよ。この家が死んでるわけないだろ。あたしがこの家なんだし、あたしはまだ生きてるんだから。あんたがうそをついてるに決まってる。ご主人様たちに何をした？　この家に何をした？　立って答えてごらんよ！」恐怖で金切り声になっている。

「立てないの」ワーシャは消え入りそうな声でいった。うそではない。火おこしで最後の力を使い果たしてしまったのだ。「わたしは旅をしてるだけ。火をおこして、ここで夜を明かそうと思っただけ」

「だけど、あんたは――」ドモヴォイ――いや、ドモヴァヤ――はまた、家のあちこちを見渡して傷み具合を確かめた。その目が恐怖に見開かれる。「ほんとうに寝過ごしちまった！　ご覧よ、この荒れようったら。ご主人様の許しもなしに、ごろつきを泊めるわけにはいかない。出てっとくれ。ご主人様がおもどりになるまえに、片づけとかないと」

「ご主人様はもどってこないと思うけど」ワーシャはいった。「この家は捨てられたの。こんな冷たいペチカで、あなたがどうやって生きのびたのかはわからないけど」ワーシャはふいに涙声になった。「お願い、ここにいさせて。もう耐えられない」

少しのあいだ沈黙が続いた。ドモヴァヤのきびしい目がワーシャを品定めする。「わかった、しかたないね。今夜は泊まってもいいよ。ご主人様もそうお望みになるだろうし」

「ありがとう」ワーシャはかすれ声でいった。

ドモヴァヤはまだぶつくさいいながら、壁にぴったり寄せて置いてある木の箱のところへいった。首にかけている鍵を使い、鉄の留め金を外す。錆びついた留め金が鈍い音を立てた。びっくりしているワーシャの目の前で、ドモヴァヤは亜麻布《あまぬの》と陶製の鉢を取り出し、ペチカの前に置いた。それから水桶を手に外へいって雪をすくってくると、雪を鉢に入れてすぐさま火にかけ、若い松葉をひと束、水に散らした。

ワーシャは屋根にあいた穴から蒸気が立ちのぼるのをみつめ、半分上の空で、ドモヴァヤの手際よい動きに身をまかせた。ドモヴァヤは死に装束になるところだったワーシャのシフトを脱がせ、体にこびりついた恐怖の汗とすす、血をきびきびと拭き取り、傷ついた目から汚れを洗い流す。目の手当ては痛かったが、かさぶたが取り除かれると、すきまからみえるようになった。視力は失われていない。しかし、あまりに疲れていて、喜ぶ気力さえなかった。

ドモヴァヤはさらに、隅の箱から毛織りのシャツを取り出した。ワーシャはそれを着せられていることもほとんど感じないまま、気づくとペチカの上でウサギ皮の毛布をかけて横になっていたが、どうやってそこにのぼったのかもまったくわからなかった。れんがはあたたかい。意識が遠のくまえにきこえてきたのは、ドモヴァヤの小さな声だった。「ちょっと休めば元どおりになるだろうよ。ただ、顔の傷は残りそうだ」

ワシリーサ・ペトロヴナは、自分がどのくらいのあいだ眠っていたのかわからなかった。悪夢をみて、ソロヴェイに逃げてと叫んだ記憶がかすかに残っている。夢の中で真夜中の精の声――やらなければならない。わたしたちみんなのために、この娘を送り出すのよ――がし、困ったようなドモヴァヤの声がきこえた。しかし、何かいおうとする間もなく、ワーシャはまた暗闇に引きずりこまれた。

どれくらいの時間がたったのか、ワーシャが目を開けると明け方になっていた。長いあいだ暗闇に慣れた目に、光が強烈にまぶしい。真夜中の国のもつれあった道の夢をみていただけのような気もする。ひょっとしたらほんとうにそうだったのかもしれない。早朝のぼんやりした灰色の光の中で横になっていると、どこにいても、どんなペチカの上にいてもおかしくないような気がした。「ドゥーニャ？」と呼んでみる。ワーシャの心に子ども時代の思い出が鮮やかによみがえる。悪い夢をみたワーシャをいつも慰めてくれたのは、乳母のドゥーニャだった。

続いて生々しい記憶が押し寄せてきて、ワーシャは言葉にならない苦しみの声をあげた。すぐに寝床のわきからドモヴァヤの小さな顔が現れたが、ワーシャにほとんどみえていない。記憶に首根っこを押さえつけられ、震えが止まらない。

ドモヴァヤが眉をひそめてみつめている。

「ごめんなさい」ワーシャはやっとのことでいうと、顔にかかったぼさぼさの髪をかき上げた。歯が鳴る。ペチカはあたたかいが、屋根の穴はあいたままで、記憶は空気よりも冷たい。「わたし――わたしはワシリーサ・ペトロヴナ。おもてなしに感謝します」

ドモヴァヤは悲しそうな顔をした。「もてなしなんて。火の中で眠ってたあたしを起こしてくれたのはあんただよ。だから、いまはあんたがご主人様だ」

「でも、ここはわたしの家じゃないわ」

ドモヴァヤは返事をしない。ワーシャは体を起こし、痛みに顔をゆがめた。寝ているあいだに、ドモヴァヤはできるだけのことをしてくれていた。埃も、ネズミの死骸も、腐った落ち葉もなくなっている。「ずっと家らしくなってる」ワーシャは慎重にいった。差しこむ光の中でみると、棟木とテーブルのほぼ全面に、入口の横木にあったような彫刻が施されていた。テーブルは使いこまれ、手入れが行き届いてなめらかそうだ。この家には、目の前にいるペチカの精と通ずる品位がある。時を経ても失われることのない、昔ながらのとらえがたい美しさが。

ドモヴァヤはうれしそうだ。「横になっちゃだめだよ。お湯が沸いてるからね。傷をきれいにして、包帯を巻き直さないと」ドモヴァヤの姿が消え、火に薪をくべる音がきこえた。

床におりるだけで息切れがする。まるで熱が下がったばかりのようだ。それに空腹も感じていた。「あの、ここに――」声がしわがれ、ワーシャはもう一度言い直した。「何か食べるものはある？」

ドモヴァヤは唇をすぼめて首を振った。

あるはずがない。ずいぶん昔にいなくなったこの家の主がパンとチーズを残してくれているのを期待するなんて、あまりに虫がよすぎる。

「わたしのシフトを燃やしたの？」ワーシャはたずねた。

「ああ」ドモヴァヤはそういって身震いした。「恐怖のにおいがぷんぷんしてたからね」

まあ、そうかもしれない。次の瞬間、ワーシャは身をこわばらせた。「大事なものが入ってたの――木彫りの――袖に入れて持ち歩いてた。もしかして――」

「いいや」ドモヴァヤはいった。「ここにあるよ」

ワーシャは木彫りの小さな小夜鳴鳥《サヨナキドリ》を、まるで魔よけのように握りしめた。もしかするとほんとうに魔よけなのかもしれない。汚れてはいるが無傷だ。ワーシャはそれをきれいにぬぐい、また袖の中に押しこんだ。

雪どけ水の入った鉢が炉床で湯気を立てている。ドモヴァヤはてきぱきと指示した。「シャツをお脱ぎ。また傷を洗うからね」

ワーシャは傷のことを考えたくなかった。体なんていらない。心の表面のすぐ下に、とてつもない悲しみが潜んでいる。死、そして暴力の記憶。自分の肌に刻まれたそれらの記憶を目にしたくない。

ドモヴァヤは容赦がない。「勇気はどこへいったんだい？　傷が膿《う》んで死ぬのはいやだろう」

たしかにそのとおりだ。じわじわと死んでいくのは恐ろしい。ワーシャは怖じ気づくまえに無言でシャツを頭から脱ぐと、崩れかけた屋根から差しこむ光の中で震えながら立ち上がり、自分の体を見下ろした。

赤、黒、紫、青と、色とりどりの痣《あざ》。上半身には切り傷が縦横に走っている。顔がみえないのが幸いだ。歯が二本ぐらついているし、唇は切れてひりひり痛む。片方の目はまだ腫れていて、半分しか開かない。手を顔にやると、頬に血のこびりついた深い切り傷があった。

ドモヴァヤは隅の大きな箱から、埃くさい薬草、傷につけるハチミツ、清潔な亜麻布をひと巻き取り出した。それをみて、ワーシャはたずねた。「廃墟の鍵のかかった箱に、だれがそんなものを残していったのかしら」

「さあね」ドモヴァヤはぶっきらぼうに答えた。「ここにあったってだけのことさ」

「何か覚えてるはずよ」

「覚えてない！」ドモヴァヤは急に怒った顔になった。「なぜそんなことをきくんだい？　ただここにあった、それであんたの命が助かったってだけじゃ不満かい？　すわって。ちがう、そこだよ」

ワーシャはすわった。「ごめんなさい。ただ、気になっただけ」

「知れば知るほど、早く年を取るんだよ」ドモヴァヤはがみがみいった。「ほら、じっとして」ワーシャもなるべく動くまいとするが、痛むのだ。傷口のいくつかは血が固まってふさがっている。ドモヴァヤはそうした傷はそのままにしておいた。しかし、あの晩むりをしたせいで、多くの傷が開いてしまっていたし、火明かりを頼りに手当てしたので、すすやとげも取りきれていない。

それでも、ようやくすべての傷に膏薬《こうやく》が塗られ、包帯が巻かれた。「ありがとう」ワーシャの声が震える。あわててシャツを着て体を隠すと、焦げた髪を二本の指ですいた。汚れている。からまって火のにおいがする。もう二度ときれいにはならないだろう。

「髪を切ってくれない？　できるだけ短く」ワーシャはいった。「もうワシリーサ・ペトロヴナでいるのはうんざり」

ドモヴァヤはナイフしか持っていなかったが、黙ってそれを手にした。黒髪が幾房も、雪のように音もなく落ちた。ドモヴァヤはそれを掃き集めて、外に捨てた。巣づくりをしている鳥たちが持っていくだろう。髪が短くなると、空気が口笛のような音を立ててワーシャの耳元をかすめ、首をなでた。少しまえのワーシャなら、黒髪を失って泣いていただろうが、いまはなくなったことがうれしい。長くてつやつやした三つ編みは、別の世界の別の娘のものだ。

ドモヴァヤは少し態度を和らげ、鉄のベルトつきの箱のところへもどった。今度は少年が着るような服が現れた。ゆったりしたズボンとサッシュ、カフタン（男性用の、ベルトのついた裾の長い服）、それに長靴まである――上等な革でできたサポギーだ。しわだらけで、年を経て黄ばんでいるが、擦り切れてはいない。ワーシャは眉をひそめた。薬草があるのはともかく、これはどういうこと？　目の詰んだ亜麻布や厚手の毛織物を使い、きれいに縫い上げられた丈夫な服があるとは。

大きさもぴったりだ。

「これって――」ワーシャは信じられない思いで、自分の姿を見下ろした。あたたかく清潔で、体は休まり、服も着ている。「だれか、わたしがくることを知っていたの？」この質問はばかげている。この服はワーシャよりも古いのだ。それにしても……。

ドモヴァヤは肩をすくめた。

「あなたのご主人ってだれだったの？　この家のまえの持ち主はどんな人？」

ドモヴァヤはぽかんとしてワーシャをみつめるばかりだ。「あんたじゃないってのはたしかなのかい？　もう少しであんたのことを思い出しそうなんだけどね」

「わたし、ここにきたのは初めてよ。――思い出せないの？」

「自分がここにいたってことは覚えてる」ドモヴァヤは答えたが、少し傷ついたようにみえた。「この壁も、鍵も覚えてる。いくつかの名前と、ペチカの中の闇もね。でもそれだけさ」うろたえたような顔だ。ワーシャは礼儀正しくこの話題を打ち切った。歯を食いしばり、傷とやけどだらけの足に、ウールの長靴下とサポギーを履《は》くことに専念する。恐る恐る足を床におろして立ち上がり、顔をしかめる。「地面に触れられない悪魔みたいに、浮いていられたらいいのに」ワーシャはそういって、足を引きずりながら何歩か歩いてみた。

ドモヴァヤは古ぼけた葦のかごをワーシャの手に押しつけた。「夕食がほしいなら、自分でみつけるんだね」声に、いままでとはちがう響きがある。ドモヴァヤは森を指さした。

ワーシャはこの体で食べ物をさがしにいくと考えただけでも耐えられなかった。しかし、明日になれば傷口がこわばって、もっとつらくなるだけだとわかっている。

「わかったわ」ワーシャはいった。

ドモヴァヤは急に心配そうな顔になった。「森には気をつけるんだよ」そういって、戸口までワーシャについてきた。「森は、よそ者を受けつけない。日が暮れるまえにもどるほうが安全だよ」

「日が暮れるとどうなるの?」ワーシャはたずねた。

「き、季節が変わる」ドモヴァヤは手をもみあわせた。

「それってどういうこと?」

「季節が変わるともどれなくなる。もどれても、そのときにはもうちがう場所になってる」

「ちがうって――どうちがうの?」

「ちがうんだよ!」ドモヴァヤはそう叫んで、足を踏み鳴らした。「ほら、いきな!」

「わかったわ」ワーシャはなだめるようにいった。「日が暮れるまでにもどるから」

11　キノコ

森の食べ物は、冬の終わりにいちばん乏しくなる。それに、ワーシャの火ぶくれだらけの手では、ほとんどなんにもさわれないだろう。しかし、さがそうとしなければ飢えるしかない。ワーシャはドモヴァヤにいわれるまま、外へ出た。

ひんやりとした朝は真珠《しんじゅ》のように白く、青みを帯びた灰色の氷の上に巻きひげのようなもやがかかっている。凍った湖面を古い木々が取り囲み、たくさんの黒い枝が空を支えているかのようだ。霜が地面を銀色に染め、冬の束縛から逃れた水のさざめきがあちこちからきこえてくる。森の中からツグミの声がする。馬たちがいる気配はない。

汚れのない手つかずの自然の美しさに、ワーシャは悲しみを忘れ、朽ちた階段の上で立ちつくした。そのまま凍えていたかもしれないが、胃袋が気づかせてくれた。生きなければ。そして、生きるためには食べなければ。ワーシャは覚悟を決めて、森へ入っていった。

別の世界にいたとき、ワーシャはレスナーヤ・ゼムリャの四季折々の森を歩きまわった。春には太陽の光を髪に浴びて荒地を歩き、長い眠りから覚めた友だちの水の精、ルサールカに挨拶することもあった。しかし、いまのワーシャは軽やかに歩けず、足を引きずっている。一歩ごとに新たな痛みが生じるような気がする。お父さんがこんな姿をみたら、きっと嘆いただろう。お父さんの敏捷で快活な子は姿を消し、もう二度ともどってこない。

人の姿はまったくなく、湖のほとりの家も次第にみえなくなって、ほんとうにあったのかどうかさえわからない。ひとり静かに歩いていると、ワーシャの心を締めつけていた怒りと恐怖と悲しみが、その手をゆるめた。ワーシャは地形をじっと観察し、食べ物はどんなところでみつかるのだろうと考え始めた。

冬にしては妙にあたたかいそよ風が、ワーシャの髪を波立たせる。もうすっかり、あの家からみえないところまできた。ふとみると、木々のあいだの陽だまりでタンポポが花を咲かせている。驚いたワーシャはかがみこんで、タンポポの葉を摘んだ。こんなに早い時期に？　歩きながらタンポポの花をひとつ口に入れ、痛むあごで恐る恐るかみしめた。

またタンポポがかたまって咲いている。それにノビルも生えている。太陽は、いまや木立のてっぺんにかかっている。あ、あそこには――若いギシギシの葉がくるりと巻いている。それから――野イチゴ？　ワーシャは足を止めてつぶやいた。「早すぎる」

そう、早すぎる。それにあそこには――キノコが？　ベーリエ（ポルチーニ茸のこと）？　枯葉の山の上から、キノコの白いカサのてっぺんがいくつものぞいている。よだれが出てきた。キノコを摘もうと近づき、もう一度みつめると、斑点《はんてん》のあるキノコがひとつ、日差しを受けて奇妙な輝きを放っている。

斑点じゃない。目だ。いちばん大きなキノコが、灰色がかった赤い目でワーシャをじっとみている。キノコではなくチョルトだ。背丈は、ワーシャの肘から先くらいしかない。キノコの精は目をぎらつかせながら、落ち葉を振り払った。「あんたはだれだ?」甲高い声をあげる。「なんだっておれの森に入ってきた?」

おれの森、ですって?

「侵入者め!」金切り声をきいて、ワーシャはキノコの精がおびえていることに気づいた。「あなたの森だとは知らなかった」ワーシャは空っぽの両手をみせ、チョルトによくみえるようにぎこちなく膝をついた。ズボンごしに、ひんやりしたコケの感触が伝わってくる。「あなたを傷つけるつもりはないの。食べ物をさがしてるだけ」

キノコの精はまばたきをしていった。「厳密にはおれの森ってわけじゃないけど――」それからあわててつけ加えた。「それはどうでもいい。ここはあんたがくるところじゃない」

「捧げ物をしても、だめ?」ワーシャはキノコの精の前に見事なタンポポを置いた。

チョルトは灰色がかった指で花に触れた。体の輪郭《りんかく》がはっきりし、もはやキノコというより小さな人にみえる。自分の姿を見下ろし、戸惑ったようにワーシャに視線をもどす。

それから花を投げ捨てて叫んだ。「信じるもんか! いうことをきかせようと思ってるんだろう? むだだね! どれだけ捧げ物をしようと。熊は自由の身だ。おれたちは自分たちのために戦うんだ。熊がそういってる。熊に味方すれば、人間はまたおれたちを信じるようになる。またあがめてもらえるようになって、魔女と取引する必要もなくなる」

ワーシャは答えるまえにあわてて立ち上がった。「自分たちのために戦うってどういうこと?」用心深くまわりを見まわしたが、何も動く気配はない。鳥たちが飛びまわり、日がさんさんと降り注いでいるばかりだ。

キノコの精はひと呼吸置いてから、いった。「どでかいことをする」

ワーシャはもどかしさを抑えていった。「どんなこと？」

キノコの精は誇らしげにふんぞり返ったが、はっきりとは答えない。おそらく、わかっていないのだろう。

どでかいこと？　ワーシャは静かな森に目を光らせている。喪失と、けがと、恐怖のただなかにあっても、モスクワでの最後の夜に起こったことの意味を考えるのはやめていない。マロースカは熊を自由にして何を始めた？　それはわたしにとって、家族やルーシにとって、どんな意味がある？

マロースカはなぜそんなことを？

自分の中でささやく声がきこえる——マロースカはわたしを愛してる。だから自由を手放した。でも、理由はそれだけではないはず。ひとりの人間の娘のために、冬の王が長いあいだ守り続けてきたものすべてを危険にさらすと考えるほど、わたしはうぬぼれてはいない。

理由よりもっと重要なのは、どうするかだ。

冬の王をみつけなくては。そして、熊をもう一度縛らなくては。でも、どちらも方法がわからない。傷はまだ癒《い》えていないし、空腹だというのに。

「どうして、いうことをきかせようとしてるって思うの？」ワーシャはキノコの精にたずねた。

ワーシャが考えこんでいるあいだに、キノコの精は丸太の下にすわりこんでいた。いまはそこからのぞいている目の光しかみえない。「だれがそんなことをいったの？」

キノコの精は頭をひょいと出して、顔をしかめた。「だれも。おれはばかじゃない。魔女がほかに何を望む？　そうじゃなければ、なんで真夜中を通る道を選んだ？」

「命がけで逃げただけよ。森に入ったのは、ただお腹が空いていたから」ワーシャはこれが証拠とばかり、かごからトウヒの芽をひと握り取り出すとむしゃむしゃかんだ。

キノコの精はまだ疑っている。「もっとうまいものが生えているところを教えてやってもいい。もし、ほんとうに腹が減ってるっていうんなら」そういって、ワーシャをじっとみつめた。

「減ってる」ワーシャは即答し、立ち上がった。「案内してもらえたら、うれしいわ」

「ふーん。じゃあ、ついてこいよ」チョルトはあっという間に下草の中に駆けだしていった。

ワーシャはしばらく考えてからあとを追ったが、湖から決して目を離さないようにした。敵意に満ちた森の沈黙も、小さなキノコの精も信用できない。

ワーシャの抱いていた不信感に、まもなく驚きが加わった。というのも、いつのまにかすばらしい場所にいたのだ。トウヒの芽は青々として柔らかく、タンポポは湖から吹き寄せるそよ風になびいている。ワーシャは食べては集め、集めてはまた食べるうち、ふと気づいた。足元にブルーベリーの茂みが広がり、湿った草の下には、さらにたくさんのイチゴが隠れている。もう春ではない。夏だ。

「ここはどういう場所なの？」ワーシャはキノコの精にたずねた。心の中では、キノコの精をジェド・グリーブ――キノコじいさん――と呼び始めていた。

キノコの精は妙な顔つきでワーシャをみた。「昼と夜のあいだの国。冬と春のあいだでもある。その真ん中に湖があるんだ。どっちの側も水際で接していて、一方からもう一方へ行き来できる」

かつてワーシャが夢見ていたような、魔法の国だ。

息をのむような一瞬の沈黙のあと、ワーシャはたずねた。「ずっと先までいけば、冬の国に着くの？」

「そうさ」チョルトは答えながらも、けげんそうな顔をしている。「かなり歩くけどな」

「冬の王はそこにいるの？」

ジェド・グリーブはまたもや妙な顔つきをした。「どうしておれにわかる？　キノコは雪の中じゃ育たないってのに」

ワーシャは眉をひそめて考えこんだあと、ふたたび、かごとお腹を満たすことに集中した。クレスにキバナノクリンザクラ、ブルーベリーにスグリ、そしてイチゴ。

ワーシャは夏の森をどんどん奥へ踏み入った。ソロヴェイがいたらどんなに喜んだろう、と柔らかい草を踏みながら考える。ひょっとしたら、いっしょにソロヴェイの仲間をさがしにいけたかもしれない……。背中に日のぬくもりを感じる喜び、日差しを浴びて熟したイチゴを口に含んで味わう喜びが、悲しみに押し流された。それでも、食べ物を集め続けた。あたたかな緑の世界が傷ついた心を静めてくれる。キノコの精――ジェド・グリーブは姿を現しては、また消えた。丸太の下に隠れるのが好きなのだ。ただ、ワーシャはずっとみられているのを感じていた。好奇心に満ちた疑い深い視線を。

太陽が頭上に高くのぼると、ワーシャはドモヴァヤとの約束を思い出した。そして警告も。まだ体力は回復していないし、次に何が起こるにしても体力は必要だ。ワーシャはいった。「必要なものはそろったから、もどらなくちゃ」

ジェド・グリーブが切り株の後ろからひょっこり出てきた。「まだ、とっておきの場所がある」そう言い張って、遠くのほうで赤や金に輝く木々を指さした。夏と同じように、秋もまた、踏み入っていける場所であるかのように。「もう少し先だ」

ワーシャは興味をそそられ、飢えたようにクルミやマツの実を思い浮かべた。しかし、警戒心が勝った。「無茶をすると痛い目にあうってことを、身をもって知ったから、今日はもうこれで十分」

ジェド・グリーブは不満そうだったが、それ以上は何もいわなかった。ワーシャは後ろ髪を引かれる思いで帰路についた。夏の国は暑い。ワーシャは毛織りのシャツに長靴下という早春の装いだ。腕には満杯のかごをかけている。足がずきずきするし、肋骨も痛い。

左側では森がささやき、じっとみつめている。右側には夏の青い湖が広がっている。木々のあいだから、小さな砂地の入り江がみえた。喉が渇いたので、道からそれて水際へいき、膝をついて水を飲んだ。水は空気のように透明で、あまりの冷たさに歯が痛んだ。包帯を巻いたところがかゆい。朝、水で湿らせた布で体を拭いたのに、汚れが骨にまで染みついているような気がしてならない。

ふいに、ワーシャは立ち上がって服を脱ぎ始めた。こんなに丁寧《ていねい》に巻いてくれた包帯をほどいたら、ドモヴァヤは腹を立てるだろうけど、そんなことにかまってはいられない。じれったさに手が震える。澄んだ水が皮膚から汚れを、心から記憶を洗い流してくれそうな気がしていた。

「何をしてる？」ジェド・グリーブがたずねた。砂や岩から十分離れた日陰に隠れている。

「泳ごうと思って」ワーシャは答えた。

ジェド・グリーブは口をぱくぱくさせた。

ワーシャは動きを止めた。「泳いじゃいけないわけでもあるの？」

キノコの精はのろのろと首を振ったが、不安そうに湖をみた。たぶん、水が好きではないのだろう。

「それじゃ」ワーシャは少しためらったが、自分の肌を脱ぎ捨ててちがうだれかになりたかった。湖に潜れば、少なくとも心を静めることはできそうだ。「遠くにはいかないから。わたしのかごをみていてくれる？」

最初のうち、ワーシャは水の中を歩き、石を踏んでは顔をしかめた。しばらくすると、底がなめらかな泥に変わった。ワーシャは水に潜ってまた顔を出すと、歓声をあげた。氷のように冷たい湖の水に肺を締めつけられ、感覚が研ぎすまされる。岸に背を向けて、泳ぎだした。慣れない熱い太陽の下で、水が心地いい。しかし、あまりの冷たさに泳ぐのをやめた。浅瀬にもどって体を洗い、日当たりに寝転んで乾かそう。

ところが、振り返っても水しかみえない。

ワーシャは円を描くように回った。何もない。まるで世界が突然、すっぽり湖に沈んでしまったみたいだ。しばらくのあいだ立ち泳ぎをしたが、あまりの衝撃に恐ろしくなってきた。

自分以外に、だれかいるのかもしれない。

「傷つけるつもりはないわ」声に出していい、歯が鳴っているのに気づかないふりをしようとする。

何も起こらない。ワーシャはまた水をかいて円を描いた。やはり何も起こらない。冷たい水の中であわてふためいたら、死んだも同然だ。いちばんましな見立てを信じて、祈るしかない。

次の瞬間、叫び声のような水音がして、ワーシャの目の前に生きものが飛び出した。ぎょろりとした目と目のあいだに、ふたつの切れこみのような鼻孔があり、岩みたいな黒い歯が細いあごの上に出っぱっている。息を吐くたびに蒸気が上がり、顔を油ぎった液体が流れ落ちる。

「溺れ死んでしまえ」生きものは低い声でいうと、飛びかかってきた。

ワーシャは答えずに、手の甲で思いきり水面をたたいた。チョルトがびくっと身をかわすと、ワーシャはまくしたてた。「不死身の魔術師にも、モスクワじゅうを意のままに動かす司祭にも殺せなかったのよ。あなたなんかにわたしが殺せると思う?」

「おれの湖に勝手に入りやがった」チョルトは黒い歯をむき出していった。

「泳ぐためよ。死ぬためじゃない！」

「それはおれが決めることだ」

ワーシャは肋骨の痛みに気づかないふりをし、静かな声でいった。「勝手に入ったことは悪かったと認めるけど、だからって命を差し出すつもりはない」

チョルトはワーシャの顔に煮えたぎるような蒸気を吹きかけ、うなり声をあげた。「おれはバギエーニク、湖の精だ。おまえの命はもらった」

「なら、やってみればいい」ワーシャは言い捨てた。「あなたなんて怖くない」

チョルトは頭を下げ、青い水を泡立たせた。「怖くないだと？　不死身の魔術師にも殺せなかったとはどういう意味だ？」

ワーシャの脚が痙攣《けいれん》しかかっている。「マースレニツァ祭（大斎の前の三日間に行われる、「冬を送る祭り」）の最後の晩に、モスクワでカスチェイを殺したの」

「うそをつくな！」バギエーニクはさえぎるようにいうと、またワーシャに飛びかかり、ワーシャはあやうく沈みそうになった。

ワーシャはひるまない。沈まないように集中している。「たしかに以前はうそつきだった。その報いも受けた。でも、これはほんとうよ。わたしはカスチェイを殺した」

バギエーニクはふいに黙りこんだ。

ワーシャは向きを変えて、岸をさがした。

「おまえが何者か、ようやくわかった」バギエーニクはつぶやいた。「あの一族の面影があるし、真夜中を通る道をやってきた」

　バギエーニクが何に気づこうが、かまっている暇はない。「そうよ」というのがやっとだ。

「でも、家族は遠くにいるの。さっきもいったけど、あなたを傷つけるつもりはないから。岸はどっち?」

「遠くだと? すぐ近くにもいるだろうが。おまえは自分のことも、ここがどんなところかもわかってないのか」

　ワーシャは沈みかけている。「ねえ、岸はどこなの?」

　バギエーニクの黒い歯が水に濡れて光る。バギエーニクは水蛇のようにするりと近寄ってきた。「ほら、すぐにすむ。溺れてしまえ。そうすりゃ、おまえの血の記憶でおれは千年生きられる」

「いやよ」

「生きていたってなんの役に立つ?」バギエーニクは滑るようにどんどん近づいてくる。「溺れてしまえ!」

　ワーシャは最後の力を振り絞り、感覚のなくなった手足で水をかき続けた。「なんの役に立つかって? 役になんて立ちっこない。数えきれないほどの間違いをしでかしたせいで、もうわたしの居場所はない。ただ、さっきもいったけど、それでも死んであなたを喜ばせるつもりはないの」

　バギエーニクがワーシャの顔の真ん前で歯をかみ鳴らした。ワーシャは傷のことを忘れ、バギエーニクの首を両手でつかんだ。バギエーニクはもがき、もう少しでワーシャの手を振りほどきそうだったが、かなわなかった。ワーシャの手には、モスクワで檻の格子を壊した力がある。「脅すのはやめるのね」ワーシャはバギエーニクの耳にささやくと、息を吸いこんだ。その瞬間、ふたりは水に沈んだ。すぐにまた顔を出したが、ワーシャはバギエーニクの首をつかんだまま、あえぐようにいった。「わたしは明日には死ぬかもしれないし、意地の悪い老人になるまで長生きするかもしれない。でも、あなたは湖にすむただの亡霊じゃないの。命令なんてさせない！」

バギエーニクは動かなくなった。ワーシャは手を離し、咳きこんで水を吐き出した。骨折している側の筋肉を痛めたらしい。鼻と口に水が流れこむ。傷口がいくつか開いて、血が流れ出した。バギエーニクは出血している肌のにおいをかいだ。ワーシャは動かない。

バギエーニクは驚くほど穏やかな声になって、いった。「つまるところ、おまえは役立たずではないのかもしれん。これほどの力を感じたのはいつ以来か——」途中で言葉を切ると、急に熱心な顔になった。「岸まで連れていってやろう」

気がつくと、ワーシャは焼けるように熱いくねくねした体にしがみついていた。手足に力がもどってくると、ワーシャは身を震わせ、用心深くたずねた。「どういう意味？　わたしに一族の面影があるって」

バギエーニクは水の中をうねるように進みながら、いった。「知らないのか？」声の奥に妙な熱が秘められている。「昔、ばあさんとその双子の娘が、オークの木のそばの家で暮らし、湖の岸辺で草を食《は》む馬たちの世話をしていたのさ」

「おばあさんって？　オークの木のそばの家にはいったけど、廃墟になってた」

「魔術師がやってきたからだ」バギエーニクはいった。「若くて美しい男だった。馬を手なずけたいといっていたが、結局のところ手なずけたのは、跡継ぎの娘タマーラだった。ふたりは夏至の日に連れだって湖で泳ぎ、秋のたそがれ時に魔術師は誓いの言葉をささやいた。そしてとうとう、タマーラは魔術師のために、金の雌馬、火の鳥《ジャール・プチーツァ》に金の馬勒《ばろく》をつけた」

ワーシャは一心に聞き入っている。これは自分の歴史だ。まさか、遠い国に住む湖の精からきくことになるとは。タマーラというのはワーシャの祖母の名前だ。祖母は遠い国から見事な馬に乗ってモスクワにやってきたときいている。

「魔術師は金の雌馬を手に入れると、湖のそばの国を出ていった」バギエーニクは続けた。「タマーラは泣きながらあとを追った。馬を取りもどすと誓い、その舌の根の乾かぬうちに魔術師を愛していると誓った。しかし、タマーラも魔術師も二度ともどってはこなかった。魔術師は人間の国で広い領土を支配するようになった。タマーラがどうなったかはだれも知らない。ばあさんは悲しみのあまり、ここに通じるすべての道をふさぎ、見張りを立てた。だが、真夜中を通る道だけはふさがずにおいた」

ワーシャの頭の中を百の疑問が飛び交い、舌が最初の疑問を拾い上げた。「ほかの馬たちはどうなったの？　昨夜、何頭かみかけたけど、野生の馬みたいだった」

湖の精がしばらく無言で泳いでいたので、ワーシャは答えてはもらえないだろうと思ったが、やがてバギエーニクは太く荒々しい声でいった。「残っているのは、おまえがみた馬たちだけだろう。魔術師は湖から迷い出た馬を皆殺しにしたからな。ときどき子馬をつかまえたが、長くはいつかず――みな、死ぬか逃げるかした」

「なんてこと」ワーシャはささやいた。「なぜそんなことを？」

「世界一だからな、ここの馬は。魔術師には乗りこなせなかった。手なずけることも、働かせることもできなかった。だから殺したんだ」ほとんど聞き取れないほど低い声でバギエーニクは続けた。「残された馬は――ばあさんがここで飼っていて――安全だった。だが、ばあさんが死んだあと、馬の数は年々減っている。世界は驚くべきものを失ったのさ」

ワーシャは無言だった。記憶の中で炎が渦巻く。そしてソロヴェイの血も。

「どこからきたの？」ワーシャはそっときいた。「馬たちのことだけど」

「さあな。大地が生み出したんだろう。あの馬たちは魔法そのものだ。もちろん、人間もチョルトたちも手なずけたがった。なかには、乗り手を進んで受け入れる馬もいた」バギエーニクは続けた。「白鳥、ハト、フクロウ、カラスがそうだ。それに小夜鳴鳥《サヨナキドリ》も――」

「小夜鳴鳥がどうなったかは知ってる」ワーシャはやっとのことで口にした。「わたしの友だちだったの。でも死んでしまった」

「馬は愚かな選択はしない」バギエーニクがいった。

ワーシャは無言だ。

しばらくして、ワーシャは顔を上げ、沈黙を破った。「熊が冬の王をどこに閉じこめたのか、教えてくれない？」

「思い出せないね。遠い昔の遠い場所、変わることのない闇の奥深くだ」湖の精はいった。

「熊が自分の兄を自由にするような危険を冒すと思うか？」

「いいえ」ワーシャは答えた。「冒さないでしょうね」急に、いいようもない疲れを感じた。この世界は大きくて奇妙で、頭が変になりそうだ。何もかも現実味がない。何をすべきかも、どうしたらいいかもわからない。ワーシャはバギエーニクのあたたかい背中に頭をのせ、黙りこんだ。


ワーシャが光の変化に気づいたのは、水が小石だらけの入り江にそっと打ち寄せる音をきいたときだった。

ふたりが泳いでいるあいだに、太陽は西に傾き、冷たい黄緑色に変わっていた。夏のたそがれが夜へと変わりつつある。黄金色の昼は、湖にのみこまれたかのように過ぎ去っていた。ワーシャはしぶきを上げて浅瀬に転がりこみ、よろよろと岸へ上がった。木々の灰色の影が水面に長くのびている。重ねておいた服は日陰で冷たくなっていた。


バギエーニクは湖に半分沈んで、ただの真っ黒な染みになっている。ワーシャはふいに怖くなり、バギエーニクに食ってかかった。「昼はどうなったの？　どうして？」水の下に、目と輝く歯の列がみえる「わたしをわざとたそがれに連れこんだの？」

「おまえが魔術師を殺したから。おれにおまえを殺させてくれなかったから。チョルトたちにうわさが伝わり、みんなが興味をそそられているからだ」姿のみえないバギエーニクの声が暗がりから漂ってくる。「火をおこすといい。おれたちが見張っていてやる」

「なぜ?」ワーシャはまたたずねたが、バギエーニクはもう水に沈み、姿を消していた。

ワーシャは怒りのあまり立ちつくし、怖がってなどいないふりをしようとした。まわりから昼が大急ぎで走り去っていく。まるで森そのものが、たそがれ時にワーシャを捕らえようと意を決しているかのようだ。自分の考えが足りないせいで苦難にあうのには慣れていたが、いまはぼろぼろに弱りきった体で過ごさなければならない。オークの木のそばの家までは、歩いて半日かかる。

季節が変わる、とドモヴァヤはいっていた。どういう意味なんだろう? いちかばちかやってみてもいい? やってみるべき? しかし、深まりゆく闇を見上げ、日が暮れるまえにあの家にもどるのはむりだと知った。

それならここにとどまろう、とワーシャは決めた。そしてバギエーニクの不快な忠告を受け入れ、まだ明るいうちに薪を集めることにした。ここにどんな危険があるにしろ、立ち向かうなら満腹であたたかい火があったほうがいい。

ワーシャはだまされやすい自分に腹を立てながら、薪を集めた。レスナーヤ・ゼムリャの森はいつだって親切だったし、その信頼はまだ失われていない。でも、この場所にはわたしに親切にする理由がないのだ。鮮やかな入り日が水面を赤く染め、マツの木々のあいだを風が音を立てて吹き抜ける。湖は静まり返り、夕日を受けて金色に輝いている。

ジェド・グリーブがふたたび現れたとき、ワーシャは倒木を細かく砕いていた。「新しい季節に湖のそばで夜を過ごしてはいけないってこと、知らないのか？」ジェド・グリーブはたずねた。「もとの季節に二度ともどれなくなるぞ。明日、オークの木のそばの家にもどるなら、そこは夏で、春じゃない」

「湖でバギエーニクにつかまってしまったの」ワーシャは苦々しげにいいながら、モミの木立の中にあるマロースカの家で過ごした、白くきらめく日々を思い出していた。おまえが去ったときと同じ晩にもどる、とマロースカはいっていた。そのとおりだった。あの家で何日も――何週間も――過ごしたのに、同じ晩にもどった。そして今度は――この夏の国でひと晩過ごすあいだに、広い世界では月が満ち欠けするんだろうか？　湖で一日が、数分のあいだにすぎてしまうのなら、ほかにどんなことがあり得る？　そう考えると恐ろしくなった。バギエーニクの脅しさえ、怖いと思わなかったのに。昼から夜へ、夏から冬へとめぐる時の流れは、息をするのと同じくらいあたりまえに感じていた。でも、ここではそれが通用しないの？

「そもそも、湖から出てこられるとは思わなかったよ」ジェド・グリーブが白状した。「大物たちがあんたのために何かを企んでるのはわかってた。おまけに、バギエーニクは人間を嫌ってる」

ワーシャは腕いっぱいに抱えていた薪を、怒りのあまり放り投げた。「なら、教えてくれてもよかったのに！」

「なんのために？」ジェド・グリーブはたずねた。「大物たちの企みは邪魔できない。それに、あんたは馬を一頭死なせた。バギエーニクに殺されたとしても、当然の報いだ。あれは馬を愛してるからな」

「当然の報い？」ワーシャは問い返した。この数日の怒りと罪悪感、八方ふさがりの無力感が一気にあふれ出す。「この何日かで、報いはもう十分受けたでしょ？　ここには食べ物をさがしにきただけ。あなたにも、あなたの森にも何もしてない。なのに、あなたは――あなたたちみんなは――」

もう言葉にならない。猛烈な怒りに駆られ、ワーシャは棒きれをつかむと小さなキノコの頭に振り下ろした。

ワーシャはどうなるか予想もしていなかった。ジェド・グリーブの頭と肩の白っぽい肉がちぎれた。キノコの精は痛みに叫んで倒れ、ワーシャは呆然と立ちつくした。ジェド・グリーブは血の気を失い、白から灰色、そして茶色に変わっていく。不注意な子どもに蹴り飛ばされたキノコのように。

「ちがう」ワーシャはぞっとしていった。「ちがう。こんなつもりじゃなかった」無意識に膝をつき、ジェド・グリーブの頭に手をのせた。「ごめんなさい。傷つけるつもりはなかったの。ごめんなさい」

ジェド・グリーブの色の変化が止まった。ワーシャはいつのまにか泣いていた。そして初めて気づいた。ここ数日に受けた暴力が自分の中に深く巣くっていたこと、それがとぐろを巻いて、恐怖と怒りにあおられ、いまにも噴き出そうとしていることに。「許して」ワーシャはいった。

ジェド・グリーブは赤い目をしばたたいた。息をしている。もう死にかけていない。さっきよりも現実味がある。ちぎれた部分も自然にくっついていた。

「なぜあんなことを?」ジェド・グリーブがたずねた。

「傷つけるつもりじゃなかったの」ワーシャは手首を目に押しあてた。「だれのことも傷つけるつもりはなかった」ワーシャの手足ががくがく震えている。「でも、あなたのいうとおり。そう——わたしは傷つけた……」

「あんたは——」キノコは理解できないという顔で自分の灰色の腕をみつめている。「おれのために涙を流した」

ワーシャは首を振り、なんとか言葉をしぼり出す。「わたしの馬のためよ。そして姉のため。マロースカのため」目をこすって、ほほえもうとする。「あなたのためにも少し」

ジェド・グリーブはワーシャをしかつめらしい顔でみつめた。ワーシャは何もいわずに、やっとのことで立ち上がり、夜の準備を始めた。

ワーシャがむきだしの地面に薪を積み上げていると、キノコの精が、葉っぱの山に半分隠れたまま、ふたたび話かけてきた。「マロースカのためといったな。冬の王をさがしてるのか?」

「ええ」ワーシャは即答した。「そうよ。あなたが知らなくても、だれか居場所を知ってそうな人はいない?」熊の言葉——おまえの命と引き換えに自分の自由を差し出した——が頭の奥に響く。なぜそんなことを？　なぜ？　もっと深い記憶の中から、マロースカの声がきこえる。わたしなりに――

薪はきれいな正方形に積まれ、大きな枝のあいだにたきつけが置かれた。ワーシャは話しながら、火口《ほくち》にするマツの葉をのせている。

「真夜中の精なら知ってる」ジェド・グリーブはいった。「真夜中の国は、これまでのありとあらゆる真夜中と接している。ただ、真夜中の精があんたに教えるとは思えないね。ほかに知ってる者というと――」ジェド・グリーブは黙りこんで必死に考えている

「助けようとしてくれてるの？」ワーシャは驚いてたずねた。だから、居住まいを正す。

ジェド・グリーブはいった。「あんたは涙と花をくれた。だから、おれは熊じゃなくてあんたについていく。おれがいちばん乗りだ」そういって胸を張った。

「いちばん乗りって、なんの？」

「あんたの側につく」

「わたしの側って？」ワーシャはたずねた。

「わからないのか？」ジェド・グリーブは答えた。「あんたは冬の王も熊も拒んだろう？　つまり、あのふたりの戦いにおける第三の勢力になったってことさ」そういって眉をひそめた。

「それとも、冬の王をみつけて、そっち側につくつもりなのか？」

「どんなちがいがあるのか、よくわからない」ワーシャはいった。「あっち側とかこっち側とか。冬の王をみつけたいのは、助けが必要だからよ」理由はそれだけではなかったが、キノコ

の精に洗いざらい話すつもりはない。

ジェド・グリーブはワーシャの言葉を手で払いのけた。「まあ、冬の王があんたの側につくとしても、あくまでいちばん乗りはおれだ」

ワーシャは火のついていない薪に向かって顔をしかめた。「冬の王をみつける方法を知らないのに、どうやってわたしを助けるつもり?」ワーシャは用心深くたずねた。

ジェド・グリーブは考えこんだ。「おれはキノコのことならなんでも知ってる。育てることだってできるんだ」

ワーシャは飛び上がらんばかりに喜んだ。「キノコは大好物なの。リシーチキ（アンズタケ、または黄色の食用キノコ全般を指す）もみつけられる?」

ジェド・グリーブが答えたとしても、それはきこえなかった。というのも、次の瞬間、ワーシャはすばやく息を吸い、焼けつくような火事の記憶が胸を満たすままにしたからだ。すると、積み上げた枝の山が炎に包まれた。ワーシャは満足したように、小枝をくべた。

ジェド・グリーブは口をぽかんと開けている。あちこちからささやき声があがる。まるで、木々が言葉を交わしているかのようだ。「気をつけたほうがいい」ようやく声を取りもどしたジェド・グリーブがいった。

「なぜ?」ワーシャは相変わらず、火をおこせたことに満足げだ。

「魔法は人をおかしくする」キノコの精はいった。「現実をあまりに変えているうちに、何が現実か忘れてしまうんだ。まあ、とにかく、ほかにもチョルトが何人か、あんたについていくだろうよ」

その言葉を裏づけるかのように、湖から二匹の魚が飛び出し、地面に落ちて口をぱくぱくさせた。たき火の光を浴びて、赤みがかった銀色に光っている。

「ついてくるってどこへ?」ワーシャはいらだったようにたずねながらも、歩いていって魚を拾い上げた。「ありがとう」湖に向かってしぶしぶお礼をいう。バギエーニクにそれがきこえたとしても、答えはなかった。だが、遠くへはいっていないだろう。きっと待っている。

何を待っているかはわからないが。

12　取　引

ワーシャは魚のはらわたを抜き、粘土で包み、たき火の中に入れて焼いた。ジェド・グリーブは約束どおり、走っていってキノコを両手にいっぱい持ち帰ってきた。残念なことに、ジェド・グリーブはどれがリシーチキかも、どれが食べられるキノコかも知らなかった。ワーシャは注意深く毒キノコを取り除いてから、食べられそうなキノコをハーブやノビルといっしょに魚の腹に詰め、焼き上がると、指をやけどしながら食べた。

満腹になって人心地がついたものの、夜そのものは快適とはいえない。湖から身を切るような風が吹きつけ、ワーシャはみられているという感覚、自分のほうからはみえない目に品定めされているという感覚をぬぐえずにいた。後先も考えず理解不能な物語の中に飛びこんだ娘が、自分の知らない役を演じることをまわりから期待されている――そんな気分だ。一方で、ソロヴェイを失った悲しみに絶えずさいなまれ、心のうずきは和らぐことがない。

しばらくしてようやく、ワーシャはうすら寒いまどろみに落ちたが、眠りさえ休息ではなかった。夢の中に拳《こぶし》や怒りに燃えた顔が現れ、ワーシャは自分の馬に逃げてと叫ぶ。ところが馬は走るどころか小夜鳴鳥《サヨナキドリ》に姿を変え、弓矢を手にした男に空から射落とされてしまう。ワーシャが馬の名を口にして跳ね起きると、闇のどこかでぎこちないひづめの音が鈍く響いた。

ワーシャは体をまっすぐに起こし、ひんやりした夏のちくちくするシダの茂みの中で、裸足のまま立ち上がった。たき火の勢いは衰え、薪の端にわずかに赤みが残っているだけだ。月は地平線すれすれに引っかかっている。そのとき、木々のあいだに光がみえた。ワーシャは松明《たいまつ》を掲げた男たちを思い出し、とっさに逃げだそうとした。

しかし、松明ではないとわかり、目をこらした。金色の雌馬がいる。一頭きり、ぽつんと。昨夜の輝きは薄れ、痛めた前脚を引きずって歩き、胸には泡のような汗が噴き出している。馬の向こうの森からささやき声がきこえたような気がした。風に乗って悪臭が漂ってくる。

ワーシャは消えかけている火にすばやく薪をくべると、雌馬に声をかけた。「おいで」

馬は逃げようとしたが、何もないところでつまずき、向きを変えてワーシャのほうにやってきた。頭を低くたれている。勢いを取りもどした火に照らされて、前脚の深い切り傷がはっきりみえる。

ワーシャは斧と、炎を上げている薪を手に取った。馬を追ってきたものの姿はみえないが、そのにおいがあたりに立ちこめている。暑さで腐敗した死肉のようなにおいだ。ワーシャは頼りない武器を手に、水際まで後ずさりした。モスクワに火を放った生ける火花のような馬に、愛情など感じてはいない。でも——自分の馬を助けられなかった。この馬は死なせるわけにいかない。「こっちよ」ワーシャはいった。

馬は答えない。体じゅうから恐怖だけを発している。それでもワーシャのほうにやってきた。

「ジェド・グリーブ」ワーシャは呼んだ。

暗闇で、毒々しい緑の光を放つキノコの群れがゆれた。「ここを切り抜けてくれよ。でなけりゃ、いちばん乗りになっても意味ないだろう。みんながみてるんだからな」

「なんですって――？」

しかし、ジェド・グリーブが答えたとしても、ワーシャにはきこえなかった。木立から熊が静かに姿を現し、水際の月明かりの中に立ったのだ。

モスクワで、熊は人の姿をしていた。いまも人にみえなくはないが、歯は鋭く、ひとつしかない目は荒々しい。背後に影が広がるように、体に獣性が広がっているのがみえる。異様さが増し、老けたようにみえる熊は、この途方もない森になじんでいる。

「ああ、だからバギエーニクは、わたしに森で夜を過ごさせたがったのね」ワーシャはいって、立ったまま身をこわばらせた。しわがれた、ののしるようなささやきが下生えからきこえてくる。「やはり、わたしに死んでほしかったんだ」

熊の傷のない側の口角がゆがんだ。「そうかもしれないし、そうじゃないかもしれない。猫みたいにふくれるのはよせ。おまえを殺しにきたわけじゃない」

武器がわりに持っている薪が、ワーシャの手を焦がし始めた。ワーシャはそれを熊とのあいだの地面に投げ捨てた。「じゃあ、火の鳥を狩りに？」

「それもちがう。だが、おれのしもべたちは狩りを楽しむだろう」熊が雌馬に向かってシューッと音を立て、にやりと笑うと、馬は後ずさりし、後ろ脚が水につかった。

「その馬にかまわないで!」ワーシャが声を張りあげる。

「いいだろう」思いがけず熊はそういうと、たき火のわきの丸太に腰をおろした。「いっしょにすわらないか?」

ワーシャは動かない。熊がにやりと笑うと、薄闇で鋭い犬歯が白く光る。「正直、おまえの命などほしくもないのさ、ワシリーサ・ペトロヴナ」熊は空っぽの両手を開いていった。「取引をしたい」

ワーシャは驚いた。「あなたに命を助けてやるといわれて、わたしは断った。自力で逃げたのよ。なのに、それ以下の取引に応じるわけがないでしょう?」

熊ははっきりとは答えず、木々に縁取られた星空を見上げ、夏の夜気を深く吸いこんだ。その目に星々が映っている。まるで、長い闇のあとに星空をのみこんでいるかのようだ。ワーシャはその喜びを理解したいとは思わない。熊がいう。「おれが兄の国の端の何もないところに縛りつけられていたあいだに、数えきれないほどの人間が生まれ、死んでいった。おれが眠っていたあいだ、兄は世界のよき執事だったと思うか?」

「少なくとも、歩いたあとに破壊の爪痕を残したりはしなかった」ワーシャはいった。その隣で雌馬が水に血を流している。「あなたはモスクワで何をしていたの?」

「楽しんでいたのさ」あたりまえのように熊はいった。「兄もかつては同じことをしていた。いまじゃ聖人ぶっているがな。かつて、おれたちはもっと似ていた。なにしろ双子だ」

「そんな話をして信用させようとしたって、そうはいかないから」

「だが――」熊は続けた。「兄はこの世界で人間とチョルトが共存できると考えている。ところが人間は、病気のようにはびこり、教会の鐘を鳴らし、おれたちの存在を忘れかけている。兄は愚か者だ。このまま人間を野放しにしておいたら、チョルトは滅び、真夜中を通る道も、この世の驚異もすっかりなくなっちまうってのに」

ワーシャは、熊が目を上げてほれぼれと夜空をみつめる理由を理解したいとも思わないし、熊の考えに同意したいとも思わない。しかし、熊がいっていることは真実だ。ルーシじゅうで、チョルトは煙のようにおぼろげになってきている。水や森や家を守ってはいるが、その手にはしっかりつかむ力もなく、記憶もほとんど薄れかけている。ワーシャは何もいわない。

「人間は理解できないものを恐れる」熊はつぶやいた。「おまえを傷つけ、なぐり、唾を吐きかけ、火あぶりにした。世の中から野生の荒々しいものをすべて追いやり、やがては、小さな魔女が隠れる場所さえなくなる。人間は、おまえや似たような仲間をすべて、火あぶりにするだろう」それこそ、ワーシャの心の奥底に潜む最悪の恐怖だ。熊はそれを知っているにちがいない。「だが、それは変えられる」熊は続けた。「おれたちはチョルトを救い、昼と真夜中のあいだの国を救える」

「わたしたちが？」ワーシャはたずねた。声がかすかにうわずっている。「どうやって？」

「いっしょにモスクワへくるんだ」熊は後ろ脚で立ち上がった。火明かりの中で、顔の傷のない側が赤みを帯びている。「鐘楼《しょうろう》を引き倒し、大公たちの支配を打ち破るのに手を貸してくれ。

おれと手を組み、おまえの敵に復讐するんだ。そうすれば、もう二度と、だれにも蔑まれたりしない」

メドベードはチョルトだ。ジェド・グリーブと同じく肉を持たないのに、あの何もない場所では命そのものが脈打っているようにみえた。「あなたはお父さんを殺した」ワーシャがいう。

熊は両手を広げた。「おまえの父親はおれのかぎ爪に身を投げ出したんだ。兄はうそをついておまえを味方に引きこんだろう？　闇の中のささやきと半端な真実、それに若い娘をうっとりさせるあの青いふたつの目で」

ワーシャは感情が顔に出ないように必死でこらえた。熊は口の端をゆがめると、また話しだした。「だが、おれはいまここで、おまえに真実だけを示し、手を組もうといっている」

「あなたが真実を示しているというなら、あなたの望みはなんなのか教えて。回りくどい言葉ではなく、ありのままに」

「味方がほしい。おれの味方になって復讐するんだ。昔からいるおれたちチョルトが、もう一度この国を支配する。それがチョルトの望みだ。バギエーニクはそのために、おまえをここに連れてきた。チョルトたちはみな、見守っている。おまえがおれの話をきき、賛成するのを待っている」

メドベードはうそをついている？

自分でも恐ろしいことに、ワーシャはいつのまにか考えていた。熊のいうことに賛成し、自分の中にある怒りを衝動的な暴力によって解き放てたらどうだろう？　目の前の、顔に傷のある熊の中で、その衝動が共鳴しているのが感じられる。ワーシャの罪悪感、悲しみ、そしてジェド・グリーブの頭にぶつけてしまった激しい怒りを、熊は理解している。

「そうだ」熊がささやく。「おれたちは理解しあっている。新たな世界をつくるには、まず古い世界を破壊しなければ」

「破壊？」ワーシャはいった。自分のものとは思えない声だ。「新たな世界をつくるために、何を壊そうというの？」

「元どおりにできないものは何も破壊しない。考えてみろ。火あぶりにされずにすむ娘たちのことを」

強大なモスクワへいき、あの街を打ち壊したい。そう思うワーシャに、熊の野性と、長く囚われていた悲しみが呼びかけてくる。金色の雌馬は身じろぎもせず立ちつくしている。

「復讐する？」ワーシャはつぶやいた。

「そうだ。存分に」

「コンスタンチン・ニコノヴィチは悲鳴をあげながら死ぬ？」

熊が一瞬、躊躇《ちゅうちょ》したように思えた。「死ぬ」

「ほかにはだれが死ぬの、メドベード？」

「男も女も、毎日死ぬ」

「人が死ぬのは神の意志で、わたしのためじゃない」ワーシャはいった。握りしめた掌《てのひら》に爪が食いこむ。「ひとりの命だって、わたしの悲しみをうめるために奪うわけにはいかない。わたしをばかだと思ってるの？　この耳に甘い毒のような言葉をしたたらせることができると？　わたしはあなたの味方じゃないし、これからも絶対、味方になるつもりはない」

まわりの森のいたるところから、ざわめきがきこえたような気がしたが、それが喜びの声なのか失望の声なのかはわからない。

「ああ」熊の声の残念そうな響きに、うそはなさそうだ。「ある意味、いたって賢いな、ワシリーサ・ペトロヴナ。だが、別の意味ではどうしようもなく愚かだ。いうまでもないが、おれの味方にならなければ、生きてはいられないんだぞ」

「わたしの命と引き換えに、あなたは自由を手に入れた」ワーシャはいった。背後の湖は冷たいが、傍らには相変わらず、あたたかい金色の雌馬が震えながら立っている。「だから、わたしを殺せないはず」

「おれはおまえの命を救ってやろうといった。頑固で愚かなおまえがそれを断っただけで、おれの落ち度じゃない。借りは返した。それに、おまえを殺すつもりはない。おまえは生きたまま味方になれる。あるいはしもべでもいいが」こらえきれずに熊の口がよじれた。「その場合、生きているといえるかどうか」

足を引きずるような柔らかい足音がきこえた。さらにもうひとつ。耳の中で自分の鼓動が大きく響く。心の中で古い警告が反響する。熊は放たれた。死者に気をつけて。

「おれは楽しませてもらうとしよう」メドベードはいった。「考えが決まったら教えてくれ」

そういって一歩下がる。「どっちにしろ、兄貴にはおまえが残念がっていたと伝えておく」

ワーシャの左側から、目が赤く顔の汚れた死人の男が、そっと光の中に進み出た。右側では、唇を血に染めた女がにやりと笑っている。腐った髪がまだ幾房か、真っ白い頭蓋骨に張りついている。生ける屍《しかばね》たちの目は奈落だ。緋色と黒をしている。口を開けると、とがった歯の先が残り火にきらりと光る。ワーシャと雌馬を囲むウプイリたちの半円が、じりじりと狭まってくる。

金色の雌馬が棹立《さおだ》ちになった。一瞬、その背中に大きな翼の形の炎が燃え上がったようにみえたが、けがを負った馬の姿のまま、地上に引きもどされた。飛べなかったのだ。

ワーシャは役に立たない斧を落とした。魂には記憶の火がまだ燃えさかっている。拳を握り、生ける屍たちは燃えるはずがない、ということを忘れた。

これ以上望めないほどの出来だった。ふたりのウプイリが松明のように燃え上がった。燃えながら悲鳴をあげて歩きまわり、うめき声をあげた。ワーシャは枝をさっと拾い上げてウプイリをかわし、裸足で水に踏み入った。金色の雌馬も前脚のひづめで必死に蹴って加勢する。

「おやおや」熊の声色が変わった。「モスクワがおまえの魂に火をつけたのか？　実際、おまえの半分は混沌の精だ。おれの味方になりたいんだろう。考え直したらどうだ？」

「黙ってられないの？」ワーシャの体に冷たい汗が流れる。もうひとりのウプイリが燃え上がり、現実がゆらぎ始めた。ようやくワーシャにもわかった。魔法は人をおかしくする。現実をあまりに変えているうちに、何が現実か忘れてしまうんだ。

しかし、ウプイリはあと四人いる。やるしかない。生ける屍たちがまた近づいてきた。

熊の目がワーシャの目をじっとみる。そこに狂気の種がみえるかのように。「そうだ」熊はささやいた。「正気をなくしてしまえ、野生児のような娘よ。そうすれば、おまえはおれのものだ」

ワーシャは深く息を吸い――

「いいかげんにおし」初めてきく声がいった。

ワーシャは暗い夢からたたき起こされたように感じた。大きな手をした肩幅の広い老婆が木立のあいだをつかつかと近づいてきて、ぞっとする光景をみるといらだたしげに、世界でいちばんあたりまえのことのようにいった。「メドベード、これは真夜中にすべきことじゃないね」

その瞬間、ワーシャは湖から打ち寄せた波にあやうくのまれそうになり、それと同時に、バギエーニクが姿を現し、浅瀬に浮かんだまま歯をむいた。「〈食らう者〉、馬たちを傷つけるなんてひとこともいわなかったじゃないか」

老婆はかつて長身だったようだが、年のせいで背が曲がり、粗末な服をまとっている。手の爪は長くのび、脚は湾曲している。背中にはかごを背負っている。

ワーシャは片足が湖につかったまま立ちつくした。現実が霧のように変幻自在になり、熊が驚き警戒しているのがわかる。「おまえは死んだはずだぞ」熊が老婆にいった。

老婆はかっかと笑った。「真夜中に？　あたしの国で？　ばかいうんじゃないよ」

ワーシャは夢の中にいるように、真夜中の精の輝く髪と星のような目がみえたと思った。木立に半ば隠れて、こちらをじっとみている。

熊は機嫌をとるようにいった。「たしかに、ばかをいった。だが、なぜ口を出す？　あんたを裏切った血族になんの用がある？」

「少なくとも、あたしはこの雌馬を大切にしてるんだよ、意地汚い熊公」老婆は言い返し、足を踏み鳴らした。「モスクワへもどって、あっちで暴れまわったらいいじゃないか」

ウプイリのひとりが老婆の後ろから忍び寄ってきた。老婆は振り向きもせず、指一本動かしもしなかったが、ウプイリは白い炎となって燃え上がり、悲鳴とともに倒れた。

熊がいう。「きっと、長いこと待たないと、あんたの頭はおかしくならないんだろうな」ワーシャはその声に敬意を感じ、驚いて耳をそばだてた。

「あたしの頭はとうの昔におかしくなってるよ」老婆が笑い声をあげ、ワーシャは総毛立った。「だがね、真夜中だけは、ここはまだあたしの国なのさ」

「その娘はあんたのところにいつかないぜ」熊はあごでワーシャを指した。「どう言い聞かせたってむだだ。娘たちと同じように、あんたを捨てる。そのときはおれの出番だ」今度はワーシャのほうをみて続ける。「おまえの答えは保留にしておこう。どっちにしろ、おれの味方になるんだ。そうでなきゃ、チョルトたちがおさまらない」

「出ておいき」老婆は怒鳴りつけた。

すると信じられないことに、熊はふたりに向かって頭を下げ、それから闇の中をそっと去っていった。そのあとを、目から地獄の光が消えたしもべたちがよろよろと追った。

創元SF60周年記念

史上初の公式ガイドブック

創元SF文庫総解説

2023年12月25日発売

※発売日は地域・書店によって前後する場合がございます。

全国書店、ネット書店で予約受付中！

ISBN：978-4-488-00399-9　定価：2,420円　A5判並製

日本最古の現存する
文庫SFレーベルの歴史を
余すところなく解説した
史上初の公式ガイドブック

1963年9月に創刊した日本最古の現存する文庫SFレーベル、創元SF文庫。その60周年を記念した史上初の公式ガイドブック。フレドリック・ブラウン『未来世界から来た男』に始まる800冊近いその刊行物全点の書誌&レビューを始め、草創期の秘話や装幀を巡る対談、創元SF文庫史概説、創元SF文庫以外の東京創元社のSF作品にまつわるエッセイを収める。

収録内容

- 作品総解説
- 高橋良平 × 戸川安宣（対談）「草創期の創元SF」
- 加藤直之 × 岩郷重力（対談）「創元SF文庫の装幀」
- 大森望「創元SF文庫史概説」
- 牧眞司「創元SF文庫以外のSF作品」

価格は消費税10%込の総額表示です

東京創元社

〒162-0814
東京都新宿区新小川町1-5
TEL 03-3268-8231
http://www.tsogen.co.jp/

創元SF60周年特設サイト▶

13　バーバ・ヤガー

夜の音がもどってきた。水につかったワーシャの足には感覚がない。金色の雌馬は頭をたれている。老婆は唇をすぼめるようにして突き出し、娘と馬をじっくりながめた。

「おばあさん《バーブシカ》」ワーシャはおずおずといった。「助けてくれてありがとう」

「ひれが生えてくるまで湖につかっていたいっていうなら、口出しはしないけどね」老婆は答えた。「そうでないなら、火のそばへおいで」

老婆はどかどか歩いていき、炎に枝をくべた。ワーシャは湖から上がった。だが、馬は動かない。「血が出てる」ワーシャは馬の前脚の傷をみようとした。

馬は相変わらず耳を伏せている。しばらくしてようやく口を開いた。ほかの馬たちが飛び立つあいだ、ウプイリを引きつけておこうと走ったの。でも、ウプイリたちがあまりに速くて。そのうち脚を痛めて飛べなくなった。

「傷の手当てをしてあげる」ワーシャは申し出た。

馬は答えない。しかし、ワーシャはふいに沈黙の理由がわかった。金色の頭が深くうなだれる。「また縛られるんじゃないかと心配してるの？　けがをしてるから？　怖がらなくて大丈夫。魔術師はわたしが殺した。タマーラも死んだ」背後で老婆が耳を傾けている気配がする。

「金の馬勒《ばろく》どころか、縄だって持ってない。あなたがいいといわないかぎり、触れたりしないから。火のそばへおいで」

ワーシャは自分から火のほうに歩きだした。雌馬はじっと立ったままで、両耳からためらいが伝わってくる。老婆は炎の向こうに立ち、ワーシャを待っている。髪こそ真っ白だが、その顔はゆがんだ鏡に映ったワーシャ自身の顔のようだ。

ワーシャははっと目を見開いた。衝撃と渇望。老婆が何者かわかったのだ。

森の中からは、まだたくさんの目がみつめている。一瞬の沈黙が訪れた。しばらくして老婆がたずねた。「名前は？」

「ワシリーサ・ペトロヴナ」ワーシャが答える。

「母親の名は？」

「マリーナ・イワノヴナ。その母親はタマーラと呼ばれていた。火の鳥に馬勒をつけた娘よ」

老婆の視線が、ワーシャの傷と痣《あざ》だらけの顔、短く刈った髪、服へとさまよい、最後にその目に浮かぶ表情をとらえた。「熊がおびえて逃げださなかったのが驚きだよ」老婆はそっけなくいった。「なんとまあ恐ろしい顔だろう。それとも、熊はそこが気に入ったのか。あれの考えることはわからないよ」老婆の手が震えている。

ワーシャは無言だ。

「タマーラもその妹も、あたしの娘だった。おまえには、はるか昔のことに思えるだろうがね」

そのことはワーシャも知っていた。「なぜ生きているの？」と小声でたずねる。

「生きちゃいないよ。おまえが生まれるまえに死んだ。ただ、ここは真夜中の国だ」

金の馬がしぶきを上げて湖から出てきて、沈黙を破った。ふたりは同時に馬のほうを向いた。火明かりが容赦なく、鞭と拍車の傷を照らし出す。「痛々しいねえ、ふたりとも」老婆がいった。

ワーシャは訴えた。「バーブシカ、わたしたち、助けが必要なの」

「パジャールが先だ。まだ血が出てるからね」

「それがこの馬の名前なの？」

老婆は肩をすくめた。「どんな名前なら、こんな生きものを言い表せるっていうんだい？あたしがそう呼んでいるだけさ」

しかし、馬の傷の手当てはそう簡単にはいかなかった。ふたりのどちらかが触れようとすると、パジャールは耳を後ろに伏せた。尾を振りまわせば、夏の大地に火花が降り注いだ。そのひとつがくすぶりだし、ワーシャが長靴を履《は》いた足でもみ消した。「けがをしていてもいなくても、とんだ厄介者ね」

老婆が鼻を鳴らし、馬はにらみつける。しかし、パジャールは疲れ果ててもいて、しばらくすると、ワーシャが肩から膝まで手を滑らせても、ただ身震いするだけになっていた。「痛いだろうけど、蹴っちゃだめよ」ワーシャはきびしい顔でいった。

何も約束はしない。馬が耳を伏せていう。

ワーシャと老婆とで言い聞かせ、ワーシャが脚の傷を縫うあいだは、なんとかパジャールをひとところに立たせておいたが、傷を縫い終えるころには、ワーシャに新しい痣がいくつかできていた。その後、おびえたパジャールが脚を引きずりながら逃げだし、ふたりの手が届かないところで草を食《は》み始めると、ワーシャはたき火のそばの地面にすわりこみ、汗で濡れた髪をかき上げた。服は馬の体温で乾いていた。まだ真っ暗な夜なのに、熊がきてから何時間もたったように感じる。

老婆のかごには、鍋と塩とネギが入っていた。老婆は湖に手をつっこむと、焼き窯《がま》からパンを取り出すかのように楽々と魚を引き上げ、スープを作り始めた。真夜中だということを気にする様子もない。

ワーシャは老婆をみつめた。「あれはあなたの家なの？　あの、オークの木のそばにある家は」

老婆は魚のはらわたを抜いていて、顔を上げない。「そうとも、昔はね」

「大きな木の箱――あれはあなたが残しておいたの？　わたしがみつけるように？」

「そうとも」老婆は相変わらず顔を上げずにいった。

「知ってるでしょ、わたしは――それじゃ、あなたが森の魔女なのね。馬たちの世話をする」

マーリヤを思い浮かべると、古くからの恐ろしい名前、おとぎ話に出てくるあの名前が自ずと口にのぼってきた。少し震えながら、ワーシャはいった。「バーバ・ヤガー。あなたはわたしのひいおばあさんなのね」

老婆はしゃがれ声で短く笑い、手の中で黒光りする魚のはらわたを湖に投げもどした。「まあそんなところさ。あちこちの魔女が、ひとつのおとぎ話に織りこまれているんだよ。たぶん、あたしはそうした魔女のひとりかもしれないね」

「わたしがここにいるって、どうしてわかったの?」

「そりゃあ、パルノーチニツァが教えてくれたのさ」老婆は答えた。今度はワーシャのかごの中身をひっかきまわし、青物を鍋に加えた。暗闇の中で、老婆の目がきらめく。大きな荒々しい目が、火明かりで赤くみえる。「まあ、パルノーチニツァが待っているあいだに、あやうく手遅れになるところだったがね。おまえと熊を会わせたがってたんだよ」

「どうして?」

「おまえがどうするか確かめるために」

「どうして?」ワーシャはまたたずねた。これではまるでぐずっている子どもだ。足が、肋骨が、顔の傷が痛い。理解不能の物語に押しこまれたような感覚が、ますます強まる。

老婆はすぐには返事をしない。もう一度ワーシャをじっとみてから、ようやくいった。「ほとんどのチョルトは、人間の世界に危害を加えたいなんて思っちゃいない。その一方で、消えたくもない。その板ばさみになってるのさ」

ワーシャは顔をしかめた。「そうなの? それがわたしとどう関係があるの?」

「なぜマロースカがああまでして、おまえの命を助けたと思う? ああ、パルノーチニツァはそのことも話してくれたよ」

「さあ……」懸命に心を落ち着けようとしたが、ワーシャの声がうわずった。「わたしがそれを望んでいたと思うの？　あんな、正気とは思えないようなことを」

老婆のまぶたの下を意地悪い光がよぎった。「そうかい？　先のことはわからないからね」

「教えてくれればわかるのに」

「それは――だめだ。自分でつかまないといけない。さもなきゃ、わからないままでいるかだ」老婆は相変わらず意地の悪い目でにやりとし、スープに塩を加えた。「おまえが進もうとしているのは、楽な道なのかい？」

「もしそうなら、家を出たりしなかった」ワーシャはなんとか失礼にならないように言い返した。「だけど、真っ暗な中をつまずきながら歩くのは、もうたくさん」

老婆は鍋をかき混ぜている。火明かりが、その顔に浮かんだ奇妙な表情をとらえた。「ここはいつだって真っ暗さ」

ワーシャは相変わらずあふれそうなほどの疑問を抱えていたが、いつのまにか黙りこみ、自分を恥じていた。声の調子を変えていう。「あなたが真夜中の精をよこしたのね。モスクワに向かっていたときに」

「そうさ。あたしの血を引く娘がさまよい歩いてるときいて、気になってね。湖の馬といっしょだというし」

ワーシャはソロヴェイを思い出してうろたえた。スープができあがり、老婆は自分には大きな椀に、ワーシャには小さな椀にとりわけた。ワーシャはさっき魚をたらふく食べたので、気にならなかった。ただ、スープはおいしく、ゆっくりと味わった。

「バーブシカ、あなたは娘たちにまた会えたの？　娘たちがここを出ていったあとに」

バーバ・ヤガーの年老いた顔が、石の彫刻のように動かなくなった。「いや、あの子たちはあたしを捨てたのさ」

ワーシャはやつれきったタマーラの幽霊を思い出し、この老婆ならあの恐ろしい出来事を防げたのだろうかと考えた。

「娘は魔術師といっしょに、力ずくで火の鳥を奪おうと企んだのさ！」老婆はワーシャの考えを読んだかのように、苦々しげにいった。「ふたりをつかまえることはできなかった。あの雌馬は何よりも足が速いからね。だが、少なくとも娘は罰を受けたってわけだ」

ワーシャはいった。「あなたの子でしょ。あの魔術師がタマーラに何をしたか知ってる？」

「身から出た錆だよ」

「タマーラに何が起こったのか、教えてあげましょうか？」ワーシャは怒りをつのらせていった。「タマーラの勇気と絶望を。モスクワのテレムに囚われたまま死んだことを。そのあとのことも！　あなたは自分の国を閉ざして、タマーラを助けようともしなかった」

「あの子はあたしを裏切った」老婆は言い返した。「血縁より男を選んだのさ。あの金色の雌馬をカスチェイの手に渡した。ワルワーラも出ていったよ。最初のうちはタマーラのかわりになろうとがんばっていたけど、だめだった。そりゃあむりさ。みる力がないんだから。それで、あの意気地なしも出ていった」

ふいに謎が解け、ワーシャは立ちつくした。

「ふたりには用がなくなった」老婆は続けた。「だから入口を閉じたんだ。真夜中の国を通る道以外はすべて閉ざした。この道はあたしのものだ。真夜中の精はあたしのしもべだからね。新たな跡継ぎが現れるまで、あたしの国に指一本触れさせないようにした」

「指一本触れさせないようにした？」ワーシャは信じられないという顔で聞き返した。「自分の娘たちが人間の世界に囚われていたというのに？　娘が恋人に捨てられたというのに？」

「そうさ。当然の報いだね」

ワーシャは無言だ。

「だけど、」老婆は声を和らげて続けた。「あたしにはもう跡継ぎができた。いつか、おまえがやってくるとわかってたよ。おまえは馬と話せる。火をおこしてドモヴァヤを目覚めさせ、バギエーニクにも殺されなかった。おまえは毎日、真夜中にあたしを裏切ったりしない。おまえはオークの木のそばのあの家に住み、あたしは毎日、真夜中にあそこへいって知っていることをすべて教える。チョルトの手なずけ方や、仲間を守る方法を。そういうことを知りたくないかい？　顔にやけどを負ったかわいそうなおまえ」

「ええ、知りたい」ワーシャはいった。

老婆は満足げにゆったりとすわり直した。

「その時間ができたら」ワーシャは続けた。「でも、いまはまだむり。熊が、ルーシで自由の身になっているから」

老婆はいらだった。「ルーシがなんだっていうんだ？　おまえを火あぶりにしようとしたじゃないか。おまえの馬を殺して」

「ルーシはわたしの家族なの。兄たちと姉。それに姪――あの子には、わたしと同じみる力がある。ルーシにはあなたの孫やひ孫たちがいるのよ」

老婆の目が不安になるくらい光りだした。「みる力を持つ者がほかにもいるのかい？　しかも娘だって？　ならば、真夜中の国を通って、その娘を迎えにいくとしよう」

「さらうつもり？　あの子を愛している母親から引き離すの？」ワーシャは息を深く吸った。「あなたはまず、自分の子どもたちに何が起こったのか知るべきよ」

「いいや」老婆はいった。「裏切り者の娘たちなどいらない」老婆の残忍な目をみて、ワーシャは思った。この老婆の心の奥に狂気の種をまき、わが子たちをこうまで拒絶させているのは孤独なのか、それとも魔法なのか。「ひ孫のおまえが、あたしの力とチョルトたちを受け継ぐんだよ」

ワーシャは立ち上がると、老婆のそばにいってひざまずいた。「あなたはわたしを認めてくれた」つとめて穏やかな声でいう。「夕方にはただのさすらい人だったわたしが、いまはもう、だれかのひ孫になった」

老婆は戸惑ったように体をこわばらせ、しぶしぶと期待をふくらませながらワーシャをみつめる。

「でも」ワーシャはしめくくる。「熊が自由の身になったのはわたしのせいだから、もう一度、縛られるのを見届けなくちゃいけないの」

「熊がどんな気晴らしをしようと、おまえには関係ないさ。あれは長いこと囚われの身だった。ちょっとぐらい、いい思いをさせてやってもいいんじゃないのかい？」

「熊はたったいま、わたしを殺そうとしたのよ」ワーシャはとげとげしい口調でいった。「少なくとも、その気晴らしはわたしと無関係じゃない」

「あれに歯向かってもむだだよ。おまえは若すぎるし、魔法に頼りすぎるとどんなに危険か、わかったはずだ。あれはチョルトの中でもずば抜けて利口だ。あたしがこなかったら、おまえは死んでただろうよ」しなびた片手がのびて、ワーシャの手をつかんだ。「ここにとどまって学ぶんだ」

「いつかね」ワーシャはいった。「熊を捕らえることができたら、もどってくる。あなたの跡継ぎになって学ぶ。でも、わたしは家族を守らなくちゃいけないの。手伝ってくれない？」

老婆は手を引っこめた。敵意が希望を追いやろうとしているのが、表情から見て取れる。

「手伝う気はないね。あたしはこの湖と森の番人だ。その向こうの世界は関係ない」

「じゃあせめて、冬の王がどこに囚われているか教えて」ワーシャは頼んだ。

老婆は笑いだした。頭をのけぞらせ、腹の底から、甲高い声をあげて笑う。「熊が、兄さんをただ置き去りにすると思うかい？　子猫を溺れさせるつもりが、忘れてほったらかすみたいに？」老婆は目をつり上げた。「それとも、おまえもタマーラと同じで、血縁より男を選ぶのかい？」

「ちがう。ただ、熊をもう一度縛るには、冬の王の助けが必要なの。どこにいるか知らないの?」冷静でいようとしても、とげとげしさが声に出てしまう。

「あたしの国にはいないよ」

真夜中の精はまだ暗がりに立ったまま、耳をそばだてている。――バーバ・ヤガーには三人のしもべがいる。昼と夕と夜で、三人とも馬に乗っている。物語ではそうなっている。ワーシャはいった。「それでも、わたしは冬の王をさがしにいく」

「どこから始めたらいいかも知らないくせに」

「真夜中の国から始めるつもり」ワーシャは手短に答えると、真夜中の精にもう一度目をやった。「もちろん、あらゆる真夜中をさがすことになるでしょうけど、そのどこかにマロースカが囚われているはず」

「あまりに広い国だ。おまえの頭じゃ理解できないさ」

「なら、手伝ってくれない?」ワーシャはまたたずね、鏡に映った自分のようにそっくりな顔をのぞきこんだ。「お願い、バーブシカ。きっと方法があるはずなの」

老婆の口が動いた。ためらっているようにみえる。ふいに希望がわき、ワーシャは胸をはずませた。

しかし、老婆はよそよそしく顔をそむけ、あごを引いた。「おまえはタマーラと同じで救いようがないよ。ワルワーラとも同じ。あの性悪な娘たちと変わらない。おまえみたいなばかを助けるつもりはないね。どうせむだ死にするだけだ。おまえの大切な冬の王が、ああまでして守ってくれたってのに」老婆は立ち上がり、ワーシャも立ち上がった。

「待って。お願い」ワーシャはいった。真夜中の精は、闇の中で身じろぎもせずに立っている。

老婆は怒りに燃えていった。「もし考え直してもどってくるなら、こっちも考え直してやってもいい。そうでなければ——まあ、実の娘たちだって引き止めなかったんだ。ひ孫との別れなど、もっと簡単さ」

そして、老婆は暗闇に姿を消した。

14　ヴォジャノイ

　泣けたらいいのに、とワーシャは思った。魂の一部は曾祖母を恋しがっている。会ったことのない母、いまは亡き乳母、若くして家を離れた姉が恋しいのと同じだ。だからといって、どうして魔法の国で安穏と暮らせるだろう。熊が自由に歩きまわり、家族に危険が迫り、冬の王がどこかに囚われているというのに。

「あなたたちはよく似ている」聞き覚えのある声がして、ワーシャは顔を上げた。真夜中の精が闇からすっと姿を現した。「向こうみずで危険をかえりみない」月明かりがその淡い色の髪を白い炎のように燃え立たせている。「では、冬の王をさがしにいくつもりなのね？」

「なぜきくの？」

「好奇心よ」真夜中の精はあっけらかんと答えた。

　ワーシャはその言葉を信じなかった。「熊に知らせるつもり？」

「なぜわたしが？　熊は笑うだけよ。あなたにマロースカを救い出すことはできない。助けようとしても、自分が死ぬだけ」

「なるほどね」ワーシャはいった。「まえに会ったときの様子からすると、わたしが死んだほうがいいと思ってるんでしょう。冬の王の居場所を教えてくれたらいいじゃない。そうすればわたしはもっと早く死ぬんだし」

パルノーチニツァはおもしろがっているようだ。「教えてもむだよ。真夜中の国のどこかにたどり着くのは、行き先を知ることほど単純じゃない」

「じゃあ、あなたはどうやって真夜中を旅するの?」

パルノーチニツァはささやくようにいった。「真夜中の国には北も南もないの。東も西も。ここもそこも。ただ目的地を頭に思い浮かべて、暗闇でつまずかないようにして歩くだけ。いきたい場所までどれくらいかかるかもわからないのよ」

「それだけ? じゃあ、ワルワーラはどうして、わたしにオークの若木をさわらせたの?」

パルノーチニツァは鼻を鳴らした。「あの人は少しばかり知識があるだけで、ちゃんとはわかってないの。旅をたやすくするのは、つながりよ。類は友を呼ぶ、っていうでしょ。血も血を呼ぶ。だから自分の血族のところへいくのがいちばん簡単。あなたが自力で湖のそばの木にたどり着けなかったのは――オークとオークという――弱いつながりを使ったから」パルノーチニツァは意味ありげな顔をした。「おそらく、あなたが冬の王をみつけるのは難しいことじゃない。つながりがあるのはたしかだから。なんといっても、冬の王は自分の自由を差し出すほど、あなたを愛していたわけだし。いまもたぶん、あなたを恋しがっているでしょうね」

ワーシャはこれほど突拍子もない話をきいたことがなかった。しかし、口にしたのはひとことだけだった。「真夜中の国にはどうやって入るの?」

「毎晩、決まった時間になると、わたしの国はそこに現れるの。みる力を持つ人には、それがみえる」

「なるほどね。じゃあ、真夜中の国から出るには？」

「いちばん簡単な方法？　それは眠ることね」真夜中の精はワーシャをまじまじとみつめている。「そうすれば、眠っている心が夜明けをさがし出そうとするから」

そのとき、ジェド・グリーブが丸太の下から飛び出してきた。

「この騒ぎの中、どこにいたの？」ワーシャはたずねた。

「隠れてた」キノコの精は簡潔に答えた。「あんたが生きててよかった」そういって、真夜中の精を不安げにちらっとみた。「だけど、冬の王をさがすのはよしたほうがいい。殺されちまうよ。こっちはさんざん苦労してあんたの味方になったってのに」

「さがさないといけないの。冬の王はわたしのために犠牲になったのだから」

真夜中の精が眉をひそめるのがみえた。ワーシャは真剣そのものだが、恋に悩む乙女の口調ではない。

「それは冬の王が決めたことで、あんたが決めたわけじゃない」ジェド・グリーブはますます不安そうにいった。

ワーシャはもう何もいわず、草を食《は》んでいるパジャールのほうへいくと、自然な距離をとって立ち止まった。パジャールには噛み癖があるのだ。「ねえ、あなたたちはみんな血がつながってるの？　あなたと、鳥の姿を持つ馬たちは」

パジャールはいらいらしたように耳をぴくつかせていった。もちろん。けがをした脚は、もうずいぶんよくなったようにみえる。

ワーシャは深く息を吸った。「じゃあ、ひとつお願いがあるんだけど」

パルノーチニツァはぱっと飛びのいた。わたしに乗るつもりじゃないでしょうね。

パルノーチニツァの笑い声がきこえたような気がした。「まさか」ワーシャはいった。「あなたにそんなことは頼まない。そうじゃなくて――わたしといっしょに真夜中の国へきてくれない？　マロースカの白い雌馬のところへ連れていって。血は血を呼ぶ、ってわかったから」

最後の部分はパルノーチニツァに向けた言葉だ。その目がじっとみつめているのを感じる。一瞬、パジャールは動きを止めた。その金色の大きな耳が一度、おぼつかなげに前後に動いた。やってみてもいいわ。パジャールはいらいらしたようにいって、足を踏み鳴らした。それだけでいいなら。でも、わたしに乗らないっていう約束は守って。

「わたしにとってもそのほうがいいの」ワーシャはいった。「肋骨が折れてるから」

ジェド・グリーブは眉をひそめている。「だが、さっきは――？」

「みんな、わたしには常識がないと思ってるのね？」ワーシャはたき火のほうにもどった。「真夜中の国で導いてくれるのはつながりなのよね。それはいいとして、わたしはマロースカとの結びつきを信じるほどばかじゃない。そこには、うそと憧れと半端な真実しかないの。それに何より熊は、わたしにそうしてほしがってる。そうするうちに死ぬのを期待してる」パルノーチニツァの表情からみて、それは当たっているらしい。

「たとえ冬の王をみつけられたとしても」パルノーチニツァは落ち着きを取りもどしていった。

「そこから自由にすることはできないでしょうね」

「ひとつずつやるしかない」ワーシャはかごからイチゴをひとつかみ取って差し出した。「ほかにも何か教えてくれない、真夜中の精？」

「まあ、今度は賄賂《わいろ》？」そういいながらも、パルノーチニツァはイチゴを手に取り、顔を近づけて甘い香りをかいだ。「それで、何が知りたいの？」

「わたしがマロースカをさがしに真夜中の国へ入ったら、熊やそのしもべは追ってくる？」

真夜中の精はためらった。「いいえ。熊にはモスクワでやるべきことがたくさんあるから。破ることのできない牢のために命を捨てたいというなら、わたしがとやかくいうことじゃない」パルノーチニツァはもう一度イチゴのにおいをかいだ。「でも、最後に忠告しておくわ。すぐそばにある真夜中は、距離を越えるだけでいける。そして、思いどおりに出入りできる。でも、遠くにある真夜中の場合――長い年月を越えないといけない。そこで眠りに落ちて真夜中を通る道を見失えば、あなたは露のように消えるか、一瞬で塵《ちり》になる」

ワーシャは身震いした。「近いか遠いかは、どうやったらわかるの？」

「それは問題じゃない。冬の王をみつけたければ、みつけるまで絶対に眠ってはだめ」

ワーシャは深く息を吸った。「なら、絶対に眠らない」

ワーシャは湖へいって、水をたっぷり飲んだ。気がつくと、浅瀬でバギエーニクが怒りに身もだえしている。「せっかく火の鳥がもどってきたっていうのに！」バギエーニクは怒鳴り声をあげた。「この絶望的な状況の中、水際で暮らそうともどってきた。おそらくまた大きな群れをつくって、夜明けの湖の上を舞うようになるだろう。なのに、おまえはあれを自分のばかげた用事のために連れていこうとしている」

「むりやり連れていくわけじゃない」ワーシャは静かにいった。

バギエーニクは黙ったまま、みじめったらしく尾で水を打った。

ワーシャはいった。「パジャールがここへもどってきたくなったら、そうしてもいいの。それに――もし生きのびることができたら、わたしももどってきて湖のそばで暮らす。おばあさんから学び、散り散りになった馬たちを集めて世話をするつもり。大好きだったわたしの馬のことを思いながら。それなら満足？」

バギエーニクは何も答えない。

ワーシャは背を向けた。

バギエーニクの背後から別の声がきこえた。「約束は守ってもらう」

ワーシャは魚の残りが入ったかごを手に取った。そのとき、草むらからジェド・グリーブの甲高い声が飛んできた。「おれを置いていくつもりか？」今度は切り株にすわって、闇の中で毒々しい緑色に輝いている。

ワーシャはためらいがちにいった。「湖から遠く離れるかもしれないの」

ジェド・グリーブはいかにも小さいが、きっぱりといった。「どっちにしろ、いっしょにいく。味方だっていったろう？　それに、おれは塵に帰りはしないからな」

「それなら安心ね」ワーシャはさらりといった。「なぜわたしの味方についたの？」

「熊はチョルトたちを怒らせ、激しい怒りで強くする。だけど、あんたはおれたちを本物にしてくれる。やっとわかったんだ。バギエーニクもだ」ジェド・グリーブ誇らしげにいう。「あんたの味方だから、いっしょにいく。おれがいないとあんたは道に迷っちまう」

「そうかもね」ワーシャはにっこり笑った。それから、ふと心配そうにいった。「歩いていくつもり？」ジェド・グリーブはとにかく小さいのだ。

「そうさ」ジェド・グリーブはそういって歩きだした。

パジャールがたてがみを振り、ワーシャにいった。急いで。


金色の雌馬は夜の中へ入っていき、ゆく先々で草を食んだ。ときおり、うまそうな草むらをみつけると、下を向いてひたすら食む。ワーシャは急かさなかった。前脚の傷を悪化させたくなかったからだ。ただ、気がかりでならなかった。わたしはいつ眠気に襲われるんだろう。目的地まで何時間かかるんだろう……。

考えてもしかたない、とワーシャは思い至った。成功するかしないか、ふたつにひとつだ。

「湖を離れたことがないんだ」ジェド・グリーブは歩きながらワーシャに打ち明けた。「あそこに人間の村がいくつもあって、秋にキノコ狩りにやってくる子どもたちが、おれが生きてるって夢見ていたころからずっと」

「村？　湖のそばに？」ワーシャはたずねた。そのとき、一行は奇妙な湿地を歩いていた。足元にはごわごわした草が生え、土がぬかるんでいる。大きな空の低いところで、星々があたたかい光を放っている。夏の星々だ。

「そうだ」ジェド・グリーブはいった。「魔法の国の外れには、人間の村がいくつもあった。勇敢な人間たちは、ときどき冒険を求めて魔法の国に足を踏み入れたものさ」

「ひょっとしたら、またそうするように人間を説得できるかも」その考えにワーシャの心は燃え立った。「そうすれば、人間はこの世の悪から守られ、チョルトと平和に暮らせる」

疑うような表情のジェド・グリーブをみて、ワーシャはため息をついた。

一行は歩いては止まり、また歩いては進み続けた。夜は涼しくなったり、あたたかくなったりした。岩場を歩き、風が音を立ててパジャールの耳元を吹き抜けていったかと思えば、真ん中に真珠《しんじゅ》のような満月が映る池の縁に沿って歩いた。すべてがじっと動かず、静まり返っている。ワーシャは疲れていたが、緊張と、湖のほとりの家で長いこと眠ったおかげで、進み続けることができた。

ワーシャは裸足で歩き、長靴をかごに結びつけている。足が擦りむけてひりひりするが、素足に触れる地面が心地いい。パジャールは木々のあいだで銀を帯びた金色に輝き、けがをした前脚を少し引きずりながら歩いている。ジェド・グリーブはさらに弱々しく、切り株から石へ、石から木へと這うように進む。

熊は追ってこないという真夜中の精の言葉がほんとうだったらいいけど、とワーシャは願いながら、後ろを何度も振り返り、一、二度、パジャールを急かしたくなるのをこらえた。

背の高いマツの茂るくぼ地を歩きながら、ワーシャはいつのまにか考えていた。枝でこしらえた寝床で明け方まで眠れたら、どんなに気持ちいいだろう……。

あわてて気をそらそうとしたとき、キノコの精の緑の光をしばらくみていなかったことに気づいた。暗闇をのぞきこんでその姿をさがす。「ジェド・グリーブ！」どんな危険が潜んでいるかわからないので、ささやき声で呼びかけるのが精一杯だ。「ジェド・グリーブ！」

突然、キノコの精がワーシャの足元の柔らかい土の中から飛び出し、パジャールがあわてて後ろに飛びのいた。ワーシャまで飛び上がった。「どこにいってたの？」恐怖のあまり、きつい声で問いただす。

「役に立つことをしてた！」ジェド・グリーブが何かをワーシャの手に握らせた。食べ物の入った袋だ。イチゴやタンポポのような野に生えるものではなく、平たいパンに魚の燻製《くんせい》、革袋に入ったハチミツ酒。「まあ！」ワーシャは平たいパンをちぎってジェド・グリーブにやり、もうひと切れをむっとしているパジャールにやり、最後に自分の分を取った。「どこで手に入れたの？」パンをかじりながら、問いかける。

「あっちに人間がいたんだ」ジェド・グリーブはいった。ワーシャが顔を上げると、木々のあいだからたき火のかすかな明かりがみえた。パジャールは後ずさりし、不安そうに鼻の穴を広げている。「だけど、あんたは近づいちゃだめだ」キノコの精が続けていった。

「どうして？」ワーシャは戸惑ってたずねる。

「人間たちは川のそばで野営してる」ジェド・グリーブは淡々と答えた。「あの川にいるヴォジャノイは、あの人間たちを殺すつもりだ」

「殺す？」ワーシャは聞き返した。「どうやって？　なぜ？」

「水と恐怖でだろうね」ジェド・グリーブは答えた。「あいつがほかにどうやって殺すっていうんだ？　なぜかっていえば、そうだな、たぶん熊にそうしろといわれたんだろう。水の中にすむものはたいてい熊のしもべだし、いまじゃ熊はルーシじゅうに力をのばしてる。さあ、ここを離れよう」

ワーシャは動かなかった。とどまろうと決めたのは、眠ったまま溺れ死ぬ人間たちへの憐《あわ》れみからではない。なぜ熊はあの人間たちを殺したがっているのか、という疑問からだ。真夜中を旅するにはつながりを使うの。わたしはどんなつながりに引き寄せられてここへきたんだろう。それもいま、このときに。ワーシャはまた木々のあいだからのぞいた。たき火がたくさんみえる。小さな野営地ではない。

そのとき、聞き覚えのあるとどろきが、かすかにきこえてきた。まるで馬の群れが全速力で石を飛び越えながら迫ってくるかのような音。しかし、それは馬ではなかった。

その音をきいてワーシャの心は決まった。ジェド・グリーブにかごを押しつけると、馬とキノコの精に向かっていう。「ここにいて、ふたりとも」そして裸足のまま、火勢の弱まったたき火に向かって突進し、声を張りあげて闇に叫ぶ。「おーい！　野営している人たち！　起きろ！　起きろ！　水かさが増してるぞ！」

男たちが野営しているくぼ地に向かい、急な土手を、半ば走り半ば滑っておりた。つながれた馬たちが綱を引っぱっている。何が起こるかわかっているのだ。ワーシャが綱を切ると、馬たちは高い土地をめざして駆けだした。

ワーシャの肩に重い手が置かれた。「馬泥棒か？」男の手が肩に食いこむ。ニンニクと虫歯のにおいがする。

ワーシャは男の手を振りほどいた。こんなときでなければ怖じ気をふるったかもしれない。その手の感触と悪臭に、生々しい記憶がよみがえったからだ。しかし、いまはもっと差し迫った問題がある。「帽子の中に馬を隠しているとでも？　馬を助けてやっただけだ。きいてくれ。川の水かさが増してる」

男が振り向いたそのとき、下流からさかのぼってきた黒い水の壁が、ふたりのそばをものすごい速さで通り過ぎた。一行が野営していたくぼ地は、一瞬のうちに水に洗われた。寝ぼけ顔の男たちが、叫びながら闇の中をあちこち走りまわっている。水かさは異常な速さで増し、男たちは足をすくわれ、あまりに不思議な光景に恐れおののいている。

ひとりの男が大声で命令した。「まずは銀貨！　馬はその次だ」

水かさはどんどん増していく。ひとりが濁流《だくりゅう》にのまれ、続いてもうひとりのまれた。男たちの多くは高い場所にたどり着いたが、命令していた男はまだ濁流の中でもがいている。

ワーシャがみていると、川の王、ヴォジャノイが水から飛び出し、男のすぐ前に現れた。男にチョルトの姿はみえない。視覚よりも古い本能でなんとか身を引いたが、あやうく沈むところだった。

「公だな？」ヴォジャノイはいった。その笑い声は、氾濫《はんらん》した川で岩がこすれあう音だ。「わしはここの王だった。公たちはわしの川の泥にひれ伏し、自分の娘たちを投げ入れてわしの機嫌をとったものだ。さあ――溺れてしまえ」

黒い水が押し寄せ、男の足をすくった。

ワーシャは木の上に逃げていた。下では濁流が荒れ狂っている。ワーシャは枝から流れに飛びこんだ。驚くべき力でつかみかかってくる水に、ヴォジャノイの怒りを感じる。ワーシャの血管にも同じ力が流れている。その力がモスクワで檻の格子を破壊したのだ。もう眠気は感じない。

野営地の指揮官が水から顔を出し、空気を求めてあえいでいる。高い場所に逃げた男たちは指揮官に向かって叫び、互いにののしりあっている。ワーシャは三度水をかき、流れを横切った。指揮官は大柄だったが、幸い少し泳げた。ワーシャは男のわきの下をつかむと、最後の力を振り絞って男を岸に引き上げた。くっつきかけていた肋骨に、刺すような痛みが走る。

男は泥の中に横たわり、呆然とワーシャをみつめている。四方八方から男たちが集まってくる音がきこえたが、ワーシャは何もいわず、向きを変えてまた水に飛びこんだ。残された男は岸にしがみついたまま、ワーシャを目で追った。

ワーシャは流れに身をまかせて川を下り、やがて川の真ん中に石をみつけてしがみつくと、深く息をついた。

「川の王！」ワーシャは叫んだ。「話がある」

水がすぐそばを勢いよく流れ、折れた木々を運び去っていく。濁流の中で回転しながら近づいてくる大きな枝を避けようと、ワーシャは石のもっと高いところへよじのぼった。

腕の先ほどのところで、ヴォジャノイが水から顔を出した。にやりと笑った口にとがった長い歯がならび、肌には泥とヘドロが厚くこびりついている。水がダイヤモンドの粒のようにいぼだらけの肌を伝い、まわりで泡立ち、わき立つ。ヴォジャノイはぎざぎざの歯をむき出し、うなり声をあげた。

ワーシャは思う。ほんとうなら悲鳴をあげるところね。そしたらヴォジャノイが大声で笑い、わたしは絶望の叫びをあげて死を覚悟する。その瞬間、ヴォジャノイはわたしに噛みつき、水の底へ引きずりこむ。

チョルトはそうやって人を殺す。もうだめだと思いこませて。

ワーシャは濁流の中の石にしがみつきながら、できるだけ心を落ち着けて話した。「勝手に入りこんで、ごめんなさい」

川の王を驚かせるのは容易ではないが、ヴォジャノイは口をあんぐり開け、ふいに閉じていった。「おまえはだれだ？」

「そんなこと、どうだっていい。なぜあの人たちを殺そうとしたの？」顔に水がどっと押し寄せる。ワーシャは水を吐き出し、目をぬぐうと、体をさらに引き上げた。

空を背景に浮かぶ黒い塊と目の輝きで、なんとか川の王の居場所がわかる。「殺そうとしてなどいない」ヴォジャノイはいった。

ワーシャは腕が震えだし、力のもどらない体を呪った。「ほんとうに?」息を切らして聞き返す。

「銀貨だ。銀貨を沈めるつもりだった」

「銀貨を? なぜ?」

「熊にいわれたからだ」

「チョルトが人間の銀貨になんの用があるの?」ワーシャはあえぎながらいった。

「さあな。わしにわかるのは、熊がそう命じたってことだけだ」

「なるほどね。それならもうすんだでしょ。水をしずめてくれない、川の王?」

ヴォジャノイは不満げに低い声をとどろかせた。「なぜだ? あの埃まみれの人間どもと馬とごみが、わしの川を汚したんだぞ。なのに捧げ物もなければ、感謝の言葉もない。銀貨もろとも沈んでしまえばいい」

「やめて」ワーシャはいった。「人間とチョルトは、この世界で共存できるはずよ」

「こっちはごめんだ!」ヴォジャノイは言い放った。「あいつらはやめようとしない――鐘を鳴らし続け、木を切り倒し、水を汚し、わしらのことを忘れかけとる。わしらが全滅するまで、思い出しもしないだろうよ」

「共存できる」ワーシャは言い張った。「わたしにはあなたたちがみえる。あなたたちを消えさせたりしない」

「おまえだけじゃむりだ」また黒い唇がめくれ上がり、とがった歯がむきだしになった。「それに、熊はおまえより強い」

「熊はここにいない」ワーシャはいった。「わたしがここにいる以上、絶対にあの人間たちを殺させはしない。水をしずめて！」

ヴォジャノイは口を大きく開けたまま、シューッと音を立てた。ワーシャはひるまず、擦りむけた手をのばしていぼだらけの顔に触れた。「わたしの話をきいて、怒りをしずめて」ワーシャの手の下のヴォジャノイは、流れる水のように冷たくなめらかで、生きているのが感じられる。ワーシャはその肌の感触を記憶に刻みつけた。

ヴォジャノイは後ずさりした。口は閉じている。「そうしないといけないのか？」たずねる声がいままでとちがう。ふいに怖じ気づいたようだ。しかしその奥に、苦痛に満ちた希望がひと筋みえた。ワーシャは曾祖母の言葉を思い返した。ほんとうはチョルトたちも戦いたくないのだ。

ワーシャは深く息を吸った。「そうよ。絶対に」

「それなら覚えておこう」ヴォジャノイはいった。濁流のすさまじい力が弱まり、ワーシャはほっとひと息ついた。「おまえも覚えておくんだぞ――海の精」ヴォジャノイはゴボゴボ音を立てながら水に沈んで姿を消してしまい、ワーシャはなぜ自分が海の精と呼ばれたのか、たずねる間もなかった。

川の水位が下がり始め、ワーシャが岸に這い上がったときには、もうただの濁った細い川にもどっていた。

ワーシャが水から上がると、さっき助けた男が土手に立っていた。ワーシャはずぶ濡れで息を切らし、震えていたが、少なくとも眠気は感じていない。待ち構えている男の姿をみると、驚いて思わず足が止まったが、逃げだしたいという衝動をなんとか抑えた。

男は両手を上げていった。「怖がらなくていい、ぼうず。おまえはわたしの命を救ってくれた」

ワーシャは無言だ。相手を信用できないのだ。ただ、背後には水があり、夜と森と、真夜中の国を通る道がある。すべてが逃げ場になる。ワーシャは本能的にこの男を恐れていたが、ここはモスクワとはちがい、自分を閉じこめる壁もない。ワーシャは踏みとどまっていった。

「もし恩を感じているなら、旦那様《ガスパジン》、お名前と、ここにいる目的をお教えください」

男が目を見開いた。いまになって気づいたのだ。相手を農家の少年だと思っていたが、話し方が農家の少年とはまるでちがう。

「いまとなっては、もうどうでもいいことだが」男はむっとして黙りこんだあと、いった。「わたしの名はウラジーミル・アンドレーエヴィチ、セルプホフ公だ。サライにいる傀儡《かいらい》のハン（ルーシを間接的に支配していたキプチャク・ハン国の君主）とその万人長《テムニク》、ママイのところへ、家来たちとともに貢ぎ物の銀貨を運ぶところだった。というのも、ママイは軍を召集していて、税を受け取るまで解散させないといってきたからだ。だが、銀貨は流されてしまった」

戦争を避けるため、ドミトリーがワーシャの義理の兄をサライに向かわせたというのに、その任務が妨害された。ワーシャは、なぜつながりが自分をここへ導いたのか理解した。それに、熊がなぜ銀貨を沈めたがっていたのかも。タタール人どもにドミトリーを殺させることができれば、自ら手を下す必要はないからだ。

ひょっとしたら、川に沈んだ銀貨を取りもどせるかもしれない。ただ、闇の中ではむりだ。ヴォジャノイにやらせることができる？　ワーシャは森と水のあいだでためらっていた。

ウラジーミルは目をこらしてワーシャをじっとみつめた。「おまえはだれだ？」

「名乗ってもあなたは信じないでしょう」ワーシャは心の底から正直にいった。

ウラジーミルの鋭い灰色の目が、ワーシャの顔の消えかけた切り傷や痣《あざ》をとらえた。「危害を加えるつもりはない。どこから逃げてきたのであれ——送り返すつもりもない。何か食べるものでもどうだ？」

思いがけなく示された親切に、ワーシャはあやうく涙を流しそうになった。自分がどれほど途方に暮れ、おびえていたかに気づいた。それはいまも同じだ。でも、涙を流している暇はない。

「いいえ」ワーシャは答えた。「ありがとうございます」心は決まっていた。熊の企みを止めるためには、冬の王が必要なのだ。

だから、ワーシャは逃げた。暗闇の中を、幽霊のように。

15　遠く、見知らぬ国々へ

月が地平線すれすれにかかったまま、体力を奪う終わりのない夜がずっと続いている。ワーシャは裸足のままで、体が冷えきっていた。

ワーシャのかごを握りしめたジェド・グリーブが、切り株の後ろから飛び出してきて、怒りに燃えた目でいった。「びしょ濡れじゃないか。おれが見張ってたからよかったものの。あんたと馬とおれが、てんでばらばらの真夜中にいっちまったらどうする？　あんたを見失ってたかもしれないんだぞ」

ワーシャの歯が鳴っている。「それは考えもしなかった」ワーシャは小さな味方にいった。

「あなたはほんとうにしっかり者ね」

ジェド・グリーブは少し機嫌を直したようだ。

「どこか、服を乾かせるところをみつけないと」ワーシャはなんとかジェド・グリーブの怒りをかわした。「パジャールはどこ？」

「あそこだ」ジェド・グリーブは暗闇に浮かぶかすかな光を指さした。「あいつとあんた、両方を見張ってたんだ」

ワーシャは心からの感謝をこめて、ジェド・グリーブに深く頭を下げた。「火をおこしてもみつからない場所をさがしてくれる？」

ジェド・グリーブはぶつぶついいながらも、適当な場所をみつけてくれた。ワーシャは火をおこす準備をし、ふとためらって薪をみつめた。心の中の怒りと恐怖――そして炎――が、いまにも噴き出そうとしている。

そう感じるより早く、枝が火花の雨に包まれ、たちまち現実がワーシャの足元でゆらいだ。真夜中の国の果てしない闇がすでにワーシャにのしかかっていたが、いま、その重圧は百倍にも感じられた。

ワーシャの震える手が服の中をさぐる。ドモヴァヤがそこに木彫りの小夜鳴鳥《サヨナキドリ》を縫いつけてくれていた。ワーシャはそれを掌《てのひら》で包みこんだ。まるで錨《いかり》のように感じる。

生い茂る木々のあいだで光がきらめいたと思うと、パジャールが闇から姿を現し、シダの茂みを気取った足取りで近づいてきて、たてがみを震わせた。魔法を使うのはやめて。あのおばあさんみたいに頭がおかしくなりたいの？　真夜中の国で自分を見失うのは、あなたが考えているよりも簡単よ。パジャールは耳をぴくぴくさせた。頭がおかしくなったら、ここに置き去りにするから。

「それはやめて。おかしくならないようにするから」ワーシャがかすれた声でいうと、雌馬は鼻を鳴らした。そしてしばらくすると、草を食《は》みにいった。ワーシャは服を脱ぎ、それを乾かすという退屈な作業を始めた。

いまここで眠り、光の中で目覚められたらどんなにいいだろう。でも、そうするわけにはいと火のそばを離れた。

ワーシャは立ち上がると、裸のまま歩きまわって腕をつねり、寒さで眠気を覚まそうとした。服がこのくらい乾いていれば着ても凍えないだろうかと考えていたとき、パジャールの甲高いいななきがきこえた。振り返ると、真夜中の精の黒馬がいた。夜の闇とほとんど見分けのつかない姿で、火明かりの中に入ってくる。

「また助言をくれるために、あなたの乗り手を連れてきたの？」ワーシャはあまり好意的とはいえない口調で黒馬にたずねた。

ばかいわないで。パジャールがワーシャにいう。わたしが呼んだの、ヴォーランを。パジャールがいたずらっぽい目で黒い雄馬をみると、雄馬はおとなしく唇をなめた。白鳥は思ったより遠くにいる。そこへいく道はヴォーランのほうがよく知っている——ここのやり方にずっと慣れているから。もう、さまようのはうんざり。あなたから目を離さないようにするのがこうまで大変だと、なおさら。この調子だと、たどり着くまえにあなたは眠ってしまう。パジャールは両耳をワーシャに向けた。あなたはわたしを二度救ってくれた。一度はモスクワで、もう一度は水辺で。これがすめば、わたしもあなたを二度救ったことになるから、もう借りはなくなる。

「そうね」感謝の思いがこみ上げ、ワーシャは頭を下げた。

馬の後ろから火明かりの中に入ってきた真夜中の精が、苦い顔をしている。その表情にワーシャは覚えがあった。ソロヴェイにせがまれて何かに巻きこまれたとき、自分もそんな表情をした。ワーシャはもう少しで笑い声をあげそうになった。

「パジャール」真夜中の精はいった。「わたしには遠くでやることがあるの。だから――」

「自分の馬に無視されて遅れるわけにはいかない？」ワーシャが口をはさんだ。

真夜中の精は憎々しげにワーシャをみつめた。

「なら、いま助けて」ワーシャはいった。「そしたら、すぐに自分の仕事に取りかかれるでしょ」黒馬が重たげな耳をぴくぴくさせ、パジャールがいらいらしたようにいう。さあ、いきましょう。最初はおもしろかったけど、この暗闇にはもううんざり。

真夜中の精の顔に、あまり気乗りのしない表情が浮かんだ。「あなたはどうしたいの、ワシリーサ・ペトロヴナ？　冬の王は取りもどせないところに囚われているのよ。記憶、場所、時間――この三つすべてに」

ワーシャはあからさまに疑いを口にした。「冬の王はわたしのために永遠に囚われの身となった――そう思うほどわたしがうぬぼれてると思う？　あの人はおとぎ話に出てくる間抜けな王子様じゃないし、わたしがうるわしのエレーナでないのもわかりきってる。あの人はなんらかの理由で囚われの身となったけど、逃げ道も知っていたはず。だから、わたしはあの人を自由にできる」

真夜中の精は首をかしげた。「冬の王にすっかり入れあげているのかと思ってた。冬の王のために、わたしの国の奥深くまでを危険にさらしているのかと。でも、そうではないのね？」

「ええ」ワーシャは答えた。

真夜中の精は観念したようだ。「ブーツを履《は》いたほうがいいわ」ワーシャの生乾きの服をじろりとみていった。「これから寒い思いをするから」

ほんとうに寒くなってきた。ワーシャが最初にそう感じたのは、ひとつの真夜中から別の真夜中へ足を踏み入れたとたん、ブーツの下で霜柱が折れたときだった。夏の緑のにおいは、より野性味のある土くささを帯びた。星々は剣の切っ先のように鋭くなり、疾走する雲にも捕えられないほどだ。夏の柔らかな葉ずれは、乾いたカサカサという音に変わり、やがて何もきこえなくなり、空を背に裸の木だけが残った。そして、真夜中と真夜中のあいだで、ワーシャの足が凍った雪の表面を突き破った。ジェド・グリーブがふいに足を止めた。「おれはもうこれ以上進めない。このままじゃ、しなびてしまう」その目が、おびえたように白い雪をみつめている。

ワーシャは小さなキノコの精の前に膝をついた。「湖まで、ひとりでもどれる？　わたしは先へ進まないといけないの」

ジェド・グリーブは見る影もないほどみじめな姿になり、どぎつい緑の光が弱々しくゆれている。「いつだって湖には帰れるさ。だけど、約束しただろ」

「あなたは約束を守った。わたしに食べ物をみつけてくれたし、洪水のあともわたしをみつけてくれた」ワーシャはジェド・グリーブの頭をなで、かごからパンをもうひと切れ渡した。それからふと思いついていった。「できたら、わたしのかわりにほかのチョルトたちと話をしてほしいの。そして伝えて。わたしが――わたしが――」

ジェド・グリーブは目を輝かせた。「何を伝えたらいいかはわかってる」

そういわれると、かえって心配になる。ワーシャは口を開いたが、考え直した。「わかった。でも――」

「ほんとうに湖にもどらないつもりか？」ジェド・グリーブがたずね、雪を憎々しげにみつめた。「ここは暗くて寒いし、地面はかちこちじゃないか」

「もどれないの。まだ」ワーシャはいった。「でも、いつかもどる。これが終わったら。そのときはリシーチキが生える場所を教えてくれるでしょ」

「いいよ」ジェド・グリーブは悲しそうにいった。「だれかにきかれたら、おれがいちばん乗りだっていうのを忘れるなよ」ジェド・グリーブは何度か振り返りながら姿を消した。

ワーシャは背筋をのばし、行く手をじっとみた。目の前には冬の真夜中が広がっている。冷えきった低木の林、氷にせき止められた小川、そしてワーシャにはみえないが、闇に潜んでいる危険。冷たい風が勢いよく吹きつけると、夏毛のままのパジャールは尾を打ち、耳を伏せた。

「もうあなたの国の奥まできているの？」ワーシャはパルノーチニツァにたずねた。

「ええ。ここは冬の真夜中で、わたしたちが出発したのは夏だから」

「季節が変わったら帰れなくなるって、ドモヴァヤがいってたけど」ワーシャはいった。

「湖のそばの国ではね」パルノーチニツァが答える。「でも、ここは真夜中の国よ。願えばどこへでもいける。どの場所へも、どの季節へも。ただ、出発したところから遠く離れた場所で眠ってはいけないの」

「では、先へ進みましょう」ワーシャは凍てついた空をちらっとみていった。

一行は黙々と進んだ。ときおりパジャールのひづめが雪の下の石にあたり、カンと音を立てる。それ以外、音はしない。一行は、静まり返った大地を幽霊のように進んだ。

ある瞬間、切れ切れの雲が浮かぶ闇を歩いていると思うと、次の瞬間には月が煌々《こうこう》と照り、夜に慣れたワーシャの目にまぶしい光が突き刺さる。そしてしばらくすると、突風がワーシャの髪をかき乱す。進むにつれて寒さはきびしくなり、土地は荒涼としてきた。雪がワーシャの顔を刺す。

あるときパルノーチニツァがふいにいった。「あなたが冬の王と自分自身の結びつきを利用しようとしていたら、すぐに死んで、いなくなっていた。あなたのいうとおりよ。人間と不死の者との結びつきはあまりに不安定だし、あなたたちのあいだには半端な真実があまりにも多い。ただ、わたしは——それに熊も——馬と馬の結びつきなんて、まるで考えたことがなかった」

ワーシャはいった。「わたしと冬の王のあいだにはもう、結びつきなんてまったくないの。ペンダントは壊れてしまったから」

「まったく?」真夜中の精はおもしろがっているようにみえる。

「あったのは見当違いの憧れだけ」ワーシャは言い張った。「わたしは冬の王を愛してはいない」

それに対して、真夜中の精は何も答えなかった。

ワーシャはここにとどまれたらと願った。遠くに何かが見え始めていたからだ。高い丘の上に、祭りで賑わう街がいくつもみえ、松明《たいまつ》のそばで大騒ぎする人々の叫び声がはっきりきこえてくる。

「もっと遠い、見知らぬ国々があるわ」真夜中の精はいった。「そこへいくには、闇の中をずっと旅しないといけない。たぶん、あなたにはたどり着けない。あなたの魂には理解できないから。あなたが生きているあいだの真夜中にはない場所。あなたの最も遠い先祖が生まれたとき、あるいは、最も遠い子孫が死ぬときの場所。わたしもそのすべてにたどり着くことはできない。だからわかるの。いつかはわたしも存在しなくなるときがくるし、この世の真夜中のすべてがわたしのことを知るわけではないと」

心の奥深くで、ワーシャはかすかな興奮を感じた。「あなたの国のいちばん奥をみてみたい。そして、見知らぬ街で祭りを楽しんだり、結婚式のまえの真夜中に風呂小屋でパンを割ったり、海にかかる月をみたりしたい」

真夜中の精は横目でワーシャをみた。「変わった子ね、そんな危険を求めるなんて。それに真夜中の国だろうとどこだろうと、旅のことを考えるまえにすべきことはたくさんあるでしょ」

「それでも、わたしは未来のことを考えたい」ワーシャは言い返した。「現在が永遠でないことを思い出すために。いつかまた、アリョーシャ兄さんや妹のイリーナに会えるかもしれない。自分の家も、場所も目的も勝利も手にできるかもしれない。未来のない現在って、いったい何？」

「さあ」真夜中の精はいった。「不死の者に未来はないの。いましかない。それはわたしたちにとって祝福でもあり、大きな呪いでもあるのよ」

寒さが着実にきびしくなり、ワーシャは震えだした。寒々とした大きな星々が頭上に現れる。葉を落とした木々のあいだから、空がくっきりみえる。一歩ごとに足が雪に深くうまる。ワーシャは疲れでもうろうとし、よろめき始めた。眠らないでいるのはただ、恐怖ゆえだ。

ついにヴォーランとパジャールが足を止めた。目の前を、青く凍った細い小川が横切っている。その向こうに、とがり杭の柵に囲まれた小さな村がある。晴れ渡った冬の夜、頭上には、桶の水をうっかりこぼしたかのように、おびただしい数の星が輝いている。

家々の屋根には煙を逃がす穴が開いているだけで、煙突はない。ひさしの下には塗装ではなく彫刻が施されている。低く簡素な柵は、牛や子どもたちを閉じこめておくためのもので、略奪者を締め出すようにはできていない。なかでもとりわけ奇妙なのは、教会がないことだ。ワーシャは生まれてこのかた、教会のない村や町をみたことがなかった。まるで頭のない人間をみるような感覚だ。「ここはどこ？」ワーシャはたずねた。

「あなたがさがしていた場所よ」

16　冬の王をつなぐ鎖

「マロースカはここにいるの？」ワーシャはたずねた。「ここが冬の王の牢？」

「そうよ」真夜中の精がいった。

　ワーシャは村を見渡した。どうしたらここに冬の王を閉じこめておけるというんだろう。

「白い雌馬――白鳥――も近くにいるの？」パジャールにたずねた。

　パジャールが金色の頭を上げた。いる。でも、おびえてる。長いあいだ闇の中で冬の王を待っていたから。わたしは白鳥をさがしにいく。いっしょにいてあげないと。

「わかった」ワーシャはパジャールの首に手を置いた。雌馬は嚙まなかった。「ありがとう。白い雌馬に会ったら、わたしが冬の王を救おうとしていると伝えて」

　パジャールは足を踏み鳴らした。伝えるわ。向きを変えて全速力で走りだすと、巻き上がった雪がたちまち溶けた。脚の切り傷はもうほとんど治っている。

「ありがとう」ワーシャはパルノーチニツァにいった。

「あなたは死に向かっているのよ、ワシリーサ・ペトロヴナ」真夜中の精はいった。ただ、いまはその声に疑いの響きが混じっている。黒い雄馬が首を弓なりに曲げ、そっと息を吐いた。

パルノーチニツァは顔をしかめながら、首の後ろをかいてやった。

「だとしても、ありがとう」ワーシャは村に向かってそろそろと進み始めた。背中に真夜中の精の視線を感じる。声が届かなくなる直前、真夜中の精が、いても立ってもいられないというように叫んだ。「あの大きな家にいきなさい。でも、自分の正体は明かさないこと」

ワーシャは振り返ってうなずくと、また歩きだした。

マロースカの牢は、熊が縛られていた何もないところに似ているのではないかと思っていた。あるいは、お姫様のように塔のてっぺんに閉じこめられて、鍵をかけられ、厳重に見張られているか。少なくともそこは夏で、マロースカが力を失って弱ってしまうような場所だろうと予測していた。ところが、ここはただの村だ。しかも冬。庭は雪にうもれて眠り、家畜たちはあたたかい小屋でまどろんでいる。村の真ん中にある一軒の家から、音と明かりがもれている。屋根にあいた穴から煙が立ちのぼり、肉をあぶるにおいがする。

マロースカがここにいるなんてこと、ある?

ワーシャは柵をよじのぼって越え、その大きな家に忍び寄った。

建物のすぐそばまで近づいたとき、降り積もったばかりの雪が震え、チョルトが現れた。ワーシャはあわてて立ち止まった。庭の精、ドヴォロヴォイだ。いままでみたほかのドヴォロヴォイとちがい、小柄ではない。背丈はワーシャと同じくらいで、獰猛《どうもう》な目をしている。

ワーシャは用心深く敬意をこめてお辞儀をした。

「よそ者がここで何をしている?」ドヴォロヴォイはうなり声をあげた。

ワーシャは口も喉もからからに乾いていたが、なんとか言葉を発した。「おじいさん、ごちそうが食べたくてここへきたんです」まんざらうそではない。ワーシャは空腹だった。ジェド・グリーブが野営地でみつけてくれた食べ物を口にしたのが、ずいぶん昔のことに思われる。

沈黙が流れる。しばらくしてドヴォロヴォイがいった。「ごちそうのためだけに、長い道のりをやってきたというのか」

「それに、冬の王に会いに」ワーシャは低い声で言い添えた。家を守る精霊をだますのは難しいし、得策でもない。

ドヴォロヴォイの目がワーシャを品定めする。ワーシャは息を止めた。「それなら玄関から入れ」ドヴォロヴォイは言葉少なにいうと、また雪の中に消えた。

こんなに簡単にいくなんて、あり得ない。ともあれ、ワーシャは玄関に向かった。かつては祝宴が大好きだった。だが、いまきこえるのは騒音ばかり、漂ってくるのは火のにおいばかりだ。ワーシャは妙に突き放した目で自分の手を見下ろした。震えている。

勇気を奮い起こして、階段をのぼった。両側にランプの明かりが差している。犬が一匹吠えだした。それからもう一匹、さらに三匹目も加わり、やがて犬たちがいっせいに吠え立てた。次の瞬間、扉が開き、寒さできしんだ。

しかし、戸口から現れたのは男ではなかった。ワーシャが恐れていたような、剣を持った数人の男でもない。女がひとりで出てきて、同時に、料理のにおいに満ちた、あたたかい煙まじりの空気がどっと流れてきた。

ワーシャはじっと立ったまま、暗がりに逃げこまないよう全身でこらえた。

女の髪はきれいなブロンズ色で、目は琥珀《こはく》玉のようだ。背丈はワーシャと同じくらい。喉元の首飾《グリヴナ》りは金で、手首と耳の装飾品やベルトにも金があしらわれ、髪にも金が編みこまれている。

その女の目に自分がどんなふうに映るか、ワーシャにはわかっている。長いあいだ闇の中を歩いてきた荒々しい目、寒さと恐怖に震える唇、霜におおわれてパリパリと音を立てる服。ワーシャはできるだけ正気にきこえるように「神のご加護を」といった。だが、その声はかすれて弱々しい。

「お客がくると、ドモヴォイがいっていたわ」女はいった。「見知らぬ方、どなたかしら？」

ドモヴォイが？　この人にはきく力があるの？　ワーシャはいった。「旅をしています。夕食と、一夜の宿をお願いできないかと思いまして」

「若い娘さんが冬至にひとり旅ですって？　そんな格好で？」

男の格好をしていると、これだ。ワーシャは用心深くいった。「世間は娘のひとり歩きに冷たいですから。男の格好をしたほうが安全なんです」

女の眉間のしわが深くなった。「武器も背嚢《はいのう》も持たず、馬も連れていない。その服装では外でひと晩だって明かせない。あなたはいったいどこからきたの？」

「森です」ワーシャはとっさに言いつくろった。「川に落ちて、持ち物を全部なくしたんです」

それはおおむね真実だった。女は眉根を寄せた。「では、なぜ――」そこでひと呼吸置いた。

「あなたにはみる力があるの？」さっきとは声が変わり、ふいに恐れと熱意が入り交じった顔になった。

ワーシャにはその問いの意味がわかった。自分の正体は明かさないこと。「いいえ」ワーシャはとっさに答えた。

女の目から熱意の光が消えた。ため息がもれる。「そう、それは望むべくもないことね。いらっしゃい、あちこちから領主がきているの。お供の者もたくさんいるから、気づかれる心配はありません。広間で食事をしていいわ。それにあたたかい寝床も用意させましょう」

「ありがとうございます」ワーシャはいった。

黄金で身を飾ったその女は、扉を開けていった。「わたしはエレーナ・トミスラヴナ。ここの領主はわたしの兄なの。さあいらっしゃい」

ワーシャは心臓をどきどきさせながら、女について中へ入った。後ろにドヴォロヴォイの気配を感じる。じっとみつめられている。


エレーナは使用人の肩をつかんだ。ふたりのあいだで二言三言、やりとりがあった。ワーシャが聞き取れたのは、エレーナの「客のところへもどる」という言葉だけ。年老いた女の使用人の顔に奇妙な同情がよぎった。

それから、その使用人はワーシャを急《せ》き立て、地下室へ連れていった。木の箱や包み、樽がぎっしりならんでいる。使用人はぶつくさひとりごとをいいながら、その辺をひっかきまわし始めた。「ここならひどい目にあうことはないからね。その服をお脱ぎよ。ちゃんとした服をみつけてあげるから」

ワーシャは逆らおうか迷ったが、逆らえば放り出されてしまうかもしれない。「あなたのいうとおりにするけど、バーブシカ」ワーシャは服を脱ぎ始めた。「いままで着ていた服も取っておきたいの」

「ああ、そうおし」年老いた使用人は優しくいった。「気まぐれにものを捨てるなんていけないよ」ワーシャの痣《あざ》をみて、舌打ちする。「旦那のしわざか父親のしわざか知らないが、大胆な娘だね。男の格好をして逃げてくるなんて」使用人はワーシャの傷のある顔を明かりのほうに向けると、どうしたものかというように顔をしかめた。「ここでしっかり働けば、ご主人様がちっとは持参金をくださるかもしれない。そしたら新しい旦那だってみつかるよ」

ワーシャは笑うべきなのか怒るべきなのかわからなかった。使用人はごわごわした亜麻布《あまぬの》のシフトをワーシャの頭にかぶせて着せた。その上から長い布を前後にゆったりと重ね、ベルトを締める。足にはラーポチ（白樺の靭皮で作られた粗末な履き物）。使用人はワーシャの短く刈った黒髪をぽんとたたくと、カーチフを取り出した。「髪を切るなんて、いったい何を考えてるんだい？」

「男の格好をして旅をしていたから」ワーシャは使用人に思い出させた。「そのほうが安全なの」いいながら、木彫りの小夜鳴鳥《サヨナキドリ》をシフトの袖に滑りこませた。服はタマネギと元の持ち主のにおいがするが、あたたかい。

「広間へおいで」憐《あわ》れむような沈黙のあと、使用人はいった。「夕食をみつくろってあげよう」

まず、祝宴のにおいがワーシャを襲った。汗、ハチミツ酒、細長い広間の中央の大きな炉で焼かれている、脂ののった肉。広間は着飾った人でごった返していた。煙霧の中で、装飾品が銅《あかがね》色や金色に輝いている。熱がゆらゆらとのぼって空気をおどらせ、屋根の中央に開いた穴へと導く。漆黒《しっこく》の空で輝くひとつの星が、立ちのぼる煙にのみこまれる。使用人たちが、焼きたてのパンの入ったかごを運んできた。パンはうっすらと雪をかぶっている。ワーシャは一度にあらゆる方向をみようとしたため、あやうく雌の猟犬につまずきそうになった。雌犬は子犬たちを引き連れ、骨をくわえてうなりながら隅に引き上げてきたのだ。

先ほど服をくれた使用人の女が、ワーシャを長椅子にすわらせた。「ここにいるんだよ」といって、パンとカップを手渡す。「適当にお食べ。ついでにこの立派な人たちでもながめていたらいい。宴は夜明けまで続くからね」ワーシャがそわそわしているのに気づくと、優しく言い添えた。「ひどい目にあうことはないよ。すぐに仕事をもらえるさ」そういって歩み去った。

ワーシャは食べ物と疑問だらけの頭といっしょに取り残された。

「やつが望んでいるのは主の妹だ」ひとりの男が別の男にいいながら、せかせかと通り過ぎ、雌の猟犬の乳を飲んでいる子犬の一匹を踏みつけた。

「ばかな」もうひとりが重々しく抑え気味の声でいう。「あの娘は結婚が決まっているはずだ。たとえ相手が冬の王だろうと、花婿はあきらめないさ」

「あきらめるしかなかろう」最初の声が意味ありげにいった。

やはり、マロースカはここにいるのね。ワーシャは顔をしかめ、パンを袖に押しこむと、立ち上がった。わずかながら胃におさまった食べ物の重みが、心地よい。ワインが手足をあたため、ほぐしてくれた。

ワーシャが立ち上がったことに、だれひとり気づかなかった。だれもワーシャのほうをちらりともみない。そんな必要はないのだ。

そのとき、人混みがふた手に割れ、ワーシャのところから炉を囲んでいる人たちがみえた。

マロースカがいる。

ワーシャの息が喉で凍りついた。

あれは囚われているんじゃない。

マロースカは火のそばの上座にすわっている。炎がその顔を金色に染め、黒い巻き髪にまばゆい金の光を投げている。いでたちはまるで公のようだ。上着にもシャツにもびっしりと刺繍《ししゅう》が施され、袖口と襟には毛皮があしらわれている。

ふたりの目が合った。

しかし、マロースカの表情は変わらず、ワーシャに気づいた気配はまったくない。そのまま横を向き、隣の席のだれかに話しかけた。そして、人混みにできた割れ目は、開いたときと同じようにまたすばやく閉じた。ワーシャは動揺したまま、むなしく首をのばした。

力でなければ、何がマロースカをここにつなぎとめているの？

マロースカはほんとうにわたしのことがわからなかったの？

床に寝そべっている雌犬がうなり声をあげた。ワーシャは人混みにどんどん壁際へ押しやられ、気がつけば犬を踏まないようにするのが精一杯だ。「もっと静かな場所でお乳をやれないの？」犬に話しかけたワーシャに、酔った男がよろめいてぶつかった。

ワーシャはバランスを失って壁にぶつかり、雌犬にかみつかれそうになった。男は煙ですすけた木の壁にワーシャを押しつけると、酔ってぎこちない手をワーシャの体に這わせた。「ほう、たそがれ時の緑の水たまりみたいな目だ」男はろれつが回っていない。「それにしても、おまえの女主人は食べさせてくれないのか？」

男は人さし指で不器用に、ワーシャの胸を横からつついた。おれが確かめてやろうといわんばかりだ。男の開いた口がワーシャの口に押しつけられる。

ワーシャの心臓の鼓動が速まり、押しつけられた男の胸に激しく打ちつける。ワーシャはまだ痛みの残る肋骨に負担がかかるのもかまわず、無言で体当たりし、男と壁のあいだから抜け出した。

男はあやうく倒れるところだった。ワーシャは人混みに紛れようとしたが、男は体勢を立て直し、ワーシャの腕をつかんでむりやり振り向かせた。笑顔は消え、誇りを傷つけられた顔をしている。まわりじゅうの視線が集まる。「よくも恥をかかせてくれたな。それも冬至の夜に！　おまえみたいなカエル口のイタチ女をほしがる男がどこにいる？」男がずる賢い顔でいう。「そら、いけよ。あっちのお偉いさんがハチミツ酒を待ってるぞ」

ワーシャは無言で、火の記憶に助けを求めた。炉の炎が大きく燃え上がり、パチパチと音を立てる。炉の近くにいた人々はあまりの熱さに後ずさりした。人混みが大きくうねる。男がよろけて手をゆるめたすきに、ワーシャは身を振りほどき、人混みに紛れこんだ。ひしめきあう人々の熱とにおいで気分が悪くなり、必死に玄関へ向かい、夜の闇へよろめき出た。

しばらくのあいだ、ワーシャは雪の中に立ったまま、息をしようとあえいだ。すがすがしく冷たい夜気にあたっていると、ようやく落ち着いた。

家の中にはもどりたくない。

しかし、マロースカはあそこにいて、なんらかの形で囚われている。近づかなければ。そして、どんな鎖で縛られているのか見極めなければ。

ワーシャは考えた。たぶん、あの男のいうとおりだ。人目を引かず冬の王に近づくには、酒を運ぶ使用人のふりをするのがいちばんではないか。

氷のように冷たい夜気を、最後にもう一度吸いこんだ。冬のにおいがまとわりつく。さながら約束のように。

ワーシャは人でごった返す館の中に飛びこんでいった。使用人の格好をしているせいで、ワインの革袋を手に入れるのは簡単だった。革袋を注意深く手に持ち、その重みをぼろぼろの体にずっしり感じながら、広間の人混みを抜けて、中央の炉まで進んだ。

冬の王は炎のすぐそばにすわっている。

ワーシャの喉で息が凍りつく。

マロースカは頭に何もかぶっていない。火明かりがその黒い髪を金色に染める。目は美しい薄い青色をしている。しかし、ワーシャと目が合っても、相変わらず気づく様子はない。

その目は――若い？

若い？

ワーシャが最後にみたマロースカは、ひとひらの雪のように頼りなげで、そのまなざしはあり得ないほど老いていた。ふたりは炎に包まれたモスクワの地獄にいて、ワーシャは「雪を呼んで」と懇願した。「雪を呼んで」と。マロースカは雪を呼んでくれた。そして夜明けとともに消え去ったのだ。

最後の言葉は、しぶるような告白だった。わたしなりに、愛していた。そのときのマロースカの姿をワーシャは決して忘れないだろう。その表情、手の印象が記憶に焼きついている。しかし、マロースカの記憶には焼きついていないようだ。まなざしから長い年月が消し去られている。その年月の重みがどれほどのものだったか、消え去ってみて初めてワーシャは思い知らされた。

マロースカの気だるげな視線がワーシャをとらえたが、すぐにそれて隣の女性に注がれた。エレーナの表情は、恐れと何か別の感情とのあいだでゆれている。その姿は美しく、手首と喉元を飾る金が火明かりに鈍く輝いている。ワーシャがみていると、マロースカは黒い髪がのび放題の頭を傾けてエレーナの耳に何かささやき、エレーナはその声を聞き取ろうと身を寄せた。

いったい何がマロースカを閉じこめているの？　突然、ワーシャの胸に怒りがわいた。愛？欲望？　だからここにいるの？　ルーシじゅうが危険にさらされているというのに。金で髪を飾った女性のため？　マロースカが自ら望んでここにいるのは、火をみるより明らかだ。

だとしても、ルーシが危険にさらされているのは、ワーシャを火刑から救うためにマロースカが自由を手放したからなのだ。なぜそんなことをしたんだろう。なぜ？　それにどうして忘れてしまえたの？

それからまた考えた。だれかを永遠に閉じこめておきたければ、逃げたいと思わせないような牢を使うのがいちばんでは？　この場所で、この真夜中、人間にはマロースカがみえている。マロースカを恐れ、同じくらい愛してもいる。マロースカは、それ以上の何を望むだろう？　これまで長いあいだ生きてきて、それ以上何を望んだだろう。

こうした考えがワーシャの頭の中を駆けめぐった。しばらくして気を取り直すと、ワーシャは主の妹の隣にすわっている冬の王に近づいた。ワインの革袋を盾のように抱えて。

マロースカはまた女性のほうにかがみこみ、その耳に二言、三言ささやいた。

突然、ある動きがワーシャの注意を引いた。炉の向こう側から、別の男がマロースカと女性をじっとみつめている。服に施された刺繡と装飾品から、身分の高い人物だとわかる。大きな目は苦しみに陰っている。突然の動きとは――その男の手が無意識に動き、剣の柄にかけられたのだ。ワーシャがみていると、男はそこから指を一本一本はがした。

ワーシャにはそれをどう解釈したらいいのかわからない。

足が勝手に動いて、ワーシャは冬の王と黄金の女に近づいた。本来なら視線を落とし、杯を満たしてすばやく下がるべきだろう。しかし、ワーシャはなんのてらいもなく、マロースカの目をみつめたまま前に進んだ。

マロースカは目を上げ、おもしろがるような顔でワーシャが近づいてくるのをみつめた。最後の瞬間にワーシャは目を伏せ、革袋を傾けて杯を満たした。

見覚えのある細く冷たい指が、ワーシャの手首をつかんだ。ワーシャはさっと身を引き、そのはずみでハチミツ酒がそこらじゅうに降りかかった。

エレーナはなんとか向きを変え、ドレスを汚さずにすんだ。そして、そこにいる娘がだれかわかるといった。「もどりなさい。給仕はあなたの仕事じゃないでしょう」ワーシャにはエレーナがその言葉の裏で警告を発しているように思えた。誇り高く若いマロースカ、その長い指で死をもたらすマロースカは危険だ、と。

ワーシャが身を引いたとき、マロースカは握っていた手首をあっさり放した。ほんとうにわたしのことがわからないのだ、とワーシャは確信した。ふたりのあいだにどんな結びつき——渇望、消極的な愛情——があったにせよ、それはもう消えてしまった。

「申し訳ありません」ワーシャはエレーナにいった。「ただ、ご恩に報いたくて」

ワーシャはマロースカの目から目を離すことができない。マロースカの視線が、急ぐでもなく愛でるでもなく、ワーシャの短く刈った髪、やせ細った顔、体をたどる。ワーシャは顔が赤らむのを感じた。

「知らない娘だな」マロースカはいった。

「わかっています」ワーシャはいった。その言葉にか口調にか、エレーナは身を固くした。マロースカはワーシャの腕に目をやった。ワーシャも目をやると、以前マロースカが触れて白くなった痕がみえている。「何か頼みごとでもあってきたのか?」マロースカがいった。

「聞き届けてくださるのですか?」ワーシャはたずねた。

エレーナが鋭い口調でいう。「おばかさん、下がりなさい」

それでもマロースカの目には、ワーシャだとわかった気配はまったく現れない。が、指を一本出して、ワーシャの手首の内側に触れた。ワーシャはその指の下で自分の鼓動が、ごくわずかだが速まるのを感じた。この心臓はひるむことなく、生と死と、そのあいだのものをみつめてきたというのに。

マロースカのまなざしはあまりに冷たい。「いってみるがいい」

「わたしといっしょにきてください」ワーシャはいった。「わたしの仲間たちがあなたを必要としています」

エレーナの顔に恐怖と衝撃が浮かんだ。

マロースカはただ笑い声をあげた。「わたしの仲間はここにいる」

「ええ」ワーシャはいった。「でも、ほかの場所にもいます。あなたは忘れているんです」

ワーシャをつかんでいた冷たい指が突然離れた。「わたしは何も忘れてはいない」

ワーシャはいった。「わたしがうそをついているというなら、なぜ命を危険にさらしてまで、冬至にこの広間のあなたの前にやってきたとお思いですか?」

「なぜわたしを恐れない?」マロースカはふたたびワーシャに触れようとはしなかったが、氷のような風が広間に吹き荒れ、火明かりを青く変え、話し声を静めた。

エレーナは両腕で自分を抱くようにした。騒々しい人混みに、静けさがさざ波のように広がる。ワーシャはもう少しで声をあげて笑うところだった。あれで怖がらせようというつもり？　青い火で？　あんなにいろいろなことがあったあとで？

「死ぬのは怖くありません」ワーシャはいった。そのとおりだ。あの道をここまで歩いてきたのではないか。その冷たい静けさにも、夜空の降るような星々にも、ワーシャを恐れさせるものはない。苦しみは生者のものだ。「なぜあなたを恐れないといけないの？」

マロースカは目をつり上げた。火のまわりで沈黙が深まる。タカが舞っているときの小鳥たちのような沈黙。「なぜだって？」マロースカはワーシャの目を見据えたままいった。「愚か者が危険をかえりみないのは、わかっていないからだ。女主人が命じたとおり、わたしたちにかまうな。おまえの勇気に免じて、愚かな振る舞いは忘れよう」マロースカは顔をそむけた。

エレーナはぐったりし、失望と安堵のあいだでゆれ動いているようにみえる。

ワーシャはどうしたらいいかわからず、人混みに紛れこんだ。手はハチミツ酒でべっとりし、マロースカにつかまれていた手首がひりひりしている。どうやったら思い出させることができるのだろう。

「あの娘が何か気にさわることでもいたしましたか？」好奇心と非難の入り交じった声で、エレーナがたずねるのがきこえた。

「いや」マロースカは答えた。ワーシャは下がりながらも、マロースカの視線を感じている。

「だが、わたしを恐れない者は初めてだ」

人混みの中にもどったワーシャを、人々は避けた。まるでワーシャが疫病にでもかかっているかのように。年老いた使用人があわててあとを追ってきて、ワーシャの肘をつかんでワインの革袋をひったくると、耳元で怒鳴った。「ばかだね、どうして冬の王に近づこうなんて思ったんだい？　冬の王にハチミツ酒を注ぐのはあのご婦人だよ。冬の王の目を引きつけておくのがあの方の役目なんだ。冬の王の目にとまった娘たちがどうなったか、知らないのかい？」

ワーシャはふいに寒けを覚えた。「どうなったの？」

「いいかい、あんたを選んだかもしれないんだよ」女がそうつぶやいたそのとき、エレーナが立ち上がった。顔色は真っ青だが、落ち着いた様子だ。

死のような沈黙がおりた。

ワーシャの耳の中で、血がどくどくと音を立て始めた。あの物語では、父親が娘たちを森へ連れていき、そこに置き去りした。最初にひとり、次にもうひとり。冬の王の花嫁として。ひとりは、持参金とともに家に送り帰された。

もうひとりは殺された。

かつて、人々は雪の中で娘たちを絞め殺した、とマロースカはいっていた。わたしの祝福を得ようとしたのだ、と。

かつて——それはいま？　これはどの真夜中なの？　その物語をきいたことはあったが、現実のこととして思い描いたことはなかった。娘は自分の家族から引き離され、冬の王は森に消え去る。

消え去るが、ひとりではなかった。

かつて、マロースカは生け贄《いにえ》を糧にしていたのだ。

かつてマロースカとメドベードは似ていた、とワーシャは考えた。唇が冷たい。冬の王の顔には明らかに無意識の喜びが浮かんでいる。ウサギをずたずたに引き裂く貪欲な鷹のような喜びが……。そのとき、マロースカが立ち上がり、エレーナの手を取った。

まわりで新たな緊張が生まれつつあった。

静けさの中にひとつの音が響いた。剣を抜いたときの、空気を震わす音だ。人々がいっせいにそちらを向く。剣の柄から手を離せずにいた、あの暗い目をした男だ。顔にはむきだしの激しい苦悩が浮かんでいる。

「やめろ」男がいった。「別の女を選べ。その女はだめだ」男は押しとどめようとする大勢の手を振り払い、冬の王に向かって猛然と突き進むと、やみくもに剣をひと振りした。

マロースカは丸腰だ。しかし、それは問題ではない。剣が振り下ろされた瞬間、マロースカはその刃を素手でつかんだ。そしてひとひねりすると、剣が音を立てて床に落ちた。剣は霜におおわれている。金色に輝くエレーナが悲鳴をあげ、暗い目をした男は青ざめた。

マロースカの手から血のように水が流れたが、一瞬のうちに霜が傷口をふさいだ。

冬の王は静かな声でいった。「やめておけ」

エレーナはひざまずいて懇願した。「お願いです。あの人を傷つけないで」

「連れていかないでくれ」男は素手のまま冬の王と向きあい、懇願した。「われわれにはその人が必要なんだ。わたしには」

死のような沈黙が漂う。

マロースカは眉間にしわを寄せたまま、ふとためらいをみせた。

その瞬間、ワーシャはあいている場所に進み出た。髪をおおっていたカーチフはすでに落ちている。人々の顔がいっせいにワーシャのほうに向けられた。

ワーシャはいった。「ふたりを自由にしてあげて、冬の王」

ワーシャは思い出していた。モスクワで、溶けかけた雪の中を死に向かって歩いたことを。苦々しい記憶に、ワーシャの声は怒りに震える。「これがあなたの力なの？　冬至に娘たちを父親の広間から連れ去るのが？　それを止めようとする恋人を殺すことも？」

ワーシャの声が広間じゅうに響いた。怒りの声があがる。しかし、だれも炉のそばで行われようとしている儀式に割って入ろうとはしない。

エレーナがそっと手を出し、男の手をつかんだ。握りあうふたりの指の関節は真っ白だ。「冬の王」エレーナはささやいた。「あれはただの愚かな娘です。頭のおかしい娘で、冬至の夜に雪の中から物乞いにやってきただけです。どうかあの娘のことはお捨て置きください。わたしはここの人々のための生け贄です」しかし、男の手を放しはしない。

マロースカはワーシャをみつめている。「この娘はそう思っていないようだ」

「ええ、思ってない」ワーシャはきっぱりいった。「わたしを選んで。できるなら、あなたの生け贄に」

広間にいる人々がいっせいに恐れをなして後ずさりした。しかしマロースカは声をあげて笑った。自由で荒々しく、あまりにも態にそっくりな笑い声に、ワーシャは思わずたじろいだ。マロースカの目に、無頓着な喜びの炎が燃えさかっている。「それなら、こっちへこい」

ワーシャは動かない。

マロースカの視線はワーシャの目にじっと注がれている。「娘よ、戦おうというのか？」

「そうよ」ワーシャは答えた。「わたしの血がほしいなら、奪えばいい」

「なぜその必要がある？　ここに別のもっと美しい娘が待っているというのに」

ワーシャはほほえんだ。マロースカの――挑戦や戦いに対する――無意識の喜びの何かが、ワーシャの魂に響いた。

「よかろう」マロースカは短剣を抜いて突き出した。「それにどんな喜びがあるというの、冬の王？」

ワーシャは剣から目を離さずに後ずさりした。マロースカが動くと、ゆれる火花で短剣が光る。まるで刃が氷でできているかのように。

ワーシャは剣から目を離さずに後ずさりした。ワーシャに初めて短剣をくれたのも、使い方を教えてくれたのもマロースカだった。マロースカの動きはワーシャの意識に焼きついている。でも、あのとき辛抱《しんぼう》強く教えてくれたのは、目の前のマロースカとはまるでちがう――

ワーシャは、そばで見物していた男のベルトから短剣を抜き取った。その男は言葉を失い、ぽかんと口を開けている。短剣の柄は短く、造りは簡素で、もろい鉄でできている。一方、冬の王の剣は輝く氷でできている。

ワーシャはマロースカの攻撃をかわして火の反対側に出ると、ごわごわの履《は》き物に悪態をつき、蹴って脱いだ。素足に触れる床が氷のように冷たい。

客たちは黙りこんで、じっとみている。

「なぜわたしのところへやってきた？」マロースカはたずねた。「そんなに死にたいのか？」

「自分で答えを出したら」ワーシャはささやいた。

「ちがうな――」マロースカはいった。「それなら、なぜだ？」

「あなたを知ってると思ったからよ」

マロースカの表情がこわばった。さっきよりもすばやく突いてくる。ワーシャは剣をかわしたが、うまくいかなかった。マロースカの刃がワーシャの守りを破り、肩をえぐった。袖が裂け、腕から血が流れ出す。マロースカにはかなわない。しかし、勝つ必要はない。ただ思い出させればいいのだ。なんとかして。

まわりの客は静まり返り、じっと立ってみている。追い詰められた雄鹿を取り囲む狼の輪のようだ。

熱い血のにおいに、ワーシャはこの芝居じみた戦いが現実なのだと思い知った。それまではおとぎ話のように、遠い国の戯れ《たわむ》れのように感じていたのだ。ひょっとしたら、マロースカはワーシャのことを思い出さないかもしれない。そしてワーシャを殺すかもしれない。真夜中の精はこうなるとわかっていたのだ。それでもこうするしかない、とワーシャは苦々しく思った。どのみち、わたしは生け贄なんだし。

でも、まだ殺されるわけにはいかない。ワーシャは激しい怒りを覚え、ふいにマロースカの守りの下を突き、短剣でわき腹を切りつけて反撃した。傷口から冷たい水が流れ出す。客たちから低いどよめきがあがる。

　マロースカは後ずさりした。「おまえはだれだ？」

「魔女よ」ワーシャはいった。手から血が流れ、短剣がうまく握れない。「真冬にパダスニェーズニク（春先に咲く小さな白い花、スノードロップ）を摘み、自ら死を選んで、小夜《サヨ》鳴鳥《ナキドリ》のために泣いた。わたしはもう予言を越えた」ワーシャはマロースカの短剣を鍔《つば》で受け、柄と柄ががっちりかみあった。「あなたをさがして、九の三倍の国を越えてきた。そして、あなたをみつけた。起こったことをすっかり忘れ、戯れているあなたを」

　ワーシャはマロースカがたじろぐのを感じた。記憶より深い何かが、その目をよぎった。それは恐れだったかもしれない。

「わたしを思い出して」ワーシャはいった。「いつだったか、あなたは自分のことを思い出せって、わたしに命じたじゃない」

「わたしは冬の王だ」マロースカは容赦なくいった。「娘に覚えていてもらう必要がどこにある？」マロースカはまた動いたが、今度は本気だった。力でワーシャの刃を押さえこみ、守りを破る。マロースカの短剣がワーシャの手首の腱を切り裂く。「おまえなど知らない」マロースカは、雪どけまで遠い冬さながら、動じない。その言葉に、ワーシャは自分が失敗したことを知った。

　それでも、マロースカの目はまだワーシャの顔に向けられている。ワーシャの指先から血がしたたり落ちる。ワーシャは火が青いことを忘れた。すると一瞬のうちに、火はまばゆい金色に燃え上がった。客たちが大声をあげる。

「思い出せるはずよ。そうしようと思えば」ワーシャは血だらけの手でマロースカに触れた。

マロースカはためらっている。ワーシャはほぼ確信した。しかし、それだけだった。ワーシャの手が離れた。熊の勝ちだ。

黒い霧が蔓《つる》のようにワーシャの視界を縁取る。手首の傷は深く、手は使いものにならず、流れ落ちた血が屋敷の床を清めている。

「わたしはあなたをさがしにきた」ワーシャはいった。「でも、思い出してもらえないのなら、失敗したってことね」耳鳴りがする。「あなたの馬にまた会うことがあったら、わたしに何が起こったか伝えて」ワーシャはふらついて倒れかかり、意識を失いかけていた。

マロースカはワーシャが倒れる寸前に受け止めた。冷たい手につかまれたワーシャは、あの道を思い出していた。あともどりのできない道、満天の星が輝く森の中の道を。マロースカが小声で毒づくのをたしかにきいたような気がした。それから、両膝と肩の後ろにマロースカの腕がまわされ、抱き上げられた。

マロースカはワーシャを抱いたまま、祝宴の催されている大広間を出た。

17　記　憶

　ワーシャは意識を失ったわけではなかった。ただ世界が灰色になって動かなくなった。煙まじりの夜とマツのにおいがする。頭をそらすと星――満天の星――がみえ、天と地のあいだを飛んでいるような気がした。空中をさまよっているという悪魔さながらに。霜の魔物、マロースカは足で雪をきしませることも、寒い夜に白い息を立ちのぼらせることもない。寒さで凍りついた蝶番《ちょうつがい》のきしむ音がきこえた。そして、さっきまでとはちがう、カバの木のさわやかなにおいと、炎と腐敗のにおいがした。無造作に何か固いものの上におろされ、その衝撃で骨と傷に痛みが走り、ワーシャは鋭く息を吐いた。腕を上げると、手には血がこびりつき、手首に深い傷がある。

　しばらくして、ワーシャは何があったのか思い出した。「真夜中」あえぎながらいう。「まだ真夜中なの？」

「まだ真夜中だ」突然、蠟燭《ろうそく》の火がいっせいに燃え上がった。壁のくぼみに蠟の塊が置かれている。ワーシャがさっと視線を上げると、霜の魔物に見下ろされていた。

　空気が暑く、むっとする。驚いたことに、ふたりは風呂小屋にいた。体を起こそうとするが、出血があまりに速く、気が遠くならないようにするだけで精一杯だ。歯を食いしばって手をのばし、スカートを引き裂こうとするが、片方の手が使いものにならず、うまくいかない。

ワーシャは顔を上げてマロースカにまくしたてた。「ここに連れてきたのは、わたしが血を流して死ぬのをみるため？　残念ね。わたしは生きのびて人を困らせるのに慣れてるの」

「そうだろうな」霜の魔物、マロースカは穏やかに答えた。ワーシャのそばに立って見下ろしている。あざけるような、そのくせ興味深そうな目でワーシャの傷のある顔をじっとみてから、血まみれの手首をみる。その手首をワーシャはもう片方の手できつく握り、血を止めようとしている。マロースカの頬にも、裾の長い服にも、白い両手にも血がこびりついている。霜の魔物は力を、もう一枚の皮膚のようにまとっている。

「なぜ風呂小屋へ？」ワーシャは息を整えようとしながらたずねた。「真夜中に風呂小屋にくるのは、魔女か魔術師くらいのものよ」

「ならば、ふさわしいではないか」霜の魔物の冷たい声がいう。「それより、まだ恐ろしくないのか？　血があふれ出ているというのに？　おまえはどこからきた？」

「あなたには関係ない」ワーシャは歯を食いしばったままいった。

「だが、わたしに助けを求めたではないか」

「そう。そして、あなたはわたしの手首を切り裂いた」

「わたしに挑んだ瞬間から、こうなることはわかっていたはずだ」

「そうね。わたしがだれか知りたい？　それなら助けて。でなければ、永遠にわからないままよ」

答えはなく、マロースカが動いた音もきこえなかった。ただ、ワーシャは一瞬、冷たい空気を感じた。熱のこもった風呂小屋にいるというのに。マロースカがワーシャの前にひざまずき、ふたりの目が合った。マロースカの目をかすかな不安がよぎる。氷でできたその心の壁に、ひび――小さなひび――が入ったかのようだ。マロースカは無言のまま片手を丸くすぼめ、掌《てのひら》にたまった水をワーシャの手首の傷にしたたらせた。

むきだしの肉に水が触れ、痛みが燃え上がる。ワーシャは頰の内側をかみ、叫びそうになるのをこらえた。痛みは生じたときと同様すばやく消え去り、ワーシャは動揺し、かすかな吐き気を覚えた。手首の傷が消えて白い線だけが残り、氷が埋めこまれているかのように光を反射している。

「傷は癒《い》えた。さあ、きかせてもらおう――」マロースカがふいに黙りこみ、ワーシャはその視線を追った。ワーシャの掌にある別の傷跡をみている。まえにマロースカが負わせた――そして癒した――傷。

「うそじゃないの」ワーシャはいった。「あなたはわたしを知っている」

マロースカは何もいわない。

ワーシャは続ける。「まえに、あなたはその手でわたしの手を傷つけた。その指にわたしの血を塗りつけ、それから、あなたがつけた傷を癒した。思い出せないの？　あの闇を、生ける屍《しかばね》を、わたしがパダスニェーズニクをさがしに森に入った夜を」

マロースカは立ち上がった。「おまえが何者なのか教えろ」

ワーシャもなんとか立ち上がった。まだめまいがする。マロースカが後ずさりした。「わたしの名はワシリーサ・ペトロヴナ。さあ、これで、わたしがあなたを知っていると信じる？あなたは信じているはずよ。でも恐れている」

「傷を負った娘をか？」霜の魔物はあざけるようにいった。

ワーシャの背骨のくぼみを汗がこぼれ落ちる。風呂小屋の奥の部屋では燃えさかる火が炎の指を鳴らし、外側の部屋にいても暑い。「わたしを殺すつもりもないし、思い出しもしないのなら、わたしたちはいったいなんのためにここにいるの？　冬の王が使用人の娘に何を話そうっていうの？」

「おまえは使用人の娘ではない。わたしがそうでないように」

「少なくとも、わたしはこの村に囚われてはいない」ワーシャはもう少しで、冬の王の視線をとらえ、目を合わせられそうだった。

「わたしは王だ。人々はわたしのために宴をし、生《い》け贄《にえ》を差し出す」

「牢はかならずしも壁と鎖でできているわけじゃない。永遠に宴を楽しむつもり？」

冬の王の表情は冷たい。「ひと晩だけだ」

「永遠よ。あなたはそのことも忘れてる」

「わたしに思い出せないのなら、わたしにとっては永遠でない」マロースカはいらだち始めていた。「それがなんだというのだ？　あそこにいるのはわたしの民だ。おまえは、冬至の夜にやってきて善良な民を苦しめる、ただの気のふれた女ではないか」

「少なくとも、わたしはあの人たちのだれひとりとして殺すつもりはなかった！」

マロースカは答えなかったが、冷たい空気が風呂小屋を吹き抜け、蠟燭の炎をゆらした。外側の部屋はかなり狭く、ふたりは顔をくっつけあうようにして怒鳴りあっている。冬の王の頑ななな心に入ったひびが、広がった。どんな魔法が冬の王の記憶を奪っているにせよ、それを理屈で払いのけることはできない。だが感情が、記憶を少し表面にたぐり寄せた。ワーシャの手の感触も。そして血も。ふたりを結ぶ気持ちはまだそこにある。冬の王はそれを思い出す必要はない。いま、それを感じている。ワーシャと同じように。

それに、マロースカはワーシャをここへ連れてきたのだ。その冷たい言葉とは裏腹に、ここへ連れてきた。

ワーシャは自分の肌が薄く感じられ、息を吹きかけられただけで傷つきそうな気がした。ワーシャは、戦いではつねに大胆だった。いま、その同じ大胆さにとらえられている。記憶よりも深いところへ、とワーシャは思った。生神女様、どうかお許しください。

ワーシャは手をのばした。白い傷のある手が、相手の頰まであとひと息分のところで止まる。マロースカが手を上げ、その指がワーシャの手首をつかむ。少しのあいだ、ふたりは身じろぎもせずに立っていた。やがてマロースカの指先から力が抜け、ワーシャは相手の顔に触れてその繊細な不老の骨を感じた。マロースカは動かない。

ワーシャは低い声でいった。「死を一時間のばせるなら、入浴したい。せっかく風呂小屋に連れてきてもらったのだし」

マロースカはなんの反応も示さなかったが、その沈黙が答えになっていた。

奥の部屋は真っ暗で、かまどで熱せられた石だけが赤く光っている。ワーシャの後ろの扉のそばにはマロースカが立っている。ワーシャは自分の軽率さに戸惑っていた。これまでも白い目でみられるようなことばかりしてきたが、これはとりわけ愚かな決断ではないだろうか。

ワーシャは意を決して服を脱ぎ、隅に置いた。熱くなった石のかまどにひしゃくで水をかけ、膝を抱えてすわった。しかし、熱がもたらしてくれるはずの至福のくつろぎに酔うことができない。冬の王がいってしまうことを恐れているのか、とどまることを恐れているのか、自分でもわからない。

マロースカがそっと入ってきた。暗闇の中でその姿はほとんどみえず、ただ通ったあとの蒸気の変化でそこにいることがわかる。

ワーシャはあごを上げ、突然こみ上げた恐怖を隠すためにいった。「溶けないの?」

冬の王は怒ったような顔をしたが、意外にも笑いだした。「溶けないようにするつもりだ」変わらぬ優美な動きで、向かいの長椅子に腰かけ、膝に肘をついて手を組みあわせる。ワーシャはその長い指にじっと視線を注いだ。

マロースカは肌がワーシャよりも白く、裸でいることをなんとも思っていない。そのてらいのないまなざしは涼やかだ。「長い旅をしてきたのだな」マロースカはいった。陰になった目はワーシャからみえないが、まなざしが手のように感じられる。ワーシャの肌の、これまでみたことのなかったいたるところに向けられている。

「そして、旅はまだ終わっていない」ワーシャはいった。おぼつかない指で頬にできたかさぶたに触れ、目を上げてマロースカの目をみつめる。わたしは醜い？　それが問題になる？　マロースカは相変わらず動かない。かすかな光がその姿をまばらに照らす。肩、みぞおち。ワーシャは自分が相手の喉元から足先までまじまじとみていることに気づく。そして、そんな自分を冬の王がみていることにも。ワーシャは顔を赤らめた。

「秘密を話すつもりはないのか？」マロースカがたずねた。

「秘密って？」そう返しながらも、ワーシャは声を震えさせまいと必死だ。マロースカの手は動かないが、その視線が相変わらずワーシャの体の線をなぞっている。「さっきいったとおりよ。わたしの仲間があなたを必要としているの」

マロースカは首を振り、目を上げてワーシャの目をみた。「いや、それだけではないはずだ。わたしをみるたび、おまえの顔に何かが浮かぶ」

わたしなりに、愛していた。

「わたしの秘密はわたしのものよ」ワーシャはきっぱりといった。「わたしたち生け贄だって、みんなと同じように何かを墓場まで持っていくことが許されるはず」

マロースカは片眉を上げた。「おまえほど死ぬ気のない娘はみたことがない」

「死ぬつもりはないもの」ワーシャはまだ息を切らしながら続けた。「でも、入浴はしたかった。こうして願いがかなうなんて、ありがたいわ」

マロースカがまた笑い声をあげ、ふたりの目が合った。

この人も――とワーシャは思った。この人も恐れている。これからどうなるのか、この人にもわかってない。

それでも、わたしをここに連れてきて、ここにとどまっている。わたしを傷つけ、癒した。この人は覚えているけれど、覚えていない。

怖じ気づくまえに、ワーシャは長椅子から滑りおり、冬の王の膝のあいだにひざまずいた。冬の王の肌は湯気であたたまってはいない。煙のにおいの満ちた風呂小屋にいても、マツと冷たい水のにおいに包まれたままだ。冬の王は表情を変えないが、呼吸が速くなっている。ワーシャは自分が震えているのに気づいた。もう一度手をのばし、掌で冬の王の顔に触れる。冬の王もまたワーシャの手首をつかんだ。ただ今度は、唇でついばむように手のくぼみの傷に触れた。

ふたりはみつめあう。

継母はよくワーシャとイリーナに、初夜の恐ろしさを語ってきかせ、怖がらせた。ドゥーニャは、そんなに恐ろしいものじゃありませんよといって安心させてくれた。

自分の中にある激しさに、内側から焼きつくされそうだ。

マロースカがワーシャの下唇を親指でなぞる。その表情を読むことはできない。「お願い」ワーシャはいった。あるいはそう思っただけ？　その瞬間、マロースカがふたりのあいだの距離を詰め、ワーシャにキスをした。

かまどには残り火がくすぶっているばかりだが、ふたりに明かりはいらない。ワーシャの手に触れる冬の王の肌はひんやりしている。ワーシャの汗がふたりの肌を伝う。ワーシャは全身を震わせながら、手の置きどころに困っている。どうしたらいいのかわからない。肌と魂、渇望と耐えがたい孤独、そしてふたりのあいだに高まる感情の渦。

おそらく冬の王は、欲望の陰にひそむ不安を感じ取ったのだろう。キスをやめてワーシャをみつめた。きこえるのはふたりの息づかいだけで、冬の王もワーシャに劣らず息が荒い。

「怖くなったのか?」マロースカがささやき、自分がすわっている木の長椅子にワーシャを引き寄せた。膝の上でワーシャを横抱きにし、片腕でワーシャの腰を支える。空いている手が、ワーシャの肌に冷たい火の線を描き、耳から肩へ、そして鎖骨をたどり、乳房のあいだで止まった。ワーシャの息が乱れる。

「ほんとうは怖がるべきなんでしょ」ワーシャはいった。ことのほかきつい口調になったのは、実際におびえていたからだ。それに怒ってもいた。話すことはおろか、考えることもほとんどできない。マロースカの手はまた上に向かい、今度は背骨に沿っておりてくると、肋骨のあたりでゆるやかな弧を描き、胸に達するとそこにとどまった。「初めてなの。だけどあなたは――」ワーシャは言いよどんだ。

軽やかな手の動きが止まった。「わたしが傷つけるのではないかと恐れているのか?」

「傷つけるつもりなの?」ワーシャはたずねた。声が震えている。裸でマロースカの腕の中にいるワーシャは、かつてないほど無防備だ。

しかし、マロースカも恐れていた。それはワーシャにそっと触れる手の緊張にも感じられ、陰になって黒くみえる瞳にもうかがえる。

ふたたび、ふたりはみつめあった。

そのときマロースカがかすかにほほえみ、ワーシャはふいにもうひとつの感情の正体がわかった。ふたりのあいだに高まる恐れと欲望の奥に隠されていた感情。

それは狂おしいほどの喜びだ。

マロースカの手がワーシャの腰の丸みにぴたりと重なる。もう一度ワーシャの唇を自分の口元に引き寄せた。言葉というより息で、ワーシャの耳に答えをささやいた。

「いや、傷つけたりしない」


「ワーシャ」マロースカが闇に呼びかけた。

ふたりはいつのまにか、外側の部屋にいた。マロースカがワーシャを床に横たえた。冬の森のにおいのする毛布の山の上に。ふたりは言葉を失っているが、そんなことはどうでもいい。ワーシャがマロースカを呼びもどすのに言葉はいらない。ただ指を滑らせるだけ、痣《あざ》だらけの肌が発する熱だけで十分だ。マロースカが頭で覚えていなくても、その手はワーシャを覚えている。それはワーシャの癒えかけた傷をそっとなぞる指に感じられる。ワーシャを抱く手にも。その瞳にも。やがて蠟燭の炎が弱まった。

ワーシャは暗闇の中に横たわり、半ばまどろみながら、まだ自分の中に脈打つマロースカの体を感じ、唇に残るマツの香りを味わっていた。

それから、ふいに体を起こした。「まだ――?」

「真夜中だ」マロースカは疲れたように答えた。「そう、真夜中だ。わたしがいれば大丈夫だ」

マロースカの声が変化していた。ワーシャの名前も呼んでいた。

ワーシャは片肘をついて体を起こした。顔が赤らんでいるのを感じる。「思い出したのね」

マロースカは何もいわない。

「あなたはわたしの命を救うために熊を解き放った。それはなぜ?」

なおも沈黙。

「あなたをさがしにきたの。魔法も覚えたし、火の鳥にも助けてもらった。そして、あなたはわたしを殺さなかった――そんな目でみないで!」

「そんなつもりでは――」マロースカはいいかけ、ワーシャが突然怒りだしたせいで傷ついた気持ちを隠そうとした。

マロースカは体を起こし、ワーシャから離れた。ほぼ真っ暗な中で、その背中がこわばっているのがわかる。

「自分で望んだの」ワーシャはマロースカの背中に語りかけながら、これまで教えこまれてきたことをひとつひとつ、頭から追い払った。純潔、忍耐、男性と床をともにするのは子づくりのため、そして何よりも、それを楽しんではいけない……。「そして、思ったの――あなたも望んでるって。それにあなたは――」ワーシャはその言葉を口にできず、こういった。「あなたは思い出した。そのためだと思えば、小さなことだし」小さなことだとは感じられなかったけれど……。

マロースカが振り返り、その顔がみえた。ワーシャの言葉を信じているようにはみえない。裸で、それもこんなに近くにすわっているのでなければいいのに、とワーシャは思った。

マロースカはいった。「感謝している」

感謝？　熱に浮かされたような数時間のあとで、その言葉がワーシャに冷たく突き刺さった。きっと、思い出さなければよかったと思ってるのね。ここで恐れられ愛されているあなたは、この牢獄で幸せだったから。しかし、ワーシャはその思いを口に出さなかった。

「熊がルーシで野放しになってるの」かわりにそういった。「死者を歩きまわらせてる。わたしのいとこと兄を助けなくては。あなたの手を借りたくてここへきたの」

それでもマロースカは何もいわない。体はまだ近くにあるのに、まなざしは内へと向かい、よそよそしく無表情になった。

ふいに怒りがこみ上げ、ワーシャはいった。「あなたには助ける義務がある。そもそも熊が自由になったのはあなたのせいなんだから。それに、熊と取引する必要なんてなかった。わたしは自力で燃える積み薪から逃げたのだから」

マロースカの顔がかすかに明るくなった。「そうではないかと思っていた。だが、それでもやる価値はあった。モスクワに引きもどされたときにわかったのだ」

「わかったって、何が？」

「おまえは人間とチョルトの架け橋になれると。われわれチョルトが消えないように、人間が忘れないように、つなぎとめる架け橋だ。おまえが生きのび、自分の力に目覚めれば、結局のところ、わたしたちは破滅に向かわずにすむのではないかと思った。それに、おまえを救う手立てはほかになかった。わたしは——危険を冒すだけの価値があると思った。あとで何が起ころうと」

「わたしが自力で逃げるって、信じてくれてもよかったのに」

「おまえは死ぬ気だった。その意思がみえた」

ワーシャはたじろいだ。「そうね」静かな声で続ける。「死ぬつもりだったかもしれない。ソロヴェイが倒れてしまったから。わたしの手の下で死んだの、そして——」声が続かない。「でも、あきらめたら、きっとソロヴェイにばかだといわれると思った。それで気が変わったの」

荒々しいまでに単純な夜が終わり、果てしなく複雑な状況が現れようとしている。ワーシャは想像したこともなかった。ただ自分への愛のために、冬の王がその国と自由を危険にさらすとは。それでも心のどこかでは、そうかもしれないと思っていた。しかし、当然ながら、この人は隠された国の王であり、そんな決断はできない。この人が求めていたのは、わたしの血が持つ力なのだ。

ワーシャは疲れと寒さと痛みを感じていた。

かつてないほどの孤独も。

それから、自分を憐《あわ》れんでいる自分に怒りを感じた。寒さならどうにかできるし、ふたりのあいだに新たに生じたこの気詰まりもどうだっていい。ワーシャは積み上げられた重たい毛布の下にまた滑りこみ、マロースカに背を向けた。マロースカは動かない。ワーシャは体を丸め、ひとりで体をあたためようとした。

雪片のように軽い手がワーシャの肩をなでた。ワーシャは目に涙をためている。まばたきをして涙を振り払おうとした。もうたくさん。冷たく静かな冬の王の存在。理にかなった現実的な説明。抗しがたい情熱の記憶とは正反対だ。

「だめだ」冬の王がいった。「今夜は悲しむな、ワーシャ」

「あなたは決してしなかったでしょう」ワーシャは相手をみないでいった。「こんなこと――」曖昧《あいまい》な身振りで風呂小屋と自分たちを示す。「わたしがだれか思い出せていたら。あなたはわたしの命を救ったりはしなかった。もしわたしが――わたしが――」

マロースカの手がワーシャの肩から離れた。「おまえを手放そうとしたのだ。何度も何度も。おまえに触れるたび――おまえをみるだけでも――わたしは死に近づいていったからな。わたしは恐れていた。それでも、手放せなかった」マロースカは言葉をのみこみ、続けた。「おまえがおまえでなかったら、そのまま死なせただろう。だが――おまえの叫ぶ声がきこえた。「モスクワの火事のあと、霧のようなわたしの弱さを貫いてきこえてきたのだ。わたしは現実的になっているだけだと自分に言い聞かせた。おまえはわたしたちの最後の望みなのだから、と。だが、頭に浮かぶのは火の中にいるおまえのことだった」

ワーシャは振り向いた。マロースカは唇を固く引き結んでいる。まるで余計なことまで話してしまったとでもいうように。

「それでいまは？」ワーシャはたずねた。

「わたしたちはここにいる」マロースカはあっさりいった。

「ごめんなさい。ああする以外、あなたを呼びもどす方法がわからなかったの」

「ほかに方法はなかった。弟が自分の作った牢にあれほど自信を持っていたのは、なぜだと思う？　わたしに自分を取りもどせるほど強いつながりがあるとは、知らなかったからだ。わたしもだが」

そのことを喜んでいないような口ぶりだ。ワーシャはふと思った。冬の王、マロースカも同じように感じているのだ――恐れや戸惑いを。ワーシャは手を差し出した。マロースカはワーシャのほうをみずに、その手を握りしめた。

「わたしはまだ怖いのだ」それはありのままに述べられた本心だ。「おまえが生きていてくれてうれしい。望みを持てないこの状況で、また会えてうれしい。だが、どうしたらいいのかわからないのだ」

「わたしだって怖い」ワーシャはいった。

マロースカの指先がワーシャの手首をとらえた。肌に血がのぼって赤くなる。「寒いのか？」

寒い。でも……

「思うに」マロースカは皮肉な口調でいった。「いろいろ考えると、あと数時間は同じ毛布にくるまっていられそうだ」

「もういかなきゃ。やるべきことがすごくたくさんあるし、時間がないの」

「一時間だろうと三時間だろうと、たいしたちがいはない。この真夜中の国では」マロースカがいった。「ずいぶん疲れているようではないか、ワーシャ」

「ちがってくるのよ。わたしはここで眠ってはいけないの」

「いまなら大丈夫だ。わたしが真夜中の国にとどめておく」

眠れたら――ほんとうに眠れたら……ああ、ワーシャは疲れきっていた。それにもう毛布の中にいる。少し遅れて、マロースカも毛布の下に滑りこんできた。ワーシャの呼吸が荒くなる。触れたいという衝動をこらえようと、ワーシャは拳《こぶし》を握りしめた。

ふたりはおずおずとみつめあう。マロースカが先に動いた。その手がそっとワーシャの顔に触れ、とがったあごの線をなぞり、石がぶつかったときの傷にできた太いかさぶたをなでた。ワーシャは目を閉じた。

「この傷は治してやれる」冬の王がいった。

ワーシャはうなずいた。真っ赤な生傷より白い傷跡のほうがいいと思うくらいの虚栄心はある。マロースカは手を丸くすぼめると、ワーシャの頰に水をしたたらせた。ワーシャは激しく燃え上がる苦痛に、歯を食いしばった。

「話してくれ」マロースカがいう。

「長い話なの」

「約束する。その話のあいだに年を取ったりはしない」

ワーシャは話した。モスクワの吹雪の中でマロースカと別れた瞬間から始め、真夜中の国への旅、パジャールとの再会、ウラジーミルとの遭遇まで。話し終えると、疲れ果ててはいたが、以前より穏やかな気持ちになっていた。まるで、人生のかせ糸がきれいにならべられ、魂のもつれが解きほぐされたかのように。

ワーシャが黙りこむと、マロースカはため息をついた。「ソロヴェイのことは残念だった。わたしにはみていることしかできなかった」

「それで、頭のいかれた弟を寄こした」ワーシャは指摘した。「それに思い出の品も。あなたの弟がいなくても逃げることはできた。でも、あの木彫りの鳥には――慰められた」

「とってあるのか?」

「ええ。あれはソロヴェイを思い出させてくれる――」ワーシャの声が小さくなった。まだ、記憶はあまりに生々しい。

マロースカはワーシャの短い巻き毛を耳の後ろにかけたが、何もいわなかった。

「あなたはどうして怖いの?」

マロースカの手が止まった。ワーシャは答えてもらえるとは思っていなかった。その声は低く、ワーシャはかろうじて聞き取れた。「愛は、時の悲しみを知る者たちのためにある。愛は喪失とともにあるからだ。背負うものがあまりに多い永遠は、拷問に等しい。それでも――」

マロースカは言葉をのみこむと、息を吸った。「それでも、ほかにどう呼んだらいいのだ?

この恐怖と喜びを」

今度のほうが、身を寄せる動作がためらいがちになった。さっきは——単純で、向こうみずで、喜びにあふれていたが、いま、ふたりのあいだの空気は感情で重たくなっている。

毛布の下で、ワーシャの肌がマロースカの肌をあたためている。その年老いた不安そうな目を除けば、人間だといってもいいかもしれない。今度はワーシャが、マロースカの眉にかかった髪をかき上げた。指の下の巻き髪は、ごわごわしていて冷たい。ワーシャはマロースカのあごの後ろのあたたかい場所、それから喉のくぼみに触れ、胸の上で指を広げた。

マロースカの手がワーシャの手を包みこみ、指、腕、肩をなぞり、さらに背骨に沿って滑り、腰にたどり着く。まるで、手の感触でワーシャの体を覚えようとするかのように。

ワーシャは喉を鳴らした。マロースカのひんやりした息がワーシャの唇に触れる。動いたのはマロースカだったのか、ワーシャだったのかわからないが、ふたりの距離はまた縮まった。そして、冬の王の手の動きは相変わらず優しく、ワーシャをしなやかにする。ワーシャは息ができない。ふたりはもう話をやめている。ワーシャはマロースカの中で高まる緊張を感じる——肩から手まで——その指が触れた場所で。

荒々しい他人を自分の中に受け入れることと、敵であり味方でもある友の顔をのぞきこむこととは別もので……

ワーシャはマロースカの髪に指をからませた。「きて。いえ——もっと近くに」

するとマロースカはほほえんだ。ゆっくりと広がる謎めいた冬の王の笑み。しかし、そこにはワーシャがみたことのなかった、笑い声が生まれそうな気配がある。「あわてるな」冬の王は口づけしながらささやいた。

しかし、ワーシャは我慢できなかった。これ以上一瞬たりとも。答えるかわりに、相手の両肩をつかみ、仰向けにした。自分の体の中に力がわき上がるのを感じ、蠟燭のかすかな明かりの中で、筋肉が位置を変え軽やかに動くのがみえる。自分と彼の筋肉が。ワーシャは前のめりになって、マロースカの耳にささやいた。「わたしに命令しないで」

「ならば、命令すればいい」マロースカがささやき返す。その言葉がワインのようにワーシャを貫いた。

体は何をすべきか知っている。頭ではわかっていなくても。ワーシャはマロースカを自分の中に受け入れた。雪を、冷たさを、力を、年月を、そのとらえがたいもろさを。マロースカがワーシャの名を呼んだが、夢中になっているワーシャにはほとんどきこえていない。しかし、そのあとで、ワーシャはしなやかな体をぴったり相手の体に沿わせて横たわると、ささやいた。

「あなたはもうひとりじゃない」

「わかっている」マロースカはささやいた。「おまえもだ」

それから、ついにワーシャは眠った。

18　魔法の馬に乗って

何時間かがすぎ、マロースカはもつれあった雪色の毛皮の山から身を起こした。ワーシャは彼が出ていく音をきかなかったが、そこにいないことは感じていた。まだ真夜中だ。ワーシャは目を開けると、ぶるっと震え、体を起こした。一瞬、自分がどこにいるのかわからなかったが、しばらくして思い出し、よろめきながら立ち上がった。マロースカはいない。夜の闇に消えてしまった。何もかも夢だった……。

ワーシャは気持ちを落ち着けた。ほんとうに、ひとこともいわず姿を消したりする？　わからない。あの高揚感はすでに消え、いまは寒さしか感じられず、わき起こる羞恥心《しゅうちしん》に歯を食いしばって耐えている。これまで教えこまれてきた戒めの声が耳の中に大きく響き、そのどれもがワーシャを責め立てる。

下唇をかみしめながら、ワーシャは服を取りにいった。羞恥心も暗闇も、どうでもいい。振り返ると、ふいに壁のくぼみの蠟燭《ろうそく》がいっせいに燃え上がった。ワーシャは火をおこしたことにまったく動揺しなかった。自分がものを燃やす力を持っている世界を、ついに頭も受け入れたかのようだ。

ワーシャは手さぐりでシフトをさがし出し、頭からかぶった。ふたつの部屋のあいだに立ち、寒さに心を決めかねていると、小屋の入口の扉が開いた。

蠟燭の明かりがマロースカの骨格を浮き立たせ、その顔に陰影をつける。手には少年の服の束が握られている。風呂小屋の外で交わされる声、雪を踏む足音がきこえる。

ワーシャの心に思いがけず、恐怖がわき上がる。「外で何が起きてるの?」

マロースカは浮かない顔をしている。「どうやら、わたしたちは風呂小屋のいかがわしい評判を動かぬものにしたようだ」

ワーシャは無言だ。頭の中に、モスクワの暴徒のざわめきや怒鳴り声がよみがえる。

そのことをマロースカが感じ取ったのがわかった。「ワーシャ、あのときおまえはひとりだった。だが、いまはちがう」ワーシャは扉の内側に両手でしがみついている。いまにも男たちに踏みこまれ、引きずり出されるのを恐れているかのように。「あのときでさえ、火の中から歩いて出てきたではないか」

「でも、ひどい目にあった」ワーシャはそういったが、喉を締めつける恐怖の節くれだった手がゆるまった。

「村人たちは怒っていない」マロースカはいった。「喜んでいる。この夜には力がみなぎっているからな」ワーシャは頬骨に沿って顔が赤らんでいくのを感じた。「ここにとどまりたいのか?　わたしはもう、ここでぐずぐずしていたくない」

ワーシャは口をつぐんだ。かつて家だったのにそうではなくなった場所にきたら、きっとそんなふうに感じるのだろう。まるで、脱ぎ捨てた皮にもどろうとしているみたいに。

「あなたの国とわたしのひいおばあさんの国は接してるの？」ワーシャは唐突にたずねた。

「接している。かつてわたしが持ち帰ったイチゴはどこからきたと？　ナシやパダスニェーズニクも」

「では、知っていたのね？」ワーシャは詰め寄った。「魔女と双子の娘の話。タマーラはわたしのおばあさんだと知っていたのね？」

「そうだ」マロースカは用心深い顔になった。「そしてきかれるまえにいっておくが、答えはノーだ。話すつもりはなかった。モスクワのあの吹雪の晩までは。しかし、そのときにはもう手遅れだった。魔女は死んだか、真夜中の国で姿を消した。双子がどうなったのかはだれにもわからず、わたしも魔術師のことは何も覚えていなかったが、魔術師は不死になる魔法を自分にかけていた。こうしたことはすべて、あとから知ったのだ」

「そして、あなたはわたしをただの子どもとしか――目的を果たすための道具としか思っていなかった」

「そうだ」マロースカが何を考え、感じ、望んでいるとしても、それは深く埋められ、厳重に錠がかけられている。わたしはもう子どもじゃない――ワーシャはそういってもよかった。しかし、それが真実であることは、ワーシャをみつめるマロースカの目が語っている。「二度とわたしにうそをつかないで」ワーシャはかわりにそういった。

「約束する」

「あなたが自由になったことに、熊は気づくと思う？」

「いや。真夜中の精が知らせなければ」

「真夜中の精は余計な口をはさまないと思う。ただ見ているだけ」

マロースカの今度の沈黙には、口にされない思いがうかがえる。

「話して」ワーシャはいった。

「モスクワにもどる必要はない。もう十分恐ろしいものを目にし、苦しみをもたらした。今度は、熊も全力でおまえを殺そうとするだろう。最悪の死を考え出す。わたしが記憶を取りもどしたと知れば、なおさらだ。おまえが死ねばわたしが悲しむとわかっているからな」

「それでも、もどらないと」ワーシャはいった。「熊が自由になったのはわたしたちのせいよ。もう一度縛らなければ」

「どうやって？」マロースカはたずねた。蠟燭が紫の炎を燃え立たせる。マロースカの目も炎と同じ色だ。マロースカの輪郭《りんかく》が薄れていき、やがて風と夜が具現化された肉体なる。マロースカは力のマントを振り払っていった。「わたしは冬だ。夏のモスクワで、どんな力を持てるというのだ？」

「だからって、わざわざここを冷やさなくたっていいのに。とにかく何か手を打たないと」ワーシャは怒っていうと、マロースカの手から自分の服を取り、「ありがとう」といって、着替えるために奥の部屋へ向かった。入口でマロースカのほうへ声を張りあげる。「夏の世界に出ていくことさえできないの、冬の王？」

背後からマロースカがしぶしぶ答える。「どうかな。おそらく、少しのあいだなら。ふたりいっしょなら。ペンダントは壊れてしまったが——」

「あれはもう必要ない」ワーシャはマロースカの言葉をしめくくった。わかったのだ。ふたりの絆——情熱と怒り、恐怖とはかない希望が撚り合わさった絆——は、どんな魔法の宝石よりも強い。

ワーシャは着替えをすませ、戸口にもどった。マロースカはさっきと同じ場所に立っている。

「おそらくモスクワへはたどり着けるだろうが、いったいなんのためにいく？　われわれが向かっていると知れば、熊は嬉々として罠をしかける。そして、おまえが殺されるのを、わたしはただ指をくわえてみていなければならない。おまえも、家族が苦しむのをみることになるかもしれない」

「頭を使えばいいだけ」ワーシャはいった。「わたしたちがモスクワ大公国をこんな窮地に追いこんだのだから、わたしたちで救い出さないと」

「わたしの国にもどろう。熊のところへいくのは、わたしにもっと力がある冬のほうがいい。それなら勝てる見込みもある」

「それは熊にもわかっているはず。つまり、何を企んでいるにせよ、この夏にやってのけなければならないってね」

「破滅するかもしれないぞ」

ワーシャは首を振った。「そうかもしれない。だけど、家族を捨てるわけにはいかない。いっしょにきてくれる？」

「もうひとりではないといっただろう、ワーシャ。あれはでまかせではない」マロースカはいったが、その声は悲しげだ。

ワーシャはどうにか、かすかな笑みを浮かべた。「あなたもひとりじゃない。とにかくこの言葉をいい続けましょう。どちらかが信じるようになるまで」それから、声が震えないように早口にきいた。「外に出たら、村人たちはわたしを殺そうとする?」

「いや」マロースカはほほえんだ。「だが、伝説が生まれるかもしれない」

ワーシャは赤くなった。それでも、マロースカが差しのべた手を取った。

村人たちは風呂小屋の前に集まっていて、扉が開くと後ろに下がった。人々の目がワーシャからマロースカへと漂う。ふたりは髪も服も乱れたまま、手をしっかり握りあっている。

エレーナはいちばん前に立っていた。彼女を救おうとした男とならんでいる。マロースカがそちらを向くと、エレーナはたじろいだ。マロースカがエレーナに話しかけようとすると、村人全員が耳を傾ける。「許してほしい」とマロースカはいった。

エレーナは動揺した様子をみせたが、威厳を取りもどしてお辞儀した。「あなたにはその権利がありましたから。ただ――」マロースカの顔をじっとみてささやいた。「いまのあなたは別人のようでいらっしゃいます」

ワーシャがマロースカの目から年月が消え去ったのを読み取ったように、エレーナはその年月がもどってきたことの重みを感じ取ったのだ。「いや」マロースカはいった。「忘却から救われたのだ」マロースカはワーシャに目をやり、村人全員にきこえるようにいった。「わたしはこの娘を愛していたのだが、呪いをかけられてそのことを忘れていた。しかし、この娘はわたしをさがしにきて、呪いを解いてくれた。だからわたしはいかねばならない。この冬、すべての人々にわたしから祝福を」

驚きのざわめき、そして喜びのささやきまでもが飛び交った。エレーナはほほえみ、ワーシャにいった。「わたしたち、ふたりとも幸せね」エレーナはワーシャへの贈り物を手にしていた。見事な長いマントで、外側には狼の毛、内側にはウサギの毛が張られている。エレーナはそれを手渡し、ワーシャを抱きしめてささやいた。「ありがとう。わたしが授かる最初の子に祝福をくださる?」

「健康と長寿を」ワーシャはややぎこちなくいった。「あなたの子には愛の喜びと、遠い未来の勇敢な死を」

「冬の《ジームニヤヤ》女王《カラレーヴァ》」と村人たちはいった。恐れ多い名で呼ばれ、ワーシャは表情をひきしめた。

隣に立っているマロースカは一見穏やかな顔をしているが、ワーシャはマロースカと村人たちとのあいだに流れる感情に気づいた。その感情が潮の流れのように引き寄せようとする。マロースカの瞳は深く、はっとするほど青い。いまでももどりたいと思っているのだろう。祝宴で自分の席につき、村人たちの崇拝を糧に永遠に生きたい、と。

しかし、選んだ道に疑いを抱いているにしても、マロースカはそれを顔に出さなかった。

ひづめの音が響き、人々がいっせいにそちらを向くと、ワーシャはほっとした。何十もの顔に喜びが花開く。二頭の馬が柵を飛び越えてくる。一頭は白、もう一頭は金色だ。馬たちは村人のあいだを通り抜け、ワーシャとマロースカのところまで駆けてきた。マロースカは何もいわず、白い雌馬の首に額を寄せた。馬は頭を回してマロースカの袖にキスをする。それをみたワーシャの心を痛みが貫く。マロースカは低い声で雌馬にいった。「おまえのことも忘れていた。許してくれ」

白い雌馬は頭でマロースカを突き、耳を寝かせた。わたしたち、なぜあなたのことを待っていたのかしら。こんなに真っ暗なのに。

パジャールはいかにもそのとおりとばかり、ひづめで雪をかいた。

「あなたも待ってくれていたのね」ワーシャは驚いてパジャールにいった。

パジャールはワーシャの腕を噛み、足を踏み鳴らした。もう二度と待たないから。

ワーシャは新しくできた痣《あざ》をなでながらいった。「あなたに会えてうれしい」

マロースカは少し驚いたようにいった。「その馬は生まれてから一度も、自分から乗り手を受け入れたことはなかったはずだが」

「まだ受け入れたわけじゃない」ワーシャはあわてていった。「でも、パジャールはここまでわたしを導いてくれた。感謝してるの」ワーシャがパジャールの首の裏をかいてやると、パジャールは思いがけずその手に体を委ねた。ずいぶん時間がかかったのね。そして、甘やかされてもうれしくないわ、とばかり、また足を踏み鳴らした。

新しいマントがワーシャの肩にずっしり重い。「さようなら」ワーシャは村人たちに告げた。村人たちは驚きに目を見張っている。「奇跡をみたと思ってるのね」ワーシャは低い声でマロースカにいった。「奇跡のようには感じないけど」

「それでも」マロースカは答えた。「たったひとりの娘が冬の王を忘却から救い、魔法の馬たちとともに連れ去るのだ。一度の冬至の奇跡としては十分だ」マロースカが白い雌馬の背に飛び乗るのをみながら、ワーシャは知らず知らずほほえんでいた。

マロースカが前に乗せようと申し出る――あるいは申し出ない――まえに、ワーシャはきっぱりいった。「わたしは歩く。どっちみち、ここまで自分の足で歩いてきたんだし」深い雪の中、雪靴も履《は》かずに重い足を引きずって歩くのは悪夢のようだったが、そのことは口に出さなかった。

薄い青の目がワーシャをみつめる。みつめないでほしいとワーシャは願った。ワーシャの――マロースカの馬の鞍頭にまたがって運ばれたくないという――自尊心の裏にある深い感情を、マロースカは見抜いている。ソロヴェイが脚を折って倒れたときの衝撃は、記憶の中でまだ生々しい。いま、勝ち誇ったように馬に乗って去るのは、間違っているように感じられた。

「わかった」マロースカがそういって馬をおりたので、ワーシャは驚いた。

「あなたがそうする必要はないのに」ワーシャはいった。二頭の馬にさえぎられて、ふたりの姿は村人たちからみえない。「牛飼いのように村から出ていくなんて。あなたの威信にかかわるでしょう」

「これまで無数の死者をみてきた」マロースカは淡々と答えた。「死者たちに触れ、送り出してきた。しかし、わたしはそうした死者たちを思い出すために何もしてこなかった。だがいまは、隣でソロヴェイに乗ることができないおまえと、いっしょに歩くことができる。勇敢に死んでいったソロヴェイのために」

ワーシャはソロヴェイのために泣いたことがなかった。きちんとは。ソロヴェイの夢をみて、逃げて、と叫ぶ自分の声で目を覚まし、ソロヴェイの不在を毒でも飲みこんだような鈍い痛みとして感じたことはあった。しかし、泣いたことはなかった。キノコの精を殺しかけたあと、こらえきれずこぼした二、三粒の涙以外は。いま、涙があふれ出し、目にしみる。ワーシャのあごにこぼれ落ちた最初の涙に、マロースカの指が軽く触れた。マロースカが触れると、涙は凍って落ちた。

真夜中の村から馬たちを連れて歩いて出ていくという行為が、どういうわけか、ここ数日のどんな衝撃よりも、ソロヴェイの死を強烈に感じさせた。柵を抜けて冬の森にもどると、ワーシャは白い雌馬のたてがみに顔をうめて泣いた。モスクワのあの夜から、必死でこらえていた涙が堰《せき》を切ったようにあふれ出す。

雌馬は辛抱《しんぼう》強く立ったまま、あたたかい息をワーシャの手に吐きかけた。マロースカも無言で待っていたが、一度だけ、ワーシャのうなじに冷たい指を置いた。

ようやく涙がおさまると、ワーシャは首を振って洟《はな》をぬぐい、考えをはっきりまとめようとした。「モスクワにもどらなくては」かすれた声でいう。

「いうとおりにしよう」マロースカはまだ不満そうだが、反対はしなかった。

モスクワまでいくつもりなら、と白い雌馬が思いがけず口をはさんだ。ワーシャはわたしの背に乗るべきよ。ふたりが乗ってもわたしは大丈夫。そのほうが速いし。

ワーシャは断ろうと口を開きかけたが、そのときマロースカの表情に気づいた。「この馬は、いやだとはいわせないぞ」マロースカは穏やかにいった。「それに、これのいうとおりだ。歩くだけで疲れ果ててしまう。おまえはモスクワのことを考え続けなければならない。わたしが導いたなら、着くころには冬になってしまう」

少なくとも、一行はもう村からみえないところまできている。ワーシャは雌馬の背に飛び乗り、マロースカもその後ろに乗った。白い雌馬のほうがほっそりしているが、その体の動きはソロヴェイを思い出させた——ワーシャは鹿毛《かげ》の雄馬のことを考えないように、マロースカが膝にゆったり置いている手をみつめた。ソロヴェイのかわりに、自分の肌に触れるマロースカの手を、胸にかかるマロースカのごわごわした冷たい黒い髪を思い出した。

だが、身を震わせ、その記憶も追い払った。ふたりは真夜中の国であの数時間をこっそり手に入れたが、いまは、狡猾《こうかつ》で容赦ない敵の裏をかくことだけを考えなければ。

しかし——気分を変えるため、ワーシャは答えを恐れている質問を、思いきって口にした。「熊を縛るには——命を投げ出さないといけないの？　お父さんがしたように」

マロースカはすぐには否定しなかった。ワーシャは吐き気がしてきた。雌馬は雪の中を軽やかに進む。空から舞い落ちる雪がしだいに激しくなってくる。マロースカは苦悩のあまり雪を呼んだ？　それとも、心臓の鼓動のように無意識に降らしている？　「もううそはつかないって約束したでしょ」ワーシャはいった。

「うそはつかない」マロースカはいった。「だが、おまえの命と引き換えにあれを縛るというような、単純な話ではないのだ。そのふたつは交換できるものではない。おまえの生き死にと熊の自由はまったく関係がない。おまえは、わたしたちの争いで取引の材料に使うような――金貨とはちがう」

ワーシャは続きを待った。

「ただ、わたしは自分を上まわる力をあいつに与えてしまった。自由を引き渡したときに。いま、わたしとあいつの力は互角ではないのだ」マロースカの口調にいらだちが感じられる。「夏はあいつの季節だ。どうやったら縛れるのか、わたしにはわからない。進んで捧げられた命の力か、奇術か――それ以外の方法は思いつかない」

パジャールがふいに口をはさんだ。あの金のものはどう？　ふたりの話をきこうと、そばに寄ってきていたのだ。

ワーシャはまばたきした。「金のものって？」

雌馬は頭を上下に振った。あの魔術師が金で作ったものよ！　あれをつけさせられていたとき、わたしは飛べなかった。魔術師の言いなりになるしかなかった。ものすごい力があるのよ、あれには。

ワーシャとマロースカは顔を見合わせた。「カスチェイの金の馬勒《ばろく》ね」ワーシャはゆっくり口にした。「あれでパジャールを縛れていたのだとすると――あなたの弟も縛れるかもしれない？」

「おそらくは」冬の王は眉を寄せていった。「あれはモスクワにある」興奮のあまり、ワーシャはどんどん早口になる。

「ドミトリー・イワノヴィチの馬屋に。わたしがパジャールの頭から外して、投げ捨てたの。モスクワが火事になったあの夜に。まだ宮殿にあるかしら？　もしかすると火事で溶けたかも」

「溶けていないかもしれない。望みはある」そういったマロースカの顔はワーシャにはみえなかったが、膝に置かれた手がゆっくりと握られて拳《こぶし》になった。

ワーシャはうれしくなり、思わず身を乗りだしてパジャールの首をかいた。「ありがとう」

金色の雌馬は一瞬こらえたあと、そっと離れた。

第四部

19　味　方

夏が不自然なほど唐突に訪れ、モスクワを征服軍のように襲った。森では幾度も火事が起こり、街は煙におおわれて太陽がみえなくなった。あまりの暑さに、人々は正気を失った。涼を求めて川に入って溺れる者もいれば、顔を真っ赤にし、べたつく汗をしたたらせながら、その場に倒れる者もいた。

気温が上がるにつれてネズミがやってきた。商人たちが銀、布、鍛鉄《たんてつ》などを荷おろしするあいだに舟から這い出し、商品といっしょにモスクワの蒸し暑い市場に入りこんだ。そして、混雑した市場で繁殖し、モスクワのはきだめのにおいに引き寄せられていった。

最初に病に倒れたのは、パサートで暮らす人々だった。川沿いの、風通しの悪い小屋に大勢で身を寄せあって暮らす人々だ。病は咳から始まり、汗が出て、やがて震えがくる。そして、喉や脚のつけ根につるつるした腫れ物ができる。あるいは全身が黒斑におおわれる。

疫病だ。その言葉がさざ波のように街に広がった。モスクワは以前にも疫病を経験している。大公ドミトリーのおじのセミヨンは、あの恐怖の夏、妻と息子たちとともに疫病で命を落とした。

「病人の家を封じるのだ」ドミトリーは衛兵隊長に命じた。「外に出すな――いや、教会にいくのもだめだ。病人に聖傅《せいふ》機密（病人に癒しをもたらす秘蹟のひとつ）を施せる司祭がいれば、病人のもとへいかせるように。それ以上はだめだ。城門の衛兵たちに伝えろ。病気が疑われる者は、ひとりたりとも城壁の内側に入れてはならん」ドミトリーのおじの死について語るとき、人々はいまでも声をひそめた。セミヨンは体がダニのようにふくれ上がり、黒斑だらけになって死んでいった。従者たちでさえ、恐れて近づかなかったという。

衛兵隊長はうなずきながらも、眉をひそめている。「なんだ？」ドミトリーはたずねた。タール人たちが襲ってきたあの夜、街を守るドミトリーの衛兵の数は大きく減ってしまった。暴動とワーシャの火刑の直後、以前よりも規模の大きな衛兵隊を編制したものの、まだまだ経験不足だ。

「この病気は神の呪いです、陛下《ガスダール》」衛兵隊長がいった。「人々が教会へいって祈ることは認められるべきではないでしょうか？　人々の祈りがひとつになれば、全能の神の耳に届くかもしれません」

「あれは人から人へと飛び火する呪いだ」ドミトリーはいった。「邪悪なものを締め出さないのなら、なんのための城壁だ？」

次の間にいた貴族《ボヤール》のひとりがいった。「陛下、僭越《せんえつ》ながら申し上げますと――」

ドミトリーは振り返ってにらみつけた。「わたしが命令を下すと、決まって街の半分が文句をいう」いつもなら、ドミトリーは貴族たちの顔を立てる。ほとんどが年上で、ドミトリーが成人したときに大公位を継承できたのも、彼らの力添えがあってのことだったからだ。しかし、異様なまでの暑さがドミトリーから徐々に力を奪い、疲労のせいでひどく怒りっぽくしていた。ふたりのいとこからは、まだなんの知らせもない。セルプホフ公はモスクワ大公国じゅうから集めた銀貨を携え、キプチャク・ハン国の万人長《テムニク》、ママイを説得すべく南へ向かっていた。一方、サーシャはラヴラからセルギイ神父を連れてくることになっていた。しかし、サーシャはまだもどらず、南からの報告では、ママイはいまだに味方を募っていて、セルプホフ公の嘆願をまったく聞いていないかのようだ。

「人々は恐れています」先ほどの貴族が言葉を選びながらいう。「夏になってからというもの、生ける屍《しかばね》が三度もうろつきました。そして今度は封じこめですか？　モスクワの城門を閉ざし、病人が教会へいくことを禁じれば、人々は何を始めるかわかりません。そうでなくても、この街は呪われていると、もっぱらのうわさなのです」

ドミトリーは戦や家来の扱いについては心得ていても、呪いなど経験したこともない。「民の心を慰める方法についてはよく考えるつもりだ。だが、われわれは呪われてなどいない」そういったものの、ドミトリーの心はゆれていた。セルギイ神父の助言が必要だというのに、頼みの綱の老修道士はまだ現れない。そこで、しかたなく執事のほうを向いていった。「コンスタンチン神父を呼べ」

「金髪の大公はばかではない」熊がいった。「だが、まだ若造だ。おまえのところへ使者をよこすとはな。いいか、大公の前に出たら、大聖堂で奉神礼を行うよう説得するのだ。人々を集め、雨だろうが救済だろうがなんでもいい、このご時世に人々が神に求めそうなもののために祈れ。とにかく人を集めろ」

　コンスタンチンはひとり、聖天使首修道院の写字室にこもっていた。いちばん薄手の司祭平服しか身に着けていないというのに、額と上唇には玉のような汗がにじんでいる。「いま、イコンを描いているところだ」光の中で絵の具のつぼをまわす。コンスタンチンの目の前には、ひもに通した宝石のように、さまざまな絵の具がならんでいる――そのいくつかは貴重な石からつくられたものだ。レスナーヤ・ゼムリャにいたときは、木の皮、葉、ベリー類などから絵の具をつくっていた。いまは不安に駆られた貴族たちが、青にはラピスラズリ、赤には碧玉《へきぎょく》をと、ふんだんに与えてくれる。また、モスクワいちの銀細工師に命じて、打ちのばした銀に真《しん》珠《じゅ》をちりばめたイコンの覆いを作らせ、その費用まで払ってくれた。

　生ける屍たちが三度目に現れ、通りという通りを低い声でつぶやきながら歩きまわったときには、追い払うのにひと晩かかった。ひとり、またひとり、そしてもうひとり、と。「あまり簡単そうにみせるわけにはいかないからな」あとになって熊はいった。死者の顔が夢に出てきて、コンスタンチンが悲鳴をあげながら目を覚ましたときのことだ。「子どものウプイリをひとり打ち負かしたくらいで、農民から貴族まで、モスクワじゅうを味方に引き入れられたと思うか？　まあ、ワインでも飲め、神の人。闇を恐れるな。おれが約束して果たさなかったことがあるか？」

「一度もない」コンスタンチンは冷たい汗に震えながら、みじめな気持ちで答えた。いまや自分には主教の座が約束され、その地位にふさわしい財産も与えられている。モスクワの人々からは熱狂的なまでにあがめられている存在だ。しかし、そんな栄光も、夜、夢の中で死者の手がのびてきたときに助けてはくれない。

写字室で、コンスタンチンが画板から目をそらすと、すぐ後ろに悪魔が立っていた。息が止まり、言葉が出ない。コンスタンチンはどうしてもこの悪魔の存在に慣れることができなかった。悪魔はコンスタンチンの考えを読み、悪夢から目覚めさせ、耳元で助言をささやく。この悪魔からは一生逃れられない。

たぶん自分は逃れたいと望んでいない――頭がさえているときにはそう思った。コンスタンチンがこの悪魔のひとつきりの目をみつめるたび、悪魔もじっとみつめ返す。

いまも、悪魔はコンスタンチンをみた。

かつて、コンスタンチンは神の声をきこうと、長いあいだ待ち続けたが、神は沈黙したままだった。

この悪魔は一瞬たりとも話すのをやめない。

だが、コンスタンチンの悪夢をしずめてくれるものはない。ぐっすり眠れるようにとハチミツ酒を飲んでみても、頭が痛くなっただけだった。ついに、コンスタンチンは悪夢から逃れたい一心で、修道士たちに筆や画板、油に水、顔料を用意させ、イコンを描き始めた。描いているときは、自分の魂が目と手にだけ宿っているかのように感じ、心がしずまった。

「絵を描いていることくらい、みればわかる」熊はいらだったようにいう。「修道院で、たったひとりで。なぜだ？　おまえは地上の栄光を求めていると思っていたが」

コンスタンチンは腕をさっと振って画板に描かれた像を指した。「地上の栄光は手にした。そしてこれはどうだ？　これもまた輝かしくはないか？」その声は辛辣《しんらつ》な皮肉に満ちている。神を裏切った男の描いたイコンだ。

熊はコンスタンチンの肩越しにのぞきこんだ。「奇妙な絵だな」太い指をのばし、その絵の輪郭《りんかく》をなぞる。

聖ペトルの絵だ。黒い髪に荒々しい目。両手両足から血を流し、そのひたむきな目は天使たちの待つ天に向けられている。しかし、天使たちの目は、手にした剣と同じようにのっぺりとして敵意に満ちている。使徒を迎えるはずの天使軍は、むしろ天国の門を守る軍隊のようにみえる。ペトルもまた、聖人らしい穏やかな表情をしてはいない。その目はみつめ、その手は動き、表情豊かだ。コンスタンチンの才能と、その魂から抜き去れない生々しく哀れな渇望のおよぶかぎり、聖ペトルは生き生きと描かれている。

「なんと美しい」熊はそういって指で聖ペトルの輪郭をなぞるが、実際に触れてはいない。その顔は当惑しているようにもみえる。「どうしたらこんなふうに――生きているように描けるのだ？　魔法の力も持たないというのに」

「さあ」コンスタンチンは答えた。「手が勝手に動くのだ。おまえに美しさの何がわかる？」

「おまえよりはわかる。おまえよりも長く生き、多くのものを目にしてきたからな。おれは死者を生き返らせることもできる。だが、それはただ生者をまねているだけのこと。これは――別ものだ」

そのせせら笑うようなひとつきりの目に浮かんでいるのは、感嘆か？　コンスタンチンにはよくわからない。

熊は手をのばし、イコンの描かれた画板を裏返して壁に立てかけた。「それでもおまえは大聖堂へいき、奉神礼をするのだ。取引を忘れたのか？」

コンスタンチンは筆を放り出した。「従わないといったらどうする？　わたしを破滅させるか？　わたしの魂を盗み、拷問にかけるのか？」

「いや」熊はコンスタンチンの頰にそっと触れた。「おまえの前から姿を消すだけだ。燃えさかる火の穴に飛びこみ、おまえをひとり置き去りにする」

コンスタンチンは立ちつくした。ひとり？　こんな思いを抱えたまま？　この暑い悪夢のような世界で、この悪魔だけが、唯一の現実のように思えることさえあるというのに。

「いかないでくれ」コンスタンチンが苦々しげにささやいた。

熊の太い指が、驚くほど優しくコンスタンチンの顔をなでた。見開かれた深い青の目が、ひとつしかない灰色の目をとらえ、傷跡だらけの顔をみつめる。熊はコンスタンチンの耳に答えをささやいた。「おれは人間の百回分の生をひとりで過ごした。変わらぬ空の下で、何もないところにつながれたまま。おまえは自分の手で命を生み出すことができる。おれがみたこともないような命を。そんなおまえをどうして置き去りにするというのだ？」

ほっとするべきか恐れるべきか、コンスタンチンにはわからない。

「だが」熊はささやいた。「まずは大聖堂だ」

ドミトリーは取りあわなかった。「モスクワじゅうの人々のために奉神礼を行うだと？ 神父どの、道理をわきまえてくれ。民衆は暑さで倒れるか、踏みつぶされるかだ。すでにもう気が高ぶっているのだ。みなを集めて汗だくになって祈り、イコンに接吻などしたらどうなる？ 神は満足するかもしれないがな」最後の言葉は、あとからの思いつきで言い添えた。

姿のみえない熊はじっと様子をうかがっていたが、満足げにいった。「おれは分別のある男が大好きだ。やつらは理解できないことをなんとか理解しようとするが、結局できずに、へまをやらかす。さあ、神父どの、おまえの巧みな舌で大公を惑わしてやれ」

コンスタンチンはきこえたそぶりをみせず、口を引き結んだだけだったが、非難をにじませていった。「これは神のご意志ですぞ、ドミトリー・イワノヴィチ。モスクワにかけられた呪いを解く見込みがわずかでもあるなら、やってみなければ。生ける屍がモスクワを恐怖に陥れているというのに、わたしをお呼びになるのが遅すぎたとしたら、どうなさいます？ ウプイリよりも忌まわしいものが現れ、わたしの祈りで止めることができなかったら？ やはり、モスクワじゅうが一丸となって祈り、この呪いを終わらせたほうがいいのです」

ドミトリーは相変わらず眉をひそめていたが、コンスタンチンの案を受け入れた。

芯が入った高襟の、白と緋色のおろしたての聖衣をまとったとき、コンスタンチンの目に映る世界はいっそう現実味を失ってみえた。聖所の扉に手をかけると、汗が背骨を川のように流れ落ちた。

熊がいった。「おれも入ってみたいものだ」

「ならば、入ればいい」コンスタンチンは心ここにあらずといった様子だ。

悪魔はじれたような声をもらし、コンスタンチンの手を取った。「おまえに手を引いてもらわないとな」

コンスタンチンは悪魔の手に包まれた手を握りしめた。「なぜ自分で入れない？」

「おれは悪魔だからな」熊はいった。「だが、おまえの味方でもある」

コンスタンチンは熊の手を引いて聖所に入ると、憎々しげにイコンをみた。――神よ、あなたが話しかけようとしないなら、わたしが何をするかみるがいい。一方、熊はもの珍しそうにあたりを見まわしている。金箔《きんぱく》が張られ宝石がちりばめられたイコンの覆いをながめ、緋色と青の天井に目をやった。

そして人々にも。

大聖堂は人でごった返していた。人々は押しあいながらよろよろ歩き、すえた汗のにおいを放つ。イコノスタスの前に群がり、涙を流して祈る。その人々を見守るのは聖人たち、そして目がひとつきりの、ものいわぬ悪魔だ。

というのも、熊がコンスタンチンといっしょに足を踏み出したとたん、イコノスタスの扉が開け放たれたのだ。熊は人々を見渡していった。「こいつは幸先がいい。さあ、神の人よ、おまえの力をみせてくれ」

コンスタンチンは奉神礼を始めたが、だれのために詠唱すべきかわからずにいた。こちらをみつめる群衆のためか、耳を傾けている悪魔のためか。しかし、ずたずたになった自らの魂の苦悩のすべてを詠唱に注ぎこむうち、大聖堂じゅうが涙した。

奉神礼のあと、コンスタンチンは自宅を持つことを拒んで住み続けている修道院の自室にもどると、ものもいわず、汗の染みこんだ亜麻布《あまぬの》のシーツに身を横たえ、目を閉じた。熊は無言だが、たしかにそこにいる。圧倒的な、地獄の業火のような存在が感じられる。

ついに司祭は目を閉じたまま叫んだ。「なぜ黙っている？　おまえのいうとおりにやったではないか」

熊はうなるような声でいった。「おまえは自分が口に出せないものを描いていた。恥や悲しみや、あらゆるつまらないものを。それはすべて、あの聖ペトルの顔に描かれている。そして今日、おまえは自分が口に出せないものを詠唱した。おれにはそれがわかった。ほかのだれかが気づいたらどうする？　おまえは約束を破ろうとしているのか？」

コンスタンチンは首を振った。まだ目は閉じたままだ。「人々はききたいことをきき、みたいものをみる。ならば、わたしが感じることを感じさせればいいではないか。わからないままに」

「まあいい」熊はいった。「だとすれば、人間ってやつはとんでもなく愚かだな」それ以上は責めず、満足そうにいう。「いずれにせよ、大聖堂でのあの光景で十分だ」

「十分？」コンスタンチンが聞き返す。すでに日は沈み、緑の夕暮れがすさまじい暑さにつかの間の休息をもたらしていた。コンスタンチンはじっと横になったまま、涼しい空気を吸いこもうとしたが、むだだった。

「十分な死者が出る」熊は情け容赦なくいう。「連中はみな同じイコンに接吻したからな。死者には使いみちがある。明日は大公のところにいってもらうぞ。おまえの立場をゆるぎないものにするのだ。魔女の兄――アレクサンドル修道士――が帰ってくる。あいつから、大公の側近の座を奪ってやれ」

コンスタンチンが頭を起こした。「あの修道士と大公は少年のころからの友だちだ」

「そうだ」熊はいった。「そしてその修道士は一度ならず、ドミトリーにうそをつくことを選んだ。あとからどんなに固く誓おうと、大公の信頼を取りもどすには不十分だ。間違いない。それとも、側近の座を奪うのは、群衆をたきつけて娘をひとり殺させるよりも難しいと？」

「あれは自業自得だ」コンスタンチンは腕で目をおおった。まぶたの裏の黒い闇に、傷ついた深い緑のまなざしがよみがえり、また目を開けた。

「あの娘のことは忘れろ。魔女など忘れてしまえ。そのままでは、欲望と誇りと後悔で正気を失うぞ」

あまりに容赦のない言葉だ。コンスタンチンは起き上がっていった。「おまえにわたしの心が読めるはずはない」

「そのとおり。だが、おまえの表情は読める。まあ同じことだが」

コンスタンチンはごわごわした毛布に身をうずめ、低い声でいった。「満足できると思ったのだ」

「満足できるような性分でもなかろう」

「今日、セルプホフ公妃は大聖堂にこなかった。公邸のだれもきていなかった」

「あの子どものせいだろう」熊がいった。

「マーリャの？　あの子がどうしたというのだ？」

「いくなと警告されたんだろう、チョルトから。あの娘を火あぶりにすれば、モスクワじゅうの魔女を皆殺しにできるとでも思ったか？　しかし、恐れることはない。初雪が降るまで、これ以上モスクワに魔女が現れることはない」

「現れることはない？」コンスタンチンは小声で聞き返す。「なぜだ？」

「おまえが今日、モスクワじゅうの人々を大聖堂に呼び寄せたからだ」熊は満足げにいった。

「おれには軍隊が必要なんでね」

「いかせちゃだめ！」マーリャは母親に向かって叫んだ。「だれもいかせないで！」

母と娘はいちばん薄手のシフトを着ているが、顔には汗が噴き出し、そっくりの黒い目は疲労のせいでうつろだ。この夏、テレムの女たちはみな薄暗がりの中で暮らした。室内には明かりをともさず、ランプも蠟燭《ろうそく》もつけなかった。もしつけたなら、あまりの暑さに耐えきれなかったろう。夜には窓を開け放ったが、昼間はすべての窓の鎧戸《よろいど》を下ろし、できるだけ涼しさを閉じこめておこうとした。そんなわけで、女たちは灰色の闇の中で暮らし、その暮らしがこたえ始めていた。汗まみれのマーリャは青白くやせ細り、うなだれている。

オリガは穏やかな声で娘に言い聞かせた。「大聖堂へいって祈りたいという人たちを止めるなんてこと、できないわ」

「止めなくちゃだめなの」マーリャは必死でいった。「絶対に。ペチカの人がいったんだもの。みんな病気を持って帰るだろうって」

オリガは眉を寄せて、娘をじっとみつめた。猛暑に襲われて以来、マーリャは落ち着きを失っている。いつもなら、オリガは家族を連れてモスクワの街を出て、セルプホフ公領の垢抜けない町へいっていたはずだ。そこなら少なくとも、静けさと涼しい空気が期待できた。しかし、今年は南で何件もの火事が報告されていて、戸口から鼻を突き出したとたん、地獄のような白いもやに包まれ、煙を吸いこむ羽目になりかねなかった。そして次には、城壁の外のパサートで疫病が流行りだし、オリガは家族とモスクワにとどまることにした。しかし……。

「お願い」マーリャがいう。「だれもここから出ちゃだめ。門を閉じて」

オリガは相変わらず眉をひそめている。「永遠に門を閉ざしておくことなどできないわ」

「永遠じゃないの」そういったマーリャのまっすぐなまなざしに気づき、オリガは不安に駆られた。マーリャはあまりにも速く成長しすぎている。火事とその後の何かが、マーリャを変えた。母親にはみえないものがみえているのだ。「ワーシャおばさんがもどるまででいいから」

「マーシャ――」オリガは穏やかに話し始めた。

「ワーシャおばさんはもどってくる」マーリャはいった。挑むように叫ぶでもなく、泣くでもなく、母親にわかってほしいと懇願するわけでもなく、ただこういった。「わかるの、わたしには」

「ワーシャ様はもどりません」ワルワーラがいった。濡れた布と、藁《わら》で包んで涼しい地下室に置いてあったワインの瓶を持って入ってきたのだ。「ワーシャ様がまだ生きておいでだとしても、ここへくればわたしたちにどれほどの危険がおよぶかはご存じです」ワルワーラが手渡した布で、オリガはこめかみをそっとたたいた。

「そんな理由でワーシャが思いとどまったことがある？」オリガはワルワーラが差し出した杯を受け取った。ふたりは不安げな視線を交わす。「召使いたちが大聖堂にいかないよう引き留めるわ、マーシャ」オリガはいった。「止めたからって感謝はされないでしょうけど――もし――その――ワーシャがもどってきたとわかったら、教えてくれる？」

「もちろん」マーリャは即座にいった。「ワーシャおばさんのために夕食を用意しておかなくちゃ」

ワルワーラはオリガにいった。「もどっていらっしゃるとは思いませんがね。ずいぶん遠くへいかれたので」

20　金の馬勒《ばろく》

ワーシャの頭の中は冬の真夜中だらけで、体は光に飢えて震えている。ほんとうにこの真夜中の国から出られるのかどうかもわからない。馬は休むことなく進み、氷におおわれた尾根や谷を越えていく。あたりは闇に包まれ、まるで昼などみたこともないような気がしてくる。後ろにすわっているマロースカの存在も、いまのワーシャにはなんの慰めにもならない。マロースカは長く寂しい夜の一部で、寒さに悩まされることもないのだから。

ワーシャはサーシャのことを考えようとした。モスクワの街や昼の光、闇の向こう側で待っている自分の人生のことを。しかし、ワーシャの人生は混乱しきっていて、凍えそうな夜の中を馬で進むにつれ、気持ちを集中させるのがますます難しくなっていく。

「寝てはだめだ」マロースカがワーシャの耳にささやいた。ワーシャはいつのまにか、マロースカの肩に頭をもたせかけていたのだ。はっとして体を急に起こすと、白い雌馬がたしなめるように耳を傾けた。マロースカが続けていう。「わたしが導けば、わたしの国のどこか、それも真冬に着いてしまうぞ。まだ夏のモスクワにいきたいと思っているなら、寝てはだめだ」一行はパダスニェーズニクにおおわれた湿地を進んでいた。空にはたくさんの星が輝き、足元から甘い花の香りがほのかに漂ってくる。

ワーシャはあわてて背筋をのばし、気持ちを集中させようとした。闇にあざ笑われているような気がする。いったいどうしたら冬の王を冬から切り離せるというの？　試してみることさえできない。ワーシャは頭がくらくらした。

「ワーシャ」さっきよりも優しい声でマロースカがいった。「いっしょにわたしの国へおいで。そのうちモスクワにも冬が訪れる。さもなければ――」

「まだ眠ってない」ワーシャはかっとなっていった。「熊を自由にしたのはあなたでしょ。なら、縛るのを手伝って」

「喜んで手伝おう。ただし冬ならだ。あっという間ではないか、ワーシャ。季節をふたつ越えるだけだ」

「あなたにとってはそうかもしれない。でも、わたしたちにとっては大違いなの」

今度はマロースカも反論しなかった。

ワーシャは、思いどおりにならないことを忘れる、ということについて考えていた。何もないところから火をおこしたり、モスクワじゅうの目を自分からそらしたりして、現実から脱け出したときのことを。だけど、夏に冬の王が歩きまわるなんて不可能だ。あり得ない、絶対に。

ワーシャは拳《こぶし》を握りしめた。――いいえ。不可能じゃない。あり得なくない。

「もう少し遠くへ」ワーシャがいうと、白い雌馬は無言で走り続けた。

そして、ワーシャの集中力が強風にあおられる炎のようにゆらぎ始め、疲労が極に達し、体をまっすぐ支えているのが腰にまわされたマロースカの腕だけになったころ、ようやく寒さがわずかに和らいだ。やがて雪の下から土がみえ始め、さらに木の葉がこすれあって音を立てる世界に入った。白い雌馬のひづめが葉を踏むたび、葉が霜でおおわれる。それでもワーシャは進み続けた。

ついに、ワーシャとマロースカと二頭の馬は、ひとつの夜と次の夜との境目を越えた。すると、川の流れが曲がっているところに、たき火がみえた。

その瞬間、夏がワーシャの肩に手を置いたように、ずしりと暑さがのしかかり、冬の最後のなごりがはがれ落ちるように消えていった。

マロースカはワーシャの背中にだらりともたれかかった。その手がどんどん薄くなっていくのをみて、ワーシャは驚いた。まるで、霜があたたかい水に触れて溶けていくみたいだ。

ワーシャは体をひねり、マロースカの両手を握りしめた。「こっちをみて」声を張りあげる。

「わたしをみて」

マロースカがまったく色のない目をワーシャに向けた。目と同じく色のない顔はまるで、吹雪の中の光のように深みがない。ワーシャがいう。「わたしを置いていかないって約束したでしょ。もうひとりじゃない、っていってくれたじゃない。こんなに簡単に誓いを破るつもり？冬の王」マロースカの手をぎゅっと握りしめる。

マロースカが体を起こした。まだそこにいるのに、姿はぼんやりしている。「わたしはここにいる」その冷たい息が、信じられないことに夏の森の葉をさざめかせた。声にかすかな皮肉をにじませていう。「多少なりともな」しかし、その体は激しく震えている。

パジャールが、不可能かどうかなど、まるで気にしていない口調で告げる。さあ、これであなたは自分の真夜中にもどった。わたしはここまで。これでもう借りは返したから。

ワーシャは恐る恐るマロースカの手を放した。そして、マロースカがすぐには消えないことを確かめると、白い雌馬から滑りおり、金色の雌馬にいった。「ありがとう。言葉では表せないくらい感謝してる」

パジャールは片耳をぴくりと動かすと、向きを変え、それ以上何もいわずに走り去った。去っていく雌馬を見送りながら、ワーシャは少し心細くなったが、それでもソロヴェイのことは考えないようにした。川辺のたき火が闇の中で明るく光っている。「真夜中を通る旅もいけど」ワーシャはつぶやいた。「闇でだれかに忍び寄ってばかり。あれはだれだと思う?」

「さあな」マロースカはぶっきらぼうに答えた。「わたしにはみえないのだ」こともなげにいいながらも、動揺を隠せない様子だ。冬には遠くのものをみたりきいたりできるのに。

ふたりは静かに近づいていき、たき火の火明かりの外で足を止めた。炎の向こう側で、つながれていない葦毛の雌馬が不安げに頭を上げ、夜の闇に耳をそばだてている。

ワーシャの知っている馬だ。「トゥマーン」とつぶやく。それから、馬の向こうで野宿している三人の男がみえた。立派な馬が三頭に荷馬が一頭。男のひとりは黒っぽいマントにくるまっていて、荷物と見分けがつかないが、あとのふたりは夜更けだというのに背筋をのばして火のそばにすわり、話しこんでいる。ひとりはワーシャの兄だ。何日も旅を続けたせいで顔は肉が落ち、日に焼けて皮がむけている。髪には幾筋も白いものが交ざっている。もうひとりはルーシいち敬虔な聖職者、ラドネジのセルギイ神父だ。

馬が落ち着かないことにサーシャが気づいて、顔を上げた。「森に何かいます」

ワーシャには、修道士――兄とはいえ――が自分にどう反応するかわからなかった。こうして魔法と闇にまみれ、霜の魔物と結ばれた自分に。しかし、勇気を奮って前に進み出た。サーシャがさっとこちらを向き、老齢のセルギイも勢いよく立ち上がる。三人目の男もびくっとして起き上がり、目をしばたたいている。ワーシャはこの男に見覚えがあった。至聖三者修道院の修道士、ロジオン・オスリャービャだ。

何日も続く旅で服も顔も汚れた三人の修道士が、夏の夜にひらけた場所で野営している。あまりにあたりまえの光景を目にすると、あとにしてきた冬の真夜中が夢のように感じられる。しかし夢ではない。ワーシャはふたつの世界を結びつけたのだ。

これから何が起こるのか、ワーシャにはわからなかった。


アレクサンドル修道士の目に最初に映った妹は、ほっそりして、顔に傷を負っていた。サーシャは心の中で罰当たりな言葉を吐くと、剣をおさめて祈りを捧げ、妹に駆け寄った。

ワーシャはひどくやせていた。顔のどこをとっても刃のように鋭く、火明かりに頭蓋骨の形が透けてみえるほどだ。しかし、兄に抱きしめられると、ワーシャは力強く抱き返した。サーシャが妹の顔をのぞきこむと、まつげが濡れている。

おそらくサーシャも、涙を流していただろう。「おまえは生きていると、マーリャがいっていた。わたしは——ワーシャ、すまなかった。許してくれ。おまえをさがしにいきたかったのだが。その——ワルワーラにいわれたのだ。わたしには思いも寄らないところにいってしまったと。おまえが——」

あふれ出る言葉をワーシャがさえぎった。「許さなきゃいけないことなんて、何もない」

「あの火事のことだ」

ワーシャの顔がこわばった。「もう終わったことよ。どっちの火事も」

「いままでどこにいた？　その顔はどうしたんだ？」

ワーシャは片頰を斜めに走る傷跡に触れた。「これはモスクワで、群衆がわたしを捕えにきたあの夜に負った傷よ」

サーシャは唇をかんだ。そのとき、鋭い口調でセルギイ神父が口をはさんだ。「森に白い馬がいる。それに——影も」

サーシャが振り返り、ふたたび剣の柄に手をのばした。暗闇の中、火明かりがぎりぎり届くところに雌馬が立っている。冬の夜の月のように白い。

「おまえの馬か？」サーシャは妹にたずね、また馬に目をやった。雌馬の横から、影がじっとみつめている。

サーシャはまた剣の柄に手をかけた。

「だめ」ワーシャはいった。「剣は必要ない」

影は男の姿をしている、とサーシャは気づいた。光の点のようなふたつの目は、水のように色がない。あれは人ではない。怪物だ。

サーシャは剣を抜いた。「何者だ?」

マロースカは答えなかったが、怒りを抱えているのがワーシャにはわかった。マロースカと修道士たちは天敵同士なのだ。

兄の目に浮かんだ表情に、ワーシャは不快感を覚えた。その怒りは、修道士ならだれでも悪魔に対して抱く軽蔑とはちがう。「ワーシャ、知っているのか、そこにいる――ものを?」

ワーシャが口を開くよりも早く、マロースカが火明かりの中に進み出た。「わたしはワーシャが幼いころから目をつけていた」淡々という。「わたしの家に連れていき、古い魔法でわたしに縛りつけ、モスクワに向かわせた」

ワーシャは無言でマロースカをにらみつけた。相手を蔑《さげす》んでいるのが兄だけでないことは明らかだ。こともあろうに、いきなりそんな言葉をサーシャに投げつけるなんて。

「ワーシャ」サーシャがいった。「そいつがおまえに何をしたにせよ――」

ワーシャがさえぎる。「そんなことはどうでもいい。わたしは少年の格好をして馬でルーシを旅して、ひとりで闇の中に歩み入り、生きてもどってきた。兄さんがそれをやましく感じたとしても、もう遅い。それよりいまは――」

「わたしはおまえの兄だ。わたしにとっては大問題だ。家族のどの男にとっても。この――」

「わたしが小さいときに家を出ていったくせに!」ワーシャがさえぎった。「兄さんにとっては宗教がいちばんで、その次は大公なんでしょ。そんな兄さんにわたしの人生や運命をあれこれいう権利なんてない」

ロジオンがいらだたしげに割って入った。「わたしたちは神に仕える身だ。そして、あれは悪魔だ。これ以上何もいう必要がないのは明らかではないか?」

「思うに」セルギイがいった。「もう少しばかり、いうべきことがあるのではないかな」その声は静かだったが、みんなの顔が声の主に向けられた。

「娘よ」セルギイは穏やかな口調でいった。「おまえの話を最初からきこう」

ワーシャと修道士たちは、たき火を囲んで腰をおろした。ロジオンとサーシャは剣をおさめていない。マロースカは腰をおろそうともせず、そわそわと歩きまわっている。いまいましい火明かりを囲む修道士たちと、暑い夏の闇――どちらがより気に食わないか、決めかねているかのようだ。

ワーシャは一部始終を――というより、話せる部分をすべて話した。話し終えるころには声がかれていた。マロースカは無言だ。集中力のすべてを使って姿が消えないようにしているように、ワーシャにはみえる。ワーシャが触れれば、あるいはワーシャの血を与えれば助けになるかもしれないが、サーシャがマロースカを陰気ににらみつけたまま目を離そうとしないので、刺激しないほうが得策だと思い、すわったまま膝を抱えていた。

ワーシャがかすれ声で話し終えると、セルギイがいった。「まだ話していないことがあるな」

「ええ。言葉では言い表せないことがあります。でも、真実を話しました」

セルギイは黙りこんだ。サーシャの手は相変わらず剣の柄をいじっている。たき火は消えかかっていた。矛盾しているようだが、ほのかな赤い光の中のマロースカは、燃えさかる炎に照らされていたときよりも現実味がある。サーシャとロジオンは敵意をあらわにしてマロースカをみている。ふいに、ワーシャは自分の希望がばかげたものに思えてきた。このふたつの力が手を組むなんて、あり得ない。それでも、自分の信念のありったけを声にこめようとした。

「モスクワで、邪悪なものが野放しになっているの。わたしたちはともに、それに立ち向かわないと。さもなければ滅びるしかない」

修道士たちは黙りこくっている。

しばらくすると、セルギイがゆっくりした口調でいった。「モスクワに邪悪なものがいるとして、何をすべきだというのだ、娘よ?」

ワーシャは希望がわき起こるのを感じた。抗議の声をあげかけたロジオンを、セルギイが片手で制した。

「熊は殺せない。でも、縛ることはできる」ワーシャは金の馬勒について知っていることをすべて話した。

「それならみつけた」サーシャが思いがけず口をはさんだ。「馬屋の焼け跡で、あの晩――あの――」

「わかった」ワーシャはすばやくいった。「あの晩ね。それで、いまどこにあるの?」

「ドミトリーの宝物室に。まだ溶かして金塊にしていなければだが」サーシャが答えた。

「兄さんとセルギイ神父がわけを話したら、大公はそれを渡してくれるかしら?」

サーシャは「ああ」という形に口を開きかけたが、次の瞬間、顔をしかめた。「わからない。わたしはまだ――ドミトリーはわたしを以前のようには信頼していない。ただ、セルギイ神父には絶対の信を置いている」

その告白がどれほどつらいか、ワーシャにはわかる。それに、なぜ兄がドミトリーの信頼を失ったのかも。

「ごめんなさい」ワーシャはいった。

サーシャは一度首を振っただけで、何もいわない。

「大公がだれに信を置いていようが、安心はできない」マロースカが初めて口をはさんだ。

「熊は――メドベードは混乱を起こすことに長けている。そして恐怖と不信感を使いこなす。いずれおまえたちがモスクワに向かっていることを知り、策を練るはずだ。あれを縛るまでは、だれも信じてはならない。自分たちもだ。あれは人を惑わす」

修道士たちは顔を見合わせた。

「馬勒を盗むことはできる?」ワーシャはたずねた。

その問いに、修道士たちはいかにも聖職者らしい顔をして、答えなかった。ワーシャは激しい怒りに髪をかきむしりたくなった。

計画を練るのに長い時間がかかった。話し合いが終わるころには、ワーシャは眠りに身を委ねたくてたまらなくなっていた。ただ休息を求めているのではない。自分の世界の真夜中で眠れば、光の中で目覚めることができるのだ。みんなで話をしているあいだじゅうずっと、ワーシャはまだ真夜中の国にとどまっていた。その場の全員が、ワーシャといっしょに闇にがっちり捕らえられていた。なぜ夜明けが遅いのか、サーシャは内心疑問に思っているのではないか、とワーシャは思った。

いよいよ我慢できなくなり、ワーシャは「朝になったらまた話せばいい」というと、立ち上がってたき火から離れ、古いマツの葉が厚く積もっている場所をみつけてマントにくるまった。

マロースカは修道士たちに頭を下げた。サーシャはそのしぐさにかすかな嘲《あざけ》りを感じ、顔に怒りの色を浮かべた。

「ではまた朝に」冬の王がいった。

「どこへいく？」サーシャがたずねた。

マロースカはあっさり答えた。「川へおりるつもりだ。流れている川の上にのぼる朝日をみるのは、初めてなので」

そうして、マロースカは夜に消えていった。

サーシャは恐れといらだちのあまり、地面に倒れ伏したかった。あの影のようなものをぶちのめし、あれが闇の中で嫁入りまえの妹にささやく光景を心から追い出したかった。悪魔が姿を消した場所をにらみつけるサーシャを、ロジオンは心配そうに、セルギイは思いやるようにみつめた。

「すわりなさい、わが息子よ」セルギイはいった。「いまは怒りをたぎらせるときではない」

「では、悪魔と取引しようというのですか？　それは罪です。神はお怒りになるでしょう」

セルギイはさとすようにいった。「主が何をお望みかは、人間の決めることではない。神の望みがわかっているなどとおごり高ぶれば、そこに悪が入りこむ。なぜなら、それは同時に自分の望みでもあるからだ。妹が冬の王と呼ぶものをおまえが嫌うのは、あれが妹をみる目が気に入らないからだろう。しかし、あれは妹を傷つけてはいない。妹はあれに命を救われたといっているが、おまえは妹のためにそこまではできなかった」

手きびしい言葉にサーシャはたじろぎ、低い声で答えた。「そうです。わたしにはできなかった。しかし、おそらく、あれは妹を破滅に追いやったのです」

「さあどうだろうか」セルギイはいった。「わたしたちには知りようがないことだ。だが、わたしたちは人間のことを考えねばならん。おびえている無力な者たちのことを。そのためにモスクワへ向かっているのではなかったかな」

サーシャは長いこと黙りこんでいたが、ようやく薪を火に投げこむと、しぶるようにいった。

「どうしても好きになれません」

「まあ、おまえがどう思おうと、あれは意にも介さないだろうがな」セルギイはいった。

ワーシャはまばゆいばかりの日光の中で目覚めた。飛び起きて、顔を太陽に向ける。ようやく真夜中の国から出られた。もう二度とあの暗い道を通りたくない。

少しのあいだ、ワーシャは日差しのあたたかさを味わった。しばらくすると気温はぐんぐん上がり、容赦ない暑さになった。汗が胸の真ん中や背中を流れ落ちる。湖のほとりの家にあった毛織りのシャツをまだ着ているが、麻《あさ》の服がほしくてたまらない。

むきだしの足だけが、露に濡れた地面に触れていて、ひんやり冷たい。マロースカはほんの数歩しか離れていないところで、白い雌馬の手入れをしている。昨夜はすぐそばにいたのか、それともあたりを歩きまわって夏の大地に季節外れの霜を這わせていたのか。修道士たちはまだ眠っている。夏の日を浴びて眠る人間らしい、くつろいだ姿で。

マロースカの、毛皮つきで刺繍《ししゅう》の施された絹の服は消えていた。昼の強烈な光の中では力を示す飾りなど持ち続けてはいられない、とでもいうように。草むらに裸足で立っているマロースカは、農夫にもみえたかもしれない。ただ、歩いたあとの地面は霜でおおわれ、シャツの袖口からは冷たい水がしたたっていた。蒸し暑い朝でも、マロースカのまわりにはわずかな涼しさが漂っている。ワーシャはその涼しさを吸いこむと、ほっとしたようにいった。「まったく、この暑さはなんなの」

マロースカは顔を曇らせた。「熊のしわざだ」

「冬には、こんな朝をどれほど願ったことか」ワーシャは公平を期すためにいった。「体の芯まであたたまりたい、って」マロースカに近づいて、白い雌馬の首をなでる。「だけど、いざ夏になると、そんな朝がどれほど息苦しいか思い出すの。あなたも体が熱くなるの？」

「いや」マロースカは短く答えた。「しかし、暑さはわたしを消し去ろうとする」

ワーシャは後悔の念に駆られ、雌馬の首の後ろをなでているマロースカの手に自分の手を重ねた。ふたりの絆が生き生きとよみがえり、マロースカの輪郭《りんかく》がわずかに濃くなったようにみえた。マロースカの手がワーシャの手を包みこむ。ワーシャが身を震わせると、マロースカはほほえんだ。しかし、その目ははるか遠くをみつめている。自分の弱さを思い出させるものを楽しめるはずがない。

ワーシャは手を離した。「あなたがここにいることを、熊は知っていると思う？」

「いや」マロースカは答えた。「このまま気づかれないようにするつもりだ。一日かけて進み、明るい朝にモスクワ入りするのがいちばんだ」

「生ける屍《しかばね》が――熊のしもべのウプイリがいるから？」

「ウプイリが歩きまわるのは夜だけだ」マロースカの淡い色の目が荒々しくなる。ワーシャは唇を噛んだ。

「あのふたりの戦い」とジェド・グリーブは呼んでいた。あのキノコの精がいっていたように、わたしはその戦いの第三の勢力になったの？　それとも、ただ冬の王の側についただけ？　ふいに、ふたりのあいだに立ちはだかる長い年月の壁が、風呂小屋であの夜を迎えるまでそうだったように、乗り越えようのないものに思われた。

それでも、つとめて快活な口調でいった。「この暑さでは、一日の終わりに、兄さんでさえも冷たい水のために魂を売り渡しかねないわ。誘惑しちゃだめよ」

「腹が立っていたのだ」マロースカはいった。

「ずっといっしょに旅するわけじゃないから」

「わかっている」マロースカは答えた。「夏にはできるだけ長く耐えるつもりだが、ワーシャ、永遠に耐えることはできない」


一行は何も口にしなかった。あまりに暑いせいだ。みな出発するまえから顔を真っ赤にし、汗をかいていた。モスクワ川に沿ってくねくねと曲がる細い道を進み、東側から街に近づいていく。ワーシャは緊張のあまり、胃が締めつけられるような気がした。こうしてモスクワに近づいてみると、そこへもどりたくない気持ちになる。死にそうなほど怖い。土埃の中を重い足取りで歩きながら、自分には魔法が使えるし、味方もいるのだと思い出そうとする。しかし、昼のぎらぎらした光の中で、それを信じるのは難しい。

マロースカは白い雌馬を放し、川辺で自由に草を食《は》ませて、人間たちの目に触れないようにした。自分も人間たちの目を避け、葉をゆらす涼しいそよ風であろうとした。

太陽はどんどん高くのぼり、暑さに弱っている世界を照らす。道沿いに灰色の影がのび、鉄の柵のようにみえる。左手には川が流れ、右手には見渡すかぎり小麦畑が広がっている。パジャールの毛のような赤みがかった金色の麦が、熱風になびいてはザーッと音を立てる。日差しが槌のように眉間を打つ。進むにつれ、足が土埃にまみれる。

一行は先へ先へと、小麦畑に沿って進んでいく。畑は果てしなく続いているようにみえる。まるで……ワーシャはふいに立ち止まり、額に手をかざしていった。「この畑はどこまで続くの？」

男たちも立ち止まり、顔を見合わせている。だれにもわからない。暑い昼は終わりがないかのようだ。マロースカの姿はどこにもない。ワーシャは小麦畑の先をみつめた。つむじ風が土埃を巻き上げながら、赤みがかった金色の小麦畑を吹き抜ける。空には黄色いもやがかかり、頭上の太陽は——相変わらず頭上に……いったいどれくらいのあいだ頭上にあっただろう。立ち止まってみて、ワーシャは気づいた。修道士たちがみな真っ赤な顔をし、呼吸が速くなっている。さっきまでよりも速い？　速すぎるのでは？　あまりに暑い。

「あれはなんだ？」サーシャがたずね、顔の汗をぬぐった。

ワーシャがつむじ風を指さす。「あれは——」

突然、くぐもったあえぎ声とともにセルギイ神父が馬のたてがみにぐったりともたれかかり、横に倒れた。サーシャがそれを受け止める。セルギイのおとなしい馬はじっと動かず、ただ戸惑ったように耳を傾けた。セルギイの肌は燃えるように赤く、汗は止まっている。

修道士たちの背後に、女の姿がみえた。真っ白な肌に、色が抜けた真っ白な髪。骨のように白い手に大鎌を握り、振り上げている。

人間の女ではない。ワーシャは夢中で飛びかかり、チョルトの手首をつかむと、後ろに力一杯反らした。

「真夜中の精には会ったことがあるけど」ワーシャは手首をつかんだまま女にいった。「妹のポルードニツァに会うのは初めて。触れられると、熱病にかかるといわれてる」

サーシャは土埃の中に膝をついてセルギイを抱え、打ちひしがれている。ロジオンは水をさがしに走りだしていた。水がみつかるのか、ワーシャにはわからない。真昼の小麦畑は、真昼の精の領域だ。一行はそこに足を踏み入れていたのだ。

「放して！」ポルードニツァが怒っていう。

ワーシャは手をゆるめない。「わたしたちを通して。あなたとやりあう気はないの」

「やりあう気はない？」チョルトの白い髪が、灼熱の風に吹かれた藁《わら》のような音を立てる。

「あいつらの鐘はわたしたちを滅ぼす。それで十分やりあってるとは思わない？」

「鐘を作る職人だって、生きることだけを願っている。わたしたちと同じなの」

「あいつらが殺すことでしか生きられないなら」真昼の精は吐き捨てるようにいった。「みんな死んでしまえばいい」ロジオンが水をみつけられずにもどってきた。サーシャは立ち上がって剣の焼けるように熱い柄に手をかけているが、ワーシャが話している相手がみえていない。

ワーシャは真昼の精にいった。「人間の死はあなたたちの死と同じ。よくも悪くも、人間とチョルトは結びついてるから。でも、それはいいことでもあるの。わたしたちはこの世界を分かちあえるはず」その言葉に裏がないことを示そうと、ワーシャは手をのばし、親指を大鎌で切って血を出した。背後から、修道士たちが息をのむ音がきこえる。ワーシャの血に触れたチョルトの姿が、修道士たちにもみえたのだ。

真昼の精はけたたましい笑い声をあげた。「わたしたちを救おうっていうの、人間の娘さん？　熊がわたしたちに戦いと勝利を約束してくれてるっていうのに？」

「熊はうそをついてる」ワーシャはいった。

ちょうどそのとき、セルギイの弱々しい声がワーシャの後ろでささやいた。「恐れ逃げ失せよ、呪われた不浄の精霊よ、その姿は偽りを通してみえ、みせかけによって隠されている。おまえが朝のものであろうと、真昼のものであろうと、夜のものであろうと、わたしはおまえを追い払う」

真昼の精が叫び声をあげた。今度は本物の痛みに苦しんでいる。大鎌を落として後ずさり、消えて、消えて、消えて……。

「だめ！」ワーシャは修道士たちに向かって叫んだ。「あなたたちが思ってるのとはちがう。チョルトたちが思ってるのともちがう」ワーシャは飛びかかって真昼の精の手首をつかみ、完全に消え去るのを止めた。

「わたしにはあなたがみえる」ワーシャは低い声でいった。「だから生きて」

真昼の精は一瞬、立ちつくした。傷つき、おびえ、疑っている。そして次の瞬間、つむじ風にのみこまれて姿を消した。

真昼のぎらぎらした光の中から、マロースカが現れた。「夏の小麦畑は危険だと、乳母から教わらなかったのか？」

「神父様！」サーシャが叫び、ワーシャは修道士たちのほうに向き直った。セルギイの呼吸があまりに速く、喉が激しく脈打っている。マロースカは一瞬ためらったかもしれないが、何かをつぶやきながら土埃の中に膝をつき、修道士の激しく打っている首の脈に長い指をあてた。そのまま息を吐き、もう一方の手を固く握りしめる。

「何をしている?」サーシャがたずねた。

「待って」ワーシャがいう。

風が起こった。最初はゆるやかだったが、やがて強まって小麦をなぎ倒した。冷たい風だ。マツのにおいのする冬の風。この暑さと土埃の中では、起こり得ない風だ。

マロースカは歯を食いしばっている。風が強まるにつれて、マロースカの輪郭がぼんやりとかすんでいく。いまにも消えてしまいそうなその存在は、真夏に降る雪と同じくらい想像を越えている。ワーシャはマロースカの肩をつかみ、耳元でささやいた。「まだいかないで」

マロースカはワーシャにちらりと目を向けると、そのまま続けた。

空気が涼しくなると、セルギイの呼吸もウサギのように速かった脈も落ち着いてきた。サーシャとロジオンも元気を取りもどしたようだ。ワーシャは冷たい空気を大きく何度も吸いこんだ。しかし、ワーシャが肩をつかんでいるのに、マロースカの輪郭は激しくゆらいでいる。

思いがけないことに、サーシャがたずねた。「わたしに何かできることは?」とがめるような表情は消え、その顔に希望が宿っている。

ワーシャは驚いてサーシャのほうをみた。「みてあげて。そして覚えていてほしいの」マロースカは唇を引き結んだが、何もいわない。

セルギイは深く息を吸った。まわりの空気が冷えて、ワーシャの暑苦しいシャツの下の汗を乾かした。風は弱まってそよ風になった。太陽も位置を変え、まだ暑さはきびしいものの、命を脅かすほどではない。マロースカは手を離すと前に倒れかけた。顔が、春の残り雪のような灰色をしている。ワーシャはまだマロースカの肩をつかんだままだ。ワーシャの指を冷たい水が伝って、マロースカの肩に降りかかる。

その場はしんと静まり返っている。

「しばらく休みましょう」ワーシャはいって、視線を霜の魔物から汗まみれの修道士たちに移した。「モスクワに着くまえに消えてしまっては、熊の思うつぼよ」

それについてはだれも何もいわなかった。

一行は川辺に小さなくぼ地をみつけた。草が生え、水が流れていて涼しい。茶色い川が足元でうねり、モスクワに向かって勢いよく流れていく。このモスクワ川は、そこでネグリニャヤ川と合流するのだ。遠くに、濃いもやのかかった不機嫌そうな街がみえる。少し先の川面にはたくさんの船が浮かんでいる。

あまりに暑くて食欲がなかったが、ワーシャは兄からパンを少しもらって、水の中にパンくずをまいた。一瞬、ぎょろりとした魚のような目がみえ、川の流れとはちがうさざ波が立ったような気がしたが、それだけだった。

ワーシャをみていたサーシャが、ふいにいった。「母さんも――母さんもときどきそうやってパンを川にまいていた。川の王のために、といって」それから口をぴたりと閉じた。しかし、ワーシャには自分をわかってくれたようにも、わびているようにもきこえた。ワーシャはおずおずとサーシャに笑いかけた。

「あの魔物はわれわれを殺すつもりだった」セルギイの声はまだかれている。

「おびえてたんです」ワーシャはいった。「みんなおびえています。消えたくないから。熊はそんなチョルトたちの恐怖をあおって、人間を攻撃するよう、けしかけています。真昼の精が悪いわけじゃありません。神父様、悪魔払いをすれば、熊に味方するチョルトを増やすだけです」

「あるいはな」セルギイはいった。「しかし、わたしは小麦畑で死にたくなかったのだ」

「そう、死にませんでした」ワーシャはいった。「冬の王があなたの命を救ったのです」

だれも何もいわなかった。

ワーシャは修道士たちを日陰に残し、川下の声が届かないところまでいった。背の高い草むらに身を隠し、水に足を浸して呼びかける。「大丈夫？」

何もきこえない。しばらくして、夏の静けさの中で声がした。「だいぶ、いい」

マロースカが音を立てずに草の中を歩いてきて、ワーシャの隣にすわった。なぜか、ワーシャはいまマロースカをみることが、どんなあり得ないことをみるよりもつらく、つい目をそらしてしまう。それでも努めてみているうちに、その感覚は消え去った。マロースカは膝を抱えてすわり、明るく輝く川面をじっとみつめている。やがて、不機嫌そうな声でいった。「弟はなぜわたしの自由を恐れるのだろう。わたしは幽霊よりも弱々しいというのに」

「熊はもう知ってるの？」

「ああ」マロースカはいった。「気づかないわけがなかろう？　冬の風を呼んだのだから……わたしはここにいると、あいつに向かって大声で叫んでいるようなものだ。まだモスクワへいくつもりなら、日暮れになる危険を冒してでも、今日いくべきだ。夜もウプイリも避けたかったが、どのみち、あいつはしもべを送りこんでおまえたちを殺そうとする。それなら、先手を打って馬勒を手に入れたほうがいい」

ワーシャは真昼の日差しの中で身を震わせ、それからいった。「真昼の精のようなチョルトたちが熊の味方につくのには、理由があるの」

「チョルトの多くはそうだろう。だが、みんながみんなそうではない」マロースカは答えた。「チョルトたちは消えたくないと思っているが、そのほとんどは、人間と戦うのは愚かだと知っている。人間とわれわれの運命は結びついているのだから」

ワーシャは何もいわなかった。

「ワーシャ、わたしの弟にどこまで取りこまれかけたのだ？」

「取りこまれかけてなんかいない」ワーシャが答えると、マロースカは眉を上げた。ワーシャは声を落として続ける。「たしかに、熊の味方につくことも考えた。ルーシにどれだけの忠誠心を持てるのかときかれたから。モスクワの群衆はわたしの馬を殺したのよ」

「おまえはパジャールを自由にし、パジャールはモスクワに火を放った」マロースカはいって、また水面を見渡した。「そして姉の子を死なせた。姉は赤ん坊のために命を投げ出す覚悟だったのに。もしかしたら、おまえは自分の愚かな行いの報いを受けているだけなのかもしれない」

その口調は残酷で、唐突な言葉は剣のように鋭い。ワーシャは驚いていった。「そんなつもりでは——」

「おまえは葦のかごに入れられた鳥のようにこの街へやってきて、格子に体当たりし、壊した——当然の結末だと思ったことはないのか？」

「なら、わたしはどこへいけばよかったの？」ワーシャは激しく言い返した。「故郷に帰って、魔女として火あぶりにされればよかった？　あなたの忠告をきいて、あのペンダントをつけたまま結婚して子どもを産み、ときどき窓辺にすわって冬の王との日々を懐かしく思い出せばよかったの？　わたしは——」

「よく考えてから行動すべきだ」マロースカはふいに言葉を切った。ワーシャの最後の質問に傷ついたかのように。

「わたしの命を救うためにこの世界を危険にさらした霜の魔物が、そんなことをいうの？」

マロースカは無言だ。ワーシャはもっと激しい言葉をのみこんだ。ふたりのあいだに何が起こっているのかわからない。自分は賢くもなければ、美しくもない。賢くも美しくもなく、激しい怒りを抱え、やることばかり大きくて、ひどい間違いを犯す——そんな娘が主人公のお話なんて、ひとつもなかった。

「チョルトたちはあがめられるようになる」ワーシャは声を抑えていった。「熊が思いどおりにすれば」

「熊が思いどおりにすれば、あがめられるのはあいつだ」マロースカはいった。「チョルトたちがどうなろうと、あいつは気にもとめないだろう。自分の目的のためにチョルトを利用することしか考えていない」マロースカはひと息ついた。「同様に、人間がどうなろうとかまいはしない。自分の企みにしか興味がないのだ」

「熊と運命をともにしたいと思ったなら、そもそもあなたをさがしにきたりしなかった」ワーシャはいった。「だけど、そうよ。あそこへもどってあの街を救うなんて、あまりにつらいと思うこともある」

「忘れられない過ちを背負って一生過ごしても、自分を傷つけるだけだ」

ワーシャはマロースカをにらみつけ、マロースカもけわしいまなざしを返した。なぜマロースカは怒っている？ なぜわたしも怒っている？ ワーシャも、丁寧《ていねい》に整えられる結婚のことは知っていた。田舎の若者が真夏のたそがれ時に、黄色い髪をした農家の娘に言い寄ることも。言葉を話し始めるまえからおとぎ話をきいて育ったが、どの物語も、こんなときにどうしたらいいかなんて教えてくれなかった。ワーシャは両手をきつく握りしめ、マロースカに触れたい気持ちをこらえた。

マロースカはぎこちなく身を引き、ワーシャは震えながら深く息を吸って視線を川にもどした。「わたしは日なたで眠るつもり。セルギイ神父が歩けるようになるまで。そうしたらあなたは消えてしまう？」

「いや」マロースカは答えたが、そうきかれたことに憤っているようだった。しかし、ワーシャは暑さと眠気とでもうかまっていられず、マロースカのそばの草むらで丸くなった。最後に感じたのは、髪にマロースカの冷たい指がそっと、まるで謝っているかのように触れたことだった。ワーシャはすぐに眠りに落ち、ぐっすり寝入った。

しばらくして、サーシャがふたりをみつけた。霜の魔物は背筋をのばしてすわり、油断なく目を光らせている。傾き始めた夏の日差しが、その体を突き抜けているようにみえる。サーシャが近づいていくと、マロースカは顔を上げた。一瞬、マロースカの顔に無防備な表情が浮かんで消えたのをみて、サーシャは驚いた。ワーシャがかすかに動いた。

「眠らせてやってくれ、冬の王」サーシャはいった。

マロースカは何もいわなかったが、片方の手が動いてワーシャのもつれた黒髪をすいた。

サーシャはふたりをみつめながら、たずねた。「なぜ、セルギイ神父の命を助けた?」

マロースカが答える。「おまえの考えているような気高い理由からではない。熊をまた縛らねばならず、それはわれわれだけではできないからだ」

サーシャは無言のまま、その言葉の意味を考えた。それからふいにいった。「おまえは神の創りたもうたものではない」

「そのとおり」マロースカのもう一方の手は、不自然に静止したままだ。

「それなのに妹の命を救った。なぜだ?」

魔物の視線がまっすぐサーシャに向けられた。「最初は自分の企みのためだった。だが、のちには、この娘が殺されるのをみるのが耐えられなくなった」

「なぜ、いっしょにきた？　霜の魔物にとって真夏の旅はたやすくないはずだ」

「ワーシャが望んだからだ。なぜ質問攻めにする、アレクサンドル・ペレスヴェート？」

マロースカは半ば真面目に、半ばあざけるように、サーシャの通り名を口にした。サーシャはこみ上げる怒りをどうにかのみこんだ。「モスクワのあと」声を落ち着かせようとしながらいう。「妹は――闇の国へいった。わたしにはそこへ追っていくことはできないといわれた」

「そのとおりだ」

「おまえにはできたのだな？」

「そうだ」

サーシャはその言葉を嚙みしめた。「妹がまた闇の中にもどるとしたら――妹を捨てないと誓うか？」

魔物はこの言葉に驚いたとしても、そんなそぶりはみせず、よそよそしい表情でいった。

「捨てたりはしない。しかし、いつかワーシャはわたしにも追っていけないところへいく。わたしは不死の身だからな」

「では――もし妹が願えば――妹をあたため、妹のために祈り、子どもを授けてくれる男が現れたら――そのときは自由にしてやってくれ。妹を闇に閉じこめないでほしい」

「おまえは心を決めるべきだ」マロースカがいった。「妹を捨てないとわたしに誓わせたいのか、生きている男に委ねろといいたいのか。どちらだ？」

その口調は辛辣《しんらつ》だった。サーシャの手が無意識に剣に向かいかけた。しかし、それを握りはしなかった。「わからない。わたしはこれまで妹を守ってこなかった。いまになって守れるとも思えない」

魔物は黙りこんでいる。

「修道院にやっていたら、妹はぼろぼろになっていただろう」サーシャはしぶしぶ続ける。「結婚したとしても同じだ。どんなに優しい相手でも、どんなに立派な家でも」

相変わらずマロースカは無言だ。

「しかし、妹の魂を思うと不安なのだ」サーシャの声が思いがけずうわずる。「妹がひとり闇の中にいるところも、おまえといっしょにいるところも、どちらも想像すると恐ろしい。それは罪だ。それにおまえはおとぎ話であり、悪夢だ。魂を持たない」

「おそらくは」冬の王はうなずきながらも、細い指をまだワーシャの髪にからませている。

サーシャは歯ぎしりした。約束を、誓いを、告白をとりつけたかった。せめて、自分の力では変えられないことがあるのだと知るのを遅らせたかった。しかし、言葉をのみこんだ。これ以上何をいったところで、役に立たないことはわかっている。妹は霜と炎をくぐり抜けて生きのび、自分の港をみつけたのだ。たとえ、それがつかの間のものだとしても。世界が残酷な変化をとげようとしているいま、だれであれそれ以上のことは望めないだろう。

サーシャは一歩下がり、そっけなくいった。「ふたりのために祈ろう。じきに出発だ」

21　門にいる敵

晴れた静かな午後遅く、長くのびる灰色の影が柔らかなスミレ色に変わるころ、ワーシャたちはモスクワ川の乾いた土手をおりて、対岸へ向かう渡し船をみつけた。

渡し守には修道士たちしか目に入らない。ワーシャはずっと顔を上げずにいた。短く刈った髪、ごわごわの服、ぎこちない動きは、馬丁といっても十分通用する。初めのうち、ワーシャはゆれる船の上で馬たちを落ち着かせるのに忙しく、自分がどこにいるのか考えないようにするのはたやすかった。しかし、向こう岸に近づくにつれて、心臓の鼓動がどんどん速くなってくる。

ワーシャの心の目に映るモスクワ川は氷におおわれ、火明かりで真っ赤に染まっていた。急ごしらえの積み薪のまわりに押し寄せる人々。ひょっとすると、いまにも渡し船はあの場所を通るかもしれない。ワーシャの遺灰を無関心な水がのみこんだかもしれない、あの場所を。

ワーシャはやっとのことで船べりにいき、川に吐いた。渡し守が笑い声をあげ、「かわいそうに。船は初めてか?」と問う。セルギイ神父の優しい手が、まだ吐き気を催しているワーシャの頭を支える。「岸をみるといい。あそこはじっと動かない。さあ、きれいな水だ、飲みなさい。それでいい」

みえない氷のような指が首の後ろに触れるのを感じ、ワーシャはわれに返った。おまえはもうひとりではない。ワーシャにしかきこえない声がいう。忘れるな。

ワーシャはけわしい顔で体を起こして口元をぬぐうと、セルギイ神父にいった。「もう大丈夫です、神父様」

渡し船が船着き場をこすって止まった。ワーシャは端綱をつかみ、荷馬を岸におろした。手が汗ばんで、綱が滑る。夜になって城門が閉ざされるまえに街へ入ろうとする人々が、押しあいへしあいしている。三人の修道士から少し遅れて歩くのは難しくない。目にみえないマロースカの冷たい気配がワーシャの隣を歩いている。出番を待っているのだ。

だれか気づくだろうか？　火刑にされたはずの魔女がそこにいると。人が前にも後ろにも、まわりじゅうにあふれている。ワーシャはおびえていた。空気に、土埃と腐った魚と病気のにおいが漂う。胸を汗が流れ落ちる。

ワーシャは人目につかないようにうつむき、心臓の激しい鼓動を抑えようとした。街のにおいが記憶を呼び起こし、それを押しもどそうとしてもかなわない。火の記憶、恐怖の記憶、服を引き裂くいくつもの手の記憶。この暑さの中、厚手のシャツと上着を着ていることをだれにも怪しまれませんようにと祈る。これほど自分を弱々しく感じたことはない。

三人の修道士が城門の前で止められた。門衛が乾燥させた薬草の袋を口や鼻にあてながら、荷馬車の荷を調べたり、旅人に質問したりしている。川面が反射する光が点となって、門衛たちの目に映っている。

「旅の者、名前と用向きを述べろ」門衛隊の隊長がいった。

「旅の者ではない。わたしはアレクサンドル修道士だ」サーシャが答えた。「ドミトリー・イワノヴィチの命令により、ラドネジのセルギイ神父をお連れした」

門衛隊長は顔をしかめた。「到着次第、宮殿へお連れするようにとの陛下のご命令です」

ワーシャは唇をかんだ。サーシャが躊躇《ちゅうちょ》せずにいう。「大公陛下のもとへは、いずれ参じるつもりだ。しかし、神父様はまず修道院に向かい、そこで休息をとり、無事到着できたことに感謝の祈りを捧げなければならない」端綱を持つワーシャの手がしきりに滑る。

「神父様はどこでもお好きなところへ向かってくださってけっこうです」門衛隊長はきっぱりといった。「しかし、あなたは大公陛下のところへ。ご命令ですから。護衛の者をつけます。大公陛下は助言を受けられ、あなたに信頼を置けなくなったらしい」

「だれの助言だ?」サーシャがたずねた。

「奇跡を行うお方」門衛の平板な声にわずかに感情がこもった。「コンスタンチン・ニコノヴィチ神父です」

熊はもうわたしたちが向かっていることを知っている。うだるように暑い午後、モスクワ川沿いに街へと歩を進めながら、マロースカはセルギイとサーシャにいっていた。城門で足止めを食うこともあり得る。そうなった場合――。

ふいに恐怖が喉にこみ上げ、ワーシャはほとんど息ができない。しかし、わきを歩く荷馬になんとか小声で命じた。「立て!」

馬は突然いきり立ち、太い後ろ脚で立ち上がった。次の瞬間、サーシャの戦馬トゥマーンも棹立《さおだ》ちになり、前脚のひづめが宙をかいた。ロジオンの馬も門の真ん前で激しく飛び跳ね、セルギイが年齢の割に太く大きな声でいった。「さあ、修道士よ、みなで祈るとしよう――」その瞬間、トゥマーンが門衛のひとりを蹴り飛ばした。混乱のさなかに、ワーシャはこっそり城門を通り抜けた。マロースカがすぐあとに続く。

ワーシャは自分に言い聞かせる。忘れるのよ。あの晩、この川でやったように。みんなに自分がみえるという現実を忘れるの……。もちろん、魔法など使わなくても、門衛にはみえなかっただろう。三人の修道士たちがとてもうまくみんなの目を引いてくれたから。

ワーシャは門の陰に隠れて待った。もうじきサーシャがセルギイといっしょに門を抜けてくるはず。そうしたら、みえないようにふたりのあとについて大公の宮殿へいき、だれにもみられず中に入り、そのあとで金の馬勒《ばろく》を盗みにいける。

「おれの目が節穴だと思ってるのか、兄貴?」聞き覚えのある声がたずねた。その明るい口調はどこか、軍隊の衝突や男たちの叫びを思わせる。熊は門の陰に立っていたが、その体は以前よりも大きくなったようにみえる。まるで、モスクワに渦巻く恐怖と病の毒気を吸って育ったかのようだ。「この街はおれのものだ。おまえは何をしようっていうんだ? 修道士たちを引き連れて幽霊みたいにここへやってくるとはな。おれを新しい宗教に売り渡そうってのか? 悪魔払いされるのをみようってのか? むりだね、おれのほうが力は上だ。今度は居心地のいい忘却の牢獄ではすまないぞ。鎖と長い闇だ。そのまえに、おまえの目の前でこの娘を殺し、おれのしもべにしてやろう」

マロースカは無言だ。氷のナイフを持ってはいるが、動かすたびに刃から水がしたたる。マロースカがワーシャと目を合わせた。

ワーシャは走った。

「魔女だぞ！」人間にもきこえる声で、熊が叫んだ。「魔女だ、あそこに魔女がいる！」人々が注目しだしたが、熊の声は突然さえぎられた。マロースカが弟の首にナイフを突きつけたのだ。メドベードはそれをたたき落とし、姿のみえないふたりは夕暮れの薄闇の中で、二頭の狼のように取っ組みあった。

ワーシャは逃げた。心臓の激しい鼓動を感じながら、目立たないように建物の陰を走った。

ワーシャは、背後で起こっていることを考えないようにした。サーシャとセルギイはドミトリーの注意をそらすべく宮殿へ急ぎ、マロースカは熊を押しとどめている。

あとはワーシャにかかっている。

そうなった場合、わたしには永遠に熊の注意をそらしておくことはできない。マロースカはそういっていた。日没まで。それ以上はむりだ。それに日が沈めば、それも意味がなくなる。あいつは死者を操る。闇の中で人々の恐怖は高まり、それがあいつの力になる。日没までに縛らなければならないのだ、ワーシャ。

だから、ワーシャは走った。汗が目にしみる。チョルトたちの視線が石の雨となって降り注ぐが、ワーシャは振り返らない。人々は自分のことで精一杯で、疫病よけの乾燥させた薬草の袋を手に、息を切らして汗だくになっている。野暮ったい少年に注意を払う余裕などない。ふたつの建物のあいだに、死者が体を丸めて横たわり、目にハエがたかっている。ワーシャは吐き気をぐっとこらえて走り続けた。一歩ごとに、ふたたびモスクワにいる恐怖を抑えこまねばならない。それもひとりで。音という音、においというにおい、通りの角という角に、身のすくむような記憶がよみがえる。まるで、悪夢の中で足にまといつく泥の中を走ろうとしている少女のような気がした。

セルプホフ公邸の門は何度も補強されていた。上部にはとがった木の釘がずらりと打ちこまれ、数人の衛兵が守りを固めている。ワーシャは足を止め、相変わらず胃がよじれるような恐怖と闘いながら考えた。どうやったら――

塀の上から声がきこえた。ワーシャは三度も目をこらし、ようやく声の主をみつけた。オリガのドヴォロヴォイだ。塀の上から両手を差しのべてささやいている。「さあ早く、急げ」

ワーシャが差し出された手をつかむと、その感触は不思議なほどしっかりしていた。以前、オリガの家のチョルトたちは霧も同然だった。ところが、いま、ワーシャを引っぱるチョルトの手は力強い。ワーシャは足がかりをみつけると、片手を塀の上にかけ、体を引き上げた。

塀の向こう側におりると、そこは日の差しこむ静かな庭で、召使いが数人、ゆっくりと動きまわっていた。ワーシャは息をつき、召使いたちに気づかれないよう、自分の姿がみえるということを忘れようとした。それが精一杯だ。すぐそこで、ソロヴェイは……

「ワルワーラと話をしないといけないの」ワーシャは急いでドヴォロヴォイにいった。

しかし、ドヴォロヴォイはワーシャの手をつかみ、風呂小屋のほうにずんずん進んでいく。

「うちのお嬢さまに会ってもらう」ドヴォロヴォイがいった。

お嬢様は風呂小屋で子犬のように丸まっていた。中はさほど暑くない。風呂小屋の精、バンニクを始め、家に住むあらゆるチョルトができるだけのことをしているにちがいない。というのも……

マーリャが体を起こした。その顔をみてワーシャは驚いた。目のまわりに痣《あざ》のような隈《くま》ができている。

「おばさん!」マーリャが叫んだ。「ワーシャおばさん!」泣きながらワーシャの腕に飛びこんでくる。

ワーシャはマーリャを受け止めて抱いた。「マーシャ、お願い、何が起きたのか話して」

説明するくぐもった声が、ワーシャの胸のあたりからきこえた。「ワーシャおばさんがいなくなって、ソロヴェイもいなくなって、ペチカの精が、〈食らう者〉は死者をこの家に送りこんでくるだろうといったの。だから、わたしはおばさんがいったように、チョルトたちに話しかけて、パンをあげ、手を切って血をあげたの。それにお母さんはわたしたちを家に閉じこめて、教会にいかせなかった――」

「それでいいのよ」ワーシャはマーリャのあふれ出す言葉をさえぎって、誇らしげにいった。

「よくやったわ、勇敢な子ね」

マーリャはふいに背筋をぴんとのばした。「お母さんとワルワーラを呼んでくる」

「ええ、そうして」ワーシャはじきに日が暮れることが気になっていた。マーリャが使者の役を演じるあいだ、風呂小屋に隠れているというのはどうも気が進まない。とはいえ、召使いたちに姿をみられるわけにもいかない。中途半端な魔法に頼れるほど、自分を取りもどせてもいない。恐怖はまだそこにあり、いまにも喉元につかみかかろうとしているのだ。

「おばさんはもどってくるって、チョルトたちがいってたの」マーリャはうれしそうにいう。「おばさんがもどってきて、あたしたちは湖のそばにいくんだって。そこは暑くなくて、馬がたくさんいるの」

「そう願ってるわ」ワーシャは熱をこめていった。「さあ、急いで、マーシャ」

マーリャは走り去った。マーリャがいなくなると、ワーシャは何度か深く息を吸い、必死に心をしずめようとした。バンニクのほうを向いていう。「わたしは小夜鳴鳥《サヨナキドリ》のために泣いたけど、マーリャは――」

「おまえの跡継ぎであり、鏡だ」バンニクは答えた。「いつか馬を持ち、互いに大切な存在になる。左手が右手を愛するように。成長したら、馬を駆って遠くへいくだろう」バンニクはひと呼吸置いた。「おまえとあの子が生きのびればだが」

「明るい未来ね」ワーシャはそういうと唇をかんだ。思い出したのだ。

「熊は、家を守るチョルトをばかにしてる。人間の手先だといってな」バンニクはいった。

「おれたちはできるかぎり、おまえたちを助けるつもりだ。あいつの忠実なしもべは、おれたちを恐れている」

「忠実なしもべ?」

「金髪の司祭だ。熊はあの司祭を意のままに動かし、みる力を授けた。そのせいで司祭はおびえきっている。あのふたりは結びついているんだ」

「なんてこと」ふいに、多くのことが明らかになった。「わたしがあの司祭を殺す」それは誓いでさえなかった。やがて事実となるはずのことを口に出したまでだ。「そうしたら、熊の力は弱まる?」

「そうだ。だが、そんなにたやすくはないだろう。熊があいつを守る」

そのとき、薄暗い風呂小屋にマーリャが駆けもどってきた。「すぐにくるわ」マーリャはそういい、顔をしかめた。「おばさんに会ったら喜ぶ、と思う」

そのあとからオリガとワルワーラが現れた。オリガは喜ぶというより動揺しているようにみえる。「あなたはいつも不意打ちを食らわせて、びっくりさせるのね、ワーシャ」オリガはそっけなくいったものの、妹の手を取り、ぎゅっと握りしめた。

ワーシャがいう。「サーシャからきいた。わたしが死んでないことを姉さんは知ってるって」

「マーリャよ。それにワルワーラ。ふたりからきいたの。わたしは信じられずにいたのだけど――」言葉がとぎれ、オリガは妹の顔をさぐるようにみつめた。「どうやって逃げたの?」

「それはともかく」ワルワーラが口をはさんだ。「ワーシャ様、あなたは以前、わたしたちみんなを危険な目にあわせました。いま、また同じことをしています。だれかに姿をみられましたか?」

「いいえ」ワーシャは答えた。「あの夜、わたしが積み薪から飛びおりるのがみえなかったように、いまもみえないはず」

オリガは青ざめた。「ワーシャ、あんなひどい目に――」

「そんなことはいいの。それより、熊はドミトリー・イワノヴィチを大公の座から引きずり下ろそうとしてる。そしてこの国をめちゃくちゃにしようとしてる。それを止めないと」ワーシャは懸命に涙をこらえながらも、しっかりした口調でいった。「わたしは、ドミトリー・イワノヴィチの宮殿に入りこまないといけないの」

22　公妃と戦士

サーシャはこれ以上望めないほどうまく門衛の注意をそらした。戦馬として育てられたトゥマーンは叫び声にいらだち、棹立《さおだ》ちになっては蹴りかかり、また棹立ちになった。数人の衛兵が駆けつけ、さらに大勢が駆けつけて、三人の修道士は騒がしい群衆に囲まれることになった。

「もどってきたぞ」

「魔女の兄だ」

「アレクサンドル・ペレスヴェート」

「いっしょにいるのはだれだ？」

だれもワーシャをみていないだろう、とサーシャは暗い気持ちで考えた。みんなの視線が自分に集まっている。どんどん人が集まってくる。いまや門衛たちはどうしたらいいかわからずにいるようだ。門の内側にいるサーシャのほうを向くべきか、それとも外を向いて、怒りに燃えた群衆に背を向けずにいるべきか。群衆の中から腐ったレタスが飛んできて、セルギイの馬の足元ではじけた。突然、馬たちが駆けだし、クレムリンの丘をのぼり始めた。さらにたくさんの野菜が飛んでくる。そして石も。それでもセルギイは平然と馬にまたがったまま、片手を上げて群衆を祝福した。サーシャは師のそばに馬をぴたりとつけ、自分とトゥマーンの体を盾にしてセルギイを守っている。「正気の沙汰ではない」サーシャはつぶやいた。「ロジオン——神父様とふたりで聖天使首修道院へ向かってくれ。もっとひどくなるかもしれない。神父様、お願いします。あとで知らせをやります」

「よかろう」セルギイはいった。「だが、気をつけるのだぞ」ロジオンとその大きな馬が群衆をかき分けながらゆっくりと進んでいき、姿がみえなくなるのを見届けると、サーシャは安心した。衛兵たちがサーシャをドミトリーの宮殿へと急《せ》き立てる。群衆がふくれ上がるまえに宮殿にたどり着けるかどうか、わからない。

しかし、どうにかたどり着き、背後で門が閉まる音がきこえると、サーシャはほっとして、庭の土埃の中で馬を降りた。大公は外で、馬丁が三歳の雄馬を走らせるのをながめている。顔色がすぐれないようだ、とサーシャはまっ先に思った。浮かない様子でげっそりし、あごはたるみ、顔には大公らしくない鈍い怒りがくすぶっている。

ドミトリーのすぐ後ろには、金髪の司祭が立っている。その姿はかつてないほど美しく、唇と手は女性のような繊細さをたたえ、瞳はあり得ないほど青い。主教の聖衣をまとい、顔を上げて、不穏な街の喧騒に耳を傾けている。その顔に勝利の喜びはなく、ただ力だけを確信している様子だ。そのほうがはるかにまずい。

ドミトリーはサーシャを認めると、体をこわばらせた。その顔に歓迎の色はなく、それまでみせたことのない奇妙な緊張を漂わせている。

サーシャは司祭に用心深い目を向けながら、庭を歩いていった。「陛下《ガスダール》」ドミトリーによそよそしく呼びかける。セルギイ神父のことは話したくない。あの冷たい目をした男がきいているところでは。

「遅かったな、サーシャ」ドミトリーがいきなりまくしたてる。「いま、街に病気と不安がはびこっているときに、帰りが遅れた弁明をしようというのか?」口をつぐみ、ますます大きくなる外の騒ぎに耳を傾ける。宮殿の門に群衆が集まってきているのだ。

「ドミトリー・イワノヴィチ――」サーシャは口を開いた。

「黙れ」ドミトリーがいった。「話をきくつもりはない。おまえを監禁する。それで群衆をなだめることができればいいが。神父どの――群衆に伝えてくれないか」

コンスタンチンは勇敢さと悲しみをたたえた完璧な声色で答えた。「伝えましょう」

この男を嫌うサーシャはいった。「いとこどの、お話があります」

ドミトリーと目が合い、サーシャは何かあると確信した。警告だ。次の瞬間、ドミトリーの表情が氷におおわれた。「おまえを監禁する。聖職者たちと相談し、どうするか決めるまで」

「エウドキア大公妃がまた懐妊して、不安がっているの」オリガはワーシャにいった。「どんな気晴らしでも喜ぶわ。だから、わたしがいっしょなら宮殿の門を通してあげられる」

「でも危険よ」ワーシャはいった。「ワルワーラとわたしでいけばいいと思ってたの。使いにいくふたりの召使いとして。だれも気づかないわ。それか、わたしひとりでもいい。姉さんが信用できる男の召使いをつけてくれれば、持ち上げてもらって塀を乗り越えられるし」火刑の晩に自分の中に眠っていた力を見出したこと、気まぐれな力ではあるが姿を消せることを、ワーシャはかいつまんでふたりに話した。

オリガは十字を切ると、顔をしかめて首を振った。「どんな不思議な力を見出したか知らないけれど、ドミトリーは大勢の衛兵に門を守らせているわ。それにあなたを押し上げた下男がだれかにみられたら、いったいどうなると思う？ モスクワの騒ぎはもう抑えがきかなくなってきているのよ。みんな疫病を恐れ、生ける屍《しかばね》を、呪いを恐れている。実際、この夏のモスクワはとても恐ろしかったわ。わたしはセルプホフ公妃よ。だれよりもたやすく宮殿の門を抜けられる。あなたも、わたしの侍女の格好をしていれば、たとえ姿をみられても正体を見破られることはまずないわ」

「でも、姉さんは――」

「そうする必要がないといえる？」オリガは言い返した。「このまま放っておいても、子どもたちや夫、この街に危険はないといえる？ それなら、喜んでここにとどまるわ」

ワーシャにはそんなことはいえない。いえばうそになる。

オリガとワルワーラはてきぱきと準備を整えた。ほとんど言葉を発することもなく、ワーシャに侍女の服をみつけてきた。オリガは急いで馬に鞍をつけるように命じた。マーリャもいかせてほしいとせがんだが、オリガが言い聞かせた。「いい子だから家にいて。街には病気がはびこっているの」

「でも、お母さんはいくんでしょう」マーリヤは反抗した。

「そうね。だけど、あなたにもしものことがあったら大変」

「この子をお願い」ワーシャはオリガのドヴォロヴォイに頼むと、マーリヤをぎゅっと抱きしめた。

たそがれが濃くなって薄闇へと変わるころ、姉妹はセルプホフ公邸をあとにした。窓を閉めきった馬車は蒸し暑く、空にはまだ赤い太陽がとどまっている。馬車の外から不穏なざわめきがきこえ、人であふれかえった街から腐敗臭が漂ってくる。侍女の服を着たワーシャは、少年の格好をしていたときよりも無力に感じていた。「日が暮れるまえに、姉さんの屋敷にもどらなければ」ワーシャは声を落ち着かせようと苦心しながら、オリガにいった。モスクワの街中に入り、ワーシャの中でまたもや恐怖が高まっていた。「オーリャ、わたしがもどるのが遅いときには、ひとりで屋敷に帰って」

「もちろん、そうするわ」オリガはいった。ワーシャは思う。姉に、大きく愚かな犠牲を払わせるわけにはいかない。すでに望まぬ危険を冒しているのだ。ふたりはしばらく無言で馬車にゆられていた。少しして、オリガがふいに打ち明けた。「マーリヤのために何をしたらいいかわからないの。全力で守ろうとしているけれど、あの子はあまりにもあなたに似ていて、わたしにはみえないものに話しかけるし、日増しに理解できなくなっていくの」

「生まれついた性質から守ることはできない。あの子がいるべき場所はここじゃないのよ」

「たぶんそうなんでしょう。でも、モスクワにいれば、少なくともあの子に悪意を抱く人たちからは守ってあげられる。あの子の秘密が知れたら、何をされると思う？」

ワーシャはゆっくり話し始めた。「人の手が入っていない田舎の湖のほとりに、家があるの。モスクワのあの火事のあと、わたしはそこにいっていた。わたしたちのおばあ様が育ったところよ。ひいおばあ様もそこで暮らしてた。わたしたちにはその人たちの血が流れてる。これがすんだら、わたしはそこにもどるつもり。人間にもチョルトにも安全な場所をつくるの。マーリャもいっしょにくれば、そこで自由に育つことができる。馬にも乗れるし、あの子が望めば結婚だってできる。もちろん、しなくてもいい。オーリャ、あの子はここでは自分らしく生きられない。これから一生、何を失ったのかもわからないまま、ただ満たされない気持ちで生きることになるのよ」

オリガの口元と目元のしわが深くなったが、答えはない。

ふたりのあいだに新たな沈黙がおりた。しばらくしてオリガが口にした言葉に、ワーシャはびっくりした。「相手はだれだったの、ワーシャ？」

ワーシャは目を白黒させた。

「わたしだって少しぐらいは直感が働くのよ」オリガはワーシャの視線に答えるようにいった。「結婚した娘たちをずいぶんみてきたんだから」

「相手は」と答えながら、ワーシャは急にそれまでとはちがう不安を感じた。「その――」口ごもってあとが続かない。「人間ではないの」ワーシャは告白した。「つまり――みえない人たちのひとりなの」

ワーシャは姉がうろたえるとばかり思っていた。しかし、オリガはただ眉を寄せただけで、さぐるようにワーシャの顔をみる。「自分で望んだの？」

オリガにとって、望んでいたという答えと望んでいなかったという答えとではどちらが恐ろしいのか、ワーシャにはわからない。とはいえ、真実はひとつだ。「ええ」ワーシャは答えた。「あの人はわたしの命を救ってくれたの。何度も」

「結婚したの？」

ワーシャは答えた。「いいえ――できるのかどうかもわからない。どんな儀式であの人をつなぎとめるというの？」

オリガは悲しそうな顔をした。「では、あなたは神の目の届かないところで暮らすのね。あなたの魂が心配だわ」

「わたしは心配してない。あの人は――」口ごもって言葉をのんだ。「あの人は、わたしにとってずっと喜びだった」そして、ぼそっと言い添えた。「いらだつこともたくさんあったけど」

オリガはかすかな笑みを浮かべた。ワーシャは思い出した。何年もまえ、おとぎ話に出てくるような愛やカラス王子を夢見ていたころの姉を。世の女性にならい、姉はその夢を捨てた。たぶん、それを後悔してはいないのだろう。秘められた存在であるカラス王子は、人を危険な世界に引きずりこむかもしれない。

「その人に会いたい？」ワーシャはふいにたずねた。

「わたしが？」オリガは動揺したようにたずね、それから唇を引き結んだ。「ええ。魔物と恋に落ちた娘にだって、幸せになれるよう、話をつけてくれる人が必要だわ」

ワーシャは唇をかんだ。喜ぶべきか心配すべきかわからない。

馬車はドミトリーの宮殿の門の手前まできていた。街の喧騒が高まっている。門の前につめかけた群衆が大声をあげている。ワーシャはぞっとした。

やがて、歌うような声が、群衆の叫び声をしのいで響き渡った。群衆が静まり返る。声が群衆を支配した。

この声を知っている。ワーシャはそれまでにない恐怖に襲われた。呼吸がせわしくなり、あぶら汗が噴き出す。意識をつなぎとめているのは、腕をきつく握っているオリガの手だけだ。

「気を失ったら承知しないから」オリガがいった。「姿を消せるっていったわね。あの人にはあなたがみえるの？　あれは聖者よ。しかも、かつてあなたの死を願っていた」

頭の中で羽音を立てている恐怖に負けまいと、ワーシャは必死で考えをめぐらせた。コンスタンチンは聖者ではないが――チョルトがみえる。熊がその力を授けたのだ。ワーシャの姿はみえるのだろうか？　「わからない」ワーシャは正直にいった。

馬車がゆっくりと止まる。新鮮な空気を吸わないことには息が詰まってしまう、とワーシャは思った。

馬車のすぐ外で、コンスタンチンの冷たく抑制のきいた声がまたきこえた。ワーシャは歯を食いしばって拳《こぶし》を握り、声をあげないようにする。全身が震えている。

馬車を通そうと、しぶしぶ道をあける群衆のざわめきもきこえてきた。オリガは動じない様子で、羊毛のクッションの上に静かにすわっている。しかし、その心配そうなまなざしは、青ざめて汗をにじませたワーシャに注がれている。

ワーシャは腹立たしげになんとか声を発した。「大丈夫よ、オリガ。ただ思い出しただけ」

「わかってる」オリガは深く息を吸い、きっぱりとした口調でいった。「いいわ。わたしについてきて」それ以上話す時間はなかった。門のきしむ音がきこえたかと思うと、馬車はもうモスクワ大公の宮殿の庭に入っていた。

夕日が低く斜めに差し、宝石をちりばめた頭飾り（厚紙の上に豪華な布地をかぶせ、宝石やレース、金糸などで装飾したもの）をつけたオリガは、目がくらみそうなほどまぶしい。長い髪には絹が編みこまれ、銀の飾りがたれている。まずオリガが馬車を降り、そのあとから、ワーシャが勇気を振りしぼって降りた。オリガはいかにも支えが必要であるかのように、すぐさま妹の腕を取った。しかし、支えているのはセルプホフ公妃のほうだ。ワーシャを引きずるようにしてテレムの階段に向かい、ワーシャがよろめくたびに支えた。

「振り返らないで」オリガが小声でいった。「神父はすぐに門を入ってくる。でも、テレムなら安全よ。ちょっと待ってくれれば、用事をいいつけて外に出してあげる。あとは姿をみられないようにすれば大丈夫」

オリガのいうことはもっともだ。しかし、太陽に目をやると、さっきよりもさらに傾いている。日没までせいぜい一時間しかない。それなのに、ワーシャの頭は不安と恐ろしい記憶でいっぱいで、ほとんど考えることもできない。

新しい馬屋がみえた。焼け落ちた古い馬屋の跡に建てられている。ふたりはテレムの階段にたどり着いた。ワーシャがここを最後にのぼったのは、暗闇の中、マーリャを助けにいったときだ。背後のどこかにコンスタンチン・ニコノヴィチがいる。可能なかぎり最も残酷な方法で自分を殺そうとした男が。そしていま、その男は混沌の王を味方につけている。

マロースカはどこにいるの？　サーシャとセルギイ神父は？　どうすれば――？

オリガは堂々とした足取りですばやく歩いた。ふたりは階段をのぼり、中に招じ入れられた。自制心を取りもどそうと必死になっていたワーシャも、背後でテレムの扉が閉まると、そのときばかりはほっとした。しかし、ふたりがいるのは仕事部屋だ。カスチェイはここを幻覚で満たし、もう少しでマーリャとワーシャの命を奪うところだった……。

ワーシャは息をぐっとのみこんだが、ほとんどすすり泣きのようになった。オリガがワーシャにきびしい視線を放つ。ここで泣いたら承知しない、というように。ちょうどそのとき、モスクワ大公妃、エウドキア・ドミトリエワがうれしそうにオリガに飛びついてきた。風通しの悪い部屋に閉じこめられているエウドキアと女たちは、とにかく気晴らしに飢えているのだ。

ワーシャはそれとなくオリガから離れ、ほかの召使いたちがならぶ壁際に立った。恐怖に肺をわしづかみにされ、息が深く吸えない。すぐに、オリガが安全だと判断すれば……

そのときテレムの扉が開き、ワーシャは凍りついた。

コンスタンチンの金髪が薄暗がりでかすかに光っている。相変わらず平静を装っているが、当惑したような油断のない目をしている。

　ワーシャが壁際の暗がりで身をすくめた瞬間、オリガが顔を上げてコンスタンチンの姿をみとめ、絶妙なタイミングで見事に気絶した。砂糖菓子とワインの載ったテーブルにまともに倒れこみ、あらゆるものが宙を舞い、べたべたしたものがそこらじゅうに飛び散った。

　城門でのサーシャの演技はややぎこちなかったが、注意をそらそうとするオリガの演技にはだれもがだまされた。女たちがたちまち群がり、入口にいたコンスタンチンまでもが部屋に二、三歩、足を踏み入れた。ワーシャがなんとかすり抜けられそうな空間ができた。

　あいつにはみえない。信じるの、信じるのよ……。

　ワーシャは扉に向かって走った。

　しかし、コンスタンチンにはみえた。はっと息をのむ音がきこえ、ワーシャは振り向いた。

　ふたりの目が合った。

　コンスタンチンの顔に、衝撃と恐怖と怒りと不安がまざりあう。ワーシャの脚が震え、胃がひっくり返りそうになる。稲妻《いなずま》に打たれたようなその瞬間、ふたりはその場に凍りつき、互いをみつめあった。

　ワーシャは身をひるがえし、走りだした。馬勒《ばろく》をみつけに走るとか、すべてにけりをつけるとか、そんな気高い目的に動かされているのではない。ただ必死に逃げていた。

　背後でテレムの扉が勢いよく開く音と、コンスタンチンのよく響く叫び声がきこえた。しかし、ワーシャはすでにいちばん近くの扉を開けて飛びこみ、織子が大勢いる部屋を幽霊のように通り抜けると、ふたたび廊下に出て階段をおりた。ここ数時間の身を震わす恐怖が一気にはじけ、いまは逃げることしか考えられない。

ワーシャは別の扉の中に忍びこみ、部屋にだれもいないとわかると、むりやり足を止め、頭を働かせようとした。

馬勒だ。あの金の馬勒を手に入れなくては。日が暮れないうちに。真夜中までみんなを守りきることさえできれば、おそらく真夜中を通る道が救ってくれる。おそらく。でなければ、自分は悲鳴をあげながら死ぬ。

外扉のすぐ向こうで声がした。二番目の扉はドミトリーの宮殿の奥へ続いている。ワーシャはその扉を入った。そこは入り組んだ造りになっていた。天井が低く、薄暗い部屋ばかりで、その多くにはものがあふれている。動物の皮、小麦粉の樽、絹織りのじゅうたん。ほかに、機織りや大工、靴職人の作業部屋もある。

さらに走り続けると、毛織物の梱《こり》がたくさん置かれた部屋があった。ワーシャはいちばん大きな梱の後ろに隠れ、膝をつき、ベルトから小ぶりのナイフを引き抜くと、震える指で手に傷をつけ、掌《てのひら》を下に向けて血を床にしたたらせた。

「お願い」ワーシャは宙に向かって、かすれた声で呼びかけた。「助けてくれない？　この家に危害を加えるつもりはないの」

下の庭から、ののしる声、男たちの叫ぶ声、女たちの悲鳴がきこえてくる。召使いがひとり、梱のある部屋を駆け抜けていった。「宮殿に何者かが侵入したらしい」

「魔女だ！」

「幽霊だ！」

ドミトリーの宮殿の消えかけたドモヴォイが、毛織物の梱の裏から出てきてささやいた。

「ここは危険だ。司祭は憎しみから、熊は兄へのいやがらせのために、おまえを殺そうとしている」

「わたしの身に何が起ころうとかまわない」ワーシャは虚勢を張るが、呼吸は浅く、弱々しい声しか出ない。「姉や兄が生きてさえいてくれれば。宝物室はどこ？」

「ついてこい」ドモヴォイがいい、ワーシャは深く息を吸ってあとを追う。ふいに、家を守るチョルトたちにこれまで捧げてきた、パンのかけらのひとつひとつに感謝の思いがわき上がった。パンや血といったささやかな捧げ物が、いま、このドモヴォイの足を動かし、複雑に入り組んだ宮殿の奥へワーシャを導いてくれている。

下へ、さらに下へおり、土くさい通路に出ると、その先に鉄のベルトつきの大きな扉があった。この先は洞窟？　それとも罠がしかけられている？　それほど激しく動いていないのに、相変わらずワーシャの息は荒い。

「ここだ、急げ」ドモヴォイがいった。次の瞬間、大きな靴音がきこえ、壁にいくつもの影がおどった。もう時間がない。

またもや恐怖に駆られたワーシャは、自分が姿を消せることを忘れ、ドモヴォイに扉を開けてほしいと頼むのを忘れた。そして上から響く足音に追い立てられるように、前のめりになって宝物室の扉に手をついた。現実がゆがみ、扉が開く。ワーシャははっと息をのみ、中へ転がりこみ、這って隅へいくと、ブロンズの浮き出し模様のある盾の後ろに隠れた。

廊下で幾人もの声が飛び交う。

「何かきこえたぞ」

「気のせいだろう」

話し声がとぎれる。

「扉が少し開いてるぞ」

扉がきしみながら勢いよく開いた。重い足音。「だれもいないな」

「錠を開けっ放しにしたばかはどいつだ?」

「泥棒か?」

「部屋を調べろ」

やっとここまでたどり着いたというのに、みつかって、モスクワの街に引きずり出される?

そこにはコンスタンチンが待ち構えている。

いやだ。絶対にそんなことはさせない。

突然、外で雷鳴がとどろいた。ワーシャの恐怖と勇気、その両方に声を与えるかのように。

宮殿がゆれる。すぐに激しい雨音がきこえてきた。

松明《たいまつ》の火が消え、男たちが毒づく。

ワーシャの手が震える。嵐の音、あたり一面の闇、ワーシャが触れると開いた大きな扉——

悪夢の三つの断片のようだ。現実があまりに目まぐるしく変化して、ついていけない。

男たちが嵐の音と突然の闇に驚いているあいだに、ワーシャはひと息つけたが、その場しのぎにすぎない。男たちはまた松明に火をともして部屋をさがし、ワーシャをみつけ出すだろう。今度は姿を消すことができる？　男たちがこの狭い部屋を捜索しているときに？

自信がない。そこで拳を握り、マロースカのことを考えた。冬の王の手がもたらす死のような眠りのことを。眠りだ。男たちは眠りに落ちる。男たちが眠っていないという現実を，忘れることさえできれば。

ワーシャは忘れた。そして男たちは眠りに落ち、宝物室の埃だらけの床にくずおれた。男たちの叫び声は消えた。

まばたきした一瞬のあいだに、マロースカが現れた。男たちを眠らせたのはワーシャではない。マロースカだ。マロースカはたしかにそこにいる。ワーシャのいる宝物室に。

いま、冬の王は淡い色の目をワーシャに向けている。ワーシャはじっとみつめ返した。ほんとうにマロースカだ。どういうわけか、その力を思い出したときに引き寄せたのだ。マロースカを引き寄せるほうが、自分で眠りをもたらすより簡単だとでもいうように。

呼び出した。冬の王を、迷える霊のように呼び出したのだ。

ふたりはそのことに同時に気づいた。マロースカの顔に浮かんだ衝撃は、ワーシャの気持ちを映している。

一瞬、ふたりとも言葉を失った。

マロースカが絞り出すようにいう。「雷雨を起こしたのか、ワーシャ?」

ワーシャは乾いた唇を動かし、ささやいた。「わたしじゃない。ただ起こっただけ」

マロースカは首を振った。「いや、雷雨はただ起こったりはしない。雨のせいで、外はもう十分暗い。あいつは待つ必要がなくなった。ばかなことをしたな。わたしにはあいつの目を地下室からそらしておくことはできないぞ!」マロースカは傷を負ってはいないが、その姿はワーシャには言い表せないほどぼろぼろで、目は荒々しい。ずっと戦っていたようにみえる。きっとそうなのだろう。ワーシャが無意識に引き寄せるまでは。

「そんなつもりはなかった」ワーシャの声はか細い。「すごく怖かったから」強風にあおられる布のように、ワーシャのまわりで現実がさざ波を立てている。マロースカはほんとうにここにいるの? それともわたしがそう思いこんでいるだけ? 「すごく怖くて……」

ワーシャが何げなく両手を椀のように丸めると、突然、その中に青い炎が満ちて、マロースカの顔がはっきりみえた。手の中で燃えさかる火……それはワーシャを焼くことはない。得体の知れない恐怖が、新たに見出した力とまざりあい、ワーシャは正気を失って笑いだしそうになる。「コンスタンチンにみられたの。だから走った。あまりに恐ろしくて、自分の姿がみえるのを忘れることができなかった。それで雷雨を呼んだ。そしたらあなたが現れた。ふたりのチョルトとふたりの人間が――」支離滅裂だ。「馬勒はどこなの?」ワーシャはあたりをさがしまわった。ランプでも持つように、両手で火を掲げたまま。

「ワーシャ」マロースカはいった。「魔法はもう十分だ。もうよせ。一日でこれだけやれば十分だ。心がゆがんで壊れてしまうぞ」

「ゆがんでるのはわたしの心じゃない」ワーシャはふたりのあいだに火をかざした。「あなたはここにいる。そうでしょ？　ゆがんでるのはそれ以外のすべて。世界がゆがんでるの」ワーシャは震えている。炎が大きくゆれる。

「外の世界も内の世界も、なんらちがいはない」冬の王がいう。「手を閉じろ。魔法はやめるんだ」錠のかかった扉を大きく押し開け、廊下からかすかな明かりを取りこむ。それからワーシャに向き直ると、両手でワーシャの手を包みこみ、指で炎を握りつぶさせた。炎は現れたときと同じようにすぐに消えた。「ワーシャ、わたしの弟の存在そのものが恐怖をかき立てるのだ。そして、そのあとに狂気をもたらす。だから——」

ワーシャにはその言葉がほとんどきこえていない。体を震わせながらあたりを見まわし、金の馬勒をさがしている。オリガはどこ？　コンスタンチンは何をした？　いま何をしてる？

ワーシャはマロースカから身を振りほどくと、鉄のベルトつきの大きな木箱のわきに膝をついた。ふたを押すと開いた。あたりまえだ。悪夢の中に錠などない。これは夢なのだ。だから、なんだって好きなことができる。逃亡者のわたしはほんとうにモスクワにもどり、地下室にいるの？　死神を呼び出したの？

「いいかげんにしろ」マロースカが背後からいう。「あり得ないことに取りこまれたら、正気を失うぞ」その冷たく存在感の薄い両手がワーシャの肩に置かれた。「ワーシャ、いいか、きけ、わたしの話をきくんだ」

それでもワーシャはマロースカの言葉をきこうとしない。箱の中身をじっとみつめ、自分の手が震えていることにもほとんど気づかない。

冬の王が、今度はワーシャを抱き上げ、自分のほうを向かせて、顔をのぞきこんだ。小声で毒づき、それからいった。「紛れもない真実をいうんだ。さあ」

ワーシャはぼうっとマロースカをみつめ、正気を失ったように笑いだした。「紛れもない真実なんてない。真夜中は場所だし、晴れた晩だったのに外では嵐が吹き荒れている。ここにいなかったあなたが、いまはここにいる。そしてわたしはあまりに恐ろしくて――」

マロースカは断固とした口調でいった。「おまえの名はワシリーサ・ペトロヴナだ。父親はピョートル・ウラジーミロヴィチという名の領主だった。幼いころ、おまえはハチミツケーキを盗んだ――だめだ、わたしをみろ」マロースカはワーシャの顔をぐいと自分のほうに向け、それまでにない調子で長々と語り続けた。真実を話し、悪夢はいっさい交えなかった。

マロースカは容赦なく続けた。「そしておまえの馬は群衆に殺された」

ワーシャはマロースカの手の中でびくっとし、それが真実であることを否定した。そしてふいに思った。ひょっとしたら、ソロヴェイの死も取り消せるかもしれない。この悪夢の中でなら、なんだって可能なのだから。しかし、ワーシャは体をゆすぶられ、あごを上に向けられて、またマロースカと目を合わせた。耳元で話し続ける冬の声は、このむっとする地下室で、ワーシャに喜びと過ち、愛と欠点を思い出させた。やがて、ワーシャは自分を取りもどし、まだ動揺してはいたが、考えることができるようになった。

ワーシャは自分がぎりぎりのところにいたことに気づいた。この暗い宝物室で、現実が朽ちた木のように崩れ、自分は正気を失いかけていた。そしてカスチェイに何が起こったのか、なぜ怪物になり果てたのかも悟った。

「なんてこと」ワーシャはささやいた。「ジェド・グリーブ——あのキノコの精は、魔法のせいで人はおかしくなるといってた。なのに、わたしはちゃんとわかっていなかった……」

マロースカの目がワーシャの目をさぐるようにみつめ、やがて、なんともいいようのない緊張が解けた。「魔法を使う者がごくわずかしかいないのは、なぜだと思う?」マロースカも、われに返ったように身を引いた。腕にまだ残るマロースカの指の感触に、ワーシャはどれほど強い力で握られていたのか気づいた。まえにワーシャがマロースカの手を握ったときと同じだ。

「チョルトは魔法を使うわ」ワーシャはいった。

「チョルトのはちょっとしたいたずらだ。人間の力ははるかに強い」マロースカは息をついた。「だから正気を失う」ワーシャが開けた箱のわきに膝をついて、続ける。「そして、恐怖や狂気の餌食になるのはもっとたやすい。熊が近くにいるときには」

ワーシャは深く息を吸うと、開いた箱の前にいるマロースカの隣に膝をついた。箱の中に金の馬勒がある。

ワーシャはそれを二度みたことがあった。一度目は昼日中、パジャールの頭につけられていたとき。そしてもう一度は暗い馬屋で。あのとき、雌馬の輝きで金の馬勒はかすんでみえた。しかし、いまは上等なクッションの上で、ちらちらと忌まわしい輝きを放っている。

マロースカがそれを両手で持ち上げると、部品が手の上で水のように広がった。「これはチヨルトに作れるようなものではない」マロースカは馬勒をひっくり返してみた。「カスチェイがどうやって作ったのかもわからない」称賛とも恐怖ともつかない声でいう。「だが、これならどんなものでも縛れるだろう。肉体であれ魂であれ」

ワーシャは恐る恐る手をのばした。金の馬勒はずしりと重く、しなやかで、ぞっとするようなとがったはみがついている。ワーシャはパジャールの顔に残っていた傷跡を思い、同情に身を震わせた。急いで革ひもと留め金、手綱とおもがいを外すと、二本の金の綱が残った。はみは床に投げ捨てた。ワーシャは動かない蛇のような二本の綱を手にのせた。「これを使える?」ワーシャはそうたずねて、綱をマロースカの前に差し出した。

マロースカは金の綱に手を置くと、ためらった。「いや。これは人間が自分たちのために作りだした魔法だ」

「わかった」ワーシャはそういうと、金の綱を両の手首に一本ずつ巻き、必要なときにすぐに外せるようにした。「では、熊をさがしにいきましょう」

外で、また雷鳴がとどろいた。

23　信仰と恐怖

それより少しまえ、コンスタンチンはモスクワ大公の宮殿の門に集まった群衆をしずめた。セルプホフ公妃の馬車から引き具が外されている。公妃はすでに侍女を連れて姿を消し、テレムの階段をのぼっていた。

いつか——コンスタンチンは暗い目をして考えた——モスクワの人々をしずめるのではなく、ふたたび残忍な行為に駆り立ててやりたい。あの晩の力は、いまも鮮明に覚えている。何千という群衆が自分の甘い言葉の言いなりになったのだ。

コンスタンチンはあのときの力に恋い焦がれていた。

もうすぐだ、と悪魔は約束した。もうすぐ望みはかなう、と。しかし、いまは大公のところへいき、アレクサンドル・ペレスヴェートの話に大公が耳を貸さないようにしなければ。

庭へもどろうと振り返ると、うっすらとした小さなものが道をふさいでいた。

「哀れな操り人形だな」オリガのドヴォロヴォイがいう。

コンスタンチンは無視し、唇を引き結んだまま庭を足早に歩いた。

「あいつはうそをついてる。いいか、あの娘は死んでなどいない」

コンスタンチンは思わず歩調をゆるめて振り返った。「娘？」

「あの娘さ」ドヴォロヴォイはいった。「テレムへいって自分の目で確かめたらいい。熊はしもべをひとり残らず裏切る」

「わたしのことは裏切らない」コンスタンチンはドヴォロヴォイを嫌悪の目でみた。「わたしは必要とされている」

「自分の目で確かめたらいい」ドヴォロヴォイは続けた。「そして忘れるな。おまえの力は熊より強い」

「わたしはただの人間で、あいつは悪魔だぞ」

「だから、おまえの血には逆らえない。しかるべきときがきたら、そのことを思い出せ」ドヴォロヴォイはゆっくりと笑みを浮かべ、テレムの階段を指さした。

コンスタンチンは迷ったが、やがてテレムに向かった。

扉を開けた侍女になんといったのかも、ほとんど覚えていない。ただ、うまくいったのはたしかで、コンスタンチンは部屋に足を踏み入れると、しばらく立ち止まり、薄暗がりの中でまばたきした。セルプホフ公妃が、コンスタンチンのほうをみることもなく気絶した。コンスタンチンは一瞬、嫌悪を感じた。しかし、大公妃のもとを訪れた、ただの女にすぎない。

そのとき、侍女がひとり、扉に向かって走りだした。コンスタンチンにはそれがだれかわかった。

ワシリーサ・ペトロヴナ。

生きていたのだ。

息詰まるような長い一瞬、コンスタンチンはじっとみつめた。顔に傷跡があり、髪は短く刈ってある。だが、たしかにあの娘だ。

次の瞬間、娘は逃げだし、コンスタンチンは自分でもわけのわからない言葉を叫んだ。やみくもに娘のあとを追い、見失って、どこへいったかとあちこち見まわした——が、前庭に熊がいるのがみえただけだった。

メドベードは男を引きずっていた。いや——男ではない。別の悪魔だ。もうひとりの悪魔は淡い青の用心深い目をしていて、どこか見覚えがある。薄れつつある日が落とす影にその輪郭《りんかく》がにじんでみえる。

「あの娘がいるぞ」コンスタンチンは熊に向かって怒鳴った。「ワシリーサ・ペトロヴナが」

一瞬、もうひとりの悪魔がほほえんだようにみえた。熊は後ろを向き、その悪魔の横っ面をなぐった。「何を企んでいる、兄貴？　おまえの目をみればわかる。何かある。なぜあの娘をここにもどってこさせた？　あれは何をしようとしている？」

もうひとりの悪魔は無言だ。熊はコンスタンチンのほうを向いた。「兵士を集めろ。娘をつかまえるんだ、神の人」

コンスタンチンは動かない。「知っていたのだな。あの娘が生きていることを。おまえはうそをついた」

「知ってたさ」悪魔はいらいらしたようにいった。「だが、どんなちがいがある？　どうせ娘はいまから死ぬんだ。おれたちはそれを見届ける」

コンスタンチンは言葉を失った。ワーシャは生きていた。結局、あの娘に出し抜かれたのだ。自分の味方だったはずの怪物までもが、ワーシャの側についていた。ワーシャが生きのびたことを隠していた。もしかして、自分には敵しかいないのか。神だけでなく悪魔までも？　これまでのことはいったいなんだったのだ。苦悩、死者、栄光、灰、この夏の暑さと不幸は？

熊はその強烈な存在感で、コンスタンチンの信仰にぽっかりあいた穴を埋め、コンスタンチンは知らず知らずのうちに新たなものを信じるようになった。宗教ではなく、現実の力というものを。そして怪物との協力関係を。

だが、その信頼が足元で粉々に砕け散った。

「わたしにうそをついたな」コンスタンチンは繰り返す。

「おれはうそつきだからな」熊はそういいながらも、顔をしかめた。

もうひとりの悪魔が顔を上げて、ふたりを見くらべた。「おまえに警告してやればよかったな、弟よ」冷たく疲れきった声でいう。「うそはつくなと」

その瞬間、ふたつのことが起こった。

もうひとりの悪魔が忽然と姿を消したのだ。まるで最初からそこにいなかったかのように。残された熊は空っぽの手を呆然とみつめている。

そしてコンスタンチンは、衛兵を集めてワーシャをさがしにいくかわりに、音もなくまたテレムに忍びこんだ。死にものぐるいの決意に燃えて。

宝物室を出たところで、ワーシャとマロースカは必死な目をしたドモヴォイに出くわした。ワーシャがたずねる。「何が起きてるの？」

「外はもう暗い。熊があいつらを呼び入れようとしてる！」そう叫ぶドモヴォイは総毛立っている。「ドヴォロヴォイはもう門を支えきれない。おれもこれ以上家を守れそうにない」

また雷がとどろいた。「弟はやり方が荒っぽいな」マロースカがいった。

「急ぎましょう」ワーシャはいった。

ワーシャたちが宮殿から急いで階段の上に出ると、眼下には変わり果てた光景が広がっていた。激しく降り続ける雨が、ときおり稲妻《いなずま》に明るく浮かび上がる。庭は泥の海と化し、その真ん中に男たちの一団が、奇妙なほど静かに立っている。

衛兵たちが雨の中で何かを凝視していることに、ワーシャは気づいた。オリガの衛兵たちもドミトリーの衛兵たちも、途方に暮れたように立ちつくしている。

固まっていた衛兵たちがばらけると、コンスタンチン・ニコノヴィチの姿がみえた。庭の真ん中に立ち、金髪が雨に濡れている。

コンスタンチンはオリガの腕をつかんでいる。

喉にナイフを突きつけて。

コンスタンチンの美しい声がワーシャの名を呼んでいる。

衛兵たちは、公妃を案じる気持ちと、気のふれた司祭への服従心とのあいだでゆれ、じっと立ちつくしている。だれかがコンスタンチンをいさめたとしても、それは雨音にかき消されてきこえない。衛兵が少しでも近づこうものなら、コンスタンチンは後ずさりし、オリガの喉にナイフを押しあてるだろう。

「出てこい！」コンスタンチンは大声で叫んだ。「魔女め！　出てこないと姉の命はないぞ」

ワーシャは姉に駆け寄りたいという抑えがたい衝動を感じたが、必死で思いとどまって考えた。わたしが出ていけば、オリガの命がのびる？　妹とは縁を切ったとオリガがいえば、おそらくそうなるだろう。しかし、ワーシャはためらっていた。司祭の後ろには熊が立っている。ただ、その目はコンスタンチンをみてはいない。雨に濡れた外の闇に向けられている。「死者を呼んでいる」マロースカが弟から目を離さずにいった。「姉君を庭から逃がさなければ」

それで決まった。「いっしょにきて」ワーシャは勇気を奮い起こし、何もかぶらずに雨の中へ出ていった。薄暗い嵐の中で、衛兵たちにはワーシャだとわからなかったかもしれない。死んだことになっているのだから。しかし、ワーシャが庭に足を踏み入れたとたん、コンスタンチンの目はワーシャに釘付けになり、近づいてくるのを黙ってみつめた。

衛兵のひとりがこちらに顔を向け、続いてもうひとりが振り向いた。衛兵たちの交わす言葉がきこえる。「あれは――？」

「いや、あり得ない」

「そうにちがいない。神父様はご存じだったのだ」

「幽霊か？」

「女だ」

「魔女だ」
衛兵たちは剣を抜き、ワーシャに向けている。しかし、ワーシャはそちらには目もくれない。熊、司祭、姉——みえるのはそれだけだ。

ワーシャとコンスタンチンのあいだに、激しい怒りと憎しみの記憶が流れた。衛兵たちもそれを感じ取ったのか、ワーシャに道をあけた。だがワーシャが通り過ぎると、剣を手にしたまま、背後に迫った。

ワーシャの心に鮮やかに浮かぶのは、最後にコンスタンチン・ニコノヴィチと対峙したときのことだ。ふたりのあいだにはソロヴェイの血があった。ワーシャ自身の命も。いま、ふたりの憎しみに囚われているのはオリガだ。ワーシャは炎に包まれた檻を思い出し、死にそうなほどの恐怖に襲われた。

しかし、声を震わせることなく、いった。
「わたしはここよ。姉を放して」

コンスタンチンはすぐには答えず、熊が答えた。熊の顔に一瞬不安の影がよぎったようにみえたのは、ワーシャの思い過ごしか、あるいは実際にそうだったのか。「まだ正気をなくしてなかったのか?」熊はワーシャにいった。「気の毒に。また会うとはな、兄貴」マロースカに向かって言い添える。「いったいどんな魔法でおれの手から逃げおおせ——」言葉をのみこみ、ワーシャとマロースカにかわるがわる目をやった。

「なるほどな」熊は静かな声でいう。「思っていたより強かったわけだ。この娘の力も、おまえたちの結びつきも。まあ、そんなことはどうでもいい。もう一度張り倒されたいか？」

マロースカは返事をしない。その目は門に据えられ、ブロンズの鋲《びょう》が埋めこまれた木の扉の向こうをみつめているようだ。「ワーシャ、急げ」マロースカがいった。

「おまえらには止められっこない」メドベードがいう。

コンスタンチンはその声音にたじろいだ。手にしたナイフが、オリガの顔にかかるベールの布をこすり、ほつれさせている。ワーシャはおびえた馬に話しかけるようにコンスタンチンにいった。「あなたの望みはなんなの、神父様《バートウシカ》？」

コンスタンチンは答えない。本人にもよくわかっていないのだ。熱心に祈り続けても、神からは沈黙しか得られなかった。次に魂を熊に委ねたが、結局、熊もうそをつき、裏切った。激しい自己嫌悪に駆られ、何がなんでもワーシャを傷つけたいと思いつめ、それしか考えられなくなっている。

コンスタンチンの手が震えている。握られたナイフの切っ先からオリガを守っているのは、頭飾りとベールだけだ。熊は目の前の光景に穏やかな視線を投げ、生々しい感情を存分に味わいながらも、相変わらず注意のほとんどを塀の外の世界に向けている。

オリガは唇まで蒼白になっているが、それでも凛としている。ワーシャの目をみつめるまなざしはゆらがない。ただ信じている。

ワーシャはコンスタンチンに空っぽの掌《てのひら》をみせながらいった。「わたしをあなたに委ねるわ、神父様。そのかわり姉をテレムにもどらせて。女たちのところに帰して」

「わたしをだまそうというのか、魔女よ」コンスタンチンの声は相変わらず美しいが、思いどおりに操る力はもはやない。ほとんど叫び声で、かすれている。「おまえは火にも身を委ねたが、結局欺いたではないか。今度はわたしを欺こうというのか？　おまえも悪魔たちも。さあ、この娘の手を縛れ」衛兵に向かっていう。「手足を縛り上げろ。この娘は、悪魔を呼び入れることのできない礼拝堂に閉じこめておく。そうすれば、二度とわたしをだましたりできないからな」

衛兵たちは不安げにもぞもぞと動くが、前に出ようとする者はいない。

「ぐずぐずするな！」コンスタンチンは金切り声をあげ、足を踏み鳴らした。「この娘が悪魔を呼び寄せられないようにするのだ！」その視線はおびえたように、ワーシャの隣にいるマロースカから自分の隣にいる熊へ、庭に集まってながめているチョルトたちへと動く。

チョルトたちがみつめているのは、庭で起こっていることではない。門だ。雨が降っているというのに、ワーシャはかすかな腐敗臭を感じた。熊が、勝利を確信したのか、口元をわずかにゆがめた。時間がない。オリガを遠ざけなければ……。

張り詰めた沈黙を、新たな声が破った。「神父どの、これはいったいどういうことだ？」

ドミトリー・イワノヴィチが勢いよく庭に出てきた。後れをとった従者たちが、あたふたとあとを追う。ドミトリーの長い金髪が濡れそぼり、帽子の下で巻き上がっている。衛兵たちが道をあけて大公を通した。大公は衛兵たちの輪の真ん中で足を止め、ワーシャをまともに見据えた。その顔に浮かんでいるのは驚嘆であり、単なる驚きではないことにワーシャは気づいた。ふいに希望がわき起こり、ドミトリーと目を合わせる。

「ご覧ください」コンスタンチンはオリガの肩をつかんだ手をゆるめることなく、とげとげしい口調でいった。声を操る力をいくぶん取りもどしていて、言葉を拳《こぶし》のように繰り出す。「モスクワに火を放った魔女がここにいます。わたしたちはこの魔女に当然の罰を与えたと思いこんでいました。ところが、魔女は黒魔術を使って逃れ、いまここに立っているのです」今度は衛兵たちも同意の声をあげ、十本ほどの剣先がいっせいにワーシャの胸に向けられた。

「こいつらをもう少し引き留めておけ」熊はコンスタンチンにいった。「そうすれば、おれたちの勝ちだ」

コンスタンチンの顔に突然、怒りがわき上がる。

「ワーシャ、撤退だとドミトリーに伝えるのだ」マロースカがいった。「時間がない」

「ドミトリー・イワノヴィチ、宮殿にもどらなければ」ワーシャはいった。「いますぐに」

「いかにも魔女だ」ドミトリーはワーシャに冷たく言い放った。「おまえはふたたび火刑に処される。わたしが公位をかけて裁きを執り行う。魔女を生かしてはおけん。神父どの――」コンスタンチンに向かっていう。「よろしいかな。このふたりの女は最もきびしい裁きに臨ませよう。だが、裁きはみなの前で行わねばならぬ。このぬかるんだ庭ではなく」

コンスタンチンはためらった。

熊が突然うなり声をあげる。「うそだ。大公はうそをついてる。知ってるんだ。あの修道士が話したんだ」

門がゆれた。街から悲鳴がきこえてくる。豪雨の空に稲妻が走る。「もどれ!」突然マロースカが鋭い声をあげた。今度は衛兵たちにもその声がきこえた。声の主はだれだ? 衛兵たちの不安げな顔が向けられる。マロースカの顔に恐怖が浮かんでいる。「いますぐ宮殿の中にもどらないと、月の出までに全滅するぞ」

風に運ばれてくるにおいに、ワーシャは総毛立った。街から、さらにたくさんの悲鳴がきこえてくる。稲光に、ドヴォロヴォイがゆれる門を両手で押さえている姿が浮かび上がる。「神父様、どうかお願いです」ワーシャはコンスタンチンの足元の泥に身を投げ出して懇願した。司祭の目がほんの一瞬、足元のワーシャに向けられたが、それで十分だった。ドミトリーがオリガに飛びつき、司祭の手から引き離す。その瞬間、門が勢いよく開いた。コンスタンチンのナイフがオリガのベールに引っかかり、片側を引き裂いたが、オリガにけがはない。ワーシャはふたたび立ち上がると、急いで退却した。

生ける屍たちがモスクワ大公の庭に入ってきた。

その夏、疫病はそこまで猛威を振るってはいなかった。十年まえのときにくらべればたいしたことはなく、燃え上がろうとしない火口《ほくち》のように、モスクワの貧しい人々のあいだでくすぶっているにすぎなかった。

しかし、恐怖を味わって死んだ者たちは、熊が利用するにはもってこいだ。夏の成果がいま、門を通り抜けてやってくる。死装束をまとっている者も、裸の者も、命を奪った黒い腫れ物だらけの者もいる。最悪なことに、その者たちの目にはまだ恐怖が宿っている。いまだにおびえたまま、闇の中で見覚えのあるものをさがしている。

ドミトリーの衛兵のひとりがその光景を凝視して叫んだ。「神父様、お助けください！」

コンスタンチンは声ひとつあげない。その場に凍りついたまま、相変わらずナイフを握っている。ワーシャはかつてないほどの強い殺意を覚えた。コンスタンチンの心臓にあのナイフを突き刺してやりたい。

しかし、時間がない。自分の悲しみより家族のほうが大事だ。

コンスタンチンの沈黙に、怖じ気づいた衛兵たちが後ずさりする。ドミトリーはオリガを支えたまま、意外にも澄んだ穏やかな声でワーシャに話しかけた。「あのものたちは、人間のように殺せるのか、ワーシャ？」

ワーシャはマロースカが耳元で話したとおりに答えた。「いいえ、火をつければ動きが遅くなり、傷を負わせることもできますが、それだけです」

ドミトリーはいらだたしげに空をみた。相変わらずの土砂降りだ。「火はむりだ。ならば切りつけろ」ドミトリーは声を張りあげ、簡潔な命令を出した。

ドミトリーにはコンスタンチンのように操る力も、澄んだ美しい声もない。しかし、その大きな声、きびきびした口調は快活でさえあり、衛兵たちを勇気づけた。突如として、衛兵たちは恐ろしいものから後ずさるおびえた男の群れではなくなり、一丸となって敵に立ち向かう兵士になった。

すんでのところで間に合った。衛兵たちの剣が掲げられた瞬間、生ける屍《しかばね》たちが口を開けて襲いかかってきたのだ。門からどんどんなだれこんでくる。十体——もっといるだろうか。

「マロースカ！」ワーシャが声をあげた。「あなたは——？」

「わたしが触れれば倒せる。しかし全部はむりだ」

「宮殿の中へ逃げなくては」ワーシャはオリガを支えている。テレムのなめらかな床に慣れている姉は、ぬかるんだ庭では足元がおぼつかない。ドミトリーは自分の衛兵とオリガの衛兵を率いて進んだ。剣を掲げて方陣を組み、オリガとワーシャを囲みながら、宮殿の扉に向かって後退する。

コンスタンチンは雨に濡れたまま、凍りついたように立ちつくしている。その横で熊が目を輝かせ、自分の軍隊に楽しげに前進を命じている。

最初のウプイリがドミトリーの衛兵たちに体当たりした。衛兵のひとりが悲鳴をあげ、コンスタンチンはたじろいだ。まだほんの少年にすぎない衛兵が、喉を引き裂かれて地面に倒れている。

マロースカは残酷な表情を浮かべ、そのウプイリにそっと触れるだけで死に送り返すと、くるりと向きを変え、さらにふたりのウプイリも同じように送り返した。

ワーシャには、オリガと自分が扉までたどり着けそうもないことがわかった。稲妻に浮かび上がる庭に、ウプイリたちがどんどんなだれこんでくる。ふたりのまわりを衛兵の方陣が囲み、衛兵たちのもろい体だけがオリガを守っている。

熊を縛らなければ。なんとしても。

ワーシャは姉の手を握りしめた。「オリガ、わたしは衛兵たちに手を貸さないと」

「わたしは大丈夫。神のご加護を」オリガはきっぱりというと、両手を組みあわせて祈った。

ワーシャは姉の手を放し、ドミトリー・イワノヴィチのそばにいって衛兵たちとならんだ。

衛兵たちは生ける屍を槍で退けながらも、顔は恐怖で青ざめている。ドミトリーがひとりのウプイリの首を落とすと、次のウプイリが列の乱れに乗じて走りこんでくる。

ワーシャは拳を握り、その生ける屍が燃えていないという現実を忘れた。

ウプイリは松明《たいまつ》のように燃え上がり、続いてもうひとり、そして三人目も炎を上げた。長くは燃えなかった。雨で火が消え、また生ける屍たちが近づいてくる。黒焦げの姿で、うめきながら。

しかし、ドミトリーは見逃さなかった。いちばん近くにいたウプイリが燃え上がったとたん、ドミトリーの剣が水と炎を貫き、きらりと光って、そのものの頭を切り落とした。

ドミトリーはワーシャに心からうれしそうな笑みをみせた。頬が血に染まっている。「そなたには不浄の力があるとわかっていたぞ」

「感謝して、いとこどの」ワーシャは切り返した。

「ああ、感謝している」そう返した大公の笑みがワーシャを勇気づけた。雨に濡れ、庭は悪夢めいたものであふれてはいたが。ドミトリーは庭を見渡した。「しかし、もう少しましな火はおこせないものか――いとこどの」

親戚と認められ、ワーシャは気がつくと笑みをもらしていた。そのあいだもドミトリーは別のウプイリに切りつけ、間一髪のところで衛兵たちの槍の後ろに飛びすさった。ワーシャはもう三人のウプイリに火をつけたが、これもお粗末な出来で、またもや雨にかき消されてしまった。生ける屍たちは衛兵たちの剣に辟易し、マロースカの手をひどく恐れている。しかし、雨の中ではマロースカもただの影、得体の知れぬ恐ろしい黒い影にすぎず、すでに六人の衛兵が倒れ、動かなくなっていた。

熊の体は夏の暑さで肥え、病気と苦しみでふくれ上がり、ウプイリの軍に前進を命じるその声は雷鳴よりも大きく感じられる。もはや人の姿にはみえない。熊の姿をまとい、肩幅は星空をおおい隠しそうなほど広い。

ドミトリーが別のウプイリに突き刺した剣が、抜けなくなった。剣を捨てようとしないドミトリーを、ワーシャは危機一髪で衛兵の方陣に引きずりもどした。方陣が縮んでいる。

「ふたりとも血が出ているわ」オリガの声がかすかに震えている。ワーシャが見下ろすと、たしかに腕から血が出ている。ドミトリーは頬に傷を負っている。

「心配は無用だ、オリガ・ウラジーミロワ」相変わらず、明るく穏やかな笑みを浮かべているドミトリーをみて、ワーシャは兄がなぜ大公にあれほどまで忠誠心を抱いているのか、あらためて理解した。

衛兵たちの輪から悲鳴があがり、マロースカが飛びかかったが、手遅れだった。マロースカがそのウプイリを投げ飛ばしたときでさえ、熊は声をあげて笑った。さらにたくさんのウプイリが庭になだれこんでくる。

「サーシャはどこですか?」ワーシャはドミトリーにたずねた。

「セルギイ神父を迎えに修道院へいった」大公はいった。「あの金髪の司祭が正気を失ってすぐ、送り出したのだ。そうしておいてよかった。これは兵士ではなく聖職者の仕事だからな。助けが得られなければ、われわれは死ぬしかない」自軍が勝つ見込みを計算する司令官のように、こともなげにいう。それから、ドミトリーは目をこらし、コンスタンチンの姿をとらえた。ふくれ上がった熊の影の隣で立ちつくしている。その顔には死の影が漂っている。死者たちは司祭に目もくれない。

「あの司祭が何か企んでいるのはわかっていた。サーシャのことを悪《あ》し様《ざま》にくどくどといってきたのでな」ドミトリーはいった。別のウプイリの首を切り落とし、うめくように続ける。「サーシャを牢に入れたのは、コンスタンチンの本性を引き出すためだ。わたしが牢に会いにいくと、サーシャは何もかも話してくれた。間一髪だった。あの司祭はぺてん師の気《け》があると思っていた。しかし、よもやここまで――」

ドミトリーには、コンスタンチンひとりのしわざにみえているのだ。生ける屍を操っているのも、すべて。熊の姿がみえないのだから、しかたない。だが、ワーシャにはもっとよくわかる。稲光《いなびかり》に浮かび上がるコンスタンチンの顔は苦悶にゆがんでいる。一方、熊の顔は残忍な喜びに満ち、不屈そのものだ。

ワーシャはいった。「コンスタンチンのところへいかなくては。その横に、すべての元凶の悪魔がいるんです。でも、庭をつっきってたどり着くまでに殺されてしまう」

ドミトリーは唇をすぼめ、黙って考えをめぐらせているようだったが、しばらくして一度うなずくと、衛兵たちのほうを向いてきびきびと命令を出した。

「おまえに死者を操る力はない」コンスタンチンの耳にドヴォロヴォイがささやいた。コンスタンチンはその声にほとんどたじろがない。あまりの恐怖に呆然としている。「だが、熊を操る力はある」

コンスタンチンはゆっくりと振り向いた。「わたしに?」

「おまえの血だ」ドヴォロヴォイがいった。「その血で悪魔を縛ることができる。おまえは無力ではない」

ワーシャの鼻孔は、土と腐敗と乾いた血のにおいでいっぱいだった。降りしきる雨の音と足を引きずる音があたりに満ちている。その全景を稲光が不気味に照らし出す。オリガが衛兵の輪に守られながら、ささやくように祈り続けているのがきこえる。

マロースカの顔は青白い炎を放ち、髪は雨で頭に張りついている。その姿はとても人間にはみえない。マロースカの目には、あの世の森の星空が映っている。ワーシャは衛兵たちの輪のそばを通るマロースカの腕をつかんだ。マロースカがワーシャに向き直る。一瞬、その不思議な力と永遠の年月の重みをたたえたまなざしが、ワーシャをみつめた。すると、マロースカの顔にわずかに人間らしさがもどった。

「熊のところにいかないと」ワーシャはいった。

マロースカはうなずいた。口がきけるのか、ワーシャにはわからない。

ドミトリーは相変わらず命令を飛ばしていたが、ワーシャに向かっていった。「衛兵をふた手に分ける。半分はここにセルプホフ公妃と残り、もう半分はくさび隊形になって進む。できることをして援護してくれ」

ドミトリーが命令を出すと、衛兵たちはすぐにふた手に分かれた。オリガは小さくなった輪に囲まれ、宮殿の扉に向かっていく。

残った衛兵たちはくさび隊形をとり、叫び声をあげながら、生ける屍のひしめく中を、熊とコンスタンチンのほうに向かっていく。

ワーシャが衛兵たちといっしょに走ると、両側にいる十人ほどのウプイリが炎を上げた。マロースカの手が、生ける屍の手首や喉をすばやくつかんで追い払う。

生ける屍はものすごい数になっている。ワーシャたちの進みは遅くなったが、それでもじりじりと熊に近づいていく。さらに近づく。いまや衛兵たちは尻ごみしている。その顔にはぞっとするような恐怖が浮かんでいる。ドミトリーまでがおびえているようにみえる。

熊のしわざだ。熊がにやりと笑う。衛兵たちの士気がゆらぐと、ウプイリたちが力を取りもどして迫ってくる。ドミトリーの衛兵のひとりが喉を引き裂かれて倒れ、続いて別の衛兵も倒れた。鋭い歯に手首をかまれた三人目が、恐怖に悲鳴をあげた。

ワーシャは歯を食いしばった。同じように恐怖に襲われているが、これは現実ではない。ワーシャにはそれがわかっている。これは熊のみせている幻覚だ。ワーシャは心の中からまた火を放った。今度は雨に濡れた熊の毛が燃え上がった。

メドベードは振り向くと火にかみつき、火はすぐに消えた。しかし、ワーシャはメドベードが気をそらした一瞬を逃さなかった。マロースカが生ける屍たちを退けているあいだに、最後の数歩を詰め寄り、自分の手首から金の綱をほどくと、それを熊の頭に投げかけた。

熊はなんとかそれをかわした。投げられたふたつの綱の輪をよけると、笑い声をあげ、口を大きく開けたまま突進してきて、マロースカにつかみかかった。マロースカはそれをかわしたが、ワーシャにはもう一度綱を投げる時間がない。マロースカが熊をかわしているすきに、生ける屍たちがワーシャを取り囲んで迫ってきたのだ。「ワーシャ！」マロースカが叫んだ。ぬるぬるした手がワーシャの髪をつかもうとする。それをみるより早く、ワーシャは火を放った。ウプイリはうめき声をあげて倒れた。しかし、ウプイリの数はあまりに多い。くさび隊形を組んでいた衛兵たちはばらばらになり、庭じゅうでそれぞれがウプイリと戦っている。熊がマロースカをワーシャから遠ざけ、ふたたびウプイリたちがワーシャに迫ってくる。

そのとき、門のほうから新たな声が響いた。チョルトでも、生ける屍でもない。

剣を手に立っているのはワーシャの兄だ。その横には兄の師、ラドネジのセルギイ神父の姿がある。ふたりとも危険な通りを馬で駆け抜けてきたらしく、服も髪も乱れている。サーシャが引き抜いた剣を雨が伝い落ちた。

セルギイは片手を上げて十字を切ると、声をあげた。「主の御名において」

驚いたことに、生ける屍たちが凍りついた。その声に熊さえも動きを止めた。闇のどこかで鐘が鳴り始める。

恐怖の色は冬の王の目にも浮かんでいる。

またもや稲妻が光り、コンスタンチンの顔を照らし出した。恐怖と驚異の入り交じった顔はすっかり生気を失っている。ワーシャは思った。この世には悪魔たちと自分の意思しかないと、信じきっていたのね。

セルギイの祈りは静かで控えめだ。しかし、その声は打ちつける雨をもはねのけ、言葉のひとつひとつが庭にはっきりと響き渡る。

生ける屍たちは身動きできない。

「安らかに眠れ」セルギイは祈りをしめくくった。「もう二度と生者の世界を苦しめてはならない」

次の瞬間、信じがたいことに、生ける屍たちがいっせいに地面にくずおれた。

マロースカが切れ切れの息を吐く。

ワーシャは熊の顔が怒りでゆがむのをみた。人間の信仰の力を侮っていたのだ。そのせいで、熊の軍勢は消え去った。しかし、メドベード自身はまだ縛られていない。解き放たれたままだ。いまにも夜の中へ、嵐の中へ逃げこむだろう。

「マロースカ」ワーシャはいった。「急いで――」

そのとき、また稲妻が光り、コンスタンチンの姿を照らし出した。金髪を雨に濡らし、ふくれ上がった熊の影の前に立っている。突風が司祭の声をはっきりとワーシャの耳に運んできた。

「あれもうそだったのだな」コンスタンチンの声は小さいがはっきりしている。「神などいないとおまえはいった。だが、セルギイ神父が祈りを捧げると――」

「神などいない」熊がいうのがきこえた。「あるのは信仰だけだ」

「どんなちがいがあるのだ？」

「さあな。急げ、いくぞ」

「悪魔め、おまえはうそをついた。またもうそをついたのだ」よどみない声がとぎれ、老人のようなしわがれ声が吐き捨てるようにいう。「神はそこに――そこにずっとおわしたのに」

「ひょっとしたらな」熊はいった。「あるいはそうではないかもしれん。真実なんてだれにもわからないのさ。人間にも悪魔にも。さあ、いっしょにこい。ここにいたら殺されるぞ」

コンスタンチンは熊の目をじっとみつめたままだ。「いや。そんなことはない」そういってナイフを掲げた。「どこであれ、おまえがもといた世界にもどれ。わたしにはひとつだけ力がある。これも悪魔たちが教えてくれた。それにわたしもかつては神の人だったのだ」

熊の鋭い爪がのびた。しかし、司祭のほうが速い。コンスタンチンは自分の喉をナイフですばやくかき切った。

熊はナイフをつかんでもぎ取ったが、もう遅い。ふたりとも声を発しない。また稲妻が走った。ワーシャに熊の顔がみえた。倒れかけたコンスタンチンを受け止めて横たえ、両手で――人の姿にもどった両手で――司祭の切り裂かれた喉からあふれ出す血を止めようとしている。

ワーシャは進み出て、熊の首にさっと綱を巻きつけ、締め上げた。

熊はかわさなかった。かわせなかったのだ。すでに司祭の犠牲に囚われていた。熊は身を震わせ、綱の力に屈して頭をたれた。

ワーシャはもう一本の金の綱を熊の手首に巻きつけた。熊は動かない。

そのとき、ワーシャは勝利を感じるはずだった。

終わった。自分たちは勝ったのだ。

しかし、ワーシャを見上げた熊の顔に、もはや怒りはない。その視線はワーシャの先へ向けられ、双子の兄をとらえた。「どうか」熊はいった。

どうか？　慈悲を？　もう一度解き放ってくれ？　なぜか、ワーシャにはそう思えなかった。理解できない。

熊の目は、泥の中で死にかけている司祭にふたたび向けられた。金の綱にもほとんど気づいていない。

マロースカの声には勝利と、いやいや理解を示すような不思議な響きがあった。「わたしがそうしないことはわかっているだろう」

熊の口元がゆがんだ。笑みではない。「そんなことはわかってる。それでも頼まずにはいられないのだ」

コンスタンチンの青みがかった金髪は雨で黒ずみ、死で色あせている。コンスタンチンの手が上がり、闇の中を血が流れる。熊がワーシャにいった。「触れさせろ、ちくしょうめ」ワーシャは当惑して後ろに下がり、熊がひざまずいて司祭の震える手を取れるように場所をあけた。熊は司祭の手を太い指で握りしめた。自分の手首が縛られていることを、気にもとめていない。

「おまえはばかだ、神の人。おまえは全然わかっていなかった」

コンスタンチンが血にまみれたささやき声でたずねる。「何をだ？」

「おれはおれなりに約束を守るのだ」熊の口がゆがむ。「おまえの手を愛していた」芸術家の手、表現力を持った指と先細の残酷な爪が、熊の手の中で死んだ鳥のようにぐったりしている。熊をみつめる白濁しかけた目に、戸惑いの色が浮かんだ。「おまえは悪魔だ」体から血が失われ、息を吸おうとあえぐ。「わたしは――おまえは負けたのではないか？」

「負けたさ、神の人」

コンスタンチンが目をこらすが、何をみているのかワーシャにはわからない。おそらく目の前の顔をみているのだろう。自分自身を愛しののしるように、愛しののしった相手を。

あるいは、ただ星明かりの森を、あともどりできない道をみているのかもしれない。

ようやく安らぎが訪れたのかもしれない。

あるのは静寂だけかもしれない。

熊はコンスタンチンの頭を泥の中におろした。金髪が血と雨に濡れて黒ずんでいる。ワーシャは手を口に押しあてている自分に気づいた。邪悪なものは死を悼《いた》むことも、悔やむことも、黙した神をみることも最期までないと考えられている。別の者のゆるぎない信仰においては。

熊はゆっくりと司祭から手を離し、そろそろと立ち上がった。ずっしりとした金の綱が熊を抑えつけ、胸の悪くなるような光を放っている。金の綱を巻かれたまま、熊は冬の王の手を固く握った。「兄貴、司祭をやさしく導いてやってくれ。もうおまえのものだ。おれの手を離れてしまった」そういって、泥の中で丸まっている体にまた目をやった。

「最後はわれわれのどちらのものでもない」マロースカはいった。ワーシャはふと気づくと、ほとんど無意識に手を動かして十字を切っていた。

コンスタンチンの見開かれた目に雨水がたまってあふれ、こめかみを涙のように流れ落ちる。

「おまえの勝ちだ」熊はワーシャにそういってお辞儀をし、腕をさっと回して死者が折り重なる庭を示した。その声は、これまできいたマロースカのどの声にも劣らず冷たい。「存分に勝利を味わうんだな」

ワーシャは無言だ。

「あの男の祈りに、おれたちの最期がみえただろう」熊はそういうと、あごをぐいと動かしてセルギイのほうを指した。「兄貴、おれたちは灰や霜になって消えようと、終わりのない戦いを続ける宿命なのだ。そして世界は変わった。もうチョルトたちに希望はない」

「わたしたちはこの世界を分かちあうつもりよ」ワーシャがいった。「すべてのものがともに暮らせる余地が、あるはず。人間もチョルトも鐘も」

熊はワーシャの言葉にただ弱々しく笑った。「さあ兄貴、いくとするか」

マロースカは無言で手をのばすと、熊の手首を縛っている金の綱をつかんだ。冷たい風が巻き起こり、ふたりは闇に消えた。

雨が、ドミトリーの髪を、剣を持つ血まみれの腕を流れ落ちている。ドミトリーは重い足取りで庭を歩きながら、目にかかる濡れた髪をかき上げた。「無事でよかった、いとこどの」ワーシャに語りかける。

ワーシャは皮肉っぽくいった。「同感です」

ドミトリーはワーシャとサーシャのふたりに向かっていった。「セルプホフ公妃を屋敷に送っていけ。送り届けたら――ふたりとも、もどってきてくれ。くれぐれも内密に。これはまだ終わっていない。次は生ける屍よりも大変なものがやってくる」

それ以上は何もいわず、ドミトリーはふたりを残し、泥をはね上げながら庭を歩きだした。早くも家来たちに指示を飛ばしている。

「何がやってくるの?」ワーシャはサーシャにたずねた。

「タタール人たちだ。さあ、オーリャを送っていこう。乾いた服も必要だ」

第五部

24 分岐点

オリガを無事にセルプホフ公邸のテレムに送り届けると、ワーシャとサーシャは汚れたずぶ濡れの服を着替え、大公のところに急いでもどった。ワーシャは真夜中の国でもらった毛皮のマントを肩にかけている。雨で暑さが和らぎ、湿っぽい闇は薄ら寒い。

ふたりは裏口からひそかに招じ入れられ、すぐにドミトリーのこぢんまりした控えの間に無言で通された。大きく開け放った窓から、風がうなりをあげて吹きこんでくる。従者の姿はなく、ひとつだけ用意されたテーブルには、瓶と四つの杯、パンと魚の燻製《くんせい》、キノコのピクルスがのっている。料理が簡素なのは、セルギイ神父への配慮なのだろう。老修道士はドミトリーといっしょにふたりを待っていた。ゆっくりとハチミツ酒を飲んでいて、とても疲れているようだ。

一方、ドミトリーは活力に満ち、せわしなく動きまわり、疲れを知らない様子だ。酒や花が置かれ、壁に聖人たちの絵がならぶ静謐な部屋で、ひとり異彩を放っている。「ふたりとも、かけてくれ」サーシャとワーシャが姿をみせると、ドミトリーはいった。「明日、貴族《ボヤール》たちにも相談しなければならないが、そのまえに自分の考えを固めておきたいのだ」

ワインが注がれると、ワーシャは、川辺で休憩したときに味のないパンを何口か食べたきりだったので、話に耳を傾けながら、パンと脂の乗った美味しい魚を黙々と食べ続けた。

「うかつだった」ドミトリーが話し始めた。「あの金髪のぺてん師はさっそうとモスクワにやってきて、生ける屍《しかばね》たちを追い払ってみせた。われわれはそれを神聖な力だと思いこんだ。ところが、そのあいだもずっと、あれは悪魔と結託していたのだ」

ワーシャは、ドミトリーがその話をしないでくれたらいいのにと思った。雨の中でコンスタンチンの顔に浮かんでいた表情が頭から離れない。

「われわれはあの司祭を追い払うことに成功した」ドミトリーは続けた。

セルギイが言葉をはさむ。「まさか、疲れきったわたしたちを満足げにながめるために集めたのではありますまいな」

「もちろんだ」ドミトリーの意気揚々とした気分が消えた。「知らせが入ったのだ――タタール人どもがボルガ川の下流にいて、北に進軍していると。ママイは依然、向かってきている。ウラジーミル・アンドレーエヴィチからはなんの知らせもない。銀貨は――」

「銀貨は失われました」ワーシャは思い出していった。

部屋にいる全員がワーシャをみた。

「洪水で流されたんです」ワーシャは続けた。手にした杯をわきに置くと、背筋をのばした。「ドミトリー・イワノヴィチ、もし銀貨が身代金だとすれば、モスクワ公国はまだ解放されていません」

みんな、ワーシャをみつめたままだ。ワーシャもしっかりと視線を返した。「誓ってほんとうです。なぜ知っているか、お話ししましょうか?」

「いや」ドミトリーは十字を切った。「それより、ウラジーミルのことを話してくれ。死んだのか? 生きているのか? つかまったのか?」

「それはわかりません」ワーシャはひと呼吸置いた。「でも、突き止める方法はあります」

ドミトリーはその言葉にただ眉をひそめ、考えこんだ様子で部屋をいったりきたりした。残忍で落ち着きのないライオンのようだ。「わたしの密偵がそなたの銀貨の話を確認できたら、ルーシの諸公に知らせるつもりだ。選択の余地はない。新月までにコロムナ（モスクワ南東の町。モスクワ川とオカ川の合流点付近に位置する）に集結せねばならない。それから南に進軍して戦う。あるいは、ルーシ全土が侵略されるのを許すか?」ドミトリーはその場の全員に向かって話しながらも、サーシャをじっと見据えている。サーシャはかつて、タタール人との野戦は避けるべきだと主張していた。

いま、サーシャはドミトリーに劣らぬけわしい顔でただこういった。「諸公のだれが召集に応じるでしょうか」

「ロストフに、スタロドゥブ」ドミトリーは指を折りながら公国の名前を挙げた。相変わらずいったりきたりしている。「領臣たちと、義理の父が治めるニジニ・ノヴゴロド。トヴェーリも盟約を守るだろう。それにしても、セルプホフ公がいれば。あれは会議でも弁が立つし、忠実だ。公の兵士たちも必要になるだろう」ドミトリーは足を止め、ワーシャに目を据えた。

「リャザン公国のオレグはどうでしょう?」サーシャがたずねる。

「オレグはこない。リャザンとサライは目と鼻の先だ。オレグはもともと用心深いから危険は冒さない。貴族たちが何を望んでいようとな。それどころか、ママイの軍に加わるかもしれん。しかし、リャザン公国なしでもセルプホフ公がいなくても、戦わねばならないのなら、そうするまでだ。われわれに選択の余地があるか？　身代金を払ってモスクワ公国を取りもどそうとしたが、かなわなかった。屈服するか？　それとも戦うのか？」この問いは三人に向けられた。

だれも何もいわない。

「明日、諸公に使いを送るつもりだ」ドミトリーはいった。「師よ」セルギイ神父のほうを向く。「同行してもらえないだろうか、そして軍を祝福してほしい」

「そうするとしよう」セルギイ神父は疲れた声でいった。「しかし、ご承知のとおり、たとえ勝利しても高くつきますぞ」

「戦が避けられるならそうする」大公はいった。「だが、そうはできない。よって――」顔を輝かせる。「恐怖に身をすくめていた夏も終わり、ようやく戦えるときがきた。神のご意志により、われわれはタタールのくびきをはずすことができる」

神よ、この人たちをお助けください、とワーシャは思った。ドミトリーがそういえば、みんなは信じる。諸公は間違いなく、ドミトリーの召集に応じてやってくるだろう。――神よ、わたしたちみんなをお助けください。

大公がふいにワーシャに向き直った。「わたしにはそなたの兄の剣がある。そして聖なるセルギイ神父の祝福も。だが、そなたには何を期待したらいい、ワシリーサ・ペトロヴナ？　そなたが死んだと思っていたのはすまなかった。だが、あのときわたしの街に火を放ったのはそなただときいている」

ワーシャは立ち上がり、ドミトリーと向かいあった。「あなたの前でわたしは有罪です、陛下《ガスダール》」ワーシャはいった。「ですが、わたしは二度、この街の敵を倒す手助けをしました。火事はわたしの落ち度でしたが、そのあとに起こった吹雪――あれもわたしが呼び起こしたものです。罰を受けろとおっしゃいますか？　罰ならもう受けました」ワーシャは顔の向きを変え、火明かりで頬の傷がはっきりみえるようにした。そして、袖の中の木彫りの小夜鳴鳥《サヨナキドリ》をそっと握りしめた。この男たちの前で悲しみをみせるつもりはない。「わたしに何をお望みですか？」

「そなたは二度、生きたまま焼かれる寸前までいった。それでも、この街を悪から救うためにもどってきた。その見返りを与えられるべきだろう。そなたは何がほしいのだ、ワシリーサ・ペトロヴナ？」

ワーシャには答えがわかっている。それを率直に口にした。「ウラジーミル・アンドレーエヴィチの生死を確かめる方法があります。もし生きているなら、わたしがみつけます。陛下が軍を召集するのは二週間後ですか？」

「そうだ」ドミトリーは用心深くいった。「だが――」

ワーシャはその言葉をさえぎった。「わたしはそこにいきます。もしウラジーミル・アンドレーエヴィチが生きていれば、ウラジーミルも兵士たちを率いて向かいます」

「不可能だ」ドミトリーはいった。

ワーシャはいった。「もしうまくいけば、わたしは借りを返すことができます。陛下にも、この街にも。それから、いまほしいものをおたずねでしたね？　陛下の信頼をいただければと思います。ワシーリー・ペトロヴィチという実在しない少年にではなく、このわたしに対する信頼を」

「どうしてそなたを信じられる、ワシリーサ・ペトロヴナ？」ドミトリーはたずねたが、そのまなざしは真剣だ。「そなたは魔女だというのに」

「この娘は教会を悪から守ったのですぞ」セルギイはそういうと、十字を切った。「神の御業とは不思議なものだ」

ワーシャも十字を切った。「わたしは魔女かもしれません、ドミトリー・イワノヴィチ。ですが、いま、ルーシは団結しなくてはなりません――公と教会はみえない世界と手を組まなければなりません。でなければ、勝てる見込みはないのです」

ワーシャは思う。初めはチョルトを倒すために人間の助けを必要とした。今度は人間を倒すためにチョルトたちの助けが必要になる。

しかし、ワーシャ以外のだれにそれができるだろう？　おまえは人間とチョルトの架け橋になれる。マロースカはそういっていた。いま、ようやくその意味がわかった。

少しのあいだ、きこえるのは窓から吹きこむ勝ち誇ったような風の音だけだった。やがて、ドミトリーがあっさりいった。「そなたを信じよう」ワーシャの頭に軽く手を置く。公が兵士に与える承認の証しだ。その手の下でワーシャはじっとしていた。「何か必要なものはあるか？」

　ワーシャは考えた。そなたを信じよう、という大公の言葉にまだ気持ちが高ぶっている。

「商人の息子が着るような服を、お願いします」ワーシャは答えた。

「いとこどの」サーシャが口をはさんだ。「妹がいくなら、わたしも同行しなければなりません。これ以上、親族の付き添いなしで妹に旅をさせるわけにはいきません」

　ドミトリーは驚いた顔をしている。「そなたはここにいてもらわねば。タタール人の言葉を話し、サライまでの土地を知っている」

　サーシャは無言だ。

　突然、ドミトリーの顔にわかったという表情が浮かんだ。おそらく、あの火刑の晩のことを思い出したのだ。サーシャの妹がひとりで闇の中に連れ出された、あの晩のことを。「そなたを止めはしない、サーシャ」ドミトリーはしぶしぶいった。「だが、ワーシャの試みが成功しようとするまいと、召集には応じてもらうぞ」

「サーシャ――」ワーシャがいいかけたとき、サーシャが近づいてきて低い声でいった。「おまえのことを思って涙を流した。生きているとワルワーラからきいたときでさえも泣いた。自分を蔑《さげす》んだ。妹をひとりであんな恐ろしい目にあわせたのだ。そして、おまえが変わり果てた姿で野営地に現れたとき、自分がもっといやになった。おまえをひとりでいかせるわけにはいかない」

　ワーシャは兄の腕に手を置いた。「もし今夜、わたしといっしょにくるのなら――」兄の腕をぎゅっと握る。ふたりの目が合う。「いっておくけど、闇を通る道をいくのよ」

サーシャはいった。「それなら、いっしょに闇の中を抜けていくまでだ」

ふたりがオリガの屋敷にもどると、ワルワーラが風呂小屋で待っていた。サーシャは急いで入浴をすませて眠った。すぐに真夜中になるだろう。ふたりの出発の時間だ。しかし、ワーシャはぐずぐずしていた。「あなたに、まだお礼をいってなかった」ワルワーラに向かっていう。「あの晩、川で、あなたはわたしの命を救ってくれた」

「わたしの力だけでは救えなかったわ」ワルワーラはいった。「何ができるのかわからず、ただ嘆くしかなかった。だけど、パルノーチニツァが話しかけてきたの。あの声をきいたのはずいぶん久しぶりだった。何が必要か教えてもらい、火あぶりの場所までおりていったの」

「ワルワーラ」ワーシャはいった。「真夜中の国で――あなたのお母さんに会ったわ」

ワルワーラは唇を引き結んだ。「母はあなたをみて、タマーラがもどってきたと思ったでしょうね。自分の思いどおりになる娘、魔術師に恋をしていない娘となって」

ワーシャはどう答えたらいいのかわからず、こういった。「あなたはどうしてモスクワにきたの？　なぜ召使いに？」

古い怒りがワルワーラの顔に浮かんだ。「わたしにはみる力がなかった。チョルトがみえないの。強いチョルトの声はきこえるし、少しなら馬の言葉も話せる。でも、それだけ。母の国にはすばらしいものなんてなかった。寒さと危険と孤独だけ。そしてのちには、母の怒りも加わった。母がタマーラにあまりにひどい仕打ちをしたから、母を置いて姉をさがしに出たの。やがて、人間の街、モスクワにたどり着いた。そこでタマーラをみつけたけど、もうすでにわたしには助けようがなかった。ぼうっとしてさまよい歩き、耐えきれないほどの悲しみに押しつぶされてしまっていた。タマーラには子どもがひとりいたから、わたしはその子を精一杯守ったわ」ワーシャはうなずいた。「でも、その子が結婚するために北へいくとき、わたしはついていかなかった。あの子には乳母がいたし、夫もいい人だったから。森ばかりで人のいない土地で暮らすのは、もういやだった。モスクワの鐘の音、華やかさ、あわただしさが好きだったの。だから、わたしはここに残って待った。やがて、同じ血を引く別の娘がやってきたおかげで、わたしはまたすっかり満ち足りて、あなたのお姉さんとその子どもたちの世話をした」

「でも、なぜ召使いに？」

「わからない？　召使いは高貴な女性よりも自由だからよ。好きなように歩きまわれるし、顔を隠さずに太陽の下に出ていける。わたしは幸せだった。魔女は孤独に死んでいく。母と姉をみてわかったの。あなたの力は少しでも幸せをもたらしてくれた、火の娘？」

「ええ」ワーシャは短く答えた。「だけど、悲しみももたらした」その声にはかすかな怒りが混じっている。「ふたり――タマーラとカシヤン――を知っていたのに、なぜ何もしてあげなかったの？　タマーラが死んだあとに。カシヤンがモスクワにきたとき、どうしてわたしたちに警告してくれなかったの？」

ワルワーラは動かなかったが、ふいにその顔に深いしわが刻まれ、目や頬が落ちくぼんだようにみえた。古い悲しみのなごりだ。「姉がこの屋敷にとりついているのは知っていたわ。でも姉をいかせることはできなかったし、なぜさまよっているのかもわからなかった。カシヤンがきたことには、気づかなかったの。モスクワに現れたときの顔は、夏至に湖畔でタマーラを誘惑したときとはまるでちがっていたから」

ワルワーラはワーシャの目に浮かんだ疑念をみてとったにちがいない。突然、声を荒らげた。「わたしはあなたとはちがうの。あなたにはみる力と向こうみずな勇気がある。わたしは血筋に値しないただの女だけど、それでも血縁のためにできるだけのことをしてきたわ」

ワーシャは何も答えず、手をのばしてワルワーラの手を取った。ふたりは少しのあいだ黙りこんだ。それから、ワーシャがやっとのことで口にした。「姉さんには話すつもり？」

ワルワーラは口を開き、明らかにきつい言葉を返そうとした——が、ためらった。「話そうと思ったことはないわ」ワルワーラはしぶしぶいった。その声には不安がにじんでいる。「わたしの話を信じると思う？　だれかの大おばさんの年齢にはとてもみえないでしょ」

「このところオリガは不思議なことばかり目にしてきたのだから、あなたのことだって信じると思うわ」ワーシャはいった。「オリガに話すべきよ。きっと喜ぶから。いいたいことはわかるけど」ワーシャは新たな目でワルワーラをみつめた。丈夫そうな体に、ほとんど白髪の混じっていない黄色い髪。「あなたはいくつなの？」

ワルワーラは肩をすくめた。「さあ。みかけよりも年なのはたしかね。母は父親がだれなのか決して教えてくれなかった。でも、わたしが長生きなのは父ゆずりなんだろうと、ずっと思ってたわ。父親がだれだとしても、わたしはここで幸せ。ほんとうよ、ワシリーサ・ペトロヴナ。力がほしいと思ったことはないし、ほしいのはお世話できる家族だけ。その家族のためにも、モスクワを救って。そしてわたしのやんちゃなマーリヤを、どこでもいいから自由に息のできるところへ連れていってくれれば、わたしはそれで満足よ」

ワーシャはほほえんだ。「わたしにまかせて――大おばさん」

ワルワーラが出ていくと、ワーシャは入浴をすませて服を着た。さっぱりして、扉を開け、風呂小屋とテレムを結ぶ屋根つきの通路に出る。雨はまだ降っているが、雨脚は少し弱まっている。嵐が遠ざかるにつれ、稲光《いなびかり》の間隔もあいた。

影を見分けるのに、わずかに時間がかかった。ワーシャは動きを止めた。背中に風呂小屋のざらざらした扉があたっている。

ワーシャはか細い声できいた。「終わったの?」

「終わった」マロースカが答えた。「あいつは縛られている。わたしの力と、忠実なしもべの犠牲と、カスチェイの金の馬勒《ばろく》――三つの力によって。もう二度と自由になることはないだろう」夏の土埃をたたく雨が、いまや冷たく感じられる。

ワーシャは扉から離れた。雨が屋根でささやいている。通路の反対側に出ると、マロースカの顔がみえた。ようやく、心の中でくすぶっていた疑問を口にできる。「熊は何をいおうとしたの?　どうか――といったとき」

マロースカは眉を寄せたが、言葉で答えるかわりに、丸くすぼめた片手を上げた。掌《てのひら》に水がたまる。「きかれるだろうと思っていた。さあ、手を」

ワーシャは手を出した。マロースカはワーシャの腕と指の切り傷にそっと水をかけた。刺すような痛みとともに傷が癒《い》え、消えた。ワーシャはあわてて手を引っこめた。

「死の水だ」マロースカは残りの水滴をそのままたらした。「これがわたしの力だ。生者でも死者でも、肉体を修復できる」

マロースカに初めて会った夜、凍傷を治してもらったときから、癒す力があることは知っていた。しかし、それをおとぎ話と結びつけて考えたことはなかった。まさか——

「自分が負わせた傷しか治せないといったわ」

「そういった」

「それもうそ?」

マロースカの口がこわばった。「真実の一部だ」

「熊はコンスタンチンの命を救ってもらいたかったの?」

「そうではない。あれはもうすでに遠くへいってしまっていた。メドベードはあの司祭の肉体をわたしに修復してほしかったのだ。そうすれば、あとは自分の力で生き返らせることができる。弟とわたしが力を合わせれば、死者をよみがえらせることができる。メドベードは命の水を生み出せるからな。それで、ああいったのだ」

ワーシャは眉を寄せ、傷の癒えた指、掌と手首の傷跡をじっとみつめた。

「だが」マロースカは続けた。「わたしたちは決して協力することはない。なぜそうする必要がある？　あれはまるで怪物だ。あれもその力も」

「熊は悲しんでた」ワーシャはいった。「あのとき、コンスタンチン神父が……」

マロースカはいらいらしたような声をもらした。「ワーシャ、邪悪なものでも悲しむことはある」

ワーシャは返事をしなかった。雨が降りしきるなか、またも自分の知らないことのすべてに圧倒され、じっと立ちつくしていた。冬の王は長引く嵐の一部だった。人間らしさは真の姿の影にすぎず、夏の衰えとともにその力は強まっている。闇の中でその目が輝いている。とはいえ、マロースカはワーシャを大切に思い、ワーシャを救うために一計を案じた。なぜ、熊やコンスタンチンにいっときでも気持ちを寄せる必要がある？　ふたりは人殺しで、おまけにもういないというのに。

不安を払いのけるように、ワーシャはいった。「姉さんに会ってくれない？　約束したの」

マロースカは驚いた顔をした。「求婚者として会いにいき、許しを求めるのか？　それで何が変わる？　かえって厄介なことになるかもしれないぞ」

「それでも」ワーシャはいった。「そうじゃないと、わたし――」

「わたしは人間ではないのだ、ワーシャ。どんな秘蹟にも縛られない。神の法のもとでも、人間の法のもとでも、結婚はできない。姉君の目にかなう体面を求めているなら、それはむりな話だ」

それが真実であることはワーシャにもわかっている。それでも——「とにかく会ってほしいの。少なくとも、姉がわたしのことを心配しないですむように」

一瞬の沈黙があり、それからワーシャはマロースカが笑いをこらえて体を震わせているのに気づいた。ワーシャはむっとして腕を組んだ。

マロースカが水晶のような目でワーシャをみつめる。「だれの姉だろうと安心させられそうにはないが——」もう笑ってはいない。「そう望むなら会おう」

オリガはマーリャの部屋で、眠っているわが子を見守っていた。マーリャの青白くやつれた顔に、長く続いた緊張のあとがみえる。まだ幼いのに、あまりに大きな苦労を背負ってしまったのだ。オリガもマーリャに劣らず疲れた顔をしている。

ワーシャは入口で立ち止まり、歓迎してもらえるか不安になった。

マーリャのベッドは羽毛入りのシーツでおおわれ、毛皮と毛織りの布がかけてある。一瞬、ワーシャは子どもにもどって、マーリャの隣にもぐりこみ、姉に髪をなでてもらいながら眠りたいと思った。しかし、ワーシャの静かな足音に気づいて振り返ったオリガをみて、その希望はしぼんだ。人はあともどりすることはできないのだ。

ワーシャは部屋に入っていき、マーリャの頰に触れた。「この子は大丈夫そう？」オリガにたずねる。

「疲れただけだと思うわ」オリガがいった。

「とても勇敢だったもの」とワーシャ。

オリガは娘の髪をなでているだけで、何もいわない。

「オーリャ」ワーシャはぎこちない口調でいった。ドミトリーの広間で手にしたはずの冷静さが残らず消え去った。「わたし――会わせるっていったでしょ。姉さんが望むなら」

オリガは眉を寄せた。「会わせるって？」

「会いたいっていってたでしょ。ここにきてるの。会ってくれる？」

マロースカは返事を待ちもせず、人間のように扉から入ってもこなかった。ただ暗がりからいきなり姿を現した。ペチカのそばにすわっていたドモヴォイが、あわてて立ち上がり、毛を逆立てる。マーリャは眠ったまま体を少し動かした。

「この家の者たちに危害を加えるつもりはない、小さなチョルトよ」マロースカはまずドモヴォイに話しかけた。

オリガもよろめきながら立ち上がり、マーリャのベッドの前に立ちふさがった。まるでわが子を悪から守ろうとするかのように。ワーシャは不安に身をこわばらせ、ふいに姉がみているようにマロースカをみた。冷たい目をした影を。自分の進もうとしている道が正しいのか、自信がなくなってくる。マロースカはドモヴォイからオリガに向き直り、お辞儀をした。

「あなたのことを知っているわ」オリガはささやいた。「なぜここへきたの？」

「命をもらいにきたのではない」マロースカの声は穏やかだったが、警戒しているのがワーシャにはわかった。

オリガがワーシャにいう。「この人を覚えているわ。忘れるものですか。わたしの娘を連れ去ったのよ」

「ちがう――この人は――」もごもごといいかけたワーシャに、マロースカがきびしい視線を向けた。ワーシャは落ち着きを取りもどした。

マロースカの表情は変わらないが、緊張で全身がこわばっている。ワーシャにはそれがなぜかわかった。マロースカは人間にできるだけ近づき、忘れられないようにしたかったのだ。ずっと存在していられるように。ところが、ワーシャにどんどん引き寄せられた。蠟燭《ろうそく》の炎に引き寄せられる蛾のように。そのせいでいま、マロースカはオリガをみつめ、その目に浮かぶ苦しみを理解し、これから先の長い年月、それを抱えていかなければならない。

マロースカはそれを望んでいない。しかし、動きもしない。

「これはほとんど慰めにならないだろうが」マロースカは言葉を選びながらいった。「おまえの上の娘にはこれから長い人生が待っている。そして下の娘――わたしはあの娘を忘れない」

「あなたは悪魔よ」オリガがいった。「わたしの小さな娘は名前さえもらえなかった」

「それでも、わたしは忘れない」冬の王はいった。

オリガは一瞬マロースカをみつめたあと、突然、泣き崩れた。悲しみで体を弓のように曲げ、両手に顔をうずめている。

ワーシャはどうしたらいいかわからず、姉のそばに歩み寄り、恐る恐る両腕で抱きしめた。

「オーリャ？　オーリャ、ごめんなさい。ほんとうにごめんなさい」

オリガは返事をせず、マロースカはその場に立ったまま、言葉を継げずにいる。

長い沈黙が続き、オリガは深く息を吸いこんだ。目が涙に濡れている。「ずっと泣けなかったの。あの子を失った晩から」

ワーシャは姉をきつく抱きしめた。

オリガは優しくワーシャの腕を振りほどいた。「なぜ妹なの?」マロースカに問いかける。「世界に女はいくらでもいるのに、なぜ?」

「最初は血にひかれた。しかし、次第にその勇気にひかれた」

「何かワーシャのために捧げられるものがあるの?」オリガの問いに皮肉が混じる。「闇でささやく以外に」

ワーシャは言い返したいのをぐっとこらえた。マロースカは、この問いに驚いたとしても、それを顔には出さなかった。「冬の国のすべてを。黒い木々と銀の霜を。人間の手で作られた金や財宝を。ワーシャが望むなら、その両手にあふれるほどの富を」

「ワーシャから春と夏を奪うの?」

「何も奪うつもりはない。ただ、ワーシャにはいけても、わたしが容易についていけない場所はある」

「あれは人間じゃないのよ」オリガは冬の王に視線を据えたままワーシャにいった。「あなたの夫にはなれないの」

ワーシャは頭をたれた。「夫がほしいと思ったことはない。この人はモスクワのために、冬から出て、わたしについてきてくれた。それで十分」

「それで、最後まであなたを傷つけたりしないと思うの？　おとぎ話の中で死んだ娘のことを思い出して！」

「わたしはその娘とはちがう」ワーシャはいった。

「この――関係があなたの破滅を意味するとしたら？」

「もうとうに破滅してる。神の法でも人間の法でも。だけど、ひとりにはなりたくないの」

オリガはため息をつくと、悲しそうにいった。「あなたがそういうのなら」そして唐突にいった。「わかったわ。ふたりを祝福する――さあ、その人を送り出してちょうだい」

ワーシャはマロースカのあとについて部屋を出た。マロースカは、今度は普通に扉を使った。しかし、外に出ると足を止め、重労働のあとの人間のようにうなだれた。

苦しげにいう。「風呂小屋へ」ワーシャはマロースカの手を取り、風呂小屋へ引っぱっていった。暗闇に戸を閉ざすと、蠟燭は燃えていないという事実を忘れた。四本の蠟燭が一気に燃え上がる。マロースカは外側の部屋にある長椅子のひとつにすわりこむと、体を震わせながら息を吸いこんだ。風呂小屋は誕生と死、変化と魔法、そしておそらく記憶の場でもある。マロースカも、ここなら楽に息ができる。しかし――

「大丈夫？」ワーシャはたずねた。

マロースカはそれには答えず、「ここにはいられない」といった。その目は水のように青白く、両手は固く組まれ、蠟燭の明かりに指の骨が浮かび上がっている。「むりだ。ここはまだわたしの季節になっていない。自分の国にもどらなくては。わたしは——」ふいに言葉を切り、それからいった。「わたしは冬だ。あまりに長いあいだ、自分から離れすぎた」

「理由はそれだけ?」ワーシャはたずねた。

いま、マロースカはワーシャをみていない。握った手の力をむりやりゆるめると、膝の上に置いた。ほとんどきこえないくらいの声でいう。「もうこれ以上、名前が覚えられない。あまりに近く引き寄せられ——」

「あまりに近くって何に? 死すべき運命に? あなたは死ぬこともあるの?」

マロースカは困惑の表情を浮かべた。「どうやってだ? わたしには肉体がないのに。だが、このままだと——苦しいのだ」

「だとすると、これからもずっとあなたを苦しめることになる。わたしたちがいっしょに——あなたがわたしを忘れないかぎり」

マロースカは立ち上がった。「もう決めたことだ。だが、自分の国にもどらなければ。あり得ないことで正気を失う可能性があるのは、おまえだけではない。こんなことにはもう耐えられないのだ。夏はわたしの世界ではない。ワーシャ、おまえは自分のすべきことをすべてやった。わたしといっしょにおいで」

その言葉に、憧れが稲妻《いなずま》のようにワーシャを貫いた。青い空と深い雪、自然のままの場所と静けさ、モミの木立の中の、火明かりのともったマロースカの家、闇の中のマロースカの手への憧れが。マロースカといっしょに、人間たちの出来事すべてを離れて、ソロヴェイの命を奪ったこの街をあとにできたら。

しかし、そう思いながらもいった。「むりよ。まだ終わってないの」

「おまえの役割は終わった。ドミトリーがタタール人と戦うとしても、それは人間の戦いであって、チョルトの戦いではない」

「熊が引き起こした戦いよ！」

「どのみち起こったかもしれない戦いだ」マロースカは言い返した。「長いあいだ一触即発だったのだ」

ワーシャは頬に手をあてた。そこには、死に向かわされていたときに石を投げられてついた傷跡が残っている。「わかってる。でもわたしはルーシ人なの、そしてルーシ人はわたしの同胞なのよ」

「火あぶりにされかけたのだぞ」マロースカがいった。「負い目を感じる必要などない。さあ、いっしょにくるんだ」

「でも――いっしょにいったとして、わたしは何になるの？　ただの雪娘、冬の王の花嫁になって、世界じゅうから忘れ去られてしまう、あなたのように！」

ワーシャには、マロースカがこの言葉にひるんだのがわかった。そこで唇をかみしめ、声を穏やかにしてたずねた。「同胞を助けることができなければ、わたしはいったい何者なの？」

「愚かな戦にかかわる以外にも、同胞を助ける方法はあるはずだ」

「あなたが弟を自由にしたのは、わたしならチョルトがこの世界から消えるのを食い止められると思ったからでしょ。たぶん、わたしにはできる。でも、もうひとつのルーシ——人間たちのルーシ——が、犠牲を払った。だから、それを正すつもり。熊の被害はモスクワにとどまらなかった。わたしの仕事はまだ終わってない」

「それでもし命を落としたら？　おまえを闇に連れ去り、二度と会えなくなることを、わたしが望んでいると思うか？」

「望んでないのはわかってる」ワーシャは深く息を吸いこんだ。「それでも、やってみなければいけないの」

ワーシャのために、マロースカはワーシャの兄に協力し、ワーシャの姉の許しを請い、夏のモスクワにやってきて熊を縛った。しかし、マロースカはもう力と意志の限界にきていた。ドミトリーの戦いに加わる気はない。

だが、ワーシャはちがう。雪娘以上のものになりたいのだ。ドミトリーの信頼を得て、頭に手を置かれたい。自分の勇気によって勝利をもたらしたい。

その一方で、冬の王のことも求めている。モスクワの煙と土埃と悪臭の中で、マロースカはマツの香りの息であり、冷たい水であり、静けさだった。マロースカを求める気持ちが強すぎて、まともに考えられない。

マロースカはワーシャがためらっているのをみた。闇の中でふたりの目が合い、マロースカはワーシャとの距離を縮めた。

マロースカは穏やかではなかった。怒っていた。ワーシャもだ。困惑し、渇望していた。ふたりの手が互いの肌を荒々しくさぐる。ワーシャはキスしたとき、手の下にマロースカの生身の体があるように感じた。その場所、その時間、そしてワーシャの情熱によって、現実に激しく引きこまれている。沈黙が広がるにつれて、ふたりの手は言葉にできないことを語り、ワーシャはもう少しで承諾しそうになった。もう少しで白い馬に乗せられ、夜の中へ連れ去られてもいいと思いそうになった。考えることをやめてしまいたくなった。

だけど、考えなければならない。タマーラは自分の中の魔物に身をまかせて愛の夢に溺れ、ついには大切なものをすべて失った。

わたしはタマーラではない。ワーシャはぐいと身を引いて、息をしようとあえぎ、マロースカはワーシャを放した。

「それなら、冬にもどればいい」ワーシャは自分のかすれた声がいうのをきいた。「わたしは真夜中を通る道をいって、義理の兄をみつける。生きていれば。そして、ドミトリー・イワノヴィチが戦いに勝てるように手を貸す」

マロースカは立ちつくしている。怒りと混乱と欲望が、ゆっくりとその顔から消えていった。

「ウラジーミル・アンドレーエヴィチは生きている」マロースカはそれだけを口にした。「ただ、どこにいるかはわからない。ワーシャ――わたしはその道をいっしょに歩むことはできない」

「わたしがみつける」ワーシャはいった。

「おまえならみつけるだろう」マロースカは疲れた声に確信をこめていった。よそよそしくお辞儀をし、あらゆる感情をその目の奥に封じこめた。「初霜がおりたら、わたしをさがしてくれ」

マロースカは風呂小屋から幽霊のようにそっと出ていった。ワーシャは急いであとを追った。相変わらず腹を立てていたが、こんなふうに別れるのはいやだ。ふたりのあいだの傷はまだ癒えていない。ワーシャはマロースカをその本性と闘わせたのだ。あまりに大きな敵と。

マロースカは庭に出ると、夜に向かって顔を上げた。一瞬、風が、鼻腔の息を凍らせる真冬の深い風になった。

突然、マロースカがワーシャのほうを振り向いた。その顔にまたあの感情が浮かんでいる。隠しきれないというように。

「元気で。そして忘れるな、雪娘《スネグラチカ》」マロースカはいった。

「忘れない、マロースカ――」

マロースカの姿は半分消えかかっていて、そこを風が吹き抜けるようにみえる。

「わたしも、わたしなりに愛してた」ワーシャはささやいた。

ふたりの目が合った。そしてマロースカはいってしまった。上昇する風に乗り、荒々しい空気の中を運ばれていった。

25　闇を通る道

サーシャとワーシャは、真夜中になる直前に出発した。

「すまなかった」出発前、サーシャはオリガにいった。「このまえ、別れぎわに言い過ぎてしまった」

オリガは笑顔になりかけたが、口をゆがめていった。「あのときは、こちらも頭にきていたから。わたしのこと、別れに慣れっこだと思っているんだろうって」

「もし南の情勢が悪くなったら、モスクワにいてはいけない。子どもたちを連れてレスナーヤ・ゼムリャにいくんだ」

「わかってるわ」セルプホフ公妃のオリガはそう答えると、兄ときびしい視線を交わした。オリガはこのモスクワで、包囲攻撃を三度も切り抜けてきたのだ。そして、サーシャは大公ドミトリーとともに、まだ大人になりきらないうちからモスクワ大公国のために戦ってきた。ワーシャはふたりをみているうちに、落ち着かない気持ちになった。これまで多くのことをみてきたが、戦をみたことはなかったと気づかされたのだ。

「あなたたちふたりに神のご加護がありますように」オリガはいった。

ワーシャとサーシャはひそかにモスクワを離れた。城門の外に広がるパサートは、眠りについている。病の悪臭は冷たい風に吹き払われていた。少なくとも、死者たちは安らかに眠っているはずだ。

ワーシャは兄を森の中へ導いた。ワルワーラの手引きで初めて真夜中の国に入りこんだときと同じ場所だ。あれからどれだけの時がたっただろう。あの夜からルーシではふたつの季節がすぎていたが、ワーシャは自分でもどれくらいの日々を生きてきたのかわからなくなっていた。モスクワのどこかで鐘が鳴った。木々の向こうには、城壁が白くそびえ立っている。ワーシャは兄の手を取った。真夜中だ。闇が荒々しさを帯び、新たな脅威、底知れない美しさとなって迫ってくる。ワーシャは兄の手を引いて前に進んだ。「いとこのウラジーミルのことを思い浮かべて」ワーシャはいった。一歩、二歩。次の瞬間、サーシャは驚いてはっと息をもらした。モスクワが消えていた。ふたりはまばらなニレの林に立っている。空気は乾いていてあたたかい。ワーシャの裸足の指のあいだには、泥ではなく土埃が積もっている。頭上の低いところに、晩夏の大きな星々が輝いている。別の真夜中だ。

「驚いたな」サーシャがささやいた。「セルプホフの近くの森だ」

「いったでしょ。この道を通れば早いって。でも――」ワーシャは口をつぐんだ。

黒い雄馬のヴォーランが、二本の木のあいだから現れた。闇の中で、乗り手の目が、明けの明星のように輝いている。

サーシャの手が剣の柄にのびた。真夜中の国に足を踏み入れたせいで、その血に眠る何かが呼び覚まされたのか、サーシャにも馬と乗り手がみえる。「真夜中の精よ」ワーシャはパルノーチニツァから目を離さずにいった。「ここはあの人の国なの」ワーシャはパルノーチニツァに頭を下げた。

サーシャは十字を切った。パルノーチニツァはあざけるような笑みをサーシャに向けると、馬から滑り降りた。

「神のご加護がありますように」サーシャは用心深くいった。

「当然ながら、そんなものは願い下げよ」パルノーチニツァは返した。ヴォーランが黒い頭を振り、不満げに耳を寝かせる。パルノーチニツァはワーシャのほうを向いていった。「また、わたしの国にきたの？　勝利の栄光をひけらかそうというわけ？」

「そう、わたしたちは勝った」ワーシャは警戒しながらいった。

「いいえ」とパルノーチニツァ。「勝ってなどいない。ほんとうの戦いはどんなものだと思っているの、生意気なおばかさん？　全然わかってないのね」

ワーシャは何も答えない。

パルノーチニツァは苦々しげにいった。「わたしたちは――わたしは――期待していた。あなたはちがうって。あのふたりが永遠に繰り返す復讐と幽閉の輪を、断ち切ってくれるだろうって。なのに、あなたはあのばかな双子の争いをあおっただけ」

「何をいってるの？　わたしたちは生ける屍《しかばね》たちからモスクワを救った。あなたがなぜ怒っているのかわからない。あの熊は邪悪よ。途方もなく。いまようやく熊は縛られて、ルーシは安全になった」

「そうかしら」パルノーチニツァはたずねた。「まだわかってないのね」その目に怒りと嫌悪――そして失望――がきらめく。「あなたはチョルトを支配することも、湖のほとりであの家を守ることも、わたしたちの命の灯が消えるのを救うこともできない。しくじったのよ。湖に通じる道に、あなたはもう入れない。わたしが閉じる。あの老婆はさぞ怒るでしょうけれどね。跡継ぎを失うのだから。さようなら、ワシリーサ・ペトロヴナ」

そして、パルノーチニツァは現れたときと同様、すばやく姿を消した。白い髪を振り乱してヴォーランの背に飛び乗り、遠ざかるひづめの音だけを残して。ワーシャは動揺し、さっきまでパルノーチニツァがいた場所をじっとみつめていた。サーシャはただ戸惑ったようにたずねた。「あれはどういう意味なんだ?」

「なぜ怒っているのかわからない」ワーシャはそう答えながらも、不安でたまらない。「先へ進まなくては。離れないようについてきて。はぐれてはだめ」

ふたりは慎重に歩きだした。ワーシャは真夜中の精の怒りにおびえていた。ここは真夜中の精が支配する国なのだ。ワーシャの後ろを歩くサーシャは、いくつもの影にぎくりとし、次々と変わる夜に戸惑っていた。それでもサーシャはついていく。ワーシャを信じて。

ワーシャはあとから自分を責めることになる。

26　黄金のオルド

なんの前触れもなかった。遠くに輝く光もみえなければ、音もきこえなかった。ワーシャとサーシャは暗闇から突然、笑い声がさざめく火明かりの中に出た。

その瞬間、ふたりは凍りついた。

酒盛りをしていた男たちも凍りついた。ワーシャは相手の武器をざっと見て取った。半月刀、弦をゆるめてある短い弓。馬のにおいがし、何頭かの輝く目が火明かりの向こうからこちらをみつめている。

ふたりのまわりで、男たちが勢いよく立ち上がった。話されているのはルーシの言葉ではない。あの暗い冬の夜、少女たちを救い出したときにきいた言葉に似ている。少女たちをとらえていた、あの――

「下がって！」ワーシャはサーシャにいった。目の端に、真夜中の精の白い髪と、勝ち誇ったようににらみつけている顔がみえる。ささやき声がきこえたような気がした。「学ぶか死ぬかよ、ワシリーサ・ペトロヴナ」

十人ほどの男たちの手には剣が握られている。サーシャも剣を抜いた。刃が火明かりにきらりと光る。「タタール人だ！　ワーシャ、逃げろ」

「だめ！」ワーシャはサーシャを引きもどそうとする。「だめ、真夜中の国にもどるしか――」しかし、ふたりを取り囲んだ男たちがじりじりと迫ってきて、真夜中を通る道がみえない。「ワーシャ」サーシャの穏やかな声がかえって恐ろしく響く。「わたしは修道士だ。あいつらも修道士を殺しはしまい。だが、おまえは……逃げろ。走れ！」サーシャは突き進んで、タタール人たちをなぎ払った。ワーシャはもみあう男たちから後ずさりし、たき火が炎の嵐になるようにと願った。ふいに勢いよく燃えだした火にタタール人たちがひるんだ瞬間、サーシャの剣が相手の剣とぶつかって火花が散った。

あった。真夜中の道が火のすぐ向こうにみえる。ふたたび火がめらめらと燃え上がり、タタール人たちをひるませる。ワーシャは叫んだ。「サーシャ、こっち――」

だが、最後までいえなかった。剣の柄でこめかみを強打され、世界が真っ暗になった。

ワーシャが倒れるのをみると、サーシャは剣を落とし、妹を襲った男にタタール人の言葉でいった。「わたしは神に仕える者で、あれはわたしの従者だ。傷つけてはならない」

「なるほど、おまえは神の人だ」そのタタール人はわずかに訛りのあるルーシの言葉で答えた。「アレクサンドル・ペレスヴェートだな。だが、こいつはおまえの従者ではない」

その声にどこか聞き覚えがあったが、サーシャからは顔がみえない。男は火の向こう側で、倒れているワーシャのそばに立ち、体を引っぱり上げた。ワーシャのまぶたがぴくぴく動き、額に負った深い傷から流れる血が、顔に迷路のような筋を描いている。

「これはおまえの妹の魔女だ」喜んでいると同時に戸惑ってもいるような声で、タタール人はいった。「なぜここへきた？　ドミトリーの密偵か？　なんだってあの男は、自分のいとこたちをこうも無駄づかいするんだ」

サーシャは驚きのあまり言葉を失い、黙りこんだ。相手がだれか、思い出したのだ。「おい、だれか」その男はタタール人の言葉でいい、ワーシャを肩にかついだ。「その修道士の手を縛って、連れてこい。将軍にこのことを知らせなくては」

ワーシャはだれかに運ばれていた。その足が地面を踏むたび、頭をゆさぶられる。ワーシャは吐いた。頭蓋を氷の破片で貫かれるような痛み。ワーシャをかついでいる男が吐き捨てるように叫んだ。「もう一度やってみろ」どこか聞き覚えのある声だ。「将軍への報告がすんだら、おれがこの手でぶちのめしてやる」

ワーシャはあたりを見まわし、真夜中の道をみつけようとした。しかし、道はない。気絶したときに見失ったにちがいない。夜はどんどん深まっている。サーシャとともに囚われてしまった。次の真夜中までは動きが取れない。

頭がもうろうとしている。野営地じゅうの視線が注がれている中で、兄と自分の姿を消すことはできない。いや、できるかも――しかし、計画を練ろうとしても考えがばらばらになってしまう。

頭がはっきりしかけたとき、ワーシャの目の前に何か大きなものがぼんやり現れた。フェルトでできた丸い建物だ。垂れ布が押しのけられ、ワーシャはそのすきまから中へ運びこまれた。恐怖が喉と胃を締めつける。兄さんはどこ?

中には男たちがいた。何人いるのかわからない。真ん中に立派な身なりの男がふたり立っていて、小さなストーブの火明かりと、つるされたランプの明かりに照らされている。ワーシャは男の肩からどさりと落とされた。もがきながら、なんとか膝立ちになる。ざっとみた感じでは、豊かな印象だ。ランプには銀細工が施され、脂ののった肉のにおいが漂い、膝の下にはじゅうたんが敷かれている。わけのわからない言葉が飛び交っている。そのとき、隣にサーシャが投げ出された。

立派な身なりの男のひとりはタタール人だ。もうひとりはルーシ人で、最初に口を開いた。

「これはどういうことだ?」

「これは――」背後から先ほどの聞き覚えのある声が響き、ワーシャは体をひねりかけたが、頭の痛みにあえぎ、動きを止めた。しかし、その男が前に進み出たので、顔がみえた。知っている。以前、モスクワ郊外の森で自分を殺しかけた男だ。この男は邪悪な魔術師と手を組み、ドミトリー・イワノヴィチをあやうく大公の座から引きずり下ろすところだった。

「どうやら」チェルベイはルーシの言葉でいうと、ワーシャに向かってにやりとした。「ドミトリー・イワノヴィチは、いとこたちを厄介払いする新手の方法を考え出したようです」

背の高い、テムニク――万人長――と呼ばれている男がママイにちがいないが、サーシャはうわさにきいただけで会ったことはない。ルーシ人のほうはだれなのかわからない。

「いとこだと?」ママイはタタール人の言葉で聞き返した。疲れた青白い顔をした中年の男だが、威厳にあふれている。目まぐるしく交代した大勢のハンたちのひとり、ベルジ・ベクに忠誠をつくしてきたが、ベルジがハンの座にあったのはわずか二年。それからというもの、ママイは失った地位を取りもどそうと画策し続けているが、大ハン（ここではチンギス・ハンをさす）の直系でないことが障害となっていた。サーシャは——そして、おそらくタタールの軍勢も全員——知っている。ドミトリーに対して決定的な勝利をおさめなければ、黄金のオルド（キプチャク・ハン国の別名。オルドの原意は「ハンの天幕」「本営」など）内の対抗勢力が力を増し、ママイは一巻の終わりだ、と。

追い詰められて逃げ場を失った男は、危険だ。

「この男は修道士のアレクサンドル・ペレスヴェート——その名はお聞き及びかと」チェルベイはそう話しながらも、目はワーシャに据えたままだ。「そして、こいつは——モスクワで初めて会ったときには、高貴な生まれで、アレクサンドル・ペレスヴェートの弟ときいたのですが、それはうそでした」チェルベイは穏やかな口調で続けた。「これは断じて男ではありません。娘——小さな魔女です。男の格好をして、モスクワじゅうをだましたのです。ドミトリーはいったいどういうわけで、このふたり——魔女と修道士——をここへ送りこんだのか。密偵として? 話してくれませんかね、娘さん《ジェーヴシカ》?」最後の質問は、丁重ともいえる口調でワーシャに向けられた。しかし、サーシャはその言葉の裏に潜む脅威を感じ取った。

ワーシャは言葉もなくチェルベイをみつめている。恐怖に目を見開き、顔は血だらけだ。

「いきなり殴るなんてひどい」そうつぶやいた妹の声がこれほどみじめに震えているのを、サーシャは初めてきいた。

「もっとひどい目にあわせてやる」チェルベイの口調は冷静で、脅しているというより事実を述べている。「なぜここへきた？」

「襲われたんです」ワーシャの低い声はまだ震えている。「仲間は殺されました。火がみえたので、助けを求めにきました」黒い目は大きく見開かれ、恐怖にうろたえている。頰には血がこびりついている。ワーシャはうつむき、またチェルベイを見上げた。今度はふた粒の涙が血だらけの顔に筋をつけた。

か弱い娘を演じるワーシャをみて、サーシャはやり過ぎだと思った。しかし、チェルベイの顔に浮かぶ警戒心が軽蔑へと変わり、サーシャは心の中で感謝の祈りをささやいた。チェルベイの注意を自分に引きもどそうとする。「妹を脅すのはやめろ。ここへきたのは偶然だ。わたしたちは密偵などではない」

「なるほど」チェルベイは猫なで声でいうと、サーシャのほうをみた。「で、妹はおまえといっしょに、その慎みのない格好で旅をしていたというのか？　それも偶然か？」

「修道院に連れていくところだった」サーシャはうそをついた。「大公がそのように望まれたので。ところが、わたしたち一行は盗賊に襲われ、助けもなく、妹とわたしだけが取り残された。盗賊は妹の服を引き裂き、何もかも奪い去った。残されたのはご覧のものだけ。数日間、空腹を抱えてさまよっていると、あなたがたの火がみえ、近づいたのだ。助けを得られると思っていたのに、まさかこのような辱《はずかし》めを受けるとは」

「だが、どうも腑《ふ》に落ちない」チェルベイは辛辣《しんらつ》な皮肉をこめていった。「モスクワ大公の側近中の側近が、いったいなぜこんなときに妹を修道院へ連れていく?」

「ドミトリー・イワノヴィチに戦いは避けるべきだと進言したところ、怒りを買い、おそばから遠ざけられたのだ」

「なるほど」ママイがすばやく口をはさんだ。「そういうことなら、おまえもいとこの目的や作戦について話しても差し支えないはずだ。そうすればまた神に仕えることができる」

「ドミトリーの意向については何も知らない。さっきもいったように――」

チェルベイに手の甲で顔を強打され、サーシャは床に倒れた。ワーシャが叫び声を上げて、チェルベイの足元に身を投げ出し、サーシャが腹を蹴られるのを食い止める。「お願い」ワーシャは叫んだ。「お願いだから、兄さんを痛めつけないで」

チェルベイはワーシャを振り払ったものの、目の前にひざまずいて両手を握りしめているその姿を、眉を寄せて見下ろしている。決して美人とはいえないワーシャのがっしりした骨格と大きな目が、どういうわけかチェルベイの目をとらえて離さない。サーシャは唇から血を流しながら、またもや男たちの注意が妹に向けられたのをみて、いままで経験したことのないような動揺を感じた。しかも、こともあろうに妹がそう仕向けているのだ。兄からタタール人たちの気をそらすために。

「悪かったな。おまえの兄さんの言葉を信じなくて」チェルベイは穏やかな口調でいった。

「兄はただ真実を話しただけです」ワーシャはか細い声でささやいた。

ママイがふいにルーシ人のほうを向いていった。「どうだ、オレグ・イワノヴィチ？　ふたりはうそをついているのか？」

あごひげを生やしたルーシ人の表情はまったく読み取れないが、サーシャはその名前に聞き覚えがあった。リャザン公国の大公で、タタール人側についている人物だ。

オレグは慎重そうに口もとをひきしめて、答えた。「この者たちの話がうそかどうかは申し上げかねます。ただ、どちらかといえば、この修道士の話はもっともらしく思われますな。ドミトリー・イワノヴィチがいとこをふたりも密偵として送りこんだりするでしょうか。それも、ひとりは男装した娘です」ワーシャをとがめるような目でちらっとみる。

「この娘は魔女で、不思議な力を持っています」チェルベイは言い張った。「さっき、たき火が異様に燃え上がったのもこの娘のしわざです。モスクワで、わたしの馬も魔法をかけられました」

みんなの目がワーシャに向けられた。ワーシャは視線が定まらず、唇を震わせている。頭の傷からは依然として血が染み出し、周囲が腫れ上がってきている。そして声をたてずに泣いている。

「まったく」意味ありげに口をつぐんでいたオレグがいった。「ひどい様だ。この娘の名は？」最後の質問はルーシの言葉だった。

ワーシャはうつろな表情で、何も答えない。チェルベイがまた手を上げたが、拳《こぶし》が振り下ろされるまえに、オレグの声が制止した。「おまえは縛られている娘をなぐるのか？」

「申し上げたとおり」チェルベイは怒った声でいった。「この娘は魔女です！」

「確証はない」オレグがいった。「それに今日はもう遅い。ふたりをどうするかは朝になってから決めてもいいだろう」

「わたしにおまかせください」チェルベイはいった。その目はぎらぎらと光り、モスクワで受けた屈辱の生々しい記憶を宿している。たぶん、男装した緑色の目の娘にそそられているのだろう。ひょっとしたら、この男もあの日、あの川の上にいたのかもしれない。カシヤンがモスクワじゅうの人々の前で、ワーシャの秘密を可能なかぎり最も残酷な方法で暴いたあの場に。

サーシャがいった。「ドミトリー・イワノヴィチは身代金を払うだろう。妹が無事であれば」

だれもサーシャのことを相手にしない。

「よかろう」ママイはいった。「ふたりはおまえにまかせる。何かわかったら知らせてくれ。オレグ・イワノヴィチ――」

「修道士が拷問を受けて死んだとなれば、府主教（正教会で、総主教に次ぐ高位の聖職者）が黙ってはいないでしょう」オレグがいった。サーシャはほっとして息をつく。

「死なないように気をつけろ」ママイはチェルベイに言い添えた。

「将軍」オレグはママイに呼びかけ、またワーシャに視線を向けた。「今夜はわたしがこの娘を預かります。兄から引き離されてひとりになれば、怖くなってもっと何か話すでしょう」

チェルベイは納得がいかないという顔をした。口を開けて何かいいかけたが、おもしろがっている様子のママイがそれをさえぎった。「好きにするがいい。やせこけた娘だがな」

オレグはお辞儀をすると、ワーシャを引っぱって立たせた。それまでのやりとりがおもにタタール人の言葉でなされていたため、ワーシャにはほとんど理解できていない。ワーシャはサーシャをじっとみつめた。「心配はいらない」サーシャがいった。

なんの慰めにもならない。ワーシャが案じているのは自分の身ではないいく、サーシャなのだ。

27　リャザン公オレグ

ママイのテントの外に出ると、オレグは腹立たしげにシューッと息を吐いた。剣を携えたふたりの男が現れ、後ろからついてくる。ふたりはワーシャをもの珍しそうにじろじろみたが、すぐに無表情な顔にもどった。ワーシャは兄が心配でたまらない。すべてがあまりに目まぐるしく展開した。真夜中の精にばかにされ、脅されはしたが、まさかひいおばあさんのしもべが自分をタタール人の手に渡すとは夢にも思わなかったのだ。いったいなぜ？

しくじったのよ、と真夜中の精はいっていた。

オレグに引きずられるようにして歩きながら、ワーシャは考えようとした。もし逃げることができたら、次の真夜中にもどってきて兄さんを助け出せる？　この広い野営地で、血だらけの顔をしたワーシャには、魔法が冷たい星々のように遠く感じられた。

ママイのものより小ぶりの丸いテントが、闇の中から現れた。オレグはワーシャを垂れ布のすきまから押しこみ、その後ろからテントに入ると、けげんそうな顔の従者たちを下がらせた。

このテントにストーブはなく、素焼きのランプがひとつあるだけだ。ざっとみた感じでは、質素なしつらえで、毛皮がきれいに重ねられている。オレグが口を開いた。「修道院に向かっていただと？　そんな格好でか？　盗賊に襲われた？　愚かにも、チェルベイのたき火をみつけてのこのこやってきたと？　わたしの目は節穴か？　ほんとうのことを話すんだ」

ワーシャは心を落ち着かせようとした。「兄の話は真実です」

「おまえは臆病者ではない。それは認めよう」オレグの声が和らいだ。「ジェーヴシカ、おまえを助けてやろう。だが、そのためには真実を知る必要がある」

ワーシャは目に涙を浮かべた。それくらいたやすいことだ。頭がずきずき痛む。「お話ししたとおりです」ワーシャはもう一度、小声でいった。

「わかった。好きにしろ。明日になったらおまえをチェルベイに引き渡す。そうすればあいつがほんとうのことを聞き出すだろう」オレグは腰をおろして長靴を脱ぎ始めた。

ワーシャは一瞬、オレグをみつめた。「あなたはルーシの人間なのに、敵の側で戦っている。そんな人を信じろというのですか？」

オレグは顔を上げた。「わたしは黄金のオルドの隣で戦っている」あけすけにいうと、長靴の片方をわきに置いた。「ドミトリー・イワノヴィチとはちがい、自分の街が破壊され、民が奴隷として連れ去られるのを望んではいないからな。だからといって、おまえを助けられないわけではない。だが、おまえが逆らうなら、どんなひどい目にあおうと黙ってみているだろう」

オレグは、もう一方の長靴をさっき脱いだ長靴の横にならべると、帽子をとり、重ねた毛皮の上に放り投げた。それから品定めするようにワーシャをながめまわした。忘れるの、とワーシャは自分に言い聞かせた。この男に自分の姿がみえるという現実を忘れて。――しかし、心を集中させることができない。頭に激しい痛みが走る。オレグは裸足でワーシャのほうに忍び寄った。無言のまま、一方の手でワーシャの縛られた手首をつかみ、もう一方の手で武器を持っていないか体じゅうをさぐる。武器はない。チェルベイのたき火のそばでなぐり倒されたあと、だれかにナイフを取り上げられたのだ。「ほほう」オレグは両手をワーシャの体に走らせるといった。「娘にはちがいないようだ」

ワーシャはオレグの足を踏みつけた。オレグがワーシャの横面をなぐった。

意識がもどると、ワーシャは地面に寝かされていた。手の縄はオレグが切っていた。ワーシャは顔を上げた。オレグは重ねた毛皮の上にすわり、さやから抜いた剣を膝に渡して、砥石《といし》をかけている。

「目が覚めたか?」オレグはいった。「では続きを始めよう。ほんとうのことをいうんだ」

ワーシャはやっとの思いで立ち上がった。「いわなかったら? 拷問するつもり?」

オレグの顔に不愉快そうな表情がよぎった。「潔く耐えようと心を決めているおまえにはわからないだろうが、チェルベイよりわたしといたほうがましだぞ。あの男はモスクワで恥をかかされた。その話は軍のだれもが知っている。あれはおまえを拷問する。その気になれば、兄の目の前で、あのときの屈辱をおまえにも味わわせるだろう」

「つまり、どちらかを選べと? みんなの前で辱《はずかし》めを受けるか、ここでこっそり受けるか?」

オレグは鼻を鳴らした。「おまえにとって幸運なことに、わたしは姿も振る舞いももっと女らしいのが好みでね。質問にさえ答えれば、チェルベイから守ってやる」

ふたりはにらみあったまま動かない。ワーシャは深く息を吸い、賭けに出た。「モスクワ大公からの伝言を預かってきたんです」

オレグの目つきが鋭くなった。「ほんとうか？　妙な使者を選んだものだな」

ワーシャは肩をすくめた。「わたしがここにいることがその証拠では？」

オレグは剣と砥石をわきにどけた。「たしかにそうだが、たぶんおまえはうそをついている。大公の使者だという印はあるのか？　あったが食べてしまったとでもいうのか？　いまは持っていないはずだ」

できるかどうか自信はなかったが、ワーシャは声を落ち着かせていった。「印ならあります」

「いいだろう。では、みせろ」

「もちろん」ワーシャはいった。「ただし、そのまえに教えてください。ドミトリー・イワノヴィチがいとこを厄介払いする新手の方法を考え出したと、チェルベイがいったのはなぜですか？」

オレグは肩をすくめた。「セルプホフ公もここに囚われているからだ。ドミトリーは公の行方を気にしていなかったか？」ひと息ついて続ける。「ふん、おまえが使者だと？　それとも救出隊か？　どちらもありそうにないな」

ワーシャは答えない。

「いずれにせよ、ドミトリーの失策だ」オレグはしめくくった。「いまや、ママイのもとに大公のいとこが三人も囚われているのだからな」そして腕を組んだ。「さあ、おまえの印とやらをみせてもらおう」

ワーシャは割れるような頭痛を無視し、合わせた両手をすぼめると、そこに火の記憶を満たした。

オレグは悪態をつき、あわてて立ち上がると、ワーシャの手の中の炎から後ずさった。

ワーシャは床に膝をつき、炎の向こうのオレグを見上げた。「オレグ・イワノヴィチ、ママイはこの戦いに負けます」

「寄せ集めのルーシ軍が、黄金のオルドにかなうはずがないだろう」しかし、オレグの声は細くとぎれとぎれで、目は炎に釘付けになっている。オレグは炎に触れようと手をのばし、その熱さに急いで手を引っこめた。ワーシャは炎の熱さを感じることなく、ただ腕の毛が焼けて縮れているだけだ。「なかなかの芸当だ」オレグはいった。「ドミトリーは悪魔どもと手を組んだのか？　それでもこっちの軍には太刀打ちできまい。ママイの馬が何頭いるか、知らないのか？　矢の数、兵士の数は？　ルーシじゅうの男がドミトリーの側で戦ったとしても、ママイの兵士の数は倍だぞ」

そういいながら、オレグはワーシャの手から目を離さない。

ワーシャは体の痛みも頭痛もこらえ、神経という神経を研ぎすまし、落ち着いた表情のまま、火の記憶が消えないようにした。オレグは自分の民を守るために敵の側についた。現実的な男だ。筋道立てて話をすれば、たぶん説得できる。「火を使った芸当？」ワーシャはいった。「そうお思いですか？　とんでもありません。火と水と闇のすべてが一丸となり、この土地の古い力が、新しい力と手を組んで戦おうとしているのです」それがほんとうであってほしいとワーシャは願った。「あなたの将軍は負けます。わたしはその印であり、証拠でもあるのです」

「ドミトリー・イワノヴィチは黒魔術に魂を売ったのか？」オレグは十字を切った。

「わたしたちを生んだ土地を守るのが黒魔術だと？」ワーシャはいきなり炎を握りつぶした。

「なぜチェルベイの手からわたしを救ったのです、オレグ・イワノヴィチ？」

「余計な親切ってやつだ。それに、チェルベイも気に食わん」オレグは恐る恐る手をのばし、ワーシャの掌《てのひら》に触れてみるが、ひんやりしている。

「ドミトリーの側には、あなたにはみえない力がついています。こちらには、あなたにはみえない力があるのです。征服者を守るより自分のために戦うべきです、オレグ・イワノヴィチ。わたしに手を貸してくれませんか？」

オレグはためらっている。ワーシャは間違いなくそう感じたのだが、オレグの顔に苦笑いが広がった。「なかなか弁が立つな。あやうくおまえがドミトリーの使者だと信じるところだった。ドミトリーは思っていたよりも賢い男らしい。だが、わたしはもうとうの昔におとぎ話は卒業しているのだ、ジェーヴシカ。わたしにしてやれるのはママイに進言することくらいだ。おまえは修道院に向かう途中のただの愚かな娘で、奴隷として売り飛ばすよりわたしの家でもらい受けたほうがいい、と。この戦いが終わったら、リャザンでわたしのために火の芸を披露してくれてもいい。だが、だれにもみられないようにするんだ。タタール人は魔女を憎んでいるからな」

ワーシャの頭痛がまた激しくなった。視界の端が暗くなる。ワーシャはオレグの手首をつかんだ。魔法にも、賭けにも、策略にも見放された。「お願いです」ワーシャはいった。

薄れゆく意識の中で、オレグが答えをささやくのがきこえた。「ひとつ条件を出そう。もしおまえひとりで、兄とセルプホフ公をみつけて助け出すことができれば――しかも、わたしの兵士や貴族《ボヤール》たちの、タタール人への忠誠がゆらぐような形で成し遂げれば――それを印と認め、おまえの忠告を聞き入れよう。それまでは、わたしはタタール側につく」


その晩、ワーシャは自分が眠っているのか、それとも頭の痛みで気を失っただけなのかわからなかった。夢の中にたくさんの顔が出てきた。どの顔もワーシャをみつめ、待っている。不安げなマロースカ、じっとみつめる熊、怒りに燃える真夜中の精。真夜中の国で行方のわからなくなった、気のふれたひいおばあさんもいる。おまえは三度、火を乗り越えた。でも最後の謎の答えはわかってない。

それから兄の夢もみた。拷問の末、兄は笑い声を上げるチェルベイに殺された。

夜明けまえの闇の中で、あえぎながら目を覚ましたワーシャは、あたたかく柔らかいものに包まれて横たわっているのに気づいた。顔にこびりついた血はだれかが拭い取ってくれていた。ワーシャは横になったまま、身じろぎもしない。頭痛は鈍いつぶやき程度にしずまっていた。顔の向きを変えると、すぐ横で目を開けたままうつ伏せになっていたオレグが、ワーシャをじっとみつめている。「手の中で火を燃やす技はどうやって覚えるんだ？」まえの晩の会話を続けるように、オレグがたずねた。

夜が明けたばかりの淡い光が、ふたりのまわりに広がり始めている。ふたりは重なった毛皮にくるまっていっしょに寝ている。ワーシャは飛び起きた。

オレグは動かない。「貞操を踏みにじられたと？　真夜中に男の格好をしてタタール軍の野営地に現れたおまえが？」

ワーシャは猫のように毛皮の下から這い出した。その顔に浮かんだ表情をみて、オレグは納得したのだろう。おもしろがるように、穏やかな声で続けた。「おまえに手を出すと思うか、魔女よ？　しかし、若い娘とあたたかい寝床に入るのはずいぶん久しぶりのことだった。たとえやせっぽちの娘でもな。その点ではおまえに感謝している。それとも、地面で寝たほうがよかったか？」

「そうね」ワーシャは冷たく言い放った。

「よかろう」オレグは穏やかにいうと、体を起こした。「痛い目にあう決心ができているようだ。わたしのあぶみにつないで歩かせるとしよう。それなら、わたしの態度が甘くなったのではないかとママイに勘繰られずにすむ。さあ、長い一日になるぞ」

オレグはゲルと呼ぶ丸いテントを出た。ワーシャの頭の中を考えが駆けめぐる。逃げる？　自分の姿がみえているという事実を忘れ、野営地を歩きまわって兄さんをみつける？　でも、兄さんの姿がみえているという事実まで忘れることができる？　それに、兄さんがけがを負っていたら？　だめだ。ワーシャはしかたなく心を決めた。真夜中まで待ったほうがいいし、賢明だ。やり直しはきかないのだから。

オレグの命令で、ワーシャに杯が運ばれてきた。何かひどいにおいのもので満たされている。雌馬の乳を発酵させた飲み物だ。濃厚で塊が混じり、酸味がある。ワーシャの胃袋はひっくり返りそうになった。オレグがテントにもどってきていった。「たしかに、いいにおいとはいえないが、タタール人はこれだけで何日も進軍する──それと馬の血でな。さあ飲め、魔女よ」

ワーシャはむせないようにして飲んだ。また手を縛ろうと近づいてきたオレグに、ワーシャはたずねた。「オレグ・イワノヴィチ、兄は無事ですか？」

オレグはワーシャの手首に縄をきつく巻きつけていて、最初のうちは答える気もないようにみえたが、手短にいった。「生きてはいるが、本人は生きていたくないと願っているかもしれん。それに、いっていることも変えていない。ママイには、おまえは何も知らない、ただのばかな娘だといっておいた。ママイは信じたようだが、チェルベイは疑っている。あの男には気をつけたほうがいい」

真夜中よ。ワーシャは震えないようにしながら、心の中でつぶやいた。ふたりで真夜中まで生きのびることさえできれば……。

テントから朝日の中へ引き出されたワーシャは、怖じ気づいた。明るい太陽の下でみる野営地は、街よりも広い。見渡すかぎりテントと馬の列が広がり、その半分は雑木林に隠れてみえない。何百人もの兵士がいる。いや何千、それとも何万か。ワーシャの心は沈んだ。馬は兵士よりもさらに多く、四方八方に荷車がみえる。ドミトリーはこれに匹敵するだけの軍をどうやって召集するのか。いったいどうしたら、この軍を打ち負かせるなどと思えるだろう。オレグの馬はがっちりした、頭の大きな鹿毛《かげ》の雌馬だ。優しく賢そうな目をしている。オレグは雌馬の首を愛おしそうにたたいた。

こんにちは。ワーシャは鹿毛の馬に身振りで、馬の言葉で話しかけた。

鹿毛の馬はけげんそうに耳をぴくつかせていった。こんにちは。あなたは馬じゃないわね。

ええ、ワーシャは答えた。オレグはワーシャの手首に巻いた縄をあぶみにつなぐと、雌馬の背にまたがった。でも、あなたの言葉はわかる。わたしを助けてくれない？

雌馬は戸惑った様子だが、いやがってはいない。どうやって？　雌馬はそうたずねたとたん、オレグにふくらはぎで軽く触られ、早足で走りだした。ワーシャはどう説明するか考えようとしながら、引きずられて雌馬の横をよろよろ走り、どうか体力が持ちますようにと祈った。

ワーシャはすぐに気づいた。オレグが自分をそばに置いているのは辱めるためだけではない。進軍中のたちの悪い兵士から守るためでもあるのだ。おそらく、ドミトリー・イワノヴィチの使者だという話を、表向きよりは信じているのだろう。それに、タタール人にも表向きほどは忠実でないのかもしれない。最初にだれかがワーシャに馬糞を投げつけたとき、オレグはやんわりと抗議した。それ以後、ワーシャはもういやな目にあうことはなくなった。

しかし、それは大変な一日で、時間の経過がのろく感じられた。土埃が舞って、ワーシャの目と口に入りこむ。午前の半ばに雨が降り、足元の土埃は泥に変わった。ほっとしたのもつかの間、ワーシャは寒さに震えだし、濡れた服に肌がこすれた。やがて太陽が顔を出すと、今度はまた汗をかいた。

鹿毛の雌馬は頼まれたとおり、ワーシャの足をすくわないようにまっすぐ進み、できるだけついていきやすくしてくれた。それでも、一定の速さで何時間も走り続けなければならず、ワーシャは引きずられた。息が切れ、手足は疲れきってほてり、頭の傷がずきずき痛む。オレグは振り返らない。

日が高くなってようやく隊列は止まったが、それもつかの間だった。隊列が止まるとすぐ、ワーシャは鹿毛の馬の心地よい肩に崩れるように寄りかかり、身を震わせた。オレグが馬から降りる音がした。「また魔法か?」オレグはやんわりとたずねた。

ワーシャは痛む頭をぐいと上げ、腹立たしげにオレグに向かってまばたきした。「わたしはこいつを子馬のころから育ててきた」オレグは鹿毛の馬の首をたたきながら説明した。「おまえはまだ嚙まれてもいないし、農耕馬にやるように寄りかかっている」

「たぶん男が好きじゃないだけでしょう」ワーシャは額の汗をぬぐいながらいった。

オレグは鼻を鳴らした。「たぶんな。そら」ハチミツ酒の入った革袋を手渡され、ワーシャはごくごく飲むと、手の甲で口をぬぐった。「日が暮れるまで進むぞ」オレグはあぶみに足をのせながらいった。「みかけよりも丈夫そうだな。おまえにとって幸運なことに」

ワーシャは真夜中まで生きのびられることだけを祈った。

オレグが馬上にもどろうとしたとき、雌馬が片耳を傾けた。チェルベイがゆっくりと馬を走らせて近づいてくる。オレグが用心深い顔を向ける。チェルベイがルーシの言葉で「いつものふてぶてしさはどこへいった？」とワーシャにいった。

ワーシャがいう。「兄に会わせて」

「だめだ。あれはおまえよりもひどい一日を過ごしている」チェルベイはいった。「もっと楽ができるというのに、どれだけ背中を打たれ、傷口をハエに嚙まれても、同じうそを繰り返すばかりだ」

ワーシャはこみ上げる吐き気をのみこむと、きつい口調でいった。「兄は聖職者よ。あなたたちに兄を傷つける権利はない！」

「修道院にとどまっていれば、傷つけたりはしなかった。聖職者なら祈りに専念していればいいものを」チェルベイは顔をさらに近づけてくる。オレグの家来たちがこちらに注目し始めた。「おまえたちのどちらかがこっちの知りたいことを話さなければ、あいつを殺す。今夜だ」

チェルベイはオレグの馬の真横に自分の馬をつけている。ワーシャは動かなかったが、鹿毛の雌馬が急に両方の後ろ脚を蹴り上げ、それがチェルベイの馬のわき腹に命中した。チェルベイの馬は甲高い声でいなないて飛びのき、乗り手を放り出すと荒々しい目つきで後ずさりした。毛におおわれたわき腹に、ひづめの形の傷がふたつできている。

オレグの鹿毛の馬はくるりと向きを変え、後ろ脚で立ち上がり、ワーシャを地面に引き倒した。土埃の中に転がされて痛い思いをしたものの、ワーシャはほくほくしていた。だれもワーシャのしわざだとは気づかないだろう。オレグが馬に飛びついて、手綱をつかんだ。

男たちがいっせいに声を上げて笑う。

「魔女め！」チェルベイは言い捨てると、土埃の中から立ち上がった。驚いたことに、その顔には、怒りとともにかすかな恐れの色が浮かんでいる。「おまえが――」

「わたしの馬の気性が荒いからといって、この娘を責められまい」オレグがワーシャの背後から穏やかな口調でいった。「そっちが馬を近づけすぎたんだ」

「こいつはおれが連れていく」チェルベイがいった。「危険だからな」

「雌馬か、それとも娘か？」オレグが何食わぬ顔でたずね、男たちはまた大声で笑った。ワーシャはチェルベイから目を離さない。ルーシ人たちがワーシャの両側を取り囲み、団結してこのタタール人を寄せつけないようにしている。だれかがチェルベイの馬をつかまえた。チェルベイは激怒しながらも魅入られたようにワーシャをみつめている。しかし、すぐに目をそらしていった。「夕方、娘をおれのところへ連れてこい」そういってまた馬にまたがり、土埃をかぶった隊列の横を走り抜けていった。

ワーシャはチェルベイが去っていくのをみつめた。オレグは首を振っている。「ドミトリー・イワノヴィチは少なくとも分別のある人間だと思っていたが、自分のいとこたちを湯水のように使うとはな。それもいったいなんのために？」ワーシャがまだ蒼白な顔をしておびえているのをみると、荒っぽく慰めるように「そら」といって、平らな丸いパンを渡した。しかし、ワーシャはいま食べると死にかねないので、袖につっこんだ。

午後はのろのろとすぎ、リャザンの兵士たちは不思議なことを経験しだした。馬たちが走る速度を落としているのだ。足を痛めたわけでも具合が悪いわけでもない。しかし、蹴って拍車をかけても、馬たちの動きはぎこちなく、何歩か走ってはすぐに立ち止まり、耳を寝かせた。

いつのまにか、オレグたちの隊は進みの速いタタール軍の隊列から遅れをとっていた。日が暮れるころには、本隊はすっかりみえなくなり、黄緑色の空を背景にかすかに立ちのぼる土埃から、ようやくほかの隊の位置がわかる有様だった。

ワーシャは手も足もぼろぼろだった。一隊列分の馬とひそかにやりとりするのに忙しく、頭がずきずき痛んだ。幸運なことに、オレグの鹿毛の雌馬は思慮深く、ほかの馬たちから一目置かれていたおかげで、ワーシャにとって必要なだけ進みを遅らせるのに大いに役立ってくれた。ワーシャがチェルベイのところへもどされるのであれば、真夜中か、その少しまえがいい。

一行は浅瀬に着き、馬に水を飲ませるために止まった。ワーシャは息を切らしながら川岸に膝をついた。水をごくごく飲むのに夢中で油断していたところ、オレグに腕をつかまれた。ぐいと引き上げられ、くるりと回された。両手は濡れたままだ。「なるほど。おまえか？」オレグはけわしい声でいった。

「わたしがなんですか？」ワーシャはたずねた。

オレグに強くゆさぶられ、ワーシャは舌をかんだ。血の味がする。そうだ、小さな優しさをどれだけワーシャに示そうと、この公は自分の民の安全のためには、ドミトリー・イワノヴィチを裏切るし、ためらうことなくワーシャを殺すだろう。「わたしはおまえを守ってやった。

そのわたしをだまそうというのか?」オレグは問い詰める。「チェルベイは、モスクワで馬に魔法をかけられたといっていたな。まさかと思っていたが——」半ば皮肉っぽく、手を大きく動かして消えた隊列のほうを指した。「われわれは遅れを取っている。おまえは馬たちに何かしているのか?」

「わたしはあなたの目の届くところにいたはずです」ワーシャは声に浮かぶ疲労と敗北の色を隠そうともせずにいった。「それなのに、馬たちに何ができたというんです?」

オレグはけわしい目でもうしばらくワーシャをみつめ、それからいった。「何か企んでいるな。いったいなんだ?」

「もちろん、企んでいます」ワーシャは疲れた声でいった。「兄の命を救う方法を考え出そうとしています。でも、まだ何もいい考えは浮かびません」ワーシャは目を上げてオレグをみた。「あなたには何か考えがあるのですか、オレグ・イワノヴィチ? 兄を助けるためなら、わたしはなんでもします」

オレグは浅く息を吸うと、落ち着かない様子でワーシャの目をのぞきこんだ。「なんでもか?」

ワーシャは答えなかったが、オレグの目をじっとみつめた。

オレグは唇を引き結び、ワーシャの目から口へと視線を移した。そしてふいにワーシャをつかんでいた手を離して背を向けると、そっけなくいった。「何ができるか考えておこう」

オレグは高潔な男で、ばかではない。ドミトリーのいとこを脅しはしても、寝ようとはしなかった。だが、怒っているということは、その気はあるということだ。実際、オレグは怒っている。首筋に腱が浮き上がっているのがみえる。しかし、オレグはもうワーシャをゆすぶりはせず、馬たちのことを考えるのもやめていた。それこそワーシャの望んでいたことだ。

あとは——そう、逃げるだけだ。兄といっしょに。また疑いが生じないうちに。

オレグはふたたび馬にまたがると、拍車をかけ、ワーシャを引きずった。もう止まることはなかった。

すっかり日が暮れて月がのぼったころ、オレグの率いるルーシ人の隊はようやくタタール人の野営地にたどり着いた。馬たちはワーシャのゲームを大いに楽しんだせいで元気だが、男たちは汗だくで、機嫌が悪く、いらだっていた。

月明かりの中、野営地に入っていくルーシ人たちに、あちこちから悪気のないののしり言葉が投げられる。疲れきった男たちは落ち着かない馬に当たり散らした。ワーシャは気づいていた。この一時間、オレグはワーシャから一度も目を離していない。一行がようやく足を止めると、オレグは鞍から飛びおり、ワーシャをけわしい目でみつめていった。「おまえをチェルベイのところへ連れていかねばな」

ワーシャの腹の中で、かすかな冷たい恐怖がうごめく。しかし、なんとかたずねた。「どこですか？　兄はどこ？」

「ママイのゲルだ」ワーシャの目に浮かんだ恐怖をみたのだろう、オレグはぶっきらぼうに言い添えた。「おまえをそこに置き去りにはしない。できるだけうぶな顔をしていろ。だが、そのまえに兵士たちの様子をみてくる」

ワーシャは丸太にすわったまま、置いていかれた。近くに見張りの兵士がひとりいる。ワーシャは月を見上げ、直感でおよその時刻を推し測ろうとした。遅い時間であることはたしかだ。暑かった昼間に汗を吸った服のせいで、体が冷えていく。ワーシャは深く息を吸った。真夜中はもうすぐ？　そうでないと困る。

疲れてはいるが、頭ははっきりしていた。吐き気も傷の痛みも消えている。兄の心配はひとまず置いて、集中しようとした。小さなことでいい。自分の力でできる範囲の、自分が正気を失わない程度の小さな魔法でいい。サーシャは昼間のあたたかさが残る地面にすわると、手をきつく縛られているという現実を忘れた。

すると、縄の結び目がゆるむのがわかった。ほんの少し。つとめて肩の力を抜く。縄がまた少しゆるんだ。これで擦りむけた手首を動かし、回すことができる。

あたりを見まわすと、オレグの鹿毛の雌馬の優しそうな目がみえた。雌馬はワーシャの願いに応じるように、棹立《さおだ》ちになり、甲高くいなないた。すると、ルーシ人たちのほかの馬もいっせいにいなないた。同時に、恐怖にわれを忘れて後ずさりし、目をぎらぎらさせて杭をぐいぐい引っぱり、縄の足かせを外そうと暴れた。そこらじゅうで男たちの悪態がきこえ、ワーシャの見張りまでが馬の列に向かって走りだした。ワーシャをみている者はいない。手をひとひねりして、手首の縄を外した。馬たちの騒ぎが人間たちに乗り移ったかのように、野営地に混乱が広がりだした。

ワーシャはママイのテントがどこにあるのか知らない。動きまわる男たちや馬たちの混乱に紛れこむと、気のいい鹿毛の雌馬の首に手をのせた。まだ鞍がついたままだ。鞍袋には短刀まで差してある。「わたしを乗せてくれない?」ワーシャはささやいた。

鹿毛の雌馬が快く頭を振り、ワーシャはその背にまたがった。ふいに、混乱の向こうが見通せた。ワーシャは馬を少しずつ前に進め、肩越しに振り返った。

リャザン公オレグがたしかにみえたような気がした。逃げるワーシャを無言でみつめる、オレグの姿が。

28 パジャール

ワーシャは馬たちに、火や狼のこと、さまざまな恐ろしいことをささやいた。ワーシャのいく先々で、野営地は混乱に陥った。たき火が激しく燃え上がり、火花を散らす。何十頭もの――さらに多くの――馬たちがいっせいに興奮して暴れていた。急に走りだして、通り道にいた男たちを踏みつける馬もいれば、棹立《さおだ》ちになって跳ね上がり、縄を引きちぎろうとする馬もいる。馬たちに興奮の波が広がる中、ワーシャは鹿毛《かげ》の雌馬を駆って進んだ。一度ならず、この馬のしっかりした足取りと分別に感謝した。ワーシャの喉と胃が泡立ち、危険を告げている。闇と混乱は魔法よりも頼れる味方だと、ワーシャは思った。

ママイのテントに近づくと、ワーシャは雌馬の背から滑り降りていった。「ここで待ってて」雌馬は快く鼻面を下げた。このあたりでも馬たちが跳ね上がり、そこらじゅうで男たちが毒づいている。ワーシャは勇気を奮い起こし、小声で祈りを唱えながらママイのテントに忍びこんだ。

兄はそこにひとりでいた。両腕をねじり上げられ、テントの支柱に縛りつけられている。上半身裸で、背中には鞭の跡が生々しく残り、顔は痣《あざ》だらけだ。ワーシャは兄に駆け寄った。サーシャはぐったりした目を上げてワーシャの顔をみた。右手の二本の指の爪がはがされている。「ワーシャ、逃げろ」

「逃げる、兄さんといっしょに」ワーシャはオレグの鞍から取ってきた短刀をひと振りし、サーシャの縄を切った。「さあ早く」

しかし、サーシャはうつろな目で首を振った。「あいつらは知っている。馬たちを興奮させたのがおまえだとわかっているんだ。チェルベイが——鹿毛の雄馬とモスクワの雌馬について何かいっていた。騒ぎが起こった瞬間に、おまえのしわざだとわかっていた。あいつらは——おまえを罠にかけたんだ」サーシャのあごひげに汗が流れ落ちる。剃り上げた頭にもこめかみにも汗がきらめく。ワーシャはぱっと振り向いた。

男たちがテントの入口に立っている。ママイとチェルベイが大勢の男たちを従えて、ワーシャをじっとみている。チェルベイがタタール人の言葉で何かいい、ママイがそれに答えた。ふたりの視線にはどこか飢えたような熱がこもっている。

ワーシャはふたりの男を見据えたまま、手をのばして兄が立ち上がるのを助けた。サーシャはワーシャに引っぱられて立ったものの、体を動かすたびに苦痛を感じているのは明らかだ。「そいつから離れろ。ゆっくりだ」チェルベイがルーシの言葉でワーシャにいった。その目に、じわじわと死んでいく自分がみえる。

もうたくさん。もはや頭の痛みでもうろうとはしていない。ワーシャはテントに火を放った。十か所ほどで、テントの垂れ布から炎が上がった。ママイとチェルベイが驚きの声をあげて後ろに飛びのく。ワーシャはぐったりした兄の腕をつかみ、テントの反対側へ引っぱっていくと、短刀でフェルト地のテントを切り裂いた。

外へは出ず、そのまま煙を吸わないように息を止めて待ち、歯のすきまから口笛を一度鳴らすと、鹿毛の気のいい雌馬がやってきた。煙がもうもうと上がり、火が激しく燃えさかっていたが、ワーシャが頼むと雌馬は膝を曲げて、サーシャが背に乗れるようにしてくれた。サーシャは自力で馬上にすわっていることができない。ワーシャは前に乗って、サーシャの腕を自分の腰に巻きつけた。「しっかりつかまって」雌馬が走りだした瞬間、背後から叫び声があがった。ワーシャは思いきって振り返った。チェルベイが馬を一頭つかまえたのと同時に、ワーシャは煙の中から飛び出した。五、六人の男がチェルベイに加わり、追ってくる。真夜中になるのが早いか、追っ手がワーシャをつかまえるのが早いかの勝負だ。

最初のうち、ワーシャは自分の勝ちだと思っていた。真夜中は遠くないと直感していたし、この雌馬はかなり足が速い。

しかし、野営地は大勢の男たちでごった返していて、むりやり突破することはできず、人をかわしたり向きを変えたりしなければならない。サーシャは必死でワーシャにしがみついているが、馬が地面を蹴るたび、痛みのあまり苦しそうな息をもらす。勇敢な小ぶりの雌馬は、すでにふたりの重みにあえぎ始めている。

ワーシャは息を吸うと、モスクワの火刑の夜の記憶をまるごとよみがえらせた。恐怖と力。現実がゆがみ、その瞬間、野営地のたき火というたき火が一気に燃え上がって、揚々たる炎の柱となった。

ワーシャは頭がくらくらしたが、なんとか冷静さを保ち、もう一度振り返って兄の様子をみようとした。ふたりを追っていた男たちのほとんどは、馬が火に興奮したために引き離されていた。しかし、数人がまだ馬を順調に走らせている。チェルベイも後れを取ってはいない。ワーシャの雌馬の全力疾走にも、次第に衰えがみえてきた。真夜中の国が現れる気配はない。

チェルベイが自分の馬に叫んだ。いまやワーシャと馬をならべて走り、一方の手には剣を握っている。ワーシャが雌馬に触れると、馬は耳を伏せて速度を上げ、チェルベイの馬を振りきったが、そのせいでまた速度が落ちた。ワーシャたちは野営地に追いもどされ、取り囲まれた。サーシャの体が背中にずしりと重い。チェルベイの馬がまたならんだが、今度は向こうのほうが速い。チェルベイはふたたび剣を構えた。

剣が振り下ろされるまえに、サーシャが横に身を乗りだし、チェルベイにつかみかかって地面につき落としたが、自分も落ちた。

「サーシャ」ワーシャは悲鳴をあげた。軽くなったせいで、雌馬はまた速度を上げたが、ワーシャはすでに馬の向きを変えていた。サーシャとチェルベイが地面でもみあっている。チェルベイのほうが優勢だ。チェルベイの拳《こぶし》がサーシャの頭を襲い、火明かりの中で血がきらめいた。チェルベイは立ち上がり、倒れたサーシャをそのままにして自分の馬を呼び、ほかの乗り手たちに向かって叫んだ。

サーシャは這うようにして膝立ちになった。口が血まみれだ。唇の動きでひとつの言葉を伝える——逃げろ。

ワーシャはためらった。それを感じ取ったように、雌馬が速度を落とした。ちょうどそのとき、ひと筋の炎が天をよぎった。

流星のように、緋色と青と金色の尾を引いている。炎の筋はどんどん下がってきて、波のように打ち寄せ、突如として背の高い金色の雌馬が現れた。草むらで輝きながら、ワーシャたちのわきを走っている。

タタール人たちから、怒りと驚異の叫び声があがった。

「パジャール」ワーシャはつぶやいた。金色の雌馬は片耳をワーシャの馬のほうに傾け、もう一方の耳は後ろに倒して、追いかけてくる男たちのほうに向けている。

ワーシャは迷わなかった。疾走する鹿毛の雌馬の背に立ち、バランスをとった。わたしの背に乗って。パジャールが歩幅を狭めて鹿毛の馬の足並みに合わせると、ワーシャは軽く横に体をずらし、パジャールの金色の首のすぐ下に乗り移った。ワーシャの膝にあたるパジャールの体が、燃えるように熱い。

近づいてくる数人の男たちは弓を持っている。一本の矢が風を切って飛んできて、ワーシャの耳をかすめた。ワーシャたちは弓の射程に入ったまま、サーシャが倒れている場所に向かって斜めに突き進んだ。どうしたらいい？　ワーシャは奇跡的にパジャールという駿馬を手に入れたが、兄はまだ地面に倒れている。矢がもう一本、ワーシャの頬をかすめ、その瞬間、真夜中の道がみえた。

ある考えがひらめいたが、その大胆さに息が詰まった。心に怒りと恐怖がわき起こり、自分の知識と技の限界がみじめなほどはっきりして、ほかのことを考えられなくなった。

「この真夜中にもどってこなければ。兄さんを助けに」ワーシャはけわしい顔でパジャールにいった。「でも、まずは助けを得ないと」

まだわかっていないのね、と真夜中の精はいっていた。

パジャールは真夜中の道に足を踏み入れ、ワーシャを乗せたまま夜にのみこまれた。


ワーシャは同じ真夜中のタタール人の野営地にもどるつもりだ——そうでなければ、あの場を離れはしなかった。しかし、まるで兄を見殺しにしたような気がした。荒々しい闇を駆け抜けるワーシャの顔を、木々の枝が激しく打つ。少しのあいだ、ワーシャは雌馬の首に顔をうめて泣いた。サーシャのことを考えると、恐怖と不安に駆られ、自分の失敗と無力さに嫌気がさしていた。

金の雌馬の動きは、ソロヴェイとはちがう。ソロヴェイは胴に丸みがあって乗りやすかった。一方、パジャールは足が速く、体はひきしまり、首のつけ根が尾根のようにごつごつしている。ひと駆けごとに、体が大きく盛り上がって波打ち、上げ潮の波頭に乗っているようだ。

しばらくすると、ワーシャは頭を上げ、冷静さを取りもどした。自分にできるだろうか。敵に囲まれた血まみれの兄の姿で頭がいっぱいでなければ、こんなことは考えもしなかっただろう。ワーシャは別のことを考えようとした。

なんでもいい。

考えられない。

そこで、ワーシャはいきたい場所に気持ちを集中させた。それなら簡単で、すぐにできる。自分の血がその方法を知っているから、ほとんど考える必要さえない。

ほんの数分駆けただけで、ワーシャたちは黒い森を飛び出し、見覚えのある畑に入った。まだ半分は刈り取られずに残っている小麦の穂が、風に鳴っている。空には星々が川のようにひしめいている。ワーシャは身を起こした。パジャールが速度を落とし、荒々しく身をおどらせた。

収穫の終わった畑の向こうの小高い丘に、小さな村がある。星空の下にぼんやりとしかみえないが、ワーシャはその村の地形や道を隅々まで知っている。懐かしさに喉が詰まる。ここはワーシャが生まれた村の真夜中だ。この近くのどこかに自分の家があって、兄のアリョーシャと妹のイリーナがいる。

しかし、ふたりに会いにきたのではない。いつかはもどってくるかもしれない――マーリャを連れてもどり、自分の家族に会わせてあげて、あたたかい夏の草に腰をおろし、美味しいパンを食べるかもしれない。でもいまは、ここに慰めを求めるわけにはいかない。別の用事があるのだ。

「パジャール」ワーシャはいった。「なぜもどってきたの?」

ジェド・グリーブが、と雌馬はいった。ルーシじゅうのキノコから情報を集めていたの。これ以上ないってほど偉そうな顔をして、自分はあなたの最大の味方だって触れまわってた。そして今日、またあなたが危険な目にあってるって知らせにきた。助けないなら、わたしは役立たずの駄馬だっていうの。ジェド・グリーブを黙らせたい一心でさがしにきたら、あなたのおこした火が目に入ったの。見事な火だったわ。雌馬は満足げな口調だ。それにしても、あなたは軽いわね。まるで気にならない。

「ありがとう」ワーシャはいった。「もっと遠くへ運んでもらえる？」

場合によりけりね。何かおもしろいことをするの？

ワーシャはマロースカのことを思った。遠い冬の世界で、真っ白な静けさの中にいるマロースカを。あそこなら歓迎してもらえるだろう。でも、助けは得られない。もう一度、マロースカを、その影を冬から引き出してくることはできるだろうけれど、いったいなんのために？いまのマロースカには、タタール人の軍隊を撃退してワーシャの兄を救う力はない。

それができそうなのは、ひとりしかいない。

ワーシャは皮肉っぽくいった。「あなたが望む以上におもしろいこと」そしてもう一度考える。自分はいま恐ろしく無謀なことをしようとしているのでは？

しかし、そのとき真夜中の精の言葉が頭に浮かんだ。わたしたちは期待してた。あなたはちがうって。あれはどういう意味だったんだろう。

いまならわかる。そんな気がした。

ワーシャが触れると、パジャールはくるりと向きを変え、木立の中を駆けもどった。

29　冬と春のはざまで

冬と春の境目に、何もない、ひらけた場所がある。かつてのワーシャなら、早春はつかの間の時だといっただろう。しかし、いまのワーシャは、それが冬の国の外れにある場所でもあることを知っている。

その場所の真ん中にオークの木が立っている。幹の太さは農家の小屋ほどもあり、枝が屋根梁《はり》のように、牢の格子のように広がっている。

木の根元には、両膝を胸に抱えこんだメドベードが幹にもたれてすわっている。まだ真夜中で、暗い。月はもう地平線の向こうに沈んでいる。あたりを照らすのはパジャールが発する光だけで、熊の手首と喉を縛っている金の綱がその光を受けて輝いている。まわりの森はしんとしているが、目にみえない瞳が何組もこちらをみているのをワーシャははっきり感じていた。

メドベードは、ワーシャたちをみても動かない。ただ口をゆがめ、笑顔とはほど遠い表情をみせてたずねた。「勝ち誇って、いい気味だといいにきたのか？」

ワーシャは雌馬の背から滑り降りた。メドベードは小鼻をふくらませ、ワーシャの取り乱した格好をみた。こめかみに傷を負い、足には泥がこびりついている。パジャールは不安げに後ずさりし、両耳を熊のほうに向けたままにしている。熊のしもべのウプイリにわき腹をかまれたときのことを、思い出したのだろう。

ワーシャは一歩前に出た。

メドベードの傷のないほうの眉が上がる。「それとも、誘惑しにきたのか？　兄貴だけじゃ足りないか？」

ワーシャは何もいわない。木の幹に押しつけられているメドベードは後ずさりできないが、ひとつしかない目を見開いた。金の綱にきつく縛られ、張り詰めた面持ちだ。「ちがうのか？」相変わらずあざけるようにいう。「なら、なんのためだ？」

「あなたはあの司祭の死を悼《いた》んだの？」ワーシャはたずねた。

熊は首をかしげると、驚いたことに簡潔に答えた。「ああ」

「なぜ？」

「おれのものだったからだ。美しい男だった。言葉を使って創造し破壊する力を持っていた。詠唱と、イコンを描くことに魂を注ぎこんだ。そして死んだ。悼むのは当然だろう」

「あの人を打ち砕いたのはあなたでしょ」ワーシャはいった。

「おそらくは。だが、ひびを入れたのはおれじゃない」

たぶん、こうして混沌の精に惜しまれるというのは、コンスタンチン神父にふさわしい墓碑銘なのだろう。熊は木の幹に頭をもたせかけ、心安らかそうにもみえるが、ひとつしかない目はワーシャをじっと見据えている。「ジェーヴシカ、おまえはコンスタンチン・ニコノヴィチを悼みにきたわけでもないだろう。なら、なぜここへきた？」

「兄が、タタールの将軍のママイに囚われているの。それに義理の兄も」

熊は鼻を鳴らした。「知らせてくれてどうも。ふたりが悲鳴をあげながら死ぬのを願うよ」

「わたしひとりでは、あのふたりを救えない。やってみたけどだめだった」

熊の目がふたたびワーシャの取り乱した格好をみつめた。「そうか」奇妙ともいえる笑みを浮かべている。「それがおれとなんの関係がある？」

ワーシャの手が震えている。「ふたりを救いたいの。そのあとで、ルーシを侵略から守らなければ。でも、わたしひとりの力ではできない。わたしはあなたたち双子の戦いに加わり、マロースカがあなたを縛るのに手を貸した。でも、いまはあなたにわたしの戦いに加わってほしいの。手を貸してくれる？」

ワーシャの言葉にメドベードは驚いて、灰色の目を見開いた。しかし、声は相変わらず軽やかだ。「手を貸すだと？」

「あなたと取引したい」

「なんだっておれが約束を守ると思うんだ？」

「永遠にこの木の下にいたくはないだろうから」

「なるほど」熊は金の綱が許すかぎり、身を乗り出した。ワーシャの耳に息を吹きかけるように、言葉を発する。「どんな取引だ、ジェーヴシカ？」

「この金の綱を外してあげる」ワーシャは熊の喉から手首、そして手へ、綱をなぞった。金の馬勒《ばろく》は熊から離れたがらない。ひとつのものを別のものの意志に屈服させるためにつくられた道具なのだ。馬勒は抵抗したが、ワーシャはその下に指を滑りこませ、ほんの少し熊の肌から持ち上げた。

メドベードは身震いした。

ワーシャはメドベードの目に希望などみたくない。メドベードには怪物でいてほしい。しかし、怪物は子どものものだ。メドベードは独自の強い力を持ち、ワーシャは兄のためにメドベードを必要としている。

そう考えながら、ワーシャは短刀で親指に傷をつけた。メドベードはワーシャの血の効き目にひかれ、思わず手をのばす。ワーシャはメドベードが触れるまえに、手を引っこめた。

「自由にしてあげるから、そしたら真夜中の精がわたしのひいおばあさんに仕えるように、わたしに仕えること」ワーシャはけわしい顔でいった。「わたしの戦いに加わり、わたしの勝利に手を貸すこと。わたしが呼んだらこたえること。わたしに決してうそをつかず、真の助言をすると誓うこと。わたしを裏切らず、つねに誓いを守ること。二度とルーシに疫病を持ちこまないこと。恐怖も火も持ちこまず、死者を生き返らせないこと。この条件のもとで、これらの条件をのむ場合にかぎって、あなたを自由にする」

メドベードは笑い声をあげた。「ずうずうしいにもほどがある。兄貴がその醜い顔にひれ伏したからって、なぜおれがおまえの犬にならなきゃいけない？」

ワーシャはほほえんだ。「世界は広くて、この上なく美しいからよ。それにあなたはこの場所にうんざりしてる。湖畔にいた夜、星をみつめていたでしょう。あなたが気づいたように、わたしは混沌の精みたい。いく先々に混乱が起こる。あなたはそんなことが好きでしょ。あなたたち双子の戦いは終わったのだから、今度はあなたたちがわたしの戦いに加わる番よ。それに、あなたはたぶんわたしに仕えるのを気に入ると思う。少なくとも、それは知恵くらべになるだろうから」

メドベードは鼻を鳴らした。「おまえの知恵だって？」

「これでもましになってきてるのよ」ワーシャはナイフで傷つけた手で、メドベードの顔に触れた。

メドベードは身を引いたが、ワーシャの指の下で、メドベードの肉の手ごたえが増した。金の綱の下でメドベードの両手が動いた。

メドベードはワーシャをじっとみて、浅く呼吸した。「なるほど、兄貴がおまえをほしがった理由がわかったぞ」低い声で続ける。「海の精にして、魔女の娘。だが、いつか、おまえは魔法のせいで正気を失う。これまで魔女や魔術師がみなそうだったように。そのとき、おまえはおれのものになる。たぶん、おれはただ……待てばいい」

「いつか」ワーシャは手をおろして、穏やかにいった。「わたしは死ぬ。暗闇へ入っていく。世界と世界のはざまにある森、あなたのお兄さんが死者を導く森へ。それでも、わたしはわたし。たとえ正気を失っても、あなたのものにはならない。それに、死んだら、わたしはあなたのお兄さんのものでもなくなる」

メドベードは中途半端な笑い声を発したが、灰色の目は鋭い。「おそらくな。だが、牢から出してやるから奴隷になれというのか？　ここで金の綱に縛られ、神父の血に囚われたままでいるか。それともどこか別の場所でその綱をつけられ、おまえの思いどおりに振る舞う奴隷となるか？　おれがその気になるような条件はまだ示されてないぞ」

パジャールが突然いななないた。ワーシャはそっちをみなくても、どういうわけかその声をきくだけで勇気がわいた。金の馬勒を使って奴隷を——どんな奴隷だろうと——手に入れれば、パジャールの忠誠を失うことはわかっている。

ワーシャは深く息を吸った。「いいえ。その綱はつけなくていい。わたしは不死身のカスチェイじゃないから。そのかわり、あなたに誓いを立ててもらう。誓いも縛りになるでしょう、メドベード？」

メドベードはじっとワーシャをみている。

ワーシャは続けた。「そうじゃないかと思うの。あなたのお兄さんはあなたの言葉を信じたから。さあ、わたしに誓って。そうすれば自由にする。それとも、戦いに加わるより、ここですわっているほうがいい？」

メドベードの顔に貪欲な渇望が浮かび、消えた。「戦いか」と低くつぶやく。

ワーシャは張り詰めた気持ちを抑え、穏やかな声でいった。「ママイとドミトリーの戦い。わかってるはずよ。銀貨がなくなるように仕組んだのはあなたなんだから」

メドベードは肩をすくめた。「おれは川にパンを投げこんだだけだ、ジェーヴシカ。何が食いつくか、みてやろうと思ったのさ」

「とにかく、それが戦いに火をつけた。ドミトリーにはほかに打つ手がなかった。そして、戦いが好きなあなたなら、わたしたちを助けることができる。わたしに誓いを立てて、あの夜の国にきてくれない？」ワーシャは立ち上がって後ずさりした。「それとも、ここにとどまるほうがいい？　娘のしもべになるなんて、あなたの沽券にかかわる？」

メドベードは大笑いした。「人が千回、生まれては死ぬあいだ生きてきたが、おれはだれかのしもべになったことはない」そしてまたワーシャをじっとみた。「それに、兄貴はさぞかし怒るだろうな」ワーシャは唇を嚙む。「おまえに誓おう、ワシリーサ・ペトロヴナ」メドベードは縛られている手首を口にあてると、いきなり親指のつけ根をかんだ。硫黄のにおいのする透明な血が噴き出す。メドベードは太い指の生えた手を差し出した。

「死んでいない者に、あなたの血がどう役立つというの？」ワーシャはたずねた。

「カラチュンは話さなかったのか？　この血はおまえに命を与える。おれはおまえを傷つけないと誓わなかったか？」

ワーシャは一瞬ためらったが、メドベードの手を握った。ワーシャの血がメドベードの肌をゆっくり伝う。メドベードの血に触れたところはひりひりした。不快なエネルギーがわき上がり、疲労が焼き払われるのを感じた。

ワーシャは手を引っこめていった。「誓いを破ったら、あなたはこの木にもどって、この金の綱で手足と喉を縛られる。そして、ひとつしかない目をえぐられ、闇の中で暮らすのよ」

「この木のそばで初めて会ったときのおまえは、ほんとうにかわいい子だった。いったい何があった?」あざけるような声だが、ワーシャが金の留め金を外し始めると、メドベードの体に緊張が走るのがわかった。

ワーシャはいった。「何があったか? 愛、裏切り、そして時が流れた。成長してあなたを理解するようになった人に何が起こると思う、メドベード? 生きることよ」ワーシャはつややかな金の綱に手を滑らせ、留め金を外す。カスチェイはこれをどうやってつくったんだろう、とワーシャはふと考えた。たぶん、どこかに答えがある、火を放ったりチョルトをみたりする以上の魔法の秘密が、どこかにある。

たぶんいつか、遠い国々の荒々しい空の下で、自分はそれを学ぶのだろう。

金の馬勒がずるっと滑り、一気に外れた。熊はじっと動かず、信じられないという気持ちを隠しきれない様子で、自由になった両手をのばした。ワーシャは立ち上がった。金の馬勒はふたつに分かれている。手綱とおもがいだ。ワーシャはそれらを自分の手首に巻いた。恐ろしい相手と取引した印が輝く。

熊が立ち上がり、ワーシャの隣にやってきた。背筋がまっすぐのびていて、目がきらりと光る。「ではいこう、ご主人様」半ばあざけるようにいった。「で、どこへいくんだ?」

「兄のところへ」ワーシャはけわしい顔で答える。「真夜中がすぎないうちに、兄が生きているあいだに。だけど、まずは――」

ワーシャは振り返って闇に目をこらした。「パルノーチニツァ」

ワーシャは自分の憶測をまったく疑わなかった。そしてまさしく、真夜中の精がすぐに木立から出てきた。その後ろでヴォーランの大きなひづめがシダの茂みを踏みつぶす。

「あなたはわたしを裏切った」ワーシャはいった。

「でもあなたはようやく理解した」パルノーチニツァがいう。「善悪を判断するのはあなたの仕事じゃない。あなたの仕事は、わたしたちを結束させることよ。わたしたちはひとつなの」

その顔から怒りは消えている。

ワーシャはつかつかと近づいた。「そういってくれたらよかったのに。兄は拷問を受けたのよ」

「それは教えられることじゃない」パルノーチニツァはいった。「自分で理解しなければならないの」

ひいおばあさんも同じことをいっていた。ワーシャは熊の視線を感じた。無言で手首から金の綱を外して投げ、パルノーチニツァの喉に巻きつけると、熊は小さな笑い声をあげた。真夜中の精は身をよじったが、綱を外すことはできず、金の力に囚われてしまった。驚きの声をひとつあげ、目を見開いて立ちつくす。

ワーシャはいった。「わたしは裏切られるのが好きじゃないの、パルノーチニツァ。あなたは火あぶりのあともわたしに容赦しなかった。そして兄にも。あなたこそ、木に縛りつけて置き去りにすべきなんでしょうね」

黒い雄馬が棹立《さおだ》ちになり、いなないた。大きなひづめが顔のすぐそばをかすめたが、ワーシャは動かない。「ヴォーラン、わたしを殺したら、パルノーチニツァも道連れにするから」

馬は静かになり、ワーシャは心を鬼にしなければならなかった。真夜中の精は混じりけのない恐怖を目に浮かべ、ワーシャをみている。「メドベードはわたしに忠誠をつくす義理があるの。パルノーチニツァ、あなたもよ。もう二度と裏切らせない」

真夜中の精は恐怖に襲われると同時に、心ならずも魅入られたようにワーシャをみつめている。「これでほんとうに、あなたはバーバ・ヤガーの後継者ね。人間たちの取引が終わったら、湖にもどって。真夜中に、バーバ・ヤガーが待っているわ」

「まだ終わってない」ワーシャはけわしい顔でいった。「兄を救いにいくの。あなたもわたしに誓いを立てるのよ、真夜中の精。そしてわたしに手を貸すの」

「わたしはあなたのひいおばあさんに誓いを立てている」

「あなたがいったように、わたしはその後継者よ」

ふたりの視線がぶつかる。意志と意志の静かな戦いだ。真夜中の精が先に目を伏せた。「いいわ、誓う」

「何を誓うの?」

「あなたに仕え、あなたの命令に従い、二度と裏切らないと」

ワーシャは金の綱をさっと外して、パルノーチニツァを自由にした。そしていった。「わたしは力のかぎり、あなたがたを支えることを誓う。血と記憶によって。わたしたちはもう、仲間割れをするわけにはいかない」

熊が後ろから陽気な声でいった。「どうやらおもしろくなりそうだ」

30　敵の敵

チェルベイを鞍から落としたあとに何が起こったのか、サーシャはぼんやりとしか覚えていなかった。その瞬間も、はっきりとした考えがあったわけではない。ただ目の前に、剣と妹の無防備な喉がみえ、これまでだれにも抱いたことのない強い憎しみをあのタタール人に感じた。その非情な残酷さを、ずる賢さを、言葉巧みな尋問を憎んだ。

だから、あのタタール人が横に迫ってきたとき、ためらわず機に乗じたのだ。しかし、サーシャは傷を負っており、チェルベイは手ごわかった。あごに食らった一撃でサーシャの視界に火花が散り、そのすきにチェルベイはサーシャの頭越しに叫んで仲間たちをけしかけた。やっとのことで膝立ちになったサーシャは、まだ馬にまたがったままの妹が、向きを変えて助けにこようとするのをみた。

ワーシャ。サーシャは叫ぼうとした。逃げろ。

そのあと、世界が真っ暗になった。気がつくと、サーシャはまだ地面に横たわっていた。チェルベイがそばに立って見下ろしている。「あの娘はいない」声がきこえた。「消えた」サーシャがほっとして息を吐いた瞬間、チェルベイが一歩下がり、サーシャの肋骨に蹴りを入れた。骨が乾いた音を立てて折れた。サーシャは体を折り曲げた。息が吸えず、叫ぶこともできない。

「思うに」チェルベイはいった。「今夜の騒ぎのあとでは、おまえが拷問死しようと、将軍に異存はないだろう。こいつを立たせろ」

しかし、男たちはもうサーシャをみていない。後ずさりし、恐怖にすくみ上がっていた。

真夜中の国をもどる旅はあっという間だった。ワーシャの血が兄を求めて泣き叫び、パジャールも求められるまま、無謀な速度で森を駆け抜け、ヴォーランがその隣を競うように走る。黒い雄馬のヴォーランはこの世のどの馬より脚が速いが、それでも金の雌馬の走りに遅れをとるまいと必死だ。

ワーシャは雌馬の力強さを享受しながらも、黙ったまま嘆き悲しんでいた。火の鳥は自分の分身ではないし、これからもそうなることはない。そしてパジャールの優雅な走りを全身で感じるたびに、ソロヴェイを失った悲しみをあらためて味わうことになった。

熊も無言で馬たちの走りに合わせている。もう人の姿は捨て、ワーシャの血に育まれた大きな獣《けもの》の影となって走っている。そしてときおり空のにおいをかいでは、待ちきれないように牙をむく。

「殺しを期待してるの？」ワーシャはいった。

「いや。死人に興味はない。おれが好きなのは苦しんでいる生者だ」

「わたしたちの仕事は兄を助けることよ」ワーシャはきびしい口調でいった。「人々を苦しめることじゃない。早々に誓いを破るつもり、メドベード？」

ワーシャの両の手首で、二本の金の綱がおぞましくきらめいている。メドベードはそれにむっとした視線を投げると、半ばうなるようにいった。「約束は約束だ」

「この先よ」真夜中の精がいった。ワーシャは闇に目をこらした。目の前の夜をいくつもの火が切り裂き、風が男たちと馬たちのにおいを運んでくる。

ワーシャは深く腰を落とし、パジャールはしぶしぶ歩調をゆるめた。男たちのにおいを嫌い、鼻孔をふくらませている。「兄を野営地の北側に置いてきたの。小川からさほど遠くないところよ」ワーシャはパルノーチニツァにいった。「まだそこにいる？」

それに答えるように真夜中の精は馬から滑り降り、雄馬の首に軽く手を置いてささやいた。ヴォーランは空を背に棹立《さおだ》ちになり、たてがみを羽のように軽くはためかせたかと思うと、次の瞬間、カラスの姿になって夜の中へ飛び立った。

「ソロヴェイはやったことがなかった」ワーシャは、姿を変えて飛び立つ黒馬をみつめながらいった。

「姿を変えること？　あの馬はまだ若かったから」真夜中の精はいった。「まだ子馬だった。若い馬が姿を変えるのはとても難しいの。いずれ、思いどおりに本来の姿と行き来できるようになったでしょうね、もし――」

「ソロヴェイにもっと時間があったなら」ワーシャはさらりといった。熊はワーシャをちらっとみて、かすかな笑みを浮かべた。まるで、その心の痛みを味わうかのように。

「ヴォーランのあとを追わなくては」真夜中の精がいった。

「じゃあ、後ろに乗って」ワーシャはいった。「ただ――パジャール、いいでしょ?」

パジャールはいやだといいたげだったが、それはただいやだといえるのだとみんなに思い知らせるためだった。しかたないわね、パジャールはいらだたしげにいうと、尾をさっと振った。ワーシャは腕を差し出した。真夜中の精はほとんど重さを感じさせない。雌馬にふたり乗りして、ワーシャたちは突進した。熊はパジャールのわきを走る。行く手の木々がまばらになり、一羽のカラスが闇の中から鳴き声をあげた。

タタール人たちは、ワーシャが去ったときと同じ場所にいた。数人はまだ馬にまたがっており、残りの者たちは地面に立っていびつな輪をなしている。ふたりの男がかがみこんで何かを持ち上げている。引きずられて立ち上がる兄の姿が、ぼんやりみえた。ぐったりして頭をたれている。

「あいつらを脅かして追い払える?」ワーシャは熊にいった。声が震えているが、どうすることもできない。

「おそらくは、ご主人様」メドベードは犬のように歯をむいて笑った。「そのままおろおろしていてくれると助かるね」

無表情な顔でにらみつけるワーシャに、メドベードの態度は和らいだ。「なら、何かほかに役立つことをしたらどうだ。あそこの木がみえるか? あれに火をつけるんだ」

記憶の火がゆらめき、突然、木は炎に包まれた。あまりにたやすく火をおこせるようになっているのが気がかりだ。熊の近くにいると、ワーシャの心の中の混沌があおられる。熊の目がワーシャの目をとらえた。「正気を失ったほうがおまえのためだ」熊が低い声でいう。「そのほうが楽だ。好きなように魔法が使える――正気を失えばな。嵐だろうが、稲妻《いなずま》だろうが、真っ昼間の暗闇だろうが」

「やめて！」ワーシャはいった。木についた火は大きくなり、金色の光の輪が広がっていく。現実がゆらいだ。ワーシャは掌《てのひら》に爪を食いこませ、自分の名前をささやき、ゆらぎを止める。なんとか声を落ち着かせていう。「あいつらを追い払うの、追い払わないの？」

熊は相変わらず笑みを浮かべたまま、無言で男たちのほうを向くと、ゆっくり忍び寄った。馬たちが後ずさりし、鼻の穴を広げる。男たちは目を見開き、剣を手に夜と向かいあう。

火明かりの中で、影が大きくなる。形の定まらない不思議な影が、這うようにそっと男たちと馬たちに近づいていく。目にはみえない獣の影だ。

熊のささやき声が、その影からきこえてくる。「おれのしもべに手出しする気か？　おれのものに手にかける気か？　ならば命を落とすことになるぞ。叫びながら死ぬのだ」

熊の声が男たちの耳に、心に入りこむ。熊の影がゆっくりと近づき、火に焼かれた地面にねじれた輪郭《りんかく》をおどらせる。男たちは体じゅうで震えている。この世のものとは思えない柔らかなうなり声が、夜を満たす。影がいまにも飛びかかってきそうだ。その瞬間、ワーシャのゆらめく記憶が、燃える木の炎を高くあおった。

男たちは震え上がった。馬に乗ったまま、あるいは自分の足で逃げだした。たったひとり残った男が、うつ伏せに倒れた兄のそばに立ち、逃げていく男たちに向かって叫んでいる。男たちはサーシャを地面に放り出して逃げていったのだ。

残っているのはチェルベイだ。ワーシャはパジャールを軽くつつき、光の中に乗り入れた。チェルベイは青ざめ、刀身を下げた。「おれは警告した。オレグにもママイにも――ばかなやつらだ。警告したというのに」

ワーシャは目がくらむような笑顔をチェルベイに向けたが、そこには温もりのかけらもなかった。「わたしが女だと話したのがまずかったわね。そうでなければ、わたしが危険だとみんな信じたでしょうに」

パジャールの目は残り火、たてがみは煙と火花だ。ワーシャがわき腹に触れると、雌馬は棹《さお》立《だ》ちになり、前脚でチェルベイに襲いかかった。これにはさすがのチェルベイも怖じ気づいた。走って自分の馬の背に飛び乗り、逃げだした。逆上しかけたパジャールが飛び上がって追いかける。数歩突進したところで、ワーシャはパジャールを止めた。頭に血がのぼり、自分もチェルベイを追いたいという衝動とも闘わなければならなかった。熊の存在が、ワーシャとパジャールを無謀な振る舞いへ駆り立てたかのようだった。

そう、熊にはなんでも自在に駆り立てる力がある。だが、どうするか決めるのはワーシャ自身だ。「兄さんのところへ」ワーシャは自分を取りもどしていった。パジャールもかろうじて聞き入れ、向きを変えた。

熊は少しがっかりしたようだ。それを無視して、ワーシャは兄のそばに飛び降りた。サーシャは丸まって、腕で体を抱えこんでいる。口も背中も血に濡れ、火明かりの中で黒ずんでみえる。でも、生きている。「サーシャ」ワーシャは兄の頭を優しく抱いた。「兄さん《ブラチーシカ》」

サーシャがゆっくりと目を上げ、しわがれた声でいった「逃げろといったのに」

「もどってきたのよ」

「あっけないほど簡単だったな」ワーシャの後ろで熊がいった。「次はどうする？」

サーシャは起き上がろうとして、痛みに小さな声をあげた。「ちがうの」ワーシャがいった。

「大丈夫、心配しないで。あれが手を貸してくれたの」兄の体をさすり、けがの程度を調べる。手と背中の血は冷たくなってべとべとし、痛みに息を切らしているが、新しい傷はないようだ。

「サーシャ、わたしは野営地に入って、ウラジーミル・アンドレーエヴィチをみつけないと。立てる？　ここにいてはだめなの」

「立てると思う」サーシャはそういって、力を振り絞って立ち上がろうとした。一度、けがをした手に体重をかけ、悲鳴にも近い声をあげた。しかし、なんとか立ち上がり、ワーシャにぐったりと寄りかかった。ワーシャは兄の重みでよろめいた。兄はいまにも気を失いそうだ。

だが、兄がワーシャの味方たちをどう思うか考えると、たぶんそのほうがありがたい。

「兄をヴォーランに乗せてくれない？」ワーシャはパルノーチニツァに頼んだ。「そしてタタール人にみつからないところへ連れていって」

「わたしに修道士の世話をさせようっていうの？」パルノーチニツァは信じられないという顔できいた。それから、興味津々な顔に変わった。ワーシャはふいに気がついた。チョルトは、永遠という退屈を紛らわすためなら、どんな妙なことだってするのかもしれない。

「誓って。兄を傷つけない、傷つけさせない、怖がらせないと」ワーシャはいった。「ここで待っていて。わたしたちはいとこを助けにいってくる」

これをきいてサーシャはぶつぶついった。「わたしは赤ん坊か、ワーシャ。そんなことを誓わせるなんて。この女はだれなんだ？」

「真夜中を旅すると、修道士でもみえるようになるのか」熊が口をはさんだ。「なるほど、おもしろい」

ワーシャはしかたなくサーシャに答えた。「真夜中の精よ」

「おまえのことを嫌っているという、あの？」

「わたしたちは取引したの」

真夜中の精は品定めするような視線をサーシャに投げた。「誓うわ、ワシリーサ・ペトロヴナ。さあ、修道士さん、わたしの馬に乗って」

兄を真夜中の精に託すのが賢明なことなのか、ワーシャには自信がなかったが、選ぶ余地はほとんどない。

「さあ」ワーシャは熊に向かっていった。「セルプホフ公を助け出さなくては。それから、間違った側について戦わないように、リヤザン公オレグを説得するの」

ワーシャのあとを追いながら、熊は考えこむようにいった。「それも楽しめそうだ。もっとも、おまえがどう説得するかによるがな」

ワーシャのおこした火はどれも弱まり、真っ赤な燃えさしになっていたが、四方八方で光を放ち、タタール人の野営地を地獄の業火のように照らしていた。疲れた男たちは泡状の汗をかいている馬たちをつかまえ、仲間内で声をひそめて話している。空気に不安が満ちている。熊は、騒動の跡を品定めするようにながめた。「見事だ。おまえを混沌の手先にできそうだ」

ワーシャはそうなりかけているのではないかと不安になったが、熊にそういうつもりはない。

熊はいった。「これからどうするつもりだ？」

ワーシャは自分の計画を話した。

熊は笑った。「よろよろ歩く死体をいくつか使うほうがましだな。人を望みどおりに動かすのに、それにまさる方法はない」

「これ以上、死者の魂をかき乱すつもりはない」ワーシャはきっとなっていった。

「そのうち、おまえもその魅力に気づくだろうよ」

「今夜はだめ。あなたも火をおこせるの？」

「ああ、それに消すのもできる。恐怖と火はおれの道具だ、かわいい娘よ」

「いとこのにおいをかぎ分けられる？」

「ルーシ人の血をか？　おれをおとぎ話に出てくる魔女だとでも思ってるのか？」

「できるの、できないの？」

熊は顔を上げると、夜の空気を吸いこんだ。「できるさ」半ばうなるようにいう。「ああ、おそらくな」

ワーシャは振り返ってパジャールと短く言葉を交わした。それから熊のあとについて歩き、タタール人の野営地に忍びこんだ。そうしながらも深く息を吸い、自分は影ではないという現実、牙を持つ影の隣を歩く影ではないという現実を忘れた。

目にみえないふたりは、野営地の混沌にそっと入りこむ。熊は本領を発揮し、大きくなっているようだ。騒音の中、依然としておびえている馬の小さな群れの中を、迷うことなく動きまわる。熊がいく先々で馬たちが飛びのき、火が突然燃え上がる。男たちはじっとりと汗ばんだ顔を闇に向けた。熊は男たちに向かってにやりと笑い、その服に火花を飛ばした。

「もう十分よ」ワーシャはいった。「いとこをさがして。さもないと、約束以上のもので縛るから」

「ここにいるルーシ人はひとりじゃない」熊はいらだたしげにいった。「むりだ――」ワーシャの視線をとらえておとなしく言葉を継ごうとするが、その目にはいきなり笑いだしそうな気配がある。「だが、あっちから、はるか北のにおいがする」

ワーシャは熊を追う足を速めた。熊は野営地の中心近くでようやく足を止めた。ワーシャは本能的に、丸いテントの影にぴったり寄って身を隠そうとした。しかし、それでは自分の姿が兵士たちにみえていると信じることになる。

兵士たちにはみえない。ワーシャはそう信じて、その場にとどまった。

テントの中では縛られた男がひとり、よく燃えている火の横に両膝をついているのが、影でわかる。いたるところで、落ち着かない馬たちをなだめる兵士たちの声がする。

火のそばで、三人の男が言い争っていた。逆光のせいで、それがママイとチェルベイとオレグだとわかるのに時間がかかった。三人が何を話しているのかわかったらいいのにとワーシャは思った。

「おまえのいとこを殺すかどうか相談している」ワーシャの隣で熊がいった。「おまえが逃げたせいで、警戒しているらしい」

「タタール人の言葉がわかるの？」

「人間の言葉ならわかる」熊がそういったとき、鮮やかなまぶしい光が野営地に降り注ぎ、馬たちがまた興奮して暴れだした。ワーシャは目を上げなかった。何がみえるかはわかっている。パジャールが頭上を舞い、煙をたなびかせ、火の翼が赤と青、金と白の弧を描いているにちがいない。

街でやったように地面に火をつけることはできない。ワーシャがたずねたとき、パジャールはそういった。あのときは――ものすごく怒っていたの。怒りで正気を失っていた。もう二度とできない。

「その必要はないわ」ワーシャは答えた。「ただタタール人たちの目をくらませてくればいいの。そうすれば、わたしの同胞も気づくはずだから」なだめるように優しくパジャールの体をたたくと、パジャールはワーシャの肩を噛んだ。

いまや、野営地じゅうの男たちが空を見上げている。新たなざわめきが生じた。弓の弦がはじかれる音がし、夜に向かって矢が何本も弧を描くが、パジャールは矢の届かない高さにいる。

ルーシ人のひとりが「火《ジャール》の鳥《プチーツア》だ！」と驚嘆の叫び声をあげたが、すぐに黙らせられた。

「自分の姿がみえるようにできる？」ワーシャは将軍のママイから目を離さず、熊にたずねた。

「おまえの血があれば」熊が答える。

ワーシャは擦りむいた手を熊に差し出した。がむしゃらにしがみつく熊から、ワーシャは手をぐいと引っこめた。

「では、ちょうどいいときに姿をみせて」ワーシャはいった。

ワーシャは、自分の姿はみえないと信じ、明るい場所にそっと出ていった。三人の男たちの言い争いは続いていて、いまや怒鳴りあいになっていた。一方では、信じられないことに、火の鳥が輝きながら頭上高く舞っている。

ワーシャは三人の背後から歩み寄り、手首の金の綱をほどいてママイの喉に巻きつけた。

ママイは喉を詰まらせてあえぎ声をあげると、凍りついたように動かなくなった。カスチェイの魔法とワーシャの意志に囚われたのだ。

その場にいる全員が凍りついた。いまやワーシャの姿がみえている。「こんばんは」ワーシャはいった。声が震えないように息を整えるのが難しい。二十人の射手の目がワーシャに据えられている。その多くはすでに矢をつがえている。

「わたしを殺せば、この男も道連れよ」ワーシャはいった。「たとえ体じゅうに矢を浴びても、この男を殺す」ワーシャは一方の手で金の綱をつかみ、もう一方の手で握った短刀をママイの喉に突きつけている。ワーシャの言葉を通訳するオレグの声がきこえたような気がしたが、振り向きはしない。

チェルベイはすでに剣を抜いていた。逆上してワーシャのほうに一歩詰め寄ったが、ママイの言葉にならない苦痛の声に動きを止めた。

「セルプホフ公を救いにきた」ワーシャはいった。

ママイはまた言葉にならないしわがれ声で、命令のようなものを口にした。「黙って!」ワーシャが鋭い声でいい、ナイフを首にさらに押しつけると、ママイは身をこわばらせた。

オレグは陸に打ち上げられた魚のように、口をあんぐり開けてワーシャをみている。その頭上で、火の鳥がもう一度鳴き声をあげて旋回し、曇り空を背景に輝く。タタール人たちの馬は後ろ脚を上げて跳ねまわっている。男たちが思わず光のほうを見上げるのを、ワーシャは目の端でとらえた。

チェルベイが最初にわれに返っていった。「生きて帰れると思うなよ」

「そのときには」ワーシャはいった。「そしてウラジーミル・アンドレーエヴィチも死んだときには、あなたたちの将軍も死ぬ。それでもやってみる?」

「矢を放て!」チェルベイが叫んだ瞬間、ワーシャは将軍が叫び声をあげるほどの強さで喉を切りつけた。銅のにおいの血がワーシャの手をしたたり落ち、射手たちがたじろぐ。

メドベードはこの機に乗じて、闇から姿を現した。巨大な熊の影だ。ひとつしかない目に地獄の火が宿り、おもしろがるように輝いている。

ひとつの弓の弦がビュンと音を立て、でたらめな方向に矢が飛んでいった。その瞬間、恐怖に満ちた沈黙がおりた。

ワーシャは沈黙に向かっていった。「セルプホフ公を解放して。さもなければ、野営地じゅうに火をつけ、馬という馬を歩けなくする。そして残ったものはすべて、これが食いつくす」

ワーシャはあごをしゃくって熊を指した。熊は同調するように歯をむいた。

ママイがしわがれ声で何かいった。従者たちがあわただしく動き、次の瞬間、川で出会った男、姉の夫が恐る恐るワーシャに近づいてきた。

セルプホフ公は無傷のようだ。そこにいるのが川辺で会った少年だと気づき、目を見開く。

ワーシャはいった。「ウラジーミル・アンドレーエヴィチ」セルプホフ公はワーシャに救い出されるより、囚われたままのほうがましだという顔をしている。ワーシャはセルプホフ公を安心させようとした。「ドミトリー・イワノヴィチの使いで参りました。ご無事ですか？ 馬に乗れますか？」

セルプホフ公はあごを引いて用心深くうなずくと、十字を切った。だれも動かない。

「さあ」ワーシャはいとこにいった。相変わらずおぼつかない表情で、セルプホフ公は従った。ワーシャはママイに巻きつけた金の綱をつかんだまま後ずさりを始めた。

オレグは押し黙ったまま、ワーシャを食い入るようにみつめている。ワーシャは深く息を吸いこんだ。

「いまよ」ワーシャは熊にいった。

野営地の火という火がいっせいに消えた。ランプも松明《たいまつ》もすべて。光を発しているのは頭上を舞う火の鳥だけだ。パジャールが急降下すると、馬たちはふたたびつながれている杭に飛びかかり、甲高くいないないた。

騒々しさに負けないように、暗闇の中でワーシャは将軍の耳にささやいた。「このまま進軍すればあなたは死ぬ。ルーシは征服されはしない」将軍を従者たちの腕に押しつけ、いとこの手を取って闇に引きこんだ瞬間、三つの弓から矢が放たれた。しかし、ワーシャは熊とウラジーミル・アンドレーエヴィチとともに、すでに夜の中に姿を消していた。

熊は走りながら声をあげて笑った。「あいつら、かなり怖じ気をふるってたぞ。やせっぽちでちっぽけな魔女を恐れていた。じつに愉快だ。さあ、国じゅうに恐怖を教えてやろうじゃないか。終わりがくるまえに」熊はひとつしかない目をワーシャに向け、まくしたてる。「あの将軍の喉をぶった切っておくべきだったな。あのままでは生きのびそうだぞ」

「いとこを引き渡してくれた。名誉にかけて、わたしにはそんなこと――」

熊は不機嫌そうにわめいた。「なんてこった！　モスクワ大公に任務を与えられたとたん、貴族気取り《ボヤールル》で、戦いの作法なんぞに浸りやがって。いつになったら賢くなるんだ？」

ワーシャは無言だ。野営地の外れの馬の列までくると、道をそれ、一頭の馬を杭につないでいる縄を切った。「さあ、ウラジーミル・アンドレーエヴィチ、乗って」

ウラジーミルは動かない。その目が熊に釘付けになっている。「これはどんな黒魔術だ？」

熊がうれしそうにいう。「最悪なたぐいのだ」

ウラジーミルは震える手で十字を切った。だれかがタタール人の言葉で叫んだ。ワーシャがぱっと振り返ると、メドベードが人々の恐怖心を味わうように、空を背に本来の姿を現した。ウラジーミル・アンドレーエヴィチはいまにも敵のところに逃げもどってしまいそうだ。

怒りに燃えたワーシャは金の綱をほどいていった。「あなたは味方なの、敵なの、メドベード？　あなたにはもううんざり」

「ああ、そいつは好きじゃない」熊は金の綱をみてそういいながらも、口を閉じた。少し縮んだようにもみえる。男たちが近づいてきた。

「馬に乗って」ワーシャはウラジーミルにいった。

鞍も馬勒《ばろく》もついていなかったが、セルプホフ公は去勢馬の背に体を引き上げた。それと同時に、ワーシャは白と黒の駁毛《ぶち》の雌馬に飛び乗った。

「おまえはだれだ？」ウラジーミルはささやいた。恐怖で声がよそよそしい。

「オリガの妹です」ワーシャはいった。「走れ！」と命じ、ウラジーミルの馬の尻をたたくと、一行は闇を求めて走りだし、草原を越え、まばらな木々のあいだを縫うように進み、ついにタタール人たちから遠ざかった。

走りながら、熊はワーシャを笑った。「これで楽しまなかったとはいわせないぞ」

それに答えるような笑いがワーシャの中にわき起こった。敵の心に恐怖を引き起こす、目がくらむような喜び。ワーシャはそれを抑えこんだが、すぐに混沌の王と目が合い、その目に自分の向こうみずな喜びが映っているのをみた。

サーシャと真夜中の精はヴォーランにふたり乗りして、さっきと同じ場所にいた。パジャールも、馬の姿にもどっていっしょにいる。地面を蹴るたび、ひづめから火花が散り、目はぎらぎらと輝いている。

みんなの姿をみて、ワーシャの心に安堵の気持ちがわき上がった。

「アレクサンドル修道士」ウラジーミルは相変わらず戸惑った様子でいった。「まさか――」

「ウラジーミル・アンドレーエヴィチ」サーシャはいった。「ワーシャ」そして、ワーシャがタタール人の雌馬から降りると、驚いたことにサーシャもヴォーランの背から滑り降り、ふたりは抱きあった。

「サーシャ。いったい――」サーシャの胴体に包帯が巻かれている。それに手にも。動きはぎこちないが、痛みでもうろうとしてはいない。

サーシャはパルノーチニツァをちらっと振り返った。「馬に乗って闇に入っていった」なかなか思い出せないかのように眉をひそめて話す。「わたしはほとんど意識がなかったが、岩場を流れる水音がした。ハチミツとニンニクのにおいのする家があって、そこにいたおばあさんが傷の手当てをして包帯を巻いてくれた。その人はいっていた――娘のほうがいいが、おまえでも役に立ちそうだと。ここにいたいかとたずねられたが、なんと答えたかは覚えていない。眠ってしまったんだ。どれくらい眠ったのかもわからない。だが、いつ目を覚ましても、真夜中だった。そこにパルノーチニツァがやってきて、もう十分眠ったからといって、わたしをここへ連れもどしたのだ。もう少しで――おばあさんが後ろから呼びかけていたような気がする。

悲しそうに。だが、夢だったのかもしれない」

ワーシャはパルノーチニツァに向かって片眉を上げた。「湖に連れていったの？　兄はそこにどれくらいいたの？」

「必要なだけ」

真夜中の精は悪びれもせずにいった。

「そのせいで兄が正気を失うとは思わなかったの？」ワーシャはとげとげしい口調でたずねた。

「思わなかった。この人はほとんど眠っていたから。それに、あなたによく似ている」まるで自分のもののようにサーシャをみる。「まっすぐすわっていることもできないし、血のにおいがぷんぷんしていて、我慢できなかったのよ。魔女に傷を治してもらえば簡単だし。あの魔女はタマーラに腹を立てていたけど、知ってのとおり、惜しんでもいたの」

ワーシャは真夜中の精にいった。「そういうことなら、どうもご親切に」パルノーチニツァはいぶかしむような、同時にうれしそうな表情を浮かべた。

「兄さんが会ったのは、わたしたちのひいおばあさんなの」ワーシャは兄に向かって続けた。「気がふれていて、真夜中の国に住んでる。残酷で孤独だけど、やさしいときもある」

「あのおばあさんが？」サーシャはいった。「わたしは――いや。そんなはずはない。ひいおばあさんはもう死んだはずだ」

「そうよ」ワーシャはいった。「でも、真夜中の国では死んでいようが関係ないの」

サーシャは考えにふけっているようだ。「またあそこにいきたいな。これが終わったら。残酷かどうかは別にして、あのおばあさんはじつに多くのことを知っているようだった」

「たぶん、いっしょにいけるわ」ワーシャがいった。

「そうだな」サーシャはいった。ふたりは互いににっこりした。これから戦いに臨もうとしている魔女と修道士というより、冒険をもくろむ子どもたちのように。

ウラジーミル・アンドレーエヴィチは憤然としてふたりをにらんでいた。「アレクサンドル修道士」こわばった口調でふたりの会話をさえぎると、十字を切る。「妙な集まりだな」

「神のご加護がありますように」サーシャがいった。

「神の名にかけて、いったい――」セルプホフ公がいいかけたが、ワーシャがあわててさえぎった。

「サーシャが説明します。そのあいだに、わたしはひとつ用事をすませないと。運がよければ、いっしょに北へ向かう仲間ができます」

「急いだほうがいい」熊がいった。また火がともり始めたタタール人の野営地に注意深く目を走らせている。タタール人たちの怒りに満ちた叫び声がかすかにきこえ、パジャールの耳がぴくぴくと動く。「ハチの巣をつついたような騒ぎになってるぞ」

「いっしょにきて」ワーシャは熊にいった。「目の届かないところにいたら、あなたは何をするかわからないから」

「まさにそのとおり」熊は空を見上げ、愉快そうにため息をついた。

ようやく自分のテントにもどってきたリャザン公オレグは、ひと晩で永遠の歳月を生きた男のようにみえた。垂れ布を押しのけ、テントに入ってきて、一瞬、無言で立ちつくす。ワーシャが静かに息を吐くと、素焼きのランプの火が赤々と燃え上がった。

オレグはまったく動じない。「将軍にみつかったら、なぶり殺しにされるぞ」

ワーシャはランプの光の中に進み出た。「みつからないわ。あなたを迎えにきました」

「迎えに？」

「あなたは空を舞う火の鳥をみました。夜に燃えさかる炎も、馬たちが正気を失って走りまわるのも。闇に潜む熊も。わたしたちの力をみたはずです。あなたの家来たちはすでに、モスクワ大公の持つ不思議な力のこと、その力がタタール人の野営地にまで届いていることをうわさしています」

「不思議な力だと？　おそらくドミトリー・イワノヴィチは自分の不滅の魂などどうでもいいのだろう。だが、わたしが自分の魂を破滅させ、悪魔たちと手を組むと思うか？」

「あなたは現実的な方です」ワーシャは穏やかにいって近寄った。オレグは両手をよじり合わせる。「あなたは忠誠心からタタール人の側についたわけではありません。生き残るためです。いま、その状況が逆転しそうだとわかっているはず。わたしたちが勝つだろうと。あのハンのもとでは、あなたはずっと臣下のままです、オレグ・イワノヴィチ。わたしたちが勝てば、あなたは独立した公でいられるのです」

声を平静に保つのは一苦労だった。真夜中の国に長くいすぎたために体が震えだしている。熊がそこにいるせいで、震えはいっそうひどくなった。熊はより深い闇の一部となって、じっと耳をすませているのだ。

「魔女よ、おまえは兄といとこを取りもどした」オレグはいった。「それでもまだ足りないというのか?」

「はい。貴族《ボヤール》たちを呼び集めて、いっしょにきてください」

オレグがテントにさっと視線を走らせた。熊がいるのがみえなくても、感じ取れるかのように。素焼きのランプの炎が消えそうになり、まわりの闇が深まった。

ワーシャがメドベードをにらみつけると、闇はわずかに退いた。

「いっしょにきて、勝利を手にしましょう」ワーシャはいった。

「勝つかどうかは」熊がワーシャの後ろからつぶやいた。「やってみないとわからない」

オレグは恐怖のもとがなんなのかわからないまま、ランプの光のほうにしりごみした。

「明日、あなたの兵たちをまた本隊から遅れさせてください。お待ちしています」

長い沈黙のあと、オレグはきっぱりといった。「わたしの兵士たちはママイの側にとどまる」

ワーシャは説得に失敗したと思った。そのとき、熊がわかったというように満足げに息を吐いた。

オレグが続けていったひとことで、ワーシャも理解した。「わたしが将軍を裏切るとすれば、ふさわしい時機を待つ」

ふたりの目が合った。

「おれは賢い裏切り者が大好きだ」熊がいう。

オレグは続けていった。「貴族たちはルーシ側で戦いたがっている。その愚かさを抑えるのがわたしの役目だと思っていた。しかし――」

ワーシャはうなずいた。自分はちょっとした魔法とチョルトたちの存在――そして自分の断固たる信念――だけで、オレグに地位と命を賭けるよう説き伏せたのだろうか。ワーシャはオレグの顔をみつめ、信頼されることの重みを感じた。「ドミトリー・イワノヴィチは二週間後に、コロムナで軍を召集します。そこにきて、あなたの計画を話してくれませんか?」

オレグはいった。「使者をやろう。だが、わたしはいけない。ママイに疑われるからな」

「大丈夫です。ひと晩であなたをそこへお連れして、また送りもどせます」

オレグは目を見開いた。その顔に皮肉っぽい笑みがちらっと浮かぶ。「おまえの臼《うす》(バーバ・ヤガーの乗り物とされている)でか? いいだろう、魔女よ。だが、たとえ力を合わせたとしても、ドミトリーとわたしは大岩を砕こうと企む二匹の甲虫にすぎないのだぞ」

「いつもの自信はどこへいったのです?」ワーシャはそういって、ふいにほほえんだ。「二週間後の真夜中に、わたしをさがしてください」

31　ルーシ連合軍

どんよりと曇った寒々しい四日のあいだに、ルーシの兵士たちがコロムナに集結した。ロストフ、スタロドゥブ、ポロツク、ムーロム、トヴェーリ、モスクワなどから、ひとり、またひとりと公が軍隊を率いてやってくるあいだずっと、冷たい雨がぬかるんだ野原に静かに降り注いでいた。

ドミトリー・イワノヴィチは、集結する軍の真ん中に自分のテントを張り、全員が集まった最初の晩に諸公を集めて助言を求めた。

大あわてで兵士を集めて行軍してきた公たちは、疲れきったけわしい顔をしている。最後のひとりがドミトリーのフェルト製の丸テントにおさまり、公たちが用心深く視線を交わすころには、もう月の出の時刻をすぎていた。真夜中はそう遠くない。テントの外には、ルーシ軍の馬の列、荷車、たき火があらゆる方向にのびている。

この日ずっと報告を受けていた大公ドミトリーは、手元の地図をみながらいった。「タタール人の軍勢はここに集まっている」指さしたのは湿地だ。ドン川が孤を描くところへ支流が注ぎこむ、その河口にあたる。「鷺の原」と呼ばれ、背の高い草むらには鳥がたくさんいる。「そこで援軍を待っているのだ。リトワ（リトアニア）の部隊や、カッファ（現在のフェオドシヤ。クリミア半島に位置する）の傭兵を。それらの援軍が合流するまえに、攻撃しなくてはならない。行軍に三日、万事がうまくいけば四日目の夜明けに開戦だ」

「いま現在、敵は数でどれだけ上まわっている？」トヴェーリ公ミハイルがたずねた。

ドミトリーはそれには答えず、説明を続ける。「わが軍は二列に隊形を組む。ここだ」もう一度地図を指し示す。「槍と盾で馬を囲み、森を利用して側面を守る。敵は森の中では苦戦するはずだ——矢をまっすぐに飛ばせないからな」

「どれだけ上まわっているのだ、ドミトリー・イワノヴィチ？」ミハイルがまた問いかけた。トヴェーリはその歴史のほとんどを通じてモスクワよりも大きな公国だったが、モスクワ公国を始めとするほかの公国軍と対立し、弱体化したいきさつがある。諸公を束ねるのは並大抵のことではない。

ドミトリーは答えないわけにいかなくなった。「わが軍の二倍だ。もしかするとそれよりも若干多いかもしれない。だが——」

諸公のあいだに不満のささやきが広がる。トヴェーリ公ミハイルがまた口を開いた。「リャザン公オレグから知らせはあったのか？」

「ママイと行軍している」

不満の声が倍にふくれ上がった。

「そんなことはどうでもいい」ドミトリーは続けた。「兵の数は十分だ。それにセルギイ神父の祝福もある」

「十分だと？」トヴェーリ公ミハイルが声を荒らげた。「戦死した者の魂を救うには祝福でも十分だろうが、それでこの戦いに勝利できるわけがない！」

ドミトリーは立ち上がった。声をあげてこの場のざわめきをひとまずしずめる。「神の力を疑うのか、ミハイル・アンドレーエヴィチ？」

「神がわれわれの味方だとどうしてわかる？　神はおそらく、われわれがハリストス（ロシア正教でキリストのこと）のように謙虚になり、タタール人に服従することを望んでいる！」

「あるいはそうかもしれない」テントの垂れ布の向こうから穏やかな声がした。「だが、もしそうなら、神はセルプホフ公とリャザン公までここに送りこんだだろうか？」

諸公の顔がいっせいにそっちに向けられた。剣の柄に手をかけている者もいる。大公の目がぱっと輝いた。

ウラジーミル・アンドレーエヴィチがテントに入ってきた。リャザン公オレグがそのあとに続く。さらにその後ろからアレクサンドル修道士が現れて、いった。「神はわたしたちの味方です、ルーシの諸公よ。だが、一刻の猶予も許されない」

モスクワ大公が事のいきさつをきいたのは、夜も更け、作戦についての話し合いがすべて終わったあとだった。サーシャとともに野営地を静かに出て馬を進めると、やがて火明かりも煙も喧騒も届かない、人目につかないくぼ地にたどり着いた。たき火が細々と燃えている。

サーシャは馬を進めながらも、月がまだ沈んでいないことに気づいて落ち着かない。

ワーシャはひとりで野宿の準備を整え、ふたりを待っていた。相変わらず裸足で、汚れた顔をしているが、堂々とした態度で立ち上がると、大公にお辞儀をした。「神のご加護がありますように」その背後のひときわ深い闇の中で、パジャールが輝いている。

「なんということだ」ドミトリーは十字を切った。「あれは馬なのか?」

サーシャは笑いを必死にこらえた。ワーシャが手を差し出したとたん、雌馬が耳を伏せ、噛みつこうとしたのだ。

「伝説の動物です」ワーシャは答えた。雌馬はばかにしたように鼻を鳴らすと、草を食《は》みにいってしまった。ワーシャはほほえんだ。

「二週間まえ」ドミトリーは月明かりにぼんやり浮かび上がるワーシャの顔に目をこらしながらいった。「そなたはいとこを救うため真夜中に発った。そして、軍隊を連れてもどった」

「わたしに感謝なさっているのですか」ワーシャはたずねた。「うまくいったのはまったくの偶然でもあるのです。そして失敗にも助けられました」

それをききながら、サーシャは思った。ワーシャはあっさりといってのけたが、大変な二週間だったのだ。ママイの野営地から馬を駆って真夜中の闇の中をセルプホフへ急ぐ途上、ウラジーミルは祈りと不満を口にしつつもようやく説得に応じた。それから必死にウラジーミルの兵士をかき集め、雨の中をはるばるコロムナまで行軍し、なんとか間に合った。これだけ大勢の兵士を、真夜中を通って連れてくることはできなかったので、とワーシャは説明した。

「多くの勝利が偶然や失敗によってもたらされると知れば、そなたも驚くだろう」ドミトリーはいった。

大公のさぐるような視線にも、ワーシャは動じない。ふたりは互いのことをよくわかりあっているようにみえる。

「すっかり物腰が変わったな。旅をするうちに、自分の王国でもみつけたのか？」大公は冗談まじりにたずねた。

「おそらく、番人になれる程度には成長したかもしれません。この土地と同じくらい昔からいる人々、そして遠い未知の国の。でも、なぜそんなことを？」

「賢い公は、力を見分けるのだ」

ワーシャは無言だ。

「そなたはわたしの求めに応じて軍隊を連れてきた。もしほんとうにその王国を意のままにできるのであれば、そなたの民をこの戦いに連れてきてはくれまいか――姫《クニャジナー》よ」

その言葉――姫――に、サーシャの心は妙にざわめいた。

「これ以上、まだ兵士をお望みですか、ドミトリー・イワノヴィチ？」ワーシャの顔がほのかに赤らむ。

「そうだ。あらゆる動物、人間、生きものが必要なのだ。勝つためには」

サーシャはあらためて、ドミトリー・イワノヴィチと妹は似ていると思った。情熱、賢さ、そしてあくなき野心。ワーシャは答えた。「わたしはモスクワに借りを返しました。それでもわたしの仲間を集め、あなたの戦いに連れてくるようにとおっしゃるのですか？　神父様たちが悪魔と呼ぶかもしれない仲間を」

「そうだ」ほんのわずかな間のあとで、ドミトリーはいった。「そのかわりに、そなたは何がほしい？」

ワーシャは無言だ。ドミトリーは答えを待った。サーシャは草を食む金の雌馬が放つ光をみながら、妹が何を思っているのか、測りかねていた。

ワーシャはゆっくりと答えた。「約束をいただきたいのです。陛下だけでなく、セルギイ神父からも」

ドミトリーは戸惑った顔になったが、快く応じていった。「では、朝になったら神父のところへ赴くとしよう」

ワーシャは首を振った。「神父様のお時間をいただくことになって申し訳ないのですが、ここでないとだめなのです。それもいますぐ」

「なぜここで？」ドミトリーは問い詰めるようにたずねた。「それに、なぜいまなのだ？」

「いまが真夜中だからです。一刻もむだにできません。それにわたしのほかにも、神父様の言葉をきかせたい相手がいるのです」

サーシャが葦毛のトゥマーンを駆っていき、それからまもなく、セルギイ神父をワーシャのいるくぼ地に案内した。夜空には妙に静かな月がかかっている。一方、ワーシャは兄を待ちながら考えていた。サーシャは気づいているだろうか。わたしが、こうして四人を真夜中の国にとめおいて、馬を進めるか、眠るかするつもりでいたことを。でも、今晩はまだ眠れない。サーシャを待つあいだ、ワーシャとドミトリーは消えかけた火のそばにすわり、革袋の酒をかわるがわる飲みながら、低い声で語りあった。

「そなたは立派な馬たちをどこで手に入れているのだ?」ドミトリーがワーシャにたずねた。「最初は鹿毛《かげ》の馬で、今度はこの馬」パジャールを物ほしそうな目でみつめる。金の雌馬は耳を伏せ、そっとその場を離れた。

ワーシャは冷ややかにいった。「あの馬はあなたの言葉がわかるんです、陛下《ガスダール》。わたしがどこかからあの馬をみつけてきたのではなく、向こうがわたしを乗せることに決めたのです。あのような馬の忠誠を勝ち取りたければ、闇を通り、九つの国を三度越えて、さがし求めなければならないでしょう。しかし、まずは窮地にあるあなたの国のことに尽力なさるべきかと」

ドミトリーはひるんだ様子もなく、口を開いたまま、さらに質問しようとしている。修道士たちが現れると、ワーシャは急いで立ち上がり、十字を切った。「神父様、祝福を」

「神の祝福がありますように」年老いた修道士がいった。

ワーシャは深く息を吸うと、自分の望みをみんなに話した。

話をきいたセルギイはしばらく黙りこみ、サーシャと大公は眉をひそめて見守った。

「あのものたちは邪悪だ」ようやくセルギイがいった。「大地の不浄な力だ」

「人間だって邪悪です」ワーシャはかっとなって言い返した。「それに善良でもあり、その中間のあらゆる状態でもあります。チョルトも、人間や大地そのものと同じです。賢いときもあれば愚かなときもあり、善良なときもあれば残酷なときもあるのです。神はあの世を支配しますが、この世はどうなのですか？　人間は天国での救いを求めながらも、自分の家を悪から守るためにペチカの精に捧げ物をします。神は天と地のあらゆるものを創られたのに、チョルトは神が創られたものではないというのですか？」

ワーシャは両手を広げた。「わたしが協力するための条件をいいます。魔女を火あぶりに処さない、ペチカの焚き口に捧げ物を置く人たちをとがめないと誓ってください。人々がふたつの信仰を持つことを許してあげてください」

ワーシャはドミトリーのほうを向いていった。「あなたとその子孫がモスクワ大公の座にあるかぎり。そして」――今度はセルギイに向かっていう――「あなたの修道士たちは修道院をつくり、教会を建て、鐘をつるしています。修道士たちにも、人々がふたつの信仰を持つことを許すようにいってください。あなたたちが約束してくだされば、わたしはこれから夜の中に入り、あなたを助けるためにルーシの残りのものたちを連れてきます」

しばらくだれも何もいわなかった。

ワーシャは無言で背筋をのばして立ち、きびしい顔で待った。セルギイは頭をたれ、唇を動かして静かに祈りを唱えている。

ドミトリーがいった。「同意しなければどうする？」

「その場合、わたしは今夜のうちにここを発ちます。これからの日々、自分が守れるものをできるだけ長く守ります。あなたたちもそうするしかなく、どちらの力も弱まります」

「われわれが同意してこの戦いに勝ったとしたら、そのあとはどうなる?」ドミトリーがたずねた。「また必要とされれば、そなたは駆けつけてくれるのか?」

「いま、わたしの願いどおりにしてくださるなら、あなたが大公の座にあるかぎり、お呼びがかかれば駆けつけます」

またもや、互いに腹をさぐりあう。

「わかった」ドミトリーはいった。「セルギイ神父が同意するなら、わたしも同意する。強国になるには、力を分散するわけにはいかない。その力がすべて人間のものでないとしても」

セルギイ神父が顔を上げた。「わたしも同意しよう。神の示す道とは、不思議なものだ」

「その言葉、たしかにききました」ワーシャはそういうと、片手を広げた。親指の腹についた細い血の跡が、おぼろげな月明かりの中で黒ずんでみえる。ワーシャが地面に血をたらすと、ふたりの姿が現れた。一方は目がひとつしかない男。もう一方は夜の色の肌をした女だ。

ドミトリーは飛びのいた。これまであらゆることをみてきたサーシャは、じっと立ったままだ。セルギイは眉を寄せて、また祈りを唱えた。ワーシャはいった。「わたしたちはみな、あなたがたの約束の証人です。約束は守っていただきます」

ドミトリーとセルギイは、動揺した様子でその場を去り、コロムナの寝床にもどっていった。パルノーチニツァはいった。「あの男たちとの約束には立ち会ったわ。まだここにいないといけないの? わたしはメドベードとちがって、人間たちの妙な行いがどこまでも好きってわけじゃないの」

ワーシャはいった。「もちろん、いきたければそうしたらいい。でも、呼んだら、またきてくれるのよね？」

「約束するわ」真夜中の精はいった。「最後まで見届けるためにも。あなたはあの人間たちの約束をとりつけたけど、かわりに自分の約束を守って戦わなければならないのだから」

真夜中の精はお辞儀をすると、夜の中に姿を消した。

サーシャは妹といっしょに残った。「おまえはどこへいくつもりだ？」

ワーシャは目を上げずに、濡れた葉を火にかぶせている。火がシューッと音を立てて消え、あたりはふいに灰色の星明かりに包まれた。「オレグをさがして、家来たちのところへ送り届ける」そういうと、ワーシャは背筋をのばした。「オレグがここにいたことが知られないようにしなくては。ドミトリーの野営地には密偵が少なくとも二、三人はいる。だけど――」ワーシャは突然、笑みをみせた。「だれが信じるかしら？　今日、オレグはママイといっしょだったし、明日もママイのところにいるのに」そういって、金の雌馬のところに歩いていった。

サーシャは辛抱《しんぼう》強くあとを追い、食い下がった。「そのあとは――どうするつもりだ？」

ワーシャは雌馬の首に手を置いた。振り返ると、別の質問を返した。「ドミトリーはタタールの軍とどこで戦うつもり？」

「〝鷺の原〟と呼ばれる場所に進軍する。クリコヴォだ。ここから二、三日ほどのところにある。タタールの軍勢に援軍が合流するまえに、戦わねばならない。ドミトリーは三日後だといっている」

「兄さんが軍隊にいるなら、すぐみつけられる。三日後にもどってくるわ」

「だが、どこへいくつもりなんだ？」兄はまたたずねた。

「敵を困らせにいく」ワーシャは兄の顔をみずにいった。その視線はもう兄の先にあり、眉をひそめて闇に目をこらしている。パジャールは耳をぴくぴく動かしたが、今度はワーシャを噛もうとしなかった。

サーシャは妹の腕をつかみ、自分のほうを向かせた。雌馬がいらだたしげに後ずさりして、息を吐く。妹は疲れて頬もこけているが、その顔は異様に輝いている。「ワーシャ」妹の目に潜む無謀な笑いに負けまいと、冷静な口調で話しかける。「悪魔たちと闇に暮らし、黒魔術を使っていたら、おまえはいったいどうなる？」

「わたし？」ワーシャは言い返した。「わたしは自分になるのよ、兄さん。わたしは魔女なの。そしてわたしたちを救うつもり。ドミトリーの言葉をきいたでしょ？」

サーシャは金の雌馬の先に視線を向けた。そこには目がひとつしかない男がいて、こっちをみつめている。星明かりを浴びているが、真夜中の闇に紛れ、その姿はかすかにしかみえない。ワーシャの腕をつかむ手に力が入る。「おまえはわたしの妹で、マーリヤのおばだ。おまえの父はレスナーヤ・ゼムリャのピョートル・ウラジーミロヴィチだ。家族から離れて闇に長くいすぎれば、自分が森の魔女以上の存在であることを忘れ、光の中にもどることを忘れてしまう。ワーシャ、おまえはそこにいる夜の生きものとはちがう、こんな――」

「こんなばけものとはちがうのだ」サーシャは容赦なく続け、こっちをみつめている悪魔をあごで指した。「あいつはおまえが自分を忘れるのを望んでいる。おまえがひいおばあさんのように正気を失い、気がふれて暗い森を永遠にさまようのを。あれとふたりきりで旅をするなんて、どんな危険を冒そうとしているのかわかっているのか？」

「わかってないな」話をきいていた熊が口をはさんだ。

ワーシャは熊を無視した。「いま、学んでいるところよ。だけど、そうじゃないとしても――ほかに道があるの？」

「ある。いっしょにコロムナにくれば、わたしが面倒をみる」

「兄さん、それはむりよ。ドミトリーとの約束をきいてなかったの？」

「ドミトリーなどどうでもいい。大公位のことしか頭にないんだ」

「サーシャ、わたしのことは心配しないで」

「それでも、心配なんだ。おまえの命と魂が」

「どっちも兄さんでなく、わたしが守るものよ」ワーシャは冷静な口調でいった。しかし、その顔からは荒々しさがわずかに消えている。ワーシャは深く息を吸った。「兄さんの言葉は忘れない。わたしはあなたの妹だし、兄さんを愛してる。たとえ闇をさまよっていても」

「ワーシャ」サーシャはためらうような重い声でいった。「あの獣《けもの》なら、冬の王のほうがまだましだ」

「おまえたちは兄貴をかいかぶりすぎだ」熊がそういった瞬間、ワーシャがきっとなっていった。「冬の王はここにはいない！」それから声を和らげて続けた。「いまは冬じゃないから。わたしは手近な道具を使うしかないの」

雌馬が、出発したくてうずうずしているように、たてがみを振って足を踏み鳴らした。

「すぐに出発するわ」ワーシャは雌馬が言葉を話したかのように答えた。その声は少しかすれている。ワーシャはその場を離れた。「さよなら、サーシャ」雌馬の背にひらりとまたがると、兄の心配そうな顔を見下ろした。「兄さんの言葉は決して忘れない」

サーシャはただうなずく。

「三日後に」ワーシャはいった。

次の瞬間、雌馬は勢いよく飛び出して跳ね上がり、妹はあっという間に夜に消えていった。悪魔は振り返ってサーシャにまばたきしてみせると、あとに続いた。

ワーシャはオレグをもとの場所に送り届けた。家来たちが野営しているのは低木の茂る大草原の外れで、クリコヴォからは一日の行程だ。パジャールは金のわき腹を滑り降りたリャザン公を牛のように蹴り、きっぱりといった。この手の人間はもう二度と乗せない。重くてたまらないわ。

同時にオレグもいった。「これからは伝説の馬に乗るのはそなたにまかせる、魔女の娘よ。嵐に乗るようなものだからな」

ワーシャはただ笑うしかなかった。「わたしなら、のろのろ進んでママイとの合流を遅らせます。そしたら、タタール人の軍隊は大変な数日を過ごすことになるでしょう。ではまた、戦いの場で」

「神がそう望むなら」オレグ・イワノヴィチはそういって、お辞儀をした。

ワーシャは頭を下げるとパジャールの向きを変え、真夜中を通る道にもどった。


まったく、もう闇はたくさん、とワーシャは思った。パジャールのたしかな足の運びは、夜の闇にも次々と変わる景色にもゆらぎはしないが、その怒濤《どとう》の走り、ごつごつした首のつけ根、軽快な足取りにはなんの慰めもない。ワーシャは手で顔をこすり、心を集中させようとした。兄の忠告に心がゆれていた。兄は正しい。自分は人生をつなぎとめる重石をすべて失ってしまった。わが家も家族も失い、自分自身が火の中にうもれてしまったような気持ちになることもある。マロースカもいなくなり、雪が降るまでもどってこない。いま、闇の中をいっしょに進む連れは、肉体を与えられた狂気のようなものだ。しかし、その言葉はときにまともで、ものがわかったようにさえきこえ、そのたびに、気を許してはいけないと自分に言い聞かせなければならない。

いまや熊は獣の姿になって、金の雌馬の速度に合わせて走っている。「人間は約束など守らない」熊はいった。

「あなたの意見をきいた覚えはないわ」ワーシャは言い返した。

「チョルトたちは、あいつらに滅ぼされないうちに戦うべきだ」熊は続けた。その低い声に人人の悲鳴のこだまがきこえる。「それよりいっそのこと、ルーシ人とタタール人が互いに滅ぼしあうのを黙ってみていればいい」

「ドミトリーとセルギイは約束を守る」ワーシャはいった。

「あいつらの戦いに首をつっこめばどんな報いを受けるか、考えたことがあるのか？　ドミトリーから約束や称賛を得たからといって、どんな意味がある？　あいつに姫《クニヤジナー》と呼ばれたときのおまえの顔をみたぞ」

「そのために危険を冒す価値はないというの？」

「場合によりけりだ」真夜中を駆け抜けながら熊はいう。「何を危険にさらしているのか、わかっていないようだからな」

ワーシャは答えない。熊の邪悪さはもちろん、みせかけの分別も信じていない。


月明かりの中、真っ暗な湖に黒いさざ波がたち、波頭が白く輝いている。今回は、長くぞっとするような歩きの旅ではない。ワーシャは血の記憶をたどるように、すばやく湖をみつけた。ワーシャとパジャールと熊が森から勢いよく飛び出すと、そこは月に照らされた広い湖のほとりだった。ワーシャは息をのみ、雌馬の肩を滑り降りた。

馬たちは岸辺の、ワーシャが最後にみた場所で草を食んでいる。今回は逃げだしたりしないで、初秋の晩の冷たい霧の中に幽霊のように立ち、見事な頭を上げてこちらをみている。パジャールは耳を立てて、仲間たちにやさしく呼びかけた。

野原の向こうには、魔女の真っ暗な空き家が、高い柱の上でしんと静まり返っている。相変わらずぼろぼろで薄気味悪いあの家で、ドモヴァヤはまたペチカの中で眠りながら待っているのだろう。ワーシャはつかの間、火明かりと笑い声があふれるあたたかい家を思い浮かべた。家族が仲よく集い、外では星明かりの中で馬たち——の大きな群れ——が草を食んでいる。

いつか。

でも、今夜ここへきたのは、家を求めてでも、馬を求めてでもない。

「ジェド・グリーブ！」ワーシャは呼びかけた。

暗闇で緑色に光る小さなキノコの精は、オークの大木の陰でワーシャを待っていた。小さな叫び声をあげ、こちらに向かって走りだしたが、途中で足を止めた。もったいぶってみせようとしたのか、熊をみて不安になったのか、ワーシャにはわからない。

「ありがとう」ワーシャはジェド・グリーブにお辞儀をした。「パジャールをわたしのところへ寄こしてくれたおかげで、命拾いしたわ」

ジェド・グリーブは誇らしげな顔で打ち明けた。「その雌馬はおれのことが好きらしい。だから助けにいったのさ。おれたちはどっちも、夜に光るからな」

パジャールは鼻を鳴らし、たてがみを振った。ジェド・グリーブが続けていう。「なぜもどってきた？　今度はここにとどまるつもりか？　なんでまた〈食らう者〉がいっしょなんだ？」キノコの精は急に攻撃的な顔になった。「おれのキノコたちを蹴るんじゃないぞ」

「場合によりけりだ」熊はあてつけがましくいった。「おれの勇敢なご主人が、闇をあちこち走りまわるよりましなことをさせてくれないなら、おまえらキノコを蹴散らすのも悪くない」

ジェド・グリーブは怒りをあらわにした。ワーシャは「あなたたちには指一本触れさせないから」とジェド・グリーブにいい、熊をにらみつけた。「いま、熊はわたしと旅をしてるの。あなたの助けが必要だからここへもどってきたのよ」

「おれがいなけりゃだめだって、わかってたさ！」ジェド・グリーブは勝ち誇ったように叫んだ。「たとえ、もっと大物がついてるにしても」熊にきびしい視線を向ける。

「恐ろしい戦いになるんだぞ」熊が口をはさむ。「キノコがなんの役に立つっていうんだ？」

「いまにわかるわ」ワーシャはそういうと、小さなキノコの精に手を差しのべた。

ママイの軍隊はドン川沿いに展開していた。先鋒はすでにクリコヴォに落ち着き、南の方向にはるか先まで段階的に予備軍の野営地が設けられ、夜明けとともに行軍する準備が整っている。ワーシャと雌馬とふたりのチョルトは真夜中からそっと抜け出すと、小高い丘の上に立ち、木々のあいだから眼下の軍勢をみた。

ジェド・グリーブは眠っている敵軍の規模に目を丸くした。緑色に光る手足がぶるぶる震えている。川岸に沿って目の届くかぎり、たき火の列が続いている。「なんて数だ」ジェド・グリーブがささやいた。

ワーシャは果てしなく広がる兵士や馬たちを見渡していった。「それなら、すぐに取りかからないと。でも、まずは――」

　パジャールは鞍も鞍袋もつけさせないので、ワーシャは荷物の袋を自分の体にくくりつけるしかなく、速駆けするときには邪魔でしかたがない。その袋から、パンと固い燻製《くんせい》肉を数切れ取り出した。発つときにドミトリーが持たせてくれたものだ。ワーシャは地面にすわり、それを少しかじると、何も考えず、ふたりの味方にも投げてやった。

　ふたりはぴたりと黙りこんだ。みると、ジェド・グリーブは満足そうにパンのかけらを手にしていた。しかし、熊は手に肉を握ったまま口にせず、ワーシャをじっとみている。

「捧げ物か？」熊はうなるようにいった。「おれはおまえのしもべだ。これ以上、まだ何か求めるのか？」

「いまは求めない」ワーシャは冷たい声でいった。「これはただの食料よ」熊をにらみつけ、また肉をかみ始める。

「なぜだ？」熊がたずねる。

　ワーシャは答えに詰まった。以前から熊の非情で残酷なところや笑い声を嫌っていたが、いま、その嫌悪感がますます強くなっている。熊のそうしたところに自分の中の何かがこたえているからだ。たぶんそのせいだろう。ワーシャには熊を憎むことができない。それは自分自身を憎むことにもなる。「あなたがまだ裏切っていないから」ワーシャはやっとのことで答えた。

「そういうことなら」熊は相変わらず当惑気味の口調でいうと、ワーシャから目をそらさずに食べた。それから体を震わせ、指をなめながら、ぞっとするような笑みを浮かべて、眠っている野営地を見下ろした。ワーシャはしかたなく立ち上がると、熊のそばにいった。熊がジェド・グリーブにいう。「チビキノコ、おれは菌類にはくわしくない。だが、恐怖は病のように人間のあいだに広がる。あいつらの兵士が大勢いればいるほど、大騒ぎになる。さあ、始めるぞ」

ジェド・グリーブはおびえた目で熊をみた。パンはすでに平らげている。震える声でワーシャにたずねた。「おれに何をしてほしいんだ？」

ワーシャはシャツからパンくずを払い落とした。少し食べたおかげで元気を取りもどしていたが、目の前には恐ろしい夜の仕事が迫っている。

「もしできれば――タタール人たちの食料を腐らせて――」ワーシャはそういうと、にたついている熊から顔をそむけた。「あの人たちを飢えさせてほしいの」

ワーシャたちは眠っている野営地に一歩一歩近づいていった。金の綱を巻いたワーシャの両手首は、かすかな光がもれないように布でおおってある。ワーシャの短刀と熊の爪が軍の糧食の入った箱や袋を次々と裂き、ジェド・グリーブが両手をつっこむと、中の小麦粉や肉が柔らかくなって、いやなにおいを放ち始めた。

ジェド・グリーブがこつをつかむと、姿をみられずにママイのテントからテントへと忍びこみ、その先々で恐怖と腐敗をまき散らす仕事は、ジェド・グリーブと熊にまかせた。一方、ワーシャはこっそり川におりて、ドン川のヴォジャノイを呼んだ。

「チョルトたちはモスクワ大公と手を結んだの」ワーシャは低い声でヴォジャノイに伝えた。

それから一部始終を話し、川の水位を上げてタタール人たちが眠っている場所を水浸しにするよう、ヴォジャノイを説得した。


二日後の夜には、タタール人の軍は隊列の端から端まで混乱状態に陥り、ワーシャはとにかく自分がいやになった。

「眠っている人を殺すことは絶対にしないで」ワーシャは、悪夢にのたうつ男のにおいをかいではにやりと笑う熊をみていった。「わたしたちの姿がみえないとしても、それは……」激しい嫌悪を言葉にできず、ワーシャの声はだんだん小さくなる。メドベードが肩をすくめて後ろに下がったので、ワーシャは驚いた。

「もちろんだ」熊はいった。「そんなやり方はだめだ。暗闇の刺客ってやつは、戦いを挑まれ、みつかり、殺される恐れがある。ところが恐怖はもっと効き目が強い。人間は目にみえないもの、理解できないものを恐れるからな。まあ、みてろ」

恐ろしいことに、熊のいったとおりだった。悪事の実習でもしているように、ワーシャは熊とタタール人の野営地を歩きまわり、ともに恐怖を広める。ワーシャは荷車やテントに次々と火を放ち、ちらりと影をみせては男たちに悲鳴をあげさせた。馬も怖がらせたが、血走った目をして走りまわる姿に心を痛めた。

ワーシャとふたりのチョルトは広い野営地の端から端まで移動し、ママイの軍隊に休む暇を与えなかった。馬たちは杭を壊して逃げた。タタール人たちが火をともせば、いきなり炎が燃え上がり、無防備な顔に火花を散らす。兵士たちのあいだでうわさがささやかれた。この野営地は、獣や、光る怪物や、骨ばった顔に目ばかり目立つ娘の幽霊にとりつかれている、と。「人間は自分で自分を怖がらせる」熊はにやりと笑ってワーシャにいった。「想像力ってやつは、目にみえるどんな現実よりもたちが悪い。恐怖をあおるには、闇の中でささやきさえすればいい。さあ、いっしょにくるんだ、ワシリーサ・ペトロヴナ」

三日目の晩になると、熊は喜びを吸ってダニのようにふくれ上がっていた。ワーシャは疲れてぼろぼろになり、夜明けを心待ちにしていた。「もう十分よ」ワーシャはふたりのチョルトにいった。すでに野営地でひと仕事終えていたが、神経が張り詰め、半ばおびえ、半ば熊と同じく災いに酔いしれている。

「もう十分。わたしは眠る場所をみつける。明るくなったら兄のところへもどりましょう」ワーシャはもうこれ以上、闇に耐えられなかった。

ジェド・グリーブはほっとした顔になった。熊は満足しきっている。

空気はうすら寒く、冷たい霧がかかってぼんやりしている。ワーシャは軍の本隊から十分離れた、うっそうとした森の中に、雨風をしのげるくぼみをみつけた。マツの枝を重ねた寝床でマントにくるまっていても、体が震える。だが、火をおこす勇気はない。

熊はこの天気も気にならないようだ。獣のようにタタール人の野営地に恐怖を巻き起こした熊も、休んでいるいまは人の姿にみえる。シダの茂みで満足げに横になり、頭の後ろで手を組んで夜空を見上げている。

岩の下に隠れているジェド・グリーブは、弱々しい緑の光を放っている。タタール人たちの食料を腐らせたことでふさぎこみ、元気がない。「あいつらは馬の乳を飲むさ。あれを腐らせることはできない。だからそんなにひどくは飢えないはずだ」

ワーシャはなんと答えたらいいのかわからなかった。自分も吐き気がしていた。人間と動物たちの恐怖が体の奥に響いているかのようだ。それでも、自分たちがここまでやってきたことが、きたるべき戦いの形勢を変えるのに十分なのかどうかさえわからない。熊がにやっと歯をみせて笑うのをみて、ワーシャはいった。「あなたにはうんざり」

熊は顔を上げもしない。「なぜだ？　おれが楽しんでいるからか？」

ワーシャは手首に巻いたかすかに光る金の綱をみて、交わした誓約を思い出した。何も答えない。

熊は体を起こし、片肘をついてワーシャをみつめた。ゆがんだ口元に笑みが漂う。「それとも、自分が楽しんだからか？」

否定する？　なぜ？　それでは熊がいい気になるだけだ。「そうよ。怖がらせるのは楽しかった。タタール人たちはわたしの国に攻め入り、チェルベイは兄を拷問したのだから。でも、自分にうんざりしてもいる。それに恥ずかしくもあるし、ものすごく疲れてる」

熊は少しがっかりした顔をした。「もうちょっと自分を責めるべきだ」そういうと、またごろりと仰向けになった。

その先には狂気がある。自分の本性の最悪な部分から隠れていても、やがてそうした部分はみえないところで怪物のように大きくなり、残りの部分を貪り食うのだ。ワーシャにはそれがわかっているし、熊もわかっている。「コンスタンチン神父はそうした。その結果どうなったか知ってるでしょ」ワーシャはいった。

熊は無言だ。

ワーシャのいるところからタタール人の軍隊はみえないが、それでもにおいをかぎとれるほど近い。骨の髄まで疲れ、湿気にいらいらしながらも、敵軍の数の重みに圧倒されていた。オレグに魔法を約束したが、ドミトリーに勝利を与えられるほどの魔法があるのか、ワーシャにもわからないのだ。

「雪が降ったら、兄貴になんというつもりなんだ？」熊が空をみつめたままたずねた。

「えっ？」ワーシャはその質問に衝撃を受けた。

「兄貴の力はこれからどんどん強まり、おれの力は弱まっていく。おれを脅しや約束で縛ることはできても、やがて」——熊は空気のにおいをかいだ——「もうすぐ、冬の王と顔を合わせることになる。兄貴のことも脅すつもりか？」熊はゆっくりと顔をほころばせた。「そうするところをみたいものだ。まあ、兄貴は怒るだろうな。おれはこの世界を楽しんでいる。醜いものと美しいもの、それに人間の行いへの干渉も。だが、カラチュンはちがう」熊はワーシャに目くばせした。「おまえのために兄貴は自分の力を使い、モスクワまでいって夏におれと戦った。自分の本性に逆らって。ところが、おまえは掌《てのひら》を返すように、おれを自由にした。兄貴はさぞ怒るだろうな」

「わたしが冬の王になんといおうと、あなたには関係ない」ワーシャは冷たく言い放った。

「そりゃそうだ。だが、おれは待つさ。驚くのが好きなんでね」

モスクワで冬の王が去って以来、ワーシャはそのささやきを耳にしていなかった。弟を自由にしたことをマロースカは知っている？　その理由をわかってくれる？　そもそもわたし自身、わかっているんだろうか？「もう寝るわ」ワーシャは熊にいった。「わたしを裏切るのも、わたしたちに注目を集めるのも、だれかを使って注目させるのも、わたしを起こすのも、触れるのもだめ、それに――」

熊は大声で笑い、手を上げて制した。「もうよせ、おまえのせいで、おれの想像力はすっかり干上がっちまった。眠ったらいい」

ワーシャは熊をもう一度にらみつけると、体の向きを変えた。もっともらしいことをいって笑う熊は、森の中の何もないところにいた獣よりもはるかに危険だ。


まだ夜が明けないうちに、ワーシャは悲鳴で目が覚めた。心臓が激しく打っているのを感じ、よろけながら立ち上がる。熊はまったく動じた様子もなく、木立のすきまからのぞいている。

「あいつらがいつ気づくかと思ってたが」ワーシャのほうを振り返りもせずにいう。

「気づくって、何に？」

「あそこの村にだ。軍隊があれだけ近くで野営していれば、村人のほとんどは持てるだけのものを持って逃げただろうよ。だが――逃げていない者もいる。おまけに、タタール人どもは雌馬の乳に飽き飽きしてる」

ワーシャは吐き気を覚えながら、熊がいる見晴らしのいい場所に近づいた。

それはほんとうに小さな村で、大きな木々に守られ、谷あいにひっそりと広がっていた。腹を空かせたタタール人たちが食べ物を求めてうろついたりしなければ、みつからずにすんだだろう。ワーシャにもみえていなかったのだから。

熊にはみえていたんだろうか、とワーシャは考えた。

その村のあちこちから、いま、火の手が上がっている。

今度はさっきより小さな、か細い悲鳴がきこえた。「パジャール」ワーシャが呼ぶと、雌馬はそっと近づいてきて、不満げにふーっと息を吐いた。だが、ワーシャが背中に飛び乗っても、文句はいわない。

熊がいう。「おまえのなんともうるわしい衝動を止めるつもりは毛頭ないが、あそこで目にするものを楽しめるとは思えない。それに殺されかねないぞ」

ワーシャはいった。「わたしのせいで人々が危険にさらされているのなら、せめて――」

「危険にさらしたのはタタール人だ――」

しかし、すでにワーシャの姿はなかった。

ワーシャがその小さな集落に着いたときには、家々はもうほとんど焼け落ちていた。動物がいたとしても全滅だ。そこにあるのは静寂とむなしさだけ。現実を受け入れられないワーシャの心に、希望が頭をもたげる。おそらく、村人はタタール人たちに気づいてすぐ、全員逃げたのだろう。おそらく、悲鳴のような声をあげたのは、死にかけた豚か何かだろう。

そのとき、叫び声にもならない、むせぶようなうめき声がかすかにきこえた。

パジャールの耳がくるりと回ったと同時に、ほっそりした黒い影が、燃えている家のそばにうずくまっているのがみえた。

ワーシャはパジャールの肩を滑りおりると、その女の腕をつかんで炎の中から引きずり出した。手が血でべとつく。女は痛みにかすかな声をあげたが、何もいわない。家々をなめつくす炎が、女を容赦なく照らし出した。喉をかき切られているが、傷が浅くてすぐには死ねなかったようだ。

おまけに女は身重だった。たぶんお産のさなかだったのだろう。だから村人たちといっしょに逃げなかったのだ。だれかがいっしょに残っていたのだとしても、姿はみえない。女はひとりきりで、手はすり傷だらけ。男たちを押しのけたときにできたのだろう。そして血が――おびただしい血が――スカートについている。ワーシャは女の腹に手をあてたが、動く気配はない。そこにも大きな傷があり、血が染み出している……

女は苦しそうにあえぎ、唇は真っ青だ。ぼんやりとした目がワーシャの顔を見上げる。ワーシャは女の血だらけの手を握った。

「あたしの子は?」女がか細い声でたずねた。

「すぐに会えるわ」ワーシャは安心させるようにいった。

「どこなの?　泣き声がきこえない。男たちがやってきて――ああ!」女はむせぶようにあえいだ。「あいつらはあの子を傷つけたの？」

「いいえ。無事よ。すぐに会えるわ。さあ、いっしょに神に祈りましょう」

われらの父よ《オッチェ・ナーシ》——主の祈りは穏やかで聞き慣れているせいか、気持ちが安らいだ。女も声を合わせて祈ったが、その目はうつろで、一点をみつめたままだ。つないだ手に涙が落ち、ワーシャは初めて自分が泣いていることに気づいた。顔を上げると、そこに死神が立っていた。傍らには白い馬がいる。

ふたりの目が合ったが、死神は表情を変えない。ワーシャは女の目を閉じ、地面に寝かせると、後ろに下がった。死神は無言だ。地面に横たわったまま動かない女の体を、静かに抱き上げて馬に乗せた。ワーシャは十字を切った。

わたしたちはこの世界を分かちあえる。

死神がもう一度、ワーシャに目を向けた。そこにわずかでも感情があるだろうか？　怒り？　疑問？　いや——そこにあるのは、死神の昔ながらの無関心だけだ。白い雌馬にひらりとまたがると、死神はきたときと同じように音もなく去っていった。

ワーシャは女の血に染まったまま、恥ずかしさに身を焼かれていた。自分は賢いと思って森で眠っているあいだに、ほかのだれかがタタール人たちの怒りを背負わされていたのだ。

「おやおや」熊がワーシャの傍らにきていった。「おまえのおかげで、兄貴もとうとう無関心ではいられなくなったようだな。哀れな兄貴は、これから死んだ女を鞍頭に乗せて運び去るたび、その死を悼《いた》まずにいられないってわけか？」熊はその見通しに満足げだ。「よくやった。

おれは長いあいだ兄貴に感情を抱かせようとがんばってきた。たいていは怒りを。だが、兄貴は自分の季節――冬に負けないほど冷たかった」

ワーシャには熊の言葉がほとんどきこえていない。

「雪が降り始めたときに何が起こるのか、楽しみだ」熊は続けていった。

ワーシャはただゆっくりと振り向き、低い声でいった。「神父様がいなくて、あの女の人に何もしてあげられなかった」

「なぜおまえが？」熊はいらいらしたようにいった。「じきに仲間が隠れ場所から出てきて、祈り、泣き、必要なことはなんでもしてくれるさ。だいたい、女はもう死んでいるんだ。気にするものか」

「わたしがもし……しなかったら――」

熊はあからさまな軽蔑のまなざしをワーシャに向けた。「何をしなかったらだと？　おまえはルーシじゅうの姿あるものと姿なきもののために戦っている。ひとりの農民の女の命のためじゃない」

ワーシャは唇を引き結んだ。「起こしてくれればよかったのに。そうすればあの人を救えたかもしれない」

「そうか？」熊は穏やかにたずねた。「ひょっとしたらな。だが、おれは悲鳴を楽しんでいたし、おまえはおれに起こすなといった」

ワーシャは熊から顔をそむけて吐いた。吐き終わると、立ち上がって川から水を汲んできた。

死んだ女の体についた血を洗い落とし、手足をきれいに整える。それから小川にもどると、消えかけた火の明かりを頼りに、水が冷たいのもかまわず、自分の体をごしごし洗った。砂をすくって肌をこすり、しまいには寒さでがたがた震えだした。それから服についた血をすすぎ落とし、濡れたまま身につけた。

振り向くと、熊とジェド・グリーブがじっとみていた。どちらもひとことも話さない。ジェド・グリーブは重苦しい表情をしている。このときばかりは、熊の顔にも嘲《あざけ》りの色はなく、戸惑っているようにみえた。

ワーシャは髪から水を振り払うと、まずジェド・グリーブに話しかけた。「あなたは戦いにくるつもり？」

ジェド・グリーブはゆっくりと首を横に振って、ささやいた。「おれはただのキノコだ。恐怖も火も好きじゃないし、兵士たちにはうんざりだ。育つものに気をとめやしないんだからな」

「わたしは好きだった」ワーシャは自分をごまかすまいと心に決めた。「ここ幾晩かの恐怖も、火も。だれかを怖がらせると、自分が自由で強く感じられたから。でも、わたしの喜びの代償を払ったのはほかの人だった」

ジェド・グリーブはうなずき、木々のあいだに消えていった。

「ジェド・グリーブ、また湖で会いましょう。事情が許せば」

ワーシャは深く息を吸った。「ドミトリー・イワノヴィチのところへいって、終わらせましょう」

「目を覚ましてから、初めてまともなことをいったな」熊がいった。

32　クリコヴォ

ルーシ軍はコロムナを発って三日目の終わりにクリコヴォに着き、陣営を設けた。ドミトリーでさえ黙りこみ、必要な命令を出すと、夜には兵士たちを落ち着かせ、夜明けに向けて部隊を配置した。もちろん、敵兵の数について報告は受けていたが、報告と自分の目でみるのとはちがう。

ママイの軍は、本隊を前線に配置し終えていた。目の届くかぎり、一列になって平原を横切るように展開している。

「兵士たちはおびえています」サーシャはドミトリーとウラジーミルにいった。三人は偵察のため、馬でドン川の支流のネプリャドヴァ川の河口まで下っていた。「祈りで恐怖を和らげることはできません。神はわたしたちの味方だと一日じゅういってきかせても、平原に広がる敵軍の数は目に入りますから。ドミトリー・イワノヴィチ、相手の軍勢はこちらの二倍以上いて、まだまだ増えています」

「平原に広がる敵軍の数はわたしにもみえる」ウラジーミルが口をはさんだ。「わたしも不安だ」

ドミトリーとウラジーミルの従者たちは声の届かないところにいるが、従者たちでさえ敵軍に目をやっては、青ざめた顔でささやきあっている。

「いまのところ、もうやるべきことはない」ドミトリーはいった。「今夜は祈りを捧げ、兵士たちに十分食べさせ、明日は余計なことを考える暇を与えず戦いに送り出す」

「もうひとつできることがあります」サーシャはいった。

ふたりのいとこがサーシャのほうに向き直った。

「なんだ?」ウラジーミルは再会以来、サーシャに気を許していない。邪悪な味方たちにも、不思議な力を持つ義理の妹、ワーシャにも警戒している。

「一騎打ちを挑むのです」サーシャはいった。

三人のあいだに沈黙が流れた。一騎打ちは占いのようなものだ。それで戦いを止めることはできないが、勝者は神の恩寵を得、両軍の全員にそれを知らしめることになる。

「兵たちの士気が高まり、大きなちがいを生むでしょう」サーシャが沈黙を破っていった。

「わが軍の闘士が勝てばな」とウラジーミル。

「ええ、わが軍の闘士が勝てば」サーシャは認めたが、じっとドミトリーをみている。

ドミトリーは無言だ。その目は広々とした平原の泥と水をみつめている。その先にはタタール人の軍隊が待ち構え、秋の落ち葉ほどもいる軍馬が、西に傾きかけた日を浴びている。その向こうにはドン川が、銀の筋のようにのびている。三日間、土砂降りの冷たい雨が続いた。いま、空はどんよりと暗く、早雪を約束しているようにみえる。

ドミトリーがゆっくりという。「敵が同意すると思うのか?」

いでしょう」

「はい」とサーシャ。「そう思います。闘士を送り出すのを恐れていると、みられたくはな

「もしわたしがそう持ちかけ、相手が同意したとしたら、わが軍を代表してだれを戦わせたらいい？」ドミトリーはたずねながらも、答えはわかっているという口ぶりだ。

「わたしを」サーシャはいった。

「その役割を果たせる男はたくさんいる。なぜ、そなたなのだ？」

「最強の戦士だからです」サーシャはいった。自慢ではなく、事実を述べている。「わたしは神に仕える修道士です。これ以上の人選はありません」

ドミトリーはいった。「そなたは側近として必要だ、サーシャ、何も——」

「いとこどの」サーシャは高ぶった口調でいった。「わたしはまだ少年の時分に家を離れ、父を悲しませました。かといって、神への誓いに忠実でもなく、修道院でじっとしていることもできませんでした。ただ、わたしを生んだこの国を裏切ったことは一度たりともありません。国に忠誠を誓い、それを守ってきました。いまこそ、ルーシとタタール、両軍の前でそれを守るつもりです」

ウラジーミルはいった。「そのとおりだ。たしかに状況が一変するかもしれない。おびえた兵士は打ち負かされたも同然。わたしと同じく、大公陛下もそれはよくご存じのはず」そしてしぶるように続けた。「それに、サーシャは剣の腕前もたしかだ」

ドミトリーはまだ気乗りしない様子で、また敵軍をみやった。消えゆく陽光のせいで、その

全容はぼんやりとしかけている。「そなたの望みを拒むわけにはいかない。わが軍一の戦士だ。それはだれもが知っている」言葉を切り、重い口調で続ける。「では明朝。タタール人がその気になればだが。早速、使者を送るとしよう。だが、死ぬなよ、サーシャ」

「絶対に」サーシャはほほえんだ。「妹たちが怒りますから」


日がほぼ暮れたころ、サーシャはふたりの公と別れ、寝床に向かった。ドミトリーの使者はまだもどってきていないが、明日どうなろうと、それに備えて眠っておく必要がある。

サーシャにはテントがなく、自分だけの火と乾いた地面の一画をあてがわれているだけだ。そばに愛馬のトゥマーンがつながれている。近づいていくと、トゥマーンの隣に金の雌馬が立っていた。

ワーシャがサーシャのたき火を大きくして、そのそばにすわっている。疲れ果てて悲しそうな顔をしている。コロムナの夜にみた、気のふれた夜の生きものの姿はない。

「ワーシャ、どこへいっていたんだ?」

「いちばん意地の悪いチョルトといっしょに敵軍をしつこく困らせていたの」ワーシャはいった。「でも、また自分ができることの限界を思い知った」その声が震える。

「いいか」サーシャは優しくいった。「おまえはもうずいぶん多くのことをした」

二頭の馬のあいだの丸太に腰かけているワーシャは、うなだれたまま顔をこすった。「あれで十分だったのかわからない。忍びこんで指揮官を殺そうともしたけれど、ずいぶん守りが固くなっていて――わたしがウラジーミルを救い出したので、思い知ったみたい。わたしは――むりをして死にたくなかった。だけど、指揮官のテントに火をつけた」

サーシャはきっぱりといった。「それで十分だ。何もなかったところに有利な状況をつくったんだ。それで十分じゃないか」

「男たちに火をつけようとしたの」ワーシャは声を詰まらせながら打ち明けた。言葉があふれ出す。「やってみた――そのあいだも、熊は声をあげて笑ってた。結局、わたしにはできなかった。心を持つものに魔法をかけるのはいちばん難しい、おまえはよくわかっていないっていわれた」

「ワーシャ――」

「でも、ほかのものに火をつけた。弓の弦や荷馬車に。燃え上がるのをみて、わたしは笑った。そしたら――あいつら、女の人を殺したの。お産のさなかに。食料が腐ったせいで、あいつらは怒り、飢えていた」

サーシャはいった。「ならば、その女の冥福を祈ろう。だが、ワーシャ――もうやめろ。われわれは好機を手にした。それはおまえの勇気と血のおかげだ。それで十分だ。自分が変えられなかったことを、嘆いてはいけない」

ワーシャは何もいわなかったが、取り乱した目が火に留まると、薪はほとんどないというのに、炎が高く燃え上がった。ワーシャは拳《こぶし》を握りしめ、爪が掌《てのひら》に食いこむ。「ワーシャ」サーシャはきびしい声でいった。「もう十分だ。最後に何か食べたのはいつだ?」

ワーシャは考えた。「たしか——昨日の朝。ここへもどってくるのに、とても真夜中まで待てなかったから、カラスが飛び始めたときに、パジャールといっしょにママイの軍からみえないようにしてここへきたの」

「そうか」サーシャはきっぱりといった。「スープを作るとしよう。そう、ここでだ。自分の食料があるし、わたしは料理もできる——ラヴラには料理をしてくれる召使いなどいないからな。おまえは食べて、眠るんだ。ほかは全部、後回しにできる」

ワーシャも、自分がどんなに疲れているかはわかっていた。

湯が沸くあいだ、ふたりはあまり言葉を交わさなかった。やがて、サーシャがスープをとりわけてやると、ワーシャは聞き取れないくらいの声で「ありがとう」といい、スープを飲み下した。スープ三杯と、小麦粉を練って熱い石の上で焼いた薄いパンを平らげると、ようやくわずかに顔色がもどった。

サーシャはワーシャにマントを手渡した。「さあ、眠るんだ」

「兄さんは？」

「今晩は祈ろうと思う」サーシャは、翌日に控えていることをワーシャに話そうか、とも考えたが、やめた。ワーシャはひどく憔悴し、疲れきっているようだ。余計な心配をさせて、熟睡できずに一夜を過ごさせるのはなんとしても避けたい。それに、敵軍が一騎打ちの挑戦を拒む可能性だってある。

「せめて近くにいてくれる？」ワーシャはいった。

「もちろんだ。そばにいる」

ワーシャは一度うなずくと、もうまぶたが重くなった。そんな妹をじっとみて、サーシャは自分でも驚いたことにこういっていた。「母さんにそっくりだ」

その言葉に、ワーシャは目をぱっちり開けた。ふいにわき起こった喜びが憂《うれ》いを追い払う。サーシャはほほえんだ。「母さんはいつも夜になると、ペチカにパンを置いていた。ドモヴォイのために」

「わたしも同じことをしてた」ワーシャはいった。「レスナーヤ・ゼムリャにいたころに」

「父さんはそのことで母さんをからかっていた。あのころ、父さんはいつも満ち足りていた。ふたりは——ふたりは心から愛しあっていた」

ワーシャは体を起こしていた。「ドゥーニャはお母さんのことをあまり話してくれなかったの。物心ついてから、きいた記憶がほとんどない。たぶん——アンナ・イワノヴナが許さなかったんだと思う。あの人を父さんは愛してなかったから。母さんをずっと愛してたから」

「ふたりは互いにとって喜びだった」サーシャはいった。「まだ少年だったわたしにも、それはわかった」

そのころのことを話すのはつらい。サーシャは早くに家を出た。母親が生きていたら、自分は家にとどまっていただろうか？　それはわからない。ラヴラに入ってからは、少年だったころの自分を忘れようとした——信仰と強さ、情熱と愚かな自尊心によって。母親を崇拝していた少年を、忘れようとした。

しかし気がつくと、サーシャは思い出していた。そして妹に語っていた。冬至の祝宴のこと、子ども時代の不運な出来事、初めて手にした剣のこと、初めて持った馬のこと、森で前を歩く母があげる高らかな笑い声や、母の手、母の歌、母の捧げ物のことを。

それから、冬のラヴラのことも話した。修道院の深い静寂、まどろむ森に鳴り響く鐘の音、日に何度も祈りを捧げながらゆっくりとすぎていく寒い日々のことを。さらに、師であるセルギイ神父のゆるぎない信仰のこと、師に会うために、あちこちから男たちが何日もかけてやってくることを話した。馬の背で過ごした日々のこと、火を囲んだ夜のこと、それにサライとモスクワ、そのあいだのさまざまな場所のことも。

ルーシのことも話した。モスクワ、トヴェーリ、ウラジーミルといった、キエフ大公国から分裂してできたいくつもの公国のことではなく、ルーシそのものについて。その空と大地、民と誇りについて。

ワーシャは心を奪われ、無言で耳を傾けた。大きく見開いた目が杯のように影をたたえている。サーシャはいった。「そうしたもののためにわたしたちは戦っている。モスクワのためでも、ドミトリーのためでもない。小競り合いを続ける諸公のためでもない。わたしたちを生んだ国、人間とチョルトを生み出した国のために戦っているのだ」

33　冬のきざし

　ワーシャは、早い雪が顔に舞い降りたのを感じて目を覚ました。

　サーシャも夜の深い静寂の中でついに眠りに落ち、ぼそぼそと祈りを唱える声がやんだ。空気がぴりっと刺すように冷たい。地面はちょうど霜におおわれたところだ。あちこちからきこえていた男たちの声が次第に薄れ、静寂に変わった。眠ることができるものはみな眠り、夜明けに備えて力を蓄えている。

　冷たい風がルーシ軍の野営地を吹き抜けて軍旗をはためかせ、雪を大地に舞わせている。

　ワーシャは深く息を吸って立ち上がると、眠っている兄にマントをかけた。そのとき、熊がみえた。人の姿をして、赤く燃えるたき火の向こう側にじっと立ち、空からはらはらと落ちてくるまばらな雪をみつめている。

「雪にはまだ早いのに」ワーシャがいった。

　熊の顔に浮かぶ意気揚々とした悪意の奥に、初めて恐怖の気配が垣間見えた。熊がいう。

「兄貴の力が強まってきている。試練はあとひとつだ、海の精。いちばんつらいやつかもしれない」

　ワーシャは背筋をのばした。

冷たい風に乗ってワーシャのもとへ吹き寄せられたかのように、冬の王が馬に乗って闇から現れた。雌馬のひづめが、白い雪にうっすらおおわれたぬかるんだ土を音もなく踏む。

敵対する両軍も、目の前で眠っている兄でさえ、存在していないかのようだ。ワーシャと混沌の王、それに冬の王だけが、新しい雪の渦に包まれている。マロースカは、真夏にみた弱々しいほとんど形のない生きものでも、冬のさなかのビロードをまとった堂々たる王でもない。白ずくめの格好をしていて、新たな季節を告げる、最初の冷たい風のようだ。

マロースカは馬を止め、その背から滑り降りた。

ワーシャは喉が渇ききっているのを感じながら、いった。「冬の王」

マロースカはワーシャの頭から爪先までながめまわした。熊のことはみていないが、みないこと自体が力を感じさせる。しばらくしてマロースカはいった。「おまえが戦うつもりだということは知っていた、ワシリーサ・ペトロヴナ。どんな戦い方を選ぶかは知らなかったが」

そのとき初めて、マロースカの視線が弟をとらえ、ふたりのあいだに昔からの憎しみの火花が散った。熊がいう。「おまえはいつも鼻持ちならないな、カラチュン。勝つ方法をまったく知らない娘に戦いをまかせて、どうなると思ったんだ？」

「少しは知恵がついたかと思ったのだ」マロースカはワーシャのほうに向き直っていった。

「こいつに何ができるか、その目でみただろう」

「何ができるかは、あなたのほうがよく知っていたはずよ」ワーシャはいった。「それなのに、あなたも切羽詰まって熊を自由にした。わたしだって切羽詰まってたのよ。熊はいま、わたしに誓いを立てているの。あのときあなたにしたように」

ワーシャは両手を上げた。手首に巻いた二本の綱が輝いている。つややかなその金の中に力が眠っている。「そうなのか?」マロースカはふたりに冷たい視線を向けていった。「それで誓ったあとは? それからどうなった? おまえはこいつとうろつきまわり、人間たちに恐怖を呼び起こしていたのか? 残酷な行為の味を知ったというわけか?」

「わたしのことがわかってないのね。わたしは幼いころから危険が大好きだった。でも、残酷な行為が好きだったことは一度もない」

マロースカの目がワーシャの顔をさぐる。さぐりにさぐられ、ワーシャは怒りのあまり目をそらした。マロースカはとげとげしい口調でいった。「わたしをみるんだ!」

ワーシャもすかさず言い返す。「あなたは何をさがしてるの?」

「狂気。悪意。熊が引き起こす危険がすべて、はっきりみえるとでも思っているのか? こいつはおまえの心に影響をおよぼし、いつかおまえは血を流したり苦しんだりしている者をみて笑うようになる」

「わたしはまだ笑ってない」ワーシャはいったが、マロースカの目はふたたびワーシャの手首に巻かれた金の綱に向けられた。恥ずかしいと感じるべきなの? 「わたしは得られるところから力を得た。でも邪悪になったわけじゃない」

「まだ笑っていない? 熊は利口だ。おまえは自分でも知らないうちに堕ちていくのだ」

「堕ちる暇なんてなかったわ、知っていようといまいと」ワーシャはもう本気で腹を立てていた。「闇を駆け抜け、わたしを必要とする人すべてを救おうとしていたのよ。いいことも悪いこともしたけど、わたしがどちらかになったわけじゃない。わたしはわたしよ。マロースカ、あなたになんといわれても、恥じたりしない」

「正直なところ」熊がワーシャにいった。「兄貴に同意するのは癪《しゃく》だが、おまえはもっと罪の意識を感じるべきじゃないか。少しは自分を責めろ」

ワーシャは熊を無視して、冬の王との距離を縮め、闇の中でも表情が読めるところまで近づいた。そこにある感情はワーシャにも読める。怒り、渇望、恐れ、悲しみまでも。そして、ずたずたになった無関心。

怒りが消え、ワーシャはマロースカの手を取った。マロースカは拒まない。ワーシャの手の中の指は冷たく、軽い。ワーシャはささやくようにいった。「わたしはこの国のあらゆる力に呼びかけて戦いに加わらせたの、冬の王。そうしなくてはならなかった。内輪もめをしている暇はなかった」

「これはおまえの父親を殺したのだぞ」マロースカはいった。

ワーシャはぐっと唾をのんだ。「わかってる。でも、いまは同胞を救うのを手伝うことになってるの」ワーシャはあいているほうの手をのばして、マロースカの頬に触れた。距離が縮まり、いまは息づかいまでわかる。ワーシャは指でマロースカの顔を包みこみ、その視線をまた自分に向けさせた。空から降る雪が激しくなってきた。「明日、あなたもいっしょに戦ってくれる?」ワーシャはたずねた。

「わたしは死者のために赴く」マロースカの視線がワーシャから離れ、野営地全体に向けられる。いったい何人が明日の夕暮れをみられるだろう、とワーシャは思った。「おまえが戦場にいく必要はまったくない。まだ遅くはない。おまえはできるかぎりのことをした。約束は守った。おまえもおまえの兄も――」

「もう遅い。サーシャはドミトリーから離れない。それに、わたしも誓いを立てた」

「自尊心に誓ったのだろう」マロースカが言い返した。「チョルトたちの服従と公たちの称賛ほしさに、ドミトリーとともにこのばかげた危険に身を投じようとしている。だが、おまえは戦いをみたことがない」

「たしかに」ワーシャの声もマロースカに劣らず冷たくなった。両手はおろしているが、一歩も引かない。「だけど、そうよ、ドミトリーの称賛がほしい。勝利も。それに公たちやチョルトたちを支配する力も。わたしだって何かをほしがってもいいはずよ、冬の王」

ふたりは互いの息が吸えるほど近くで向かいあっている。「ワーシャ」マロースカは低い声でいった。「この戦いの先を考えてみろ。熊があの何もない場所にいたほうが、世の中は安全だ。それにおまえは生きねばならない。おまえには――」

ワーシャはマロースカをさえぎった。「戦いの先は、もう考えた。それに、あなたの弟にはもどらなくていいと約束したの。わたしたち、熊とわたしはわかりあってる。たまにぎくりとするほどに」

「驚きはしない。おまえは海と火の精だ。その本質のいちばん悪い部分を極端にしたのが弟だからな」マロースカは両手をワーシャの肩にのせた。「ワーシャ、弟はおまえにとって危険だ」

「なら、わたしを守って」ワーシャは視線を上げてマロースカの目をみつめた。「熊がわたしを堕とそうとしたら、わたしを引きもどして。うまくバランスをとる必要があるの。あなたたち兄弟のあいだで。人間とチョルトたちのあいだで。わたしはそのはざまに生まれたのよ――そのことをわたしが知らないとでも思ってるの?」

マロースカの目は悲しげだ。「いや、わかっている」マロースカがまた熊を見上げ、兄弟は無言で相手をじろじろみた。「それはおまえの選択で、わたしの選択ではない、ワシリーサ・ペトロヴナ」

ワーシャは熊が息を吐くのをきいて、じつはずっとおびえていたことに気づいた。

一瞬、ワーシャは首をがくりとたれ、毛織物と毛皮に包まれたマロースカの肩にもたせた。マロースカの手が背中に回され、そのままさっと抱きしめられるのを感じた。昼と夜、秩序と混沌のはざまで宙ぶらりんのまま。どこか静かなところへ連れていって、とワーシャはいいたかった。もうこれ以上、騒音や男たちのにおいには耐えられない。

だが、それは過去のことだ。もう自分の進む道を選んだのだ。ワーシャは顔を上げて、身を引いた。

マロースカが袖に手を入れて、何か小さな輝くものを引っぱり出した。

「これを渡そうと思って持ってきた」

それはひものついた緑色の宝石で、まえにワーシャが身に着けていたサファイアの首飾りの完璧な細工にくらべると、造りは粗い。ワーシャは手を触れずに用心深くみつめた。「なぜ？」

「遠く離れたところへいっていた。それで、おまえのところへくることができなかったのだ。夢の中でも、おまえが熊を囚われの場所から自由にしたときも。わたしは自分の王国を、雪の中、南へ向かった。海に向かう道を。そして、海の王チェルノモールを水の中から呼び出した。海の王は、人間が何代にもわたり生まれては死んでいくあいだ、もうずっと姿をみせていないのだ」

「なぜそこへいったの？」

マロースカは答えるのをためらった。「海の王の知らないことを――森の魔女が昔、海の王の子どもたちを産んだことを、告げるために」

ワーシャは目を見開いた。「子どもたち？　海の王の？」

マロースカは一度うなずいた。「双子だ。そして、わたしは海の王の孫の子どものひとりを愛しているのだと告げた。すると、海の王はこれをくれた。おまえにと」マロースカの顔には笑みが浮かびかけている。「これには魔法も、縛る力もない。ただの贈り物だ」

それでもワーシャは宝石に手をのばさない。「いつから知っていたの？」

「おまえが思うほど昔からではない。だが、その力をどこから受け継いだのだろうと不思議に思っていたのだ。魔女、すなわち魔力を持った人間の女の才能が娘たちに受け継がれただけなのだろうか、と。しかし、ワルワーラをみて、それだけではないとわかった。チェルノモールはときどき息子をもうけてきたが、息子たちは父親の魔力を受け継ぎ、人間よりも長生きであることが多い。そこで、真夜中の精に真実をたずねたら、教えてくれた。おまえは海の王のひ孫なのだと」

「それじゃ、わたしは長生きするの？」

「わたしにはわからない――いったいだれにわかる？　おまえは魔女で、チョルトで、人間の女でもある。ルーシの公たちの血を引き、ピョートル・ウラジーミロヴィチの娘でもある。チェルノモールにはわかるかもしれない。おまえが会いにきた場合にかぎって、質問に答えてもいいといっていた」

あまりに壮大な話で、受け止めきれない。しかし、ワーシャは宝石を受け取った。手に取ると、あたたかくてかすかに潮の香りがする。自分を知るための鍵を手渡されたような気がしたが、じっくり調べている時間はない。ほかにすべきことがたくさんあるのだ。

「なら、夜明けを生き抜いたら海にいく」

マロースカは重い口調でいった。「わたしも戦場にいく。だが、ワーシャ、わたしの仕事は死者とともにある」

「おれの仕事は生者とともにある」熊がにやりとした。「おれたち双子は完璧な取り合わせだな、兄貴」

34　光をもたらす者

暗澹《あんたん》たる空の下、まわりじゅうでルーシ軍が目覚めていた。クリコヴォの大平原のはるか向こうで、タタール人たちも目覚めていた。タタール人の馬たちが冷たい空気に鼻を鳴らしているのが、ルーシの兵士たちにもきこえる。ただ、何もみえない。世界は濃い霧に包まれてぼんやりしている。

「戦いは霧が晴れてからだ」サーシャがいった。ものを食べる気にはならず、ハチミツ酒を少し飲むと、ワーシャに瓶を手渡した。サーシャが目を覚ましたとき、ワーシャはもう起きて、新たにおこした火の前にひとりですわっていた。眉間にしわを寄せ、青ざめてはいるが、落ち着いた表情をしている。

寒い日で、霧の上の空はどんよりとし、早雪がさらに降ってきそうな気配だ。しばらくすると、太陽が大地の端の冷たい縁をふくらませ、霧が薄れ始めた。サーシャは深く息を吸いこんだ。「ドミトリーのところへいかなくては。大公は使者の帰りを待っている。何が起ころうと、戦いが始まるまえにおまえをみつける。それまでは神とともに歩んでくれ、妹よ。おまえは姿をみられないようにして、危険を冒さないように」

「わかった」ワーシャは安心させるようにほほえんだ。「今日はチョルトと動くから。武器を持った人間とではなく」

「おまえを愛している、ワーソチカ」サーシャはそういって、ワーシャのもとを去った。

使者がもどってきていた。敵軍はドミトリーの挑戦を受け入れ、ママイ側の闘士の名も伝えられた。サーシャとドミトリーはその名をきくと、冷たい怒りに震えた。

「おまえのかわりに戦える兵士はいくらでもいる」ドミトリーはいった。「だが――」

「この闘士と戦える者はいません」サーシャはいった。「あなたが殺すか、わたしが殺すか、という相手です」

ドミトリーは反論しない。ふたりがテントの中に立っているあいだも、従者たちが駆けこんできては、また飛び出していく。あちこちから、馬のいななき、甲冑《かっちゅう》がぶつかりあう音、目覚めた兵士たちの叫び声がきこえてくる。大公はいとこにパンをすすめ、サーシャはほんの少しだけむりやり飲み下した。

「それに」サーシャは声に怒りをにじませないようにして続けた。「ほかの者が戦えば、その栄光を自分の街のものにするでしょう。トヴェーリにしろ、ウラジーミルにしろ、スーズダリにしろ。しかし、栄光はルーシと神のものとしなければ。この戦場でわたしたちはひとつの民なのですから」

「ひとつの民か」ドミトリーは考えこむようにいった。「妹はもどってきたか？　その――しもべたちといっしょに？」

「はい」サーシャは顔を曇らせていとこをみつめた。「妹は鋼《はがね》のように鍛えられていますが、あまりにも若い。妹をこの戦いに引きこんだのはあなたです」

ドミトリーに後悔の色はない。「あの娘は、わたしと同じように勝負どころをよく知っている」

サーシャはいった。「妹が、川に用心するようにといっています。そして、木々が姿を隠してくれると信じ、嵐も火も恐れるなと」

「喜ばしいことなのか、不吉なことなのか」ドミトリーはいった

「おそらくその両方でしょう。妹に関しては何もかも単純にはいかないので。いとこどの、もしわたしが――」

ドミトリーは激しく首を振った。「それはいうな。だが、約束する――あれはわたしにとっても妹のようなものだ。わたしが大公の地位にいるかぎり、何も恐れる必要はない」

サーシャは頭を下げただけで、何もいわない。

「ではいこう」ドミトリーがいった。「わたしが戦いの準備を整えてやろう」

鎖かたびらに胸当て、盾、葉の形をした赤い柄の槍。立派なブーツに腿当て。先のとがったかぶと。準備はすぐに整った。サーシャの指先が冷たい。「あなたの甲冑はどこに?」サーシャはドミトリーにたずねた。大公は小貴族のような、百人並みのいでたちだ。

ドミトリーはいたずらをみつかった少年のように朗らかな顔をしているが、サーシャからみえる従者たちの顔には、不安といらだちが浮かんでいる。「貴族《ボヤール》のひとりと入れ替わることに

した」ドミトリーはいった。「わたしが緋色の甲冑姿で丘の上にどっかりすわっていたいとでも思うのか？　とんでもない。わたしは立派に戦うぞ。みすみすタタールの射手の的になるつもりはない」

「あなたが殺されては、大義は果たせません」サーシャはいった。

「この軍隊を指揮できなければ、大義は果たせない」ドミトリーはいった。「わたしが君主らしく振る舞わなければ、ルーシの決意はばらばらになってしまう。打ち負かされ、強風に散る落ち葉となるか、あるいは勝利におごり、それぞれがより大きな分け前を要求しようとするか。それではだめだ。わたしはルーシをひとつにして治めるために戦う。ほかに何がある？」

「ほかに？」サーシャはいった。「わたしは神に仕えると同時に、あなたにも仕え、そのことを誇りに思ってきました。わたしがしてきたこと――あるいはしなかったこと――すべてをお許しください」

「許しについて話すのか？　左手は右手の許しなど請わないぞ」ドミトリーはサーシャの背中をたたいた。「神とともに歩め」

鎧《よろい》に身を固めたふたりは、クリコヴォの平原でルーシ軍が整列して待っているところへ出ていった。霧も晴れてきている。

「妹をさがさなくては」サーシャがいった。「まだきちんと別れを告げていないので」

「時間がない」ドミトリーはいった。馬が連れてこられ、ドミトリーは鞍にまたがった。残った霧を貫いて日の光が差し、ドミトリーは額に手をかざした。「そら、相手の闘士がお出ましだ」

ドミトリーのいったとおり、タタール側の闘士はすでに姿を現していて、十万もの喉が発するどよめきが響き渡っている。サーシャは鼓動が速まるのを感じながら、トゥマーンにまたがった。落ち着いた雌馬は耳をぴくつかせただけで騒音をものともしない。「では、わたしのかわりに、妹に別れを告げてほしい」サーシャはいった。

両軍のあいだに広がるぬかるんだ平原に馬を進めたサーシャは、一瞬、金色の光をみたような気がした。ルーシ軍の中を、姿をみせずに疾走するパジャールを。サーシャはかすかな光に向かって手を上げた。それが精一杯だった。

神とともに歩め、妹よ。


兄が大公のところへ向かうと、ワーシャはすぐにパジャールに乗った。熊は張り詰めた空気のにおいを満足そうにかいでいる。歯をむき出してにやりと笑い、ワーシャにたずねる。「さて、どうする、ご主人様？」

マロースカは空が白み始めるとすぐ、ワーシャのもとを去った。冷たい霧の中に、ルーシ軍の長旗をはためかせる風にはらはらと舞う雪の中に、マロースカの存在がかすかに残っている。ワーシャはまた板ばさみになったような気持ちを感じていた。戦いに喜びを見出す熊と、破壊に心を痛めるマロースカ。熊の存在と冬の王の不在のはざまで。

しかたがない。マロースカの仕事は死者とともにあるのだ。

ワーシャの仕事は生者とともにある。

しかし、いまだけは人間たちとは別行動だ。

ワーシャが最初に目にしたのは、女の顔をした大きな黒い鳥のようなものだった。戦場の上空を舞い、羽ばたきで軍旗をはためかせている。その姿はみえないものの、人間たちも空を見上げた。自分たちと今日という日に、その黒い鳥が落とす影を感じているかのようだ。

次にみえたのは森の王レーシーで、戦場を囲む低木の生い茂る森の端からそっと出てきた。森はいま、突撃の絶好の瞬間を待つウラジーミル・アンドレーエヴィチと騎兵隊の姿を隠している。

ワーシャにうながされたパジャールが火花を散らし、列をなす兵やテントのあいだを駆け抜けたおかげで、ワーシャは森の王と言葉を交わすことができた。

「おれは兵士たちを隠しておく」レーシーがいうと、ワーシャは血にまみれた手でその小枝のような指を握った。「そして敵を困らせよう。おまえの約束と大公の約束のために、ワシリーサ・ペトロヴナ」

戦場のいたるところで、戦いの準備が進んでいた。サーシャが鎧を着け、兵士たちが食事をすませて次々と列をなすあいだに、チョルトたちは濃い霧の中に集まった。ヴォジャノイは自分の川でゴボゴボと音を立て、その娘のルサールカたちは川岸で待機している。ワーシャが顔を知っているものもいたが、知らないものも多い。チョルトたちは続々と集まってきて、戦場にあふれ、うろついている。ワーシャはチョルトたちのまなざしと信頼の重みをひしひしと感じていた。

濃い霧が晴れてきている。空気が冷たいのに早くも汗ばんでいるのは、気を張り詰めて動いていたせいだ。パジャールに乗って走りまわり、ルーシ軍の中や周辺にチョルトたちを集め、配置し、励ましていたのだ。

ようやく、ラッパの長い音がひとつ鳴り響くと、ワーシャは人間の世界に注意をもどし、ぬかるんだ大平原を見渡した。両軍のあいだには、まだところどころ霧が残っているが、いまはもうタタールの軍勢が見渡せる。

ワーシャの心は沈んだ。

ものすごい数だ。少しばかりの恐怖を引き起こしたとはいえ、これほどの大軍を相手にいったい何ができるだろう。相手の戦列が見渡すかぎり広がっている。馬たちが鼻を鳴らす音が、遠いとどろきのようにきこえる。北の空に重くたれこめた雲から、ときおり雪が舞い落ちてくる。ドミトリーは陣頭に最強の部隊を置き、左翼にはトヴェーリ大公ミハイルを配した。右翼にはセルプホフ公ウラジーミルがいるが、うっそうとした木々に隠れてみえない。

ママイの戦列の後方のどこかに、オレグとその臣下の貴族たちも待機している。次の合図を待って、タタール人の軍隊を背後から攻撃するのだ。

いたるところで待つチョルトたちの姿が、ワーシャの目の端で蠟燭《ろうそく》の炎のようにちらつく。

熊がチョルトたちを見渡していう。「おれはずいぶん長いこと生きてきたが、こんな魔法をみたのは初めてだ。すべてのチョルトをひとつにまとめて戦わせるとはな」その目には、期待が地獄の業火のように燃えている。

ワーシャは答えない。ただ自分が正しいことをしたのであってほしいと祈る。こうする以外に何ができたか考えようとしたが、何も浮かばない。

パジャールは落ち着きを失い、乗っているのがやっとだ。空気に緊張がみなぎっている。もう身を隠してくれる闇はなく、霧も消え去っている。十万の兵士がこれから殺しあおうとしている事実を隠すものは、何もない。戦いはまもなく始まる。サーシャはどこだろう？

熊が傍らにきて、平原を嬉々として見渡しながらいった。「泥に悲鳴。チョルトと人間たちがともに戦う。壮観だろうな」

「兄さんがどこにいるか知らない？」ワーシャはいった。

熊は残忍な笑みを浮かべて指さした。「あそこだ。だが、いまはそばにいけない」

「なぜ？」

「これからあのタタール人、チェルベイと一騎打ちで戦うからだ。知らなかったのか？」

ワーシャはぞっとして、そちらをみた。だが、もう遅い、すでに手遅れだ。両軍とも整列を終え、いま、各軍からひとりずつ闘士が現れた。一方は葦毛、もう一方は栗毛の馬に乗り、互いに近づいていく。

「知ってたのに、いままで教えてくれなかったの」ワーシャはいった。

「おれはおまえに仕え、それを楽しみさえするかもしれない。だが、おれは決して信頼できる相手じゃない。それに、あの夜おまえはおれと話さずに、おれの兄貴と言い争った。あいつの目がどんなに青かろうと、軍隊のことはおれほどわかっていない。残念だったな」

パジャールがワーシャの切羽詰まった気持ちを感じ取り、頭を振り上げた。ワーシャはいった。「兄さんのところへいかなくちゃ」とたんに熊がうなり声をあげ、猛然と行く手に立ちはだかった。

「おまえはばかか？　あの人間たちのなかに、おまえや金の馬の姿をみる力を持ったやつがひとりもいないと思うか？　全員の目がおまえの兄に注がれているときに、そんな甘い考えをあてにできるのか？　タタール人がだれも不信の叫びをあげないという確信があるのか？」表情もなく身動きできずにいるワーシャにみつめられているのに気がつくと、熊は続けた。「いま出ていっても、あの修道士はおまえに感謝などしないぞ。しかも、あのタタール人には拷問を受けている。ドミトリーのため、自分の国のため、自分自身のために戦おうとしているんだ。あの誉れはおまえの兄のものであって、おまえのものではない」

ワーシャは心を決めかね、苦渋の思いで戦場に目を向けた。

ルーシ軍もママイの軍もみな列をなし、夜明けの霧の中で震えている。鎖かたびらが冷たく重そうだ。ふたつの軍勢にまぎれて、だれにもみえない軍隊がいる。ドン川のヴォジャノイは不注意な者たちを溺れさせようと待ち構えている。森のレーシーは茂った枝の中に兵士たちを隠している。混沌の王はにやりと笑みを浮かべている。それにもっと力の弱い森や水のチョルトたちもいる。

そして、目にみえず、強い力を持ち、超然としているのが冬の王だ。北の空の雲に、激しく冷たい強風に、ときおりワーシャの頬にかかる雪片の中にいるが、おりてきてみんなの中に立とうとはしない。ドミトリーの戦いに加わるつもりはないのだ。その目に浮かぶすさまじい自覚を、ワーシャはみてきた。わたしの仕事は死者とともにある。

ここから遠く離れたところにいくことだってできる――ワーシャは震える自分の手をみながら思った。はるか遠くの湖のほとりか、レスナーヤ・ゼムリャか、名もないきれいな森に。なのに、わたしはここにいる。ああサーシャ、サーシャ、なんてことをしたの?

アレクサンドル修道士はたったひとり、クリコヴォのぬかるんだ平原に向かった。ドミトリーの軍の先陣が両側で槍を掲げるなか、馬を進め、両軍のあいだのひらけた場所へと乗り入れる。きこえるのはトゥマーンの柔らかな鼻息と、ずぶ濡れの地面に吸いつくようなひづめの音だけだ。

背の高い赤毛の馬に乗った男が出てきて、サーシャを出迎えた。平原には十万を超す兵士がいるが、しんと静まり返っていて、サーシャの耳には、風が吹き上げ、悲しげにため息をついて、最後の葉を落とす音まできこえる。

「まずまずの朝だな」がっしりしたタタールの馬にゆったりまたがったチェルベイがいう。

「おまえを殺す」サーシャはいった。

「そうはいくまい。いや、そうならない確信がある。哀れな修道士の背中は傷だらけで、手もずたずただからな」

「みくびっているのか」サーシャはいった。

チェルベイの表情がけわしくなる。「おまえにとってこれはなんだ？　遊びか？　魂の探求か？　これは人間と人間の戦いにすぎない。どちらが勝っても、女たちは嘆き、地面に血が流れる」

それ以上は何もいわず、チェルベイは馬をくるりと回すと、数歩走らせて遠ざかり、そこで向きを変えて待った。

サーシャも同じ動きをした。あたりは静まり返っている。どんよりしたこの朝、何万という兵士が待ち構えているというのに不思議だ。またもや、最後に残った霧の中に、金色に輝く一頭の馬がちらりとみえたような気がした。馬の背にはほっそりした乗り手がまたがり、傍らに大きく不格好な黒い影を従えている。サーシャは心の中で祈った。

そして次の瞬間、槍を高く掲げ、雄叫びをあげた。背後の六万の兵士の喉からも叫び声がとどろく。最後にルーシが団結したのはいつだったろう？　キエフ大公国の全盛期（十世紀後半から十一世紀）以来だ。だが、ドミトリー・イワノヴィチはルーシをひとつにまとめ、ドン川の寒い岸辺に集結させた。

チェルベイもこたえるように雄叫びをあげた。喜びに顔を輝かせている。その背後からタタール人たちがいっせいに叫びをあげる。乗り手の下でじっと立っていたトゥマーンは、サーシャの合図で飛び出した。チェルベイも力強い栗毛の馬を蹴り、両者はぬかるんだ地面を突進した。双方の馬のひづめから泥と水が舞い上がる。

ワーシャはふたりが全力で馬を駆るのをみた。心臓が激しく打ち、喉が締めつけられる。二頭の馬がひと駆けごとに飛ばす泥が大きな弧を描く。最後の瞬間にチェルベイの槍が、兄の胸骨に振り下ろされた。サーシャは盾で槍をかわし、打撃をまともに食らわずにすんだが、自分の槍がチェルベイの肩の薄板に引っかかり、折れた。

ワーシャは手で口を押さえた。サーシャが折れた槍を落として剣を抜いた瞬間、チェルベイが冷静に栗毛の馬の向きを変えた。チェルベイは槍と盾を持ったまま、両膝で馬を操っている。サーシャの剣はチェルベイの槍の半分にも届かない。

両者はふたたびすれ違う。今度は、最後の瞬間にサーシャがトゥマーンのわき腹に触れた。俊足の雌馬を左に向けるとみせかけ、サーシャは剣をチェルベイの槍の柄に振り下ろした。剣だけになったふたりが、もう一度馬を回す。

いまや接近戦だ。ふたりは剣を突き出し、フェイントをかけ、後ずさる。遠くにいるワーシャの耳にも、剣と剣がぶつかりあう音がはっきりきこえてくる。

熊はただただうれしそうに笑みを浮かべ、食い入るようにみつめている。

チェルベイの栗毛の馬はトゥマーンよりもわずかに足が速い。サーシャはチェルベイよりもわずかに強い。いまや、ふたりの顔は泥だらけで、どちらの馬の首にも土埃と血がこびりついている。重い剣がぶつかるたび、ふたりはうめき声をあげる。

ワーシャは心臓が飛び出しそうなほどはらはらしているが、兄を助けることができない。助けるつもりもない。これは兄の戦いなのだ。兄は歯をむき出し、顔を誇らしげに輝かせている。ワーシャの掌《てのひら》に爪が食いこんで血がにじむ。

粉雪がワーシャの顔にあたり、冷たく肌を刺す。チョルトたちの声が大きくなり、兄を応援するルーシ人たちの声も大きくなる。

サーシャは次のひと突きをかわし、チェルベイの肋骨に沿って切りつけ、鎖かたびらを引きちぎった。チェルベイは次の攻撃を剣で防ぎ、ふたりの剣の柄と柄ががっちり組みあう。サーシャはためらわず、全身の力をこめてチェルベイを鞍から落とした。

タタール人が落馬すると、熊は大声をあげた。両軍の兵士たちもみな声をかぎりに叫んでいる。チェルベイとサーシャは土埃にまみれて取っ組みあううちに、剣を見失い、いまや素手で戦っている。しかし、サーシャは短剣をさぐりあてた。

それをチェルベイの喉にずぶりと突き刺した。

いたるところからルーシ人たちの勝利の叫びがあがる。ワーシャのチョルトたちもみな同じように叫んでいる。サーシャが勝ったのだ。

ワーシャは震える息を吐いた。

熊が満足しきったようにため息をついた。

サーシャは血だらけの剣を手にしたまま、まっすぐ立ち上がった。剣に口づけし、天に向けて掲げ、神とドミトリー・イワノヴィチに敬意を表した。

ワーシャはひとつの声、ドミトリーの声が兵士たちに呼びかけるのをきいた気がした。「神はわれわれの味方だ！　勝利は確実だ！　さあ馬に乗れ！　いくぞ！」そしてルーシ軍が突撃した。みなが一丸となって、モスクワ大公とアレクサンドル・ペレスヴェートの名を叫んでいる。

サーシャは自分の馬を呼んで攻撃に加わろうとするかのように、振り返って背筋をのばした。しかし、声は発せられなかった。

熊が振り返ってワーシャをみた。何かを期待するようにじっとみつめてくる。そのとき、ワーシャは目にした。サーシャの革製の鎧が大きく裂けていて、剣で突かれた傷がある。激しい戦いのさなかには気づかなかったのだ。

「だめ！」

その声がきこえたかのように、兄が振り向いた。そばにもどってきたトゥマーンの背にまたがろうと、サーシャは鞍頭に手を置いた。

しかし、サーシャは馬に乗るどころか、崩れ落ちて膝をついた。

熊が大声で笑い、ワーシャは悲鳴をあげた。そんな声が自分に出せるとは思いもよらなかった。ワーシャが前かがみになると、パジャールは勢いよく飛び出して草原を駆け抜け、交わろうとする両軍より速くサーシャのほうに向かった。熊がそのあとを追う。ルーシ軍といっしょに走るルーシのチョルトたちの声が、かすかにきこえる。

しかし、ワーシャはもう勝利について考えるのをやめていた。両側から軍隊が突進してくる平原の真ん中には、恐怖で暴れているトゥマーン、泥水の中にうつ伏せに倒れて死んでいるチエルベイしかいない。ワーシャはどちらにも時間を割くつもりはない。兄が泥の中に膝をつき、激しく震えているからだ。唇から血があふれ出している。サーシャはワーシャを見上げた。

「ワーシャ」

「しーっ」ワーシャはいった。「しゃべっちゃだめ」

「すまない。生きるつもりだった。ほんとうだ」

パジャールはふたりのために泥の中で静かに膝を折った。「なんとしても生きるの。馬に乗って」ワーシャはいった。

その言葉に従うのがサーシャにとってどれほどの苦痛か、ワーシャにはわかっていない。両軍のとどろきが地面をゆらす。サーシャはまっすぐすわっていられず、どさっと前かがみになった。

「もうじき死ぬ」ワーシャの横でメドベードがいった。「復讐するんだな」

ワーシャは無言のまま、兄の剣で自分の手を深く切りつけた。指に血があふれ出す。ワーシャはその血を熊の顔にこすりつけ、そこに意志のかぎりを注いだ。

「わたしのかわりに復讐して」ワーシャはきっぱりといった。

熊は力をみなぎらせて身震いした。目が真夜中のパジャールよりも明るく燃え上がる。ワーシャをみつめながら、熊はぬかるんだ地面からサーシャのかぶとをひっつかみ、自分の手をがぶりと噛んだ。水のように透明だが硫黄のように鼻をつくにおいの血が流れ出し、ブロンズのかぶとの中にたまった。

「かわりにおれの力をやろう」熊は相手の心をさぐるようにワーシャをみた。「死者をよみがえらせる力だ」

そして熊はその場を去り、恐怖を武器に戦いの中へ消えていった。ワーシャはかぶとの中身をこぼさないようにしてパジャールの背にまたがり、兄の後ろにすわった。ふたり分の重さにもかかわらず、雌馬は耳を伏せたまま立ち上がった。腹と脚は泥まみれだ。パジャールが流星のような速さで駆け去る、そのまわりじゅうで、戦いが始まっていた。

35　星の照らす道

ワーシャは、まるで自分が瀕死の傷を負っているかのように、パジャールのひづめが地面を蹴るたびにその衝撃を感じた。雌馬は両方の軍隊とチョルトたちを避け、縫うように走った。一度など、死んだ馬を鮮やかに飛び越えた。そのあいだもずっと、ワーシャは兄の体を支え、不思議な水の入ったかぶとをしっかりつかんでいた。

ワーシャたちはようやく戦場から抜け出し、いたるところでわき起こるとどろきをあとにして、川沿いの木立に身を隠した。小さな雑木林の中に、静かな場所があった。だが、戦場からさほど離れているわけではなく、大地と空を切り裂くようなとどろきが響いてくる。ワーシャは熊が笑っているのがきこえるような気がした。

雑木林は湿地よりも少し高いところにある。ワーシャはパジャールの背から滑り降り、馬上から落ちかけた兄をすんでのところで受け止めた。その重みであやうく川に倒れこみそうになったが、ありったけの力で押しとどめ、兄を柔らかい土の上に横たえた。兄の唇は青く、手は冷たい。

ワーシャはかぶとの中の水をみつめた。死者をよみがえらせる水。でも、兄さんは死んでない。マロースカ――マロースカ、どこにいるの？

サーシャは目をあげたが、その目にワーシャはみえていない。たぶん、星空の下の道をみているのだ。引き返すことのできない道を。「ワーシャ?」サーシャはいったが、その声はもうささやきにすぎない。

ワーシャには自分の両手しかない。毛皮のマントで、兄の顔についた血と土をぬぐい、頭を膝にのせた。

「わたしはここよ」ワーシャの目からふいに涙がこぼれ落ちた。「兄さんは勝ったの。ルーシ軍は勝利を確信してる」

兄の目が輝いた。「よかった。わたしは――」

サーシャはかすかに横を向き、一点をじっと見据えた。ワーシャが視線をたどると、そこには死神が待っていた。死神は地面に立っていて、背後に霧のようにぼんやりと白い馬の姿がみえる。ワーシャは死神を長いことみつめた。ふたりのあいだに言葉はない。かつてワーシャは、愛する者たちを奪いにきた死神にすがり、ののしった。いまはただみつめるだけで、その視線は剣のように死神を突き抜ける。

「兄の命を救えたんじゃないの?」ワーシャはささやいた。

それに答えるように、死神はただ首を振った。しかし、無言のまま近づいてきてワーシャのそばにひざまずいた。眉間にしわを寄せ、両手を合わせて杯のようにすぼめた。掌《てのひら》に澄んだきれいな水がわき、死神はワーシャの兄の顔にそれをたらした。水が触れると、切り傷も痣《あざ》も汚れも、洗い流されたかのように消えた。ワーシャも無言で死神を手伝った。ふたりはゆっくりと絶え間なく手を動かす。ワーシャは汚れて破れた鎧《よろい》を外し、マロースカが水をかける。ついに兄の顔と胴は汚れも傷もなくなった。いま兄は、無傷で安らかに眠っているようにみえる。

しかし、目を覚ましはしない。

ワーシャはかぶとに手をのばした。

マロースカの目が不安そうにその動きを追った。ワーシャの喉で、いまにも燃えつきそうな希望が脈打っている。「ほんとうにこれで兄は生き返るの？」

マロースカは気乗りしない表情で答えた。「そうだ」

ワーシャはかぶとを持ち上げると、兄の唇に傾けた。

マロースカが手をのばしてそれを止めた。「そのまえに、ついてきてくれ」

ワーシャはその言葉の意味がわからなかったが、死神が差しのべた手を取った。指が触れあい、握られたとたん、ワーシャはこの世の向こう側にいた。森の中の道。見上げると、星空が網のように広がっている。

そこに兄が待っていた。顔色は少し青白いがまっすぐ立ち、目に星の光を映している。「サーシャ」ワーシャは呼びかけた。

「妹よ」サーシャが答える。「別れをいっていなかったな」

ワーシャは兄に駆け寄って抱きしめた。しかし、腕の中の兄は氷のように冷たく、遠く感じられる。マロースカはふたりを見守っている。

「サーシャ」ワーシャは意気込んでいった。「あなたを連れもどせる方法があるの。生き続けて、わたしたちのところへもどれるの。ドミトリーのところにも」

サーシャは遠くを、満天の星が輝く道の先を、焦がれるようにみつめている。ワーシャはあわてて「これよ」というと、傷だらけのかぶとを差し出した。「これを飲んで。そうすればまた生きられる」

「だが、わたしはもう死んでいる」サーシャはいった。

ワーシャは首を振った。「死なずにすむの」

サーシャは後ずさりした。「わたしは死者たちがよみがえるのをみた。それにかかわるつもりはない」

「ちがう！」ワーシャはいった。「これはちがう――これは――おとぎ話に出てくる、イワン王子をよみがえらせたような水なの」

しかし、サーシャは相変わらず首を振っている。「これはおとぎ話じゃないんだ、ワーシャ。わたしは不滅の魂をあやうくしてまで、死んだ場所にもどって生き続けるつもりはない」

ワーシャはサーシャをじっとみた。兄の顔は静かで悲しげでゆるぎない。「サーシャ」ワーシャはささやいた。「サーシャ、お願い。また生きられるのよ。セルギイ神父やドミトリー、オリガのところにもどれるの。お願い」

「いや。わたしは――わたしは戦った。自分の命を手放し、喜んで与えた。それを価値あるものにするのは、ほかの者たちの仕事だ。わたしの死はドミトリーのもの――そして――そしておまえのものだ。この国を守るんだ。そしてひとつに束ねてほしい」

ワーシャはサーシャをみつめた。信じられない。頭の中を無謀な考えが駆け抜ける。ひょっとしたら、生者の世界でなら、兄の口にむりやりこの水を注ぎこめるかもしれない。でも――でもそうしたら……。

これはワーシャが選ぶことではない。かつてオリガに同じ問題が起こったとき、ワーシャはオリガのためを思って決断したが、オリガは激しい怒りをあらわにした。ワーシャはマロースカの言葉を思い出した。それはおまえが決めることではない。

声を落ち着かせようとしながら、ワーシャはいった。「それが兄さんの望みなの？」

「そうだ」兄が答えた。

「それなら――それなら、神のご加護がありますように」ワーシャは声を詰まらせながらいった。「もし――お父さんにあったら――それにお母さんにも――愛してるって伝えて。わたしはさまよって遠くへいったけど、ふたりを忘れてはいない、と。わたし――兄さんのために祈るから」

「わたしもだ」兄はそういって、ふいにほほえんだ。「またいつか会おう、妹よ」

ワーシャはうなずいたが、言葉が出てこない。顔がくしゃくしゃになっているのがわかる。しかし、兄を抱きしめると、後ろに下がった。

そのあとマロースカの穏やかな声がきこえたが、その言葉はワーシャに向けられたものではない。「さあ、いこう」マロースカはサーシャにいった。「恐れることはない」

36 三人の隊

ワーシャははっとわれに返り、傷の消えた兄の体におおいかぶさってむせび泣いた。どれくらい泣いていただろう。そのあいだもすぐ近くで激しい戦いが繰り広げられていた。ワーシャを引きもどしたのは、柔らかなひづめの音、そして背後の冷たい存在だった。

振り向くと、冬の王がいた。馬の背から滑り降り、ワーシャをじっとみつめる。

ワーシャはなんといえばいいのかわからない。優しい言葉をかけられるか、そっと触れられただけでも心が砕けてしまっただろう。しかし、冬の王はどちらもしなかった。ワーシャは兄の目を閉じ、兄の顔の上で祈りをささやいた。それから立ち上がったが、心には、いてもたってもいられない、激しい思いが渦巻いていた。兄を生き返らせることはできなかった。でも、兄がずっと望んでいたこと――めざしていたこと――それはワーシャにもできる。

「戦場へいくのは死者のためだけなの、マロースカ?」ワーシャは手をのばした。兄の血と、熊のためにつけた傷から流れた自分の血で汚れたままの手を。

マロースカはためらっている。

しかし、その顔にはワーシャと同じ残忍さが映し出されている。ふいに、真冬の真夜中にみたあの姿、そっくりにみえた。誇り高く、若く、危険な冬の王。その手にもサーシャの血の跡が残っている。

「生者のためにも」マロースカは低い声でいった。「生者もわたしの民なのだから」

マロースカはワーシャの血だらけの手を取った。まわりじゅうで風が悲鳴をあげている。この冬初めての雪嵐の叫びだ。ワーシャの魂はたゆまず燃える炎となっている。パジャールを見上げると、金の雌馬も全身に緊張をみなぎらせていて、ひづめで地面をひとかきした。ワーシャとマロースカはそれぞれの馬にまたがって向きを変えると、新しく生まれた嵐に抱かれ、全速力で戦場へ駆けもどった。

ワーシャの手には炎が、マロースカの手には情け容赦ない冬の力が握られている。

戦場から叫び声がきこえ、みると、熊がふたりの姿をみつけて大声で笑っていた。

「ドミトリーをさがさないと」ワーシャは喧騒にかき消されないように声を張りあげると、パジャールを駆り、ルーシの槍兵隊を追って疾走するタタールの兵士の群れの中を飛ぶように駆け抜けた。タタール軍の馬たちは突然おびえて散り散りになり、乗り手たちはねらいを外して毒づいた。

疾風が起こり、ワーシャに命中しそうだった矢を吹き払う。マロースカがいった。「あそこに大公の長旗が」

長旗は最前線の小さな丘の頂に立っている。ワーシャたちはそちらに向かい、兵士たちをなぎ倒しながら進んでいった。雪がどんどん激しくなってくる。ドミトリーのいるところをねらって、矢の雨が飛ぶ。くさび状に隊形を組んだ騎兵たちが強引に押し進み、無防備な軍旗にた

白い雌馬とパジャールは足取りも軽く、猛スピードで戦場を駆け抜けるが、追い上げてきた

タタール軍との競りあいになっている。パジャールは耳を伏せて身をかわし、跳び、疾走し、ワーシャはタタールの馬たちに向かって叫ぶ。ワーシャの声をきいて失速する馬もいるが、そ

れだけでは敵の勢いをくじけない。足元は凍って滑りやすくなっているが、どんな地面でも走

り慣れているタタールの強靭な馬はものともしない。雪が馬たちの顔に吹きつけ、乗り手たち

の目をくらませても、矢は絶妙なタイミングで放たれる。

「メドベード」ワーシャが叫んだ。

熊がワーシャの隣に現れた。相変わらず甲高い笑いの混じった声で、満足げにいう。「なん

たる喜びだ」人間の血にまみれ、歓声をあげる獣《けもの》は、ワーシャをはさんで反対側で沈黙してい

るマロースカと対照的だ。三人はくさび形にならび、戦場を突き進む。ワーシャは敵の足元に

火を放つが、ぬかるんだ平原と降りしきる雪のせいで、あっという間にかき消されてしまう。

マロースカは気まぐれな風を起こして敵の目をくらませ、敵の矢をはね返す。

メドベードは行く手をはばむものをことごとく恐怖に陥れる。

ドミトリーのいる場所にどちらが先にたどり着けるか、タタール人との勝負だ。

タタール人が勝った。矢が飛ぶ中、ワーシャたちの数歩先で、タタール人たちはドミトリー

の長旗に向かって怒濤《どとう》のように突進した。長旗が倒れて泥にたたきつけられると、いたるとこ

ろから勝利の叫びがあがった。矢は相変わらず恐ろしいほど正確に飛んでくる。白い雌馬はパ

ジャールのわきにぴったりついて走り、マロースカは持てる力のほとんどを使って、ワーシャと二頭の馬を飛んでくる矢から守っている。

護衛隊が打ち破られた。ドミトリーの馬が棹立《さおだ》ちになり、倒れた。その瞬間、三人のタタール兵がドミトリーに襲いかかった。

ワーシャが叫び、パジャールはすさまじい勢いでタタール兵たちにつっこんでいった。金の雌馬の乗り手に剣は不要だ。パジャールのひづめがタタール兵たちをたたきのめし、馬たちを追い散らす。足元で突然燃え上がった火に、タタール兵たちがあわてて後ずさる。ワーシャは雌馬から滑り降り、大公の顔のそばにひざまずいた。

鎧《よろい》はめった切りにされ、いくつもの傷から血が流れている。ワーシャはかぶとを外した。ところが、それはモスクワ大公ではなかった。ワーシャの知らない若者が死にかけている。

ワーシャは目を見開いたままささやいた。「大公はどこ?」

若者はもうほとんど口がきけない。唇のあいだから血が泡となって吹き出している。若者はうつろな目でワーシャを見上げた。ワーシャはかがみこんで、その声を聞き取ろうとした。

「陣頭です」若者はささやいた。「最前線に。大公はタタール人の目をくらませるために、ご自分の鎧をわたしにくださいました。光栄なことに。わたしは……」

若者の目から光が消えた。

ワーシャはその目を閉じると、振り返った。

「前線へ。さあ早く!」

タタール人の兵士がいたるところで戦っていて、四方八方から矢が飛んでくる。マロースカはぴたりと馬をならべ、飛んでくる矢からワーシャを粘り強く守り続けている。熊もいっしょに、三人で戦場を押し進み、雪と火と恐怖をもたらす。

「前線が乱れ始めてる」熊がこともなげにいう。その目は相変わらずぎらぎら光り、毛は血にまみれている。「ドミトリーは――」

そのとき、ワーシャの耳にドミトリーの声がきこえた。軍と軍とがぶつかりあう音をしのいで、歯切れよくたくましい声がとどろく。「退却！」

「理想的な展開とはいえないな」熊がいう。

「ドミトリーはどこ？」ワーシャはいった。降りしきる雪と戦う兵士たちの動きで先が見通せない。

「あそこだ」マロースカがいった。

ワーシャは目をこらした。「みえない」

「では、ついてこい」冬の王がいった。ふたりは肩をならべ、ひしめく兵士たちを押しのけて進んでいく。ようやくワーシャにもドミトリーがみえた。平凡な貴族のような鎧姿で馬にまたがり、剣を手にしている。雄叫びをあげ、ひとりの兵士を剣で突き刺すと、馬の体重をかけて別の兵士を鞍から落とした。頬も腕も、鞍も馬の首も血まみれだ。「退却！」

タタール人の軍隊が前進してくる。いたるところから矢が飛んでくる。一本の矢がワーシャの腕をかすめたが、ほとんど何も感じない。「ワーシャ！」マロースカの鋭い声で、ワーシャは自分の上腕から血が出ていることに気づいた。

「大公は生きなければ」ワーシャはいった。「大公が死んだら、すべてが水の泡に――」

パジャールがドミトリーの馬とならぶと、棹立ちになって別の兵士を押しもどした。

ドミトリーが振り返り、ワーシャをみた。ドミトリーの顔色が変わった。身を乗り出し、ワーシャの傷も自分の傷もかえりみず、ワーシャの腕をつかむ。

「サーシャは」ドミトリーはいった。「サーシャはどこだ？」

戦いのせいでワーシャの感覚は麻痺《まひ》していたが、その言葉に、心を取り巻いていた霧がわずかに薄らぎ――その奥から苦しみが顔をのぞかせた。ワーシャの顔に浮かんだ苦しみをみて、ドミトリーの顔も青ざめた。ドミトリーは唇をきつく引き結ぶと、それ以上ワーシャには言葉をかけず、自軍の兵士たちに向き直って命令を下す。「退却だ！　第二線まで下がって、第二線を前に出せ」

退却は混乱を極めた。隊列は乱れ、兵士たちは逃げだして第二線に身を隠した。第二線も大きく乱れ始めている。熊の姿はどこにもみえず――

ドミトリーがふいにワーシャのところに引き返してきていった。「オレグが加わるなら、いまがそのときだ」

「わたしがさがしにいく」そう答えると、ワーシャはマロースカに向かっていった。「ドミトリーを死なせないで」

マロースカはワーシャをののしりたいという顔をした。その顔も泥と血で汚れている。マロースカの馬の首には長いかき傷ができている。もう超然とした冬の王ではない。しかし、うなずいただけで馬を回すと、ドミトリーの馬のあとを追った。

ドミトリーがいう。「オレグが裏切っていなければ、ママイの右翼につくようにと伝えてくれ」それから馬を飛ばし、大声でさらに命令を出し続けた。

ワーシャはパジャールの向きを変えると、もう一度姿を消して、近づいてくるタタール軍の戦線を突破し、オレグをさがしに向かった。

リャザンの兵士たちは無傷で、小さな丘の上で待機して戦場を見守っていた。

「これでは」ワーシャはオレグに近づきながらいった。「戦うと大公に誓いを立てたときと話がちがいます」

オレグはワーシャに向かってただにやりと笑ってみせた。「いちかばちかの賭けに出るなら、ここぞというときまで待つものだ」そして平原を見渡すといった。「いまこそ、そのときだ。さあいくぞ、魔女よ」

「急いで」ワーシャはいった。

オレグは大声で命令を出し、ワーシャはパジャールの向きを変えた。雌馬は焼けた石炭のように熱を発しているが、ワーシャは熱さを感じない。

リャザンの兵士たちが叫びながら全速力で丘を駆けおりていく。角笛がいっせいに吹き鳴らされた。ワーシャはオレグのあぶみの横にならび、少してこずりながらもパジャールの勢いを抑え、疾走する馬たちの歩調に合わせる。思いがけない方向からの攻撃に、あわてふためいたタタール人たちが振り返るのがみえた。そして、ドミトリーの軍の左翼側の森から、別の動きが——ウラジーミルの騎兵隊がついに森から姿を現したのだ。熊もいっしょで、騎兵隊の馬たちを恐怖で駆り立てている。ワーシャには熊の大きな笑い声がきこえた。

かくして、ルーシ軍——オレグ、ウラジーミル、そしてドミトリーの隊——はタタール人の軍勢をはさみ撃ちにし、戦列をずたずたに分断した。

それでもなお、時々刻々と血みどろの戦いが繰り広げられた。いったいどれくらい続いたのか——数時間なのか数日なのか——ワーシャにはわからない。ようやく声がしてわれに返った。「ワーシャ」マロースカがいった。「戦いは終わった。タタール軍が逃げていくぞ」

視界からもやが晴れたかのようだった。ワーシャはあたりを見まわし、自分たちが戦場の真ん中で出くわしたことに気づいた。オレグ、ウラジーミル、そしてドミトリー。それに、ワーシャと熊とマロースカも。

傷を負って気絶しかけていているドミトリーを、ウラジーミルが支えている。オレグは勝ち誇った顔をしている。見渡すかぎりルーシ兵ばかりだ。勝ったのだ。

風は凪《な》ぎ、早雪は本降りになっていた。雪は敵も味方もなく、死者の上にそっと静かに、厚く降り積もる。

ワーシャは驚きと疲労のあまり、ただぼうっとマロースカをみつめていた。白い雌馬の首のかき傷から、薄いカーテンのように血が流れ落ちている。マロースカはワーシャに劣らず疲れきって悲しげで、手が泥と血にまみれている。パジャールだけは無傷で、朝と変わらずつややかで、力をみなぎらせている。

ワーシャは自分も同じ言葉が口にできたらいいのにと思った。矢がかすめたときの腕の傷がずきずき痛むが、心の痛みにくらべたらなんでもない。

ドミトリーはどうにかまっすぐ立つと、死人のように真っ青な顔で近づいてきた。ワーシャはパジャールから滑り降り、ドミトリーを迎えた。

「あなたの勝利です」ワーシャはそういったが、声にまるで感情がない。

「サーシャはどこだ？」モスクワ大公がたずねた。

37　死の水、命の水

ドミトリーの軍は敵をクラシーヴァヤ・メチャ川まで——五十露里《ベルスタ》（ロシアでかつて使われていた距離の単位。一ベルスタは約一・〇六キロメートル）近く——追撃した。ウラジーミル・アンドレーエヴィチ、リャザン公オレグ、トヴェーリ大公ミハイルの三人がルーシの兵団を率いている。諸公は兄弟のように馬をならべて走り、兵士たちは水のようにまざりあい、モスクワ出身だろうが、リャザン出身だろうが、トヴェーリ出身だろうが、みただけではもう区別がつかない。だれもがみなルーシ人なのだ。ルーシ軍は将軍ママイの従者の一行を捕らえ、ママイに擁立された傀儡《かいらい》のハンを殺した。将軍自身はカッファまで敗走した。命を奪われる危険のあるサライには、もどる勇気がなかったのだ。

しかし、モスクワ大公もワーシャも追撃には加わらなかった。ドミトリーはワーシャのあとについて、川からそう遠くないひっそりとした雑木林に向かった。

サーシャはワーシャたちが残していった場所に横たわっていた。ワーシャの毛皮のマントにくるまれた体はきれいで、傷もない。

ドミトリーは半ば落ちるように馬から降りると、腹心の友の体を腕に抱いた。無言のまま。

ワーシャは慰めの言葉が浮かばず、やはり涙を流している。

長い一日の終わりに、長い静寂が雑木林にたれこめ、光はかすんで現実味がない。あたり一面に、雪がそっと降り続けている。

ようやくドミトリーが顔を上げた。「ラヴラに連れ帰ってやらねば」声がしわがれている。「神に捧げられた地に、仲間とともに埋葬しよう」

「兄の魂のためにセルギイ神父が祈りを捧げてくれるでしょう」ワーシャの声も、叫び、泣いたせいで、ドミトリーに劣らずしわがれている。ワーシャは手首を目に押しあてた。「兄はこの国の隅々まで歩きまわり、この国を知り、愛しました。それがいまからは骨となって、凍った大地に閉じこめられるのです」

「だが、歌がある」ドミトリーはいった。「誓って、忘れ去られたりはしない」

ワーシャは何もいわなかった。言葉がみつからない。歌がいったいなんの役に立つのか。兄はもうもどってこないのだ。

夜になって、兄の遺体を運ぶ荷車がやってきた。荷車はガラガラと音を立て、あふれる騒音と明かりとともに闇の中から現れた。ドミトリーの騒がしい従者たちは勝利に酔いしれ、この場にふさわしい畏敬の念に打たれてもいない。ワーシャはその騒がしさにも浮かれた空気にも耐えられなかった。いずれにしても、サーシャはもういない。

ワーシャは兄の額に口づけすると、立ち上がってそっと闇の中に消えた。

マロースカとメドベードがいつ現れたのか、ワーシャにはわからなかった。長いあいだ、自分がどこにいるのか、どこへいくのかわからないまま、ひとりで歩いていたような気がする。

喧騒と悪臭、流血と悲しみ、荒々しい勝利から、ただ離れたかったのだ。

しかし、いつしかワーシャは顔を上げ、ふたりが自分の横を歩いていることに気づいた。子どものころ、森の中の何もないところで出会ったふたりの兄弟。ワーシャの人生を運命づけ、変えたふたり。どちらも血にまみれ、熊の目は戦いの喜びの余韻に燃え、マロースカは厳かで、その表情は読めない。ふたりのあいだには相変わらず敵対心があるが、それはどこか変化し、以前とはちがうものになっていた。

きっと、ふたりはもう正反対ではないからだ。悲しみに疲れたワーシャは、ぼんやりとそう思った。なんてことだろう、ふたりともわたしのものだなんて。

最初に口を開いたのはマロースカだったが、その言葉はワーシャでなく弟に向けられた。

「おまえには、まだ命ひとつ分、貸しがある」

熊が鼻を鳴らした。「返そうとしたんだ。この娘にも、娘の兄にも、命をやろうと申し出た。人間が愚かなのはおれのせいだとでもいうのか?」

「いや、おそらくちがう」マロースカはいった。「だが、それでも命ひとつ分の貸しだ」

熊は不機嫌そうな顔で答える。「いいだろう。どの命だ?」

マロースカは問いかけるようにワーシャのほうを向いた。ワーシャはただぼんやりとマロースカをみつめ返す。どの命? 兄は死に、平原には死者があふれている。いま、いったいだれの命を望めるというの?

マロースカは袖にそっと手を差し入れ、刺繍《ししゅう》入りの布にくるまれたものを取り出した。包みを解き、中身を両手でワーシャに差し出す。

死んだ小夜鳴鳥《サヨナキドリ》だ。その硬直した完璧な体は、命の水によってけがれのない状態に保たれている。長い夜もつらい昼もワーシャがずっと持ち歩いてきた木彫りの小夜鳴鳥にそっくりだ。ワーシャは口もきけずに、鳥から冬の王へと視線を移した。「できるの？」ワーシャはささやいた。喉は土埃を吸ってからからに渇いている。

「おそらく」そういって、マロースカは弟を振り返った。

ワーシャはみていられなかった。きくのも耐えられない。悲しみのあと、あまりに早く希望が訪れたのが恐ろしく、ふたりから離れた。ふたりが成功するにせよ、失敗するにせよ、とてもみていられない。

背後から静かなひづめの音がきこえてきたときも、ワーシャは振り向かなかった。すると、柔らかい鼻が近づき、ワーシャの頬にそっと触れた。

ワーシャは振り返った。

何度目をこらしても、信じられない。動くことも話すこともできない。話したり動いたりすれば、この幻想が粉々に砕け散って、また孤独を味わうことになるような気がした。ワーシャはその姿にみとれた。闇の中で黒っぽくみえる鹿毛《かげ》、額のひとつ星、あたたかな黒い瞳。自分の知っている馬。自分の愛する馬だ。「ソロヴェイ」ワーシャはささやいた。

ぼくは眠ってた、と馬がいった。でもあのふたり、熊と冬の王が目覚めさせてくれた。きみに会えなくて寂しかった。

　極度の疲労と信じがたいほどの喜びに心を引き裂かれ、ワーシャは鹿毛の雄馬の首に両腕を巻きつけて泣いた。幽霊ではない。あたたかくて、生気にあふれ、ソロヴェイそのもののにおいがする。頬をこするたてがみの感触が、苦しいほど懐かしい。

　もう二度と離れない。雄馬は首を回してワーシャに鼻面を押しつけた。

「わたしもすごく寂しかった」ワーシャの熱い涙が黒いたてがみに流れ落ちる。

　そうだろうとも。ソロヴェイはそういうと鼻をすり寄せた。たてがみを偉そうにゆすっている。でも、ぼくはちゃんとここにいる。きみは湖の番人になったんだね？　湖にはもう長いこと主人がいなかった。きみが番人になってくれてうれしいよ。でも、ぼくがそばにいるべきだったな。そうすりゃ、もっとずっとうまくいったのに。

「そうでしょうとも」ワーシャはとぎれとぎれにいったが、その声はいまにも笑い声に変わりそうだった。


　自分の馬のたてがみに指をからませ、広くあたたかい肩にもたれていたワーシャは、ほとんどきいていなかったが、熊がしゃべっていた。「ふん、まったく泣かせるじゃないか。だが、おれはもういくぞ。まだみるべき世界があるし、この娘はおれに自由を約束してくれた」熊は最後の言葉を用心深くマロースカに向かっていった。ワーシャが目を開けると、冬の王は相変わらず疑うようなまなざしを双子の弟に向けている。

「あなたはまだわたしに縛られてるのよ」ワーシャは熊にいった。「そしてわたしとの約束にも。死者をよみがえらせないこと」

「人間はおれがいなくても、立派に混乱を引き起こす。おれはそれを楽しむだけだ。ひょっとすると何人かに悪夢をみせるくらいはするかもしれないが」

「あなたが悪いことをしたら、チョルトが知らせてくれる」ワーシャはそういうと、金の綱が巻かれた手首を持ち上げた。脅しと約束だ。

「いま以上の悪さはしないさ」

「必要なときには、また呼ぶから」

「好きにしろ。おれも応じるかもしれないし」熊はお辞儀をして去り、すぐに闇に消えた。

戦場には人気《ひとけ》がない。月はすでにのぼり、雲の後ろのどこかに隠れている。平原は霜におおわれ、硬くなっている。死んだ人間も死んだ馬も、目を開けたまま横たわり、そのあいだを生きた者たちが松明《たいまつ》を手に歩きまわって、死んだ友をさがしたり、盗めるものをあさったりしている。

ワーシャは顔をそむけた。

チョルトたちは、ドミトリー、セルギイ、ワーシャの約束を胸に抱いてそっと立ち去り、自分の森や川にもどっていった。

わたしたちはこの国を分かちあうことができる。わたしたちが大切に守ってきたこの国を。

三人のチョルトがまだ残っていた。ひとりはマロースカで、無言で立っている。ふたり目は女で、黒っぽい顔に暁《あかつき》のような白い髪が斜めにかかっている。三人目は小さなキノコの精で、闇の中で毒々しい緑色に光っている。

ワーシャはジェド・グリーブとパルノーチニツァに向かって肩をそびやかし、もったいぶったお辞儀をしたが、悲しみと苦い喜びとで、自分が子どものように腫れ上がって汚れた顔をしているのはわかっている。「もどってきてくれたのね」

「あなたは勝利した」真夜中の精が答えた。「わたしたちが証人よ。あなたは約束をして、それを守った。わたしたちチョルトは、これでもうあなたのものよ。知らせにきたの。あの老婆が——喜んでいるって」

ワーシャはただうなずくことしかできない。守られようと破られようと、約束がなんだというの？　その代償はあまりに大きかった。しかし、ワーシャは唇をなめていった。「ひいおばあさんに——もし許してもらえるなら、真夜中の国まで会いにいくと伝えて。わたしには学ぶことがたくさんあるから。そして、ふたりともありがとう。あなたたちの忠誠心と、あなたたちがいろいろ教えてくれたことに感謝してる」

「けど、今夜じゃないだろ」ジェド・グリーブが甲高い声でしれっという。「今夜は何も学んだりしない。どこか、こざっぱりしたところをさがしなよ」そして、マロースカを陰険な顔でにらんだ。「冬の王ならいい場所を知っているはずだ。あんたの国はキノコには寒すぎるけど」

「ひとつ知っている」マロースカがいった。

「月明かりの湖のほとりで会いましょう」ワーシャはジェド・グリーブとパルノーチニツァにいった。

「そこで待ってるわ」真夜中の精はいい、キノコの精とともに、現れたときと同じようにふいに姿を消した。

ワーシャはソロヴェイの肩に寄りかかったまま、悲しみと喜びで途方に暮れていた。マロースカが両手を椀の形にして差し出す。「さあ、いこう」

ワーシャが無言でそこに片足を乗せると、マロースカがソロヴェイの背に押し上げてくれた。行き先はわからないが、ここを離れろと魂が命じているのはたしかだ。ここの音とにおい、栄光とむなしさから離れろ、と。

ソロヴェイは首を弓なりにして、優しくワーシャを運んだ。パジャールは暗がりの中で燃えるように輝き、ワーシャたちをあたためてくれている。

やがて、小さな丘の頂に着いた。足元に広がる血まみれの戦場がはっきりみえる。ワーシャは馬からおりて、パジャールに近づくと、いった。

「ありがとう。さあ、自由に飛んでいって。ずっとそうしたかったんでしょ」

パジャールは天の風を調べるかのように、頭を上げて鼻孔を広げた。しかし、金色の頭をそっと傾けると、ワーシャの髪に唇で触れた。あなたがもどるときには、湖にいる。嵐の夜にはあたたかい場所を用意したり、たてがみをすいたりしてくれてもいいわ。

ワーシャはほほえんだ。「そうする」

パジャールは耳をかすかに後ろに傾けた。湖をほったらかしにしてはだめ。あそこにはいつだって番人が必要なんだから。

「湖はちゃんと守る」ワーシャはいった。「それに家族のことも見守る。その合間に世界を走りまわって、はるかな国々を昼も夜も旅する。ひとつの人生には、それで十分」ひと息ついて続けた。「ありがとう。言葉でいいつくせないほど感謝してる」

そしてワーシャは後ろに下がった。

雌馬が頭を振り上げると、たてがみの先をなめるように小さな炎がいくつも燃え上がった。一方の耳が誘うようにソロヴェイのほうに傾く。ソロヴェイはパジャールに向かって柔らかく喉を鳴らした。雌馬は後ろ脚で立ち――上へ上へと体を引き上げた。翼がめらめらと炎を上げ、白む朝日よりも明るく、雪のひとひらひとひらを金色に染め、渦巻く雪の影を映し出す。火の鳥は光り輝きながら、空高く舞い上がった。遠くからその光景をみていた人間たちはのちに、神の祝福の印であるほうき星が、天と地のあいだを飛んでいたとうわさした。

ワーシャはその輝きから目を離さず、パジャールを見送った。そしてソロヴェイに背中をそっと突かれ、ようやく視線を下げた。ソロヴェイのたてがみに顔をうずめ、ほっとするにおいを吸いこむ。パジャールのような、胸をざわつかせる煙のにおいはしない。つかの間、血と汚れ、火と鉄のにおいを忘れることさえできた。

背中がひんやりとし、ワーシャは顔を上げて振り返った。

マロースカの爪のあいだは汚れ、頬にはすすの筋ができている。その後ろにいる白い雌馬もマロースカと同じくらい疲れきっていて、いつもは堂々ともたげている頭をたれている。雌馬は自分の子であるソロヴェイに一度だけ、鼻を軽く押しつけた。

マロースカは長い労働を終えた人間の男のように、疲れた顔をしている。その目がワーシャの顔をさぐるようにみた。

ワーシャはマロースカの両手を取り、たずねた。「これからもずっとこうなの？　あなたは生きているかぎり、わたしたちのそばに立ち、わたしたちのために悲しむの？」

「わからない」マロースカはいった。「おそらくそうだろう。だが、何も感じないより、痛みを感じるほうがいいと思っている。わたしはいよいよ不死ではなくなったのかもしれない」口調は皮肉だったが、マロースカの腕はワーシャをきつく抱きしめた。ワーシャはマロースカの首に腕を巻きつけ、その肩に顔をうずめた。マロースカは土と血、恐怖、この日の大虐殺のにおいがする。しかし、その奥から漂ってくるのは、相変わらず冷たい水とマツのにおいだ。

ワーシャは上を向き、マロースカの顔を引き寄せて激しくキスをした。これでようやく、自分の務めやその日の恐怖を忘れて、マロースカの手の感触にわれを忘れられる、というように。

「ワーシャ」マロースカは低い声でワーシャの耳にささやいた。「もうすぐ真夜中だ。どこにいきたい？」その手がワーシャのもつれた髪をすく。

「どこかきれいな水があるところに。血にはもううんざり。そのあと？　北へいくわ。オーリャに伝えなくちゃ……」ワーシャは震えそうな声をなんとか落ち着かせて続けた。「そのあとはたぶん――ふたりで馬に乗って海までいって、水面に映る光をながめるのもいいかも」

「そうだな」マロースカはいった。

ワーシャの顔がほころびかけた。「それから？　そうね、あなたの国は冬の森にあって、わたしの国は湖の弓なりに曲がった入り江にある。ひょっとしたら、ふたりでこっそり国をつくるのもいいかもしれない。ドミトリーのルーシの裏と下に、影の国を。だって、チョルトや魔女、魔術師、森のしもべたちの国が必要だから」

「そうだな」マロースカはまたいった。「だが今夜のところは、食べ物とひんやりした空気、きれいな水、汚れていない土だ。さあいくぞ、雪娘《スネグラチカ》。冬の森に家がある」

「知ってる」ワーシャが答えると、親指がのびてきて頰の涙をぬぐい去った。

疲れているからソロヴェイの背に乗れないといってもよかったが、そんな思いとは裏腹に体が勝手に動いた。

「わたしたちは何を手に入れたのかしら？」馬を進めながら、ワーシャはマロースカにたずねた。雪はやみ、空は晴れ渡っている。霜の季節は始まったばかりだ。

「未来だ」霜の魔物が答えた。「この戦いがルーシをひとつの国にした。人間たちはのちにそういうだろう。そして、チョルトたちも消えずに生き続ける」

「だとしても、その代償はあまりに大きかった」ワーシャはいった。

ふたりは膝と膝を触れあわせ、ぴったりならんで進んでいく。マロースカは何も答えない。

いまやふたりのまわりには、真夜中の国の荒々しい闇が広がっている。しかし、ゆくてのどこかで、ひと筋の光が、木々のあいだからきらめいた。

作者あとがき

『熊と小夜鳴鳥《サヨナキドリ》』の原稿を書き始めた当初から、この三部作をクリコヴォの戦いでしめくくりたいと考えていました。三巻を通して描きたいと思っていた対立――ルーシ人とタタール人の対立、キリスト教徒と異教徒の対立、それに自分の願望や野心と家族や故国から求められるものとの相違に苦しみ、折り合いをつけようとするワーシャの葛藤《かっとう》――の多くにとって、クリコヴォの戦いがしかるべき着地点となるような気がしていたからです。

クリコヴォの戦いにいたるまでの道筋は当初とは大きく変わりましたが、この到達点がゆらぐことはありませんでした。

クリコヴォの戦いは実際にあった出来事です。一三八〇年、モスクワ大公ドミトリー・イワノヴィチは、ルーシの諸公国を束ねた連合軍を指揮し、ドン川で万人長《テムニク》、ママイの率いるタタール人の大軍と戦い、ドンスコイ（「ドン川の」の意）という歴史的な異名を得ました。ドミトリーはこの戦いに勝利しました。モスクワ大公の指揮のもと、ルーシの人々が初めて団結し、敵国を打ち破ったのです。この出来事を精神的な意味でロシアという国の誕生とみる人々がいて、わたしもその立場を取っていますが、実際のところ、この戦いの歴史的意義については、まだ議論が続いています。こうして自分の好みに合った歴史的解釈を選び取る権利は、小説家に与えられた特権ではないでしょうか。

わたしの書いたおとぎ話版のクリコヴォの戦いでは、この出来事にいたるまでの政治的・軍事的な膨大な駆け引き――脅し、小競り合い、死、結婚、貢納の延滞など――については触れていません。

しかし、作中の重要な出来事は史実をもとにしています。

戦士で修道士のアレクサンドル・ペレスヴェートは、実際にチェルベイという名のタタール人戦士と一騎打ちで戦い、名誉の死をとげています。ドミトリー大公が小貴族のひとりと入れ替わって敵の目を欺き、自軍の兵士たちとともに戦ったというのも実話です。この戦いでリャザン公オレグが曖昧《あいまい》な役割を果たしているのもまた事実で、ルーシ人側を裏切ったとも、タタール人側を裏切ったとも考えられます。あるいは、両軍のあいだでなんとか生き残る道をさぐろうとしていただけなのかもしれません。

これらはすべて史実なのです。

そしてひょっとすると、歴史に刻まれたこの戦いの水面下で、聖職者とチョルトがこの国でどのように共存していくかという別の戦いがあったかもしれませんが、たしかなことはだれにもわかりません。しかし、ロシアにおいては、ふたつの信仰を持つ二重信仰という概念が、二十世紀初頭の革命のころまで根強く残り、東方正教と異教信仰が平和に共存していたのです。これが、類まれな力と緑色の目を持つ少女が成し遂げた偉業でないと、だれにいえるでしょう。

つまり、ロシアの三人の守護者が、魔女と霜の魔物と混沌の精でないとは、だれにもいいきれないのです。

わたしは、この解釈がふさわしいと思っています。

この作品を最後まで読んでくださり、ありがとうございます。二十三歳のときに、ハワイの海辺のテントで書き始めたこのシリーズの最終巻が、いま、みなさんの手の中にあります。

ここにいたるまでの旅にいまなお驚きを感じつつも、この作品が完成したことに、言葉ではいいつくせないほど感謝しています。

ロシア語の人名について

ロシア語における名前や呼称は――子音の連なりから想像するほど複雑ではないものの――英語とはずいぶん異なるため、説明に値する。現代のロシアの人名は、名、父称（父親の名から取った姓）、姓の三つの部分からなるが、中世のルーシでは、名のみ、あるいは（高貴な生まれの人々の場合）名と父称、というのが一般的だった。

●名と愛称

ロシア語は愛称形がきわめて豊富で、どんな名でもたくさんの愛称ができる。たとえばエカテリーナという名の場合、略称だけでも、カテリーナ、カーチャ、カチューシャ、カーテニカなど、さまざまな形がある。話者は、相手との親密度やそのときどきの気分で、こうしたバリエーションを使い分ける。

アレクサンドル――サーシャ
ドミトリー――ミーチャ
ワシリーサ――ワーシャ、ワーソチカ

ロジオン――ロージャ
エカテリーナ――カーチャ、カチューシャ

●父称

ロシア語の父称は、つねに、父親の名に由来し、性別によって変わる。たとえば、ワシリーサの父親の名はピョートルなので、ワシリーサの――父親の名に由来する――父称は、ペトロヴナとなる。一方、ワシリーサの兄のアレクセイ（アリョーシャの正式名）は、その男性形であるペトロヴィチを使っている。

ロシア語で敬意を表すには、英語のようにミスターやミセスを使うのではなく、名と父称で呼びかける。ワシリーサと初対面の人であれば、ワシリーサ・ペトロヴナと呼ぶだろう。また、少年の格好をしているときのワシリーサは、ワシーリー・ペトロヴィチと名乗っている。

中世ロシアでは、高貴な生まれの女性が結婚すると、父称（があれば、それ）を、夫の名に由来するものに変えた。このため、オリガの少女時代の名はオリガ・ペトロヴナだったが、結婚後はオリガ・ウラジーミロワに変わっている（また、オリガとウラジーミルの娘はマーリャ・ウラジーミロヴナと呼ばれている）。

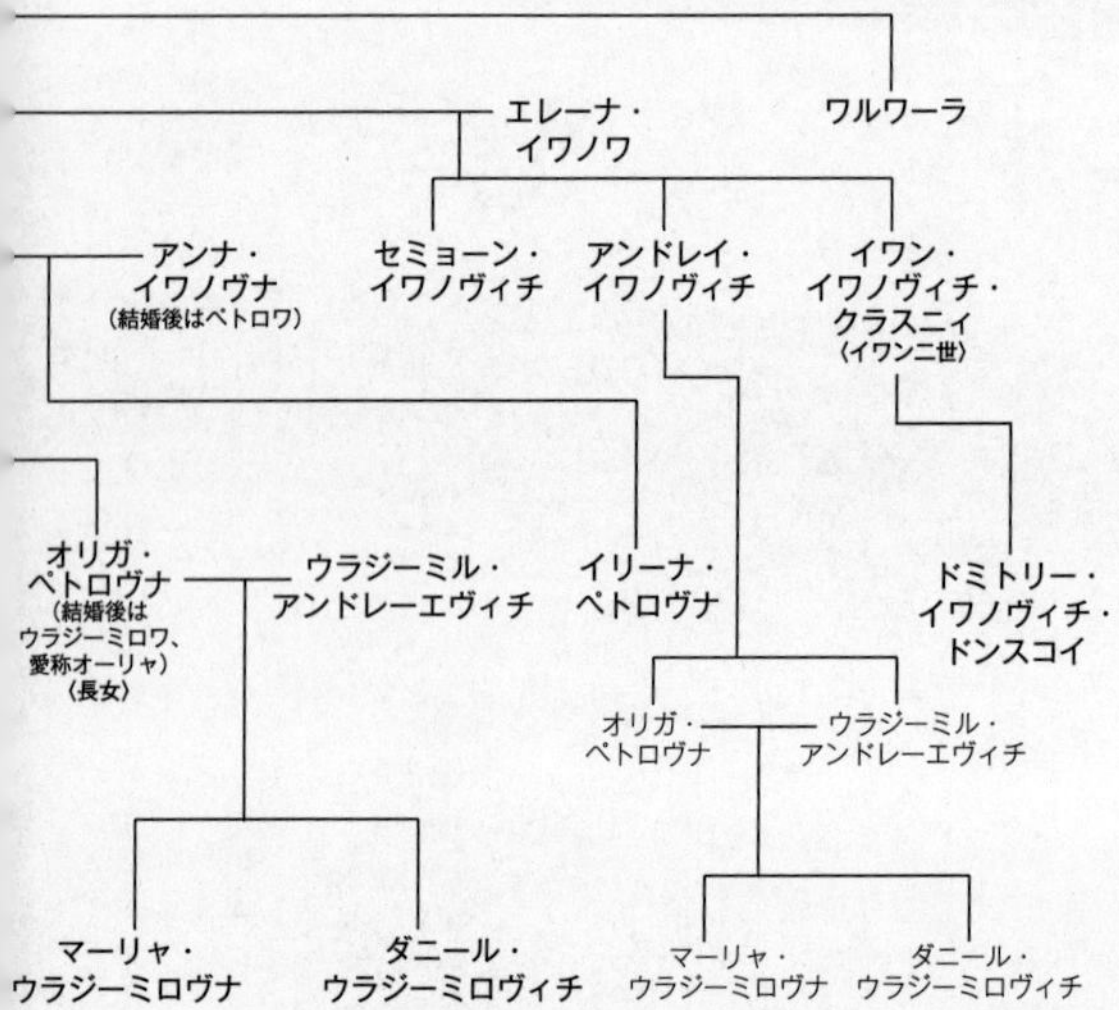
エレーナ・
イワノワ
ワルワーラ
アンナ・
イワノヴナ
（結婚後はペトロワ）
セミョーン・
イワノヴィチ
アンドレイ・
イワノヴィチ
イワン・
イワノヴィチ・
クラスニィ
〈イワン二世〉
オリガ・
ペトロヴナ
（結婚後は
ウラジーミロワ、
愛称オーリャ）
〈長女〉
ウラジーミル・
アンドレーエヴィチ
イリーナ・
ペトロヴナ
ドミトリー・
イワノヴィチ・
ドンスコイ
オリガ・
ペトロヴナ
ウラジーミル・
アンドレーエヴィチ
マーリャ・
ウラジーミロヴナ
ダニール・
ウラジーミロヴィチ
マーリャ・
ウラジーミロヴナ
ダニール・
ウラジーミロヴィチ

ワシリーサ・ペトロヴナの家系図

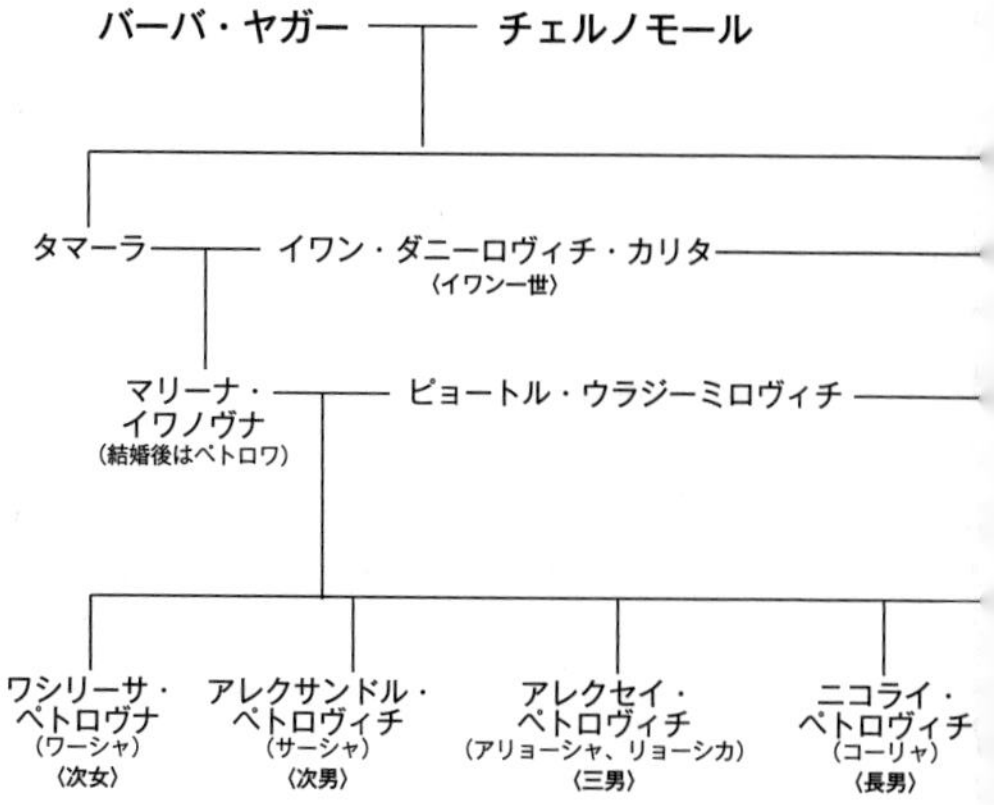
バーバ・ヤガー
チェルノモール
タマーラ
イワン・ダニーロヴィチ・カリタ
〈イワン一世〉
マリーナ・イワノヴナ
（結婚後はペトロワ）
ピョートル・ウラジーミロヴィチ
ワシリーサ・ペトロヴナ
（ワーシャ）
〈次女〉
アレクサンドル・ペトロヴィチ
（サーシャ）
〈次男〉
アレクセイ・ペトロヴィチ
（アリョーシャ、リョーシカ）
〈三男〉
ニコライ・ペトロヴィチ
（コーリャ）
〈長男〉

謝辞

「冬の王・三部作」の執筆には七年かかり、その間、数えきれないほどの人たちから多くのご厚意を賜りました。執筆は孤独な作業ですが、本を書き終えて出版するまでには、大小さまざまな形で多くの方々がかかわっています。二〇一一年にワーシャとわたしとともに森に足を踏み入れて以来、ほろ苦い結末までともに歩んでくださった方々すべてに、感謝しています。

現旧のミドルベリー大学ロシア語学科に。この作品では、わたしの受けた教育をやや斬新な形で役立てているかもしれませんが、歴史、文法、語形変化を学んだ年月のすべてに感謝しています。同大学での学びがなければ、このシリーズの執筆はかなわなかったでしょう。なかでも、よき師、よき友人として、プーシキンの翻訳をチェックしてくれたタチアナ・スモロディンスカヤとセルゲイ・ダヴィドフ、ありがとう。

エージェントのポール・ルーカスに、大いなる感謝を。二〇一四年に、わたしの母に次いでこの作品を最初に読んでくれて以来、その可能性を信じ、有益な助言と常識とでわたしを支え続けてくれました。そして、ジャンクロー＆ネズビット社とカレン・スタンリー・インターナショナル社のみなさん、とりわけステファニー・コーヴェン、ブレナ・イングリッシュ＝ローブ、スザンナ・ベントリー、ありがとう。

海の向こうのエブリー・プレスのみなさんに。わたしの作品をイギリスの読者に届けてくれたジリアン・グリーン、ステファニー・ノールス、それにテス・ヘンダーソン、ほんとうにありがとう。訪れるたびに示してくれたいつも変わらぬもてなしとカップケーキに感謝を。それから、これまでにない豪華版の『熊と小夜鳴鳥《サヨナキドリ》』を作り上げてくれた、クロアチアのヴラド・セヴェルとそのチームにお礼を申し上げます。

ここ数年、わたしとその作品にとっての最高の版元としてお世話になったデル・レイ・ブックスとバランタイン・ブックスのみなさんに。スコット・シャノン、トリシア・ナルワニ、キース・クレイトン、ジェス・ボネット、メリッサ・サンフォード、デイヴィッド・モンチ、アン・スパイヤー、そしてエリン・ケイン、ありがとう。

わたしの優秀な編集者、ジェニファー・ハーシーに。自信を失っていたわたしに書き続けるよう励ましてくれたこと、四年間にわたり役に立つアイデアを提供し、先のみえないわたしの草稿に粘り強く寄り添ってくれたことに感謝しています。あなたなしには、このシリーズを完結させることはできなかったでしょう。

スリムハウスの同居人のみなさんに。RJと（名誉会員の）ポレイド、ガレット、カミーラ、ブルー、あなたたちは最高の家族です。あなたたちがそばにいてくれなかったら――キッチンでにぎやかにおしゃべりしたり、くだらないジョークをいったり、まずいビールをもう一本飲ませようとしたり、ベッドの下に何箱も本をためこんで、と叱ったりしてくれなかったら、わたしはとうに正気を失い、不幸になっていたでしょう。あなたたちみんなに愛を。

ジョンソン家のみなさんに。ピーター、キャロル・アン、ハリソン、そしてグレイシー、親切なもてなしと熱意をありがとう。アベイ・モリッシーは、休養が必要なわたしを飛行に連れ出してくれました。ロクセンダル家のビョルン、キム、ジョシュ、デイヴィッド、エリザ、ダナ、マリエル、ジョエル、ヒューゴ、何か月ものあいだ、カウチで書かせてくれてありがとう。できるかぎりのイベントに顔を出してくれた、大学時代の永遠の親友、アリー・ブラッドニーにも感謝を。ジェニー・ライアンズを始め、〈バーモント・ブックショップ〉のスタッフのみなさん、つねに変わらない支援をありがとう。冬の夜に、いつも執筆のために入り浸っていた〈ストーン・リーフ・ティー・ハウス〉のみなさんにもお礼を。

わたしの家族に。マイク・バルズとベス・ファウラー、ジョン・バーディンとスターリン・バーディンとエリザベス・バーディン、あなたたちみんなに愛を。何もかも、ありがとう。エヴァン・ジョンソンに。書くことしか考えられないわたしを食べさせ、眠らせてくれた、ラン友、冒険の相棒、パートナーであり、いちばんの親友であるあなたに愛を。

末筆ながら、すべての方々に感謝を。名前を挙げきれないほどたくさんの方々、わたしの本を読んで友だちに紹介し、レビューを書いてくださった読者や書店員のみなさん、ありがとう。そして、ワーシャといっしょに旅をしてくださったみなさんに感謝をこめて。

次の作品でもおつきあいくださることを願っています。

訳者あとがき

「みる力」を持ち、精霊や馬たちと話すことができ、自分らしく自由に生きたいと強く願う少女、ワーシャ。十四世紀、ルーシ北部の小さな村で始まった彼女の冒険（第一巻『熊と小夜鳴《サヨナキ》鳥《ドリ》』）は、愛馬ソロヴェイとのモスクワへの旅、兄サーシャ・姉オリガとの再会、タタール人や魔術師との戦い（第二巻『塔の少女』）を経て、本書（第三巻『魔女の冬（*The Winter of the Witch*）』）でついにクライマックスを迎える。これはキャサリン・アーデンによる壮大なファンタジー、〈冬の王・三部作（*Winternight Trilogy*）〉の完結編である。

第三巻でワーシャは、最初からいきなり過酷な運命に翻弄《ほんろう》され、あやうく命を落としそうになるが、危機一髪のところで「真夜中の国」へ逃れる。そこは、モスクワの喧騒や混乱とは無縁の、おとぎ話のような世界だ。しかし、ほっとしたのもつかの間、ワーシャはさらに熾烈《しれつ》な戦いに巻きこまれていく。

このクリコヴォの戦いは、作者もあとがきで述べているとおり、一三八〇年に実際に起こった戦争だ。ただ、史実ではドミトリー・イワノヴィチがモスクワ大公になって二十一年後にこの戦いが起こっているが、物語の中では、（ワーシャの年齢等をもとに計算すると）ふたつの出来事のあいだに十年程度のへだたりしかない。具体的な年はいっさい示されておらず、作者によるフィクショナルな設定が用いられている。ちなみに史実では、クリコヴォの戦いのわずか二年後、モスクワは、キプチャク・ハン国の君主トクタムィシによって包囲戦をしかけられ、陥落こそ免れたが荒廃した。さらに、大公位をめぐるモスクワ公国内での内紛もあったため、モスクワがルーシを統合して「タタールのくびき」から脱したのは、約百年後のイワン三世の治世においてだった。とはいえ、クリコヴォの勝利が「無敵のタタールという観念を揺るがせ、その支配はくつがえし得るという希望をルーシ人に与えたのみならず、モスクワの威信を高め、その大公に独立闘争と国家統一の指導的地位を約束することになった」（和田春樹『ロシア史上』、山川出版社、二〇二三年）のは間違いないようだ。

本書の、クリコヴォの戦いをめぐる記述の中で、印象深いものがいくつかあった。

「わたしは好きだった」ワーシャは自分をごまかすまいと心に決めた。「ここ幾晩かの恐怖も、火も。だれかを怖がらせると、自分が自由で強く感じられたから。でも、わたしの喜びの代償を払ったのはほかの人だった……」（五〇〇ページ）

サーシャはいった。「そうしたもののためにわたしたちは戦っている。モスクワのためでも、ドミトリーのためでもない。小競り合いを続ける諸公のためでもない。わたしたちを生んだ国、人間とチョルトを生み出した国のために戦っているのだ」（五〇八ページ）

チェルベイの表情がけわしくなる。「……これは人間と人間の戦いにすぎない。どちらが勝っても、女は嘆き、地面に血が流れる」（五二七ページ）

「敵」であるはずのチェルベイの言葉がきわめてまっとうに思えるのが、なんとも皮肉だ。「冬と春のはざまで」と題する第二十九章で、ワーシャは驚くべき行動に出るが、この章を境に（あるいは、もう少し前から）、初めは悪魔そのもののようにみえていたメドベードが、妙に人間くさい存在に思えてはこないだろうか。「秩序と混沌のはざまで宙ぶらりん」（五一六ページ）の状態にあるわたしたち人間が、いがみあわず、殺しあわず、ともに生きていくためのヒントがここにあると考えるのは、あまりにナイーブだろうか。

最後になりましたが、日本語版〈冬の王・三部作〉の舵取り役を担ってくださった東京創元社の小林甘奈さん、全巻を通じ質問に丁寧に答えてくださった作者のキャサリン・アーデンさん、ロシア語のカナ表記について相談に乗ってくださった翻訳家の築地誠子さん、翻訳協力者の笹山裕子さん、吉原菜穂さん、手嶋由美子さん、中野眞由美さんに心からの感謝を。

二〇二三年九月

金原瑞人・野沢佳織

検印
廃止

訳者紹介　金原瑞人：法政大学教授・翻訳家。訳書にモーム『月と六ペンス』など600冊以上。エッセイ集に『翻訳はめぐる』など。野沢佳織：翻訳家。主な訳書にミラー『キルケ』、セペティス『モノクロの街の夜明けに』などがある。

魔女の冬
〈冬の王3〉

2023年11月10日　初版

著　者　キャサリン・アーデン
訳　者　金《かね》原《はら》瑞《みず》人《ひと》
　　　　野《の》沢《ざわ》佳《か》織《おり》

発行所　(株)東京創元社
代表者　渋谷健太郎

162-0814/東京都新宿区新小川町1-5
電　話　03・3268・8231-営業部
　　　　03・3268・8204-編集部
URL　http://www.tsogen.co.jp
DTP　工友会印刷
暁印刷・本間製本

乱丁・落丁本は、ご面倒ですが小社までご送付ください。送料小社負担にてお取替えいたします。

©金原瑞人・野沢佳織　2023　Printed in Japan

ISBN978-4-488-59906-5　C0197

世界20カ国で刊行、ローカス賞最終候補作

Katherine Arden

キャサリン・アーデン 金原瑞人、野沢佳織 訳

〈冬の王〉3部作

❄

熊と小夜鳴鳥《サヨナキドリ》

THE BEAR AND THE NIGHTINGALE

塔の少女

THE GIRL IN THE TOWER

創元推理文庫◎以下続刊

厳しい冬、人々を寒さと魔物が襲う。
領主の娘ワーシャは、精霊とともに
悪しきものたちに戦を挑むが……。
運命の軛《くびき》に抗う少女の成長を描く、感動の３部作。

コスタ賞大賞・児童文学部門賞W受賞！

嘘の木

フランシス・ハーディング　児玉敦子 訳　創元推理文庫

世紀の発見、翼ある人類の化石が捏造だとの噂が流れ、発見者である博物学者サンダリー一家は世間の目を逃れて島へ移住する。だがサンダリーが不審死を遂げ、殺人を疑った娘のフェイスは密かに真相を調べ始める。遺された手記。嘘を養分に育ち真実を見せる実をつける不思議な木。19世紀英国を舞台に、時代に反発し真実を追う少女を描く、コスタ賞大賞・児童書部門W受賞の傑作。

ヒューゴー賞シリーズ部門受賞

Lois McMaster Bujold

ロイス・マクマスター・ビジョルド　鍛治靖子 訳

〈五神教シリーズ〉

魔術師ペンリック
魔術師ペンリックの使命
魔術師ペンリックの仮面祭

創元推理文庫◎以下続刊

旅の途中で病に倒れた老女の最期を看取ったペンリックは、
神殿魔術師であった老女に宿っていた魔に飛び移られてしまう。
年《とし》古《ふ》りた魔を自分の内に棲まわせる羽目になったペンリックは
魔術師の道を進むことに……。
名手ビジョルドの待望のファンタジイ・シリーズ。